Golden heart

CHLOÉ ERNEST

Golden heart

Plumes du Web

82700 Montech
www.plumesduweb.com
978-2-38151-235-8

TRIGGER WARNINGS

Ce livre traite de sujets pouvant heurter la sensibilité des lecteurs.

- Consommation de drogues et d'alcool
- Stalking
- Évocation de mutilations et tentatives de suicide
- Violence

PLAYLIST

Si vous souhaitez et aimez vous plonger dans l'ambiance musicale d'un roman, voici la playlist avec laquelle j'ai écrit *Golden Heart* !

DEEZER

bit.ly/Deezer-GH

Spotify

bit.ly/Spotify-GH

Scannez le QR Code choisi
ou rendez-vous à l'adresse internet inscrite en dessous !

Fireflies – Owl City

Kill Bill (Acoustic) – SZA

Suburban House – Holly Macve & Lana Del Rey

What Was I Made For? – Billie Eilish

Lost Boy – Ruth B

Cry – Cigarettes After Sex

Mary On a Cross – Ghost

Last Summer – Bambie Thug

Smells Like Teen Spirit – Nirvana

Where Is My Mind? – Pixies

I Belong to You – Muse

Margaret – Lana Del Rey & Bleachers

Cold – Aqualung & Lucy Schwartz

New Girl – FINNEAS

7 Rings – Ariana Grande

Goodbye – Apparat & Soap&Skin

À ceux dont la peine est gravée dans le marbre... Prenez une batte de base-ball et frappez jusqu'à ce que ça casse.
La mort n'arrête pas l'amour.

PROLOGUE

L'Art est à l'Homme ce que l'eau est à la vie.

Ce credo me suit depuis mon plus jeune âge. Un jour, ma mère a pondu cette phrase lorsque nous regardions un documentaire sur les îles Galápagos. Difficile de faire le lien entre les deux, de prime abord, mais nous venions tout juste de voir des tas de bébés tortues courir sur une plage où les oiseaux de proie n'attendaient qu'un faux pas pour les dévorer. Parfois, les prédateurs ne leur laissaient pas la moindre chance d'atteindre l'eau. Toutefois, après avoir rejoint l'immense étendue qui leur ouvrait les bras, elles étaient sauvées. Pour ma mère, l'Art avait fait la même chose avec elle. Il n'allait pas tarder à m'inviter, moi aussi, dans ses étendues tantôt douces, tantôt glaciales.

Pour ma part, et d'aussi loin que je m'en souvienne, j'ai toujours adoré la pâte à modeler. J'étais une petite fille solitaire, à la maison comme à l'école. Je suis née orpheline. Mon père était décédé avant même que je ne pointe le bout de mon nez. Naïvement, je pensais que si j'arrivais à recréer son visage, je pourrais peut-être le ramener à la vie et enfin ressembler à toutes les autres petites filles. Je voulais mes deux parents *vivants*. Une mère pour prendre soin de moi, un père pour nous protéger. J'étais fermement convaincue qu'il résoudrait tous nos soucis.

C'était bête et j'en ai conscience, avec du recul. Il y avait certaines lois que je ne comprenais pas... mais pendant longtemps, c'était la seule chose qui me permettait de m'accrocher. Son absence m'a motivée à regarder des photos dans les magazines *people* de ma mère, à observer les visages dans la rue, à reconnaître les traits similaires, les proportions... puis à les recréer ensuite sur un autre support. À l'identique. Jusqu'à ce que j'arrive enfin à reproduire celui de mon *papa*. C'était mon seul désir et sculpter est vite devenu une véritable obsession à mes yeux.

Si l'Art est à l'Homme ce que l'eau est à la vie... il ne faut pas oublier qu'il fait vivre, mais ne ressuscite personne.

L'année de mes dix-huit ans, j'ai émis l'hypothèse d'entrer à l'université pour étudier la sculpture. Sans le sou, mais talentueuse, j'ai participé à des concours. J'ai travaillé comme une forcenée, sacrifiant mes nuits, ma santé et ma vie sociale. Forcément, lorsque j'ai intégré l'université la plus prestigieuse du pays, un sentiment de fierté et d'arrogance m'a emplie. L'Art m'avait sauvée. J'avais atteint l'océan en évitant les becs affamés qui tentaient de me dévorer.

Sans cette argile sous mes doigts, cette pierre qui bat dans mon cœur, je n'aurais jamais survécu. J'ai donc donné raison à ma mère, dont l'avis n'en a été que renforcé. Elle en était convaincue : nous deux étions destinées à n'exister que pour la création. Pour donner vie à ce qui ne vivait pas. Elle avait consacré sa carrière à peindre pour cette raison précise.

Je me souviens que j'avais huit ans la première fois que j'ai affronté l'inéluctabilité de la mort. Huit ans lorsque j'ai réellement compris que mon père ne reviendrait jamais. J'avais beau sculpter au plus proche de la réalité, il était *mort*. Je pouvais créer quelque chose de nouveau... mais je ne pouvais pas ramener à la vie ce qui avait été détruit.

Dur constat quand on est enfant et que l'on consacre toutes ses journées à ce seul et unique but. Après cela, je n'ai plus été capable de graver ou de sculpter le moindre visage masculin. Leurs yeux mornes et ternes me rappelaient ceux de mon père.

Celui que j'aurais tant voulu à mes côtés.

Celui que je ne rencontrerais jamais.

Aujourd'hui, les années sont passées. J'étudie à l'université, en cinquième année de cursus artistique. J'ai choisi tous les cours de sculpture et les ai majorés à chaque fois. Mes notes défient la perfection. Je n'ai d'yeux que pour l'élite, les sommets et la victoire écrasante que je revendique à chaque réussite...

Pourtant, en ce froid mois de décembre, je me retrouve dans cette salle de classe avec l'impression que mon monde s'écroule. Parce que même si j'ai survécu à la plage et aux becs des oiseaux, dans l'eau, dans l'Art, il y a d'autres prédateurs. Et ceux-là, ma mère ne m'en avait jamais parlé.

Le verdict est tombé : j'ai précisément six mois pour proposer une œuvre à mon maître de stage. Jusque-là, rien d'alarmant. C'est mon dernier cours, ma dernière évaluation. J'ai vingt-six semaines, à raison d'autant d'heures que je le souhaite par jour, pour produire une seule statue. C'est loin d'être la *deadline* la plus serrée à laquelle j'ai été confrontée dans ma scolarité. Je peux largement prendre un mois tout entier pour trouver un sujet, un mois encore pour commencer mes observations, puis un autre pour travailler sur de l'argile avant de tailler mon précieux marbre.

Un jour, j'ai eu trois fois moins de temps pour faire la même chose, et j'ai réussi à obtenir un dix-neuf sur vingt. La différence ? La pression. Parce qu'à ce moment-là, je bossais pour une note, dans le cadre de mon cursus.

Mais la fac que j'ai intégrée n'est pas n'importe laquelle. La New York Elite University est un établissement particulier. Ouverte dans les années trente pour former l'élite de notre société, elle a accueilli de grands artistes et donné naissance à de nombreuses stars. Les conditions pour y entrer ? Rien de pécuniaire. Il faut uniquement du talent, beaucoup, et des preuves de ce que l'on avance. Des résultats. De la productivité. Au détriment de tout le reste.

Les partiels et examens pratiques me sont toujours passés par-dessus la tête. Ce n'étaient que des détails. Une torture obligatoire où j'avais l'impression que l'on me demandait d'utiliser seulement trois pour cent de mon talent. Mais cette fois, c'est un peu différent...

À l'issue de ce concours, je suis supposée participer à un Art Contest qui rassemble les meilleurs artistes de tous les États-Unis. Bien évidemment, la NYEU refuse que je termine deuxième. La galerie d'art partenaire de la compétition m'annonce même favorite – ça, c'est l'influence des puissants qui ont vendu mon art comme de l'ambroisie, le nectar sacré qui est censé me couler des doigts à chaque fois que je touche de la pierre.

Or, c'est aussi aujourd'hui que tous mes sacrifices volent en éclats, parce que je *sais* que j'en suis incapable.

Je relis une énième fois le sujet de l'exposition.

« Les muses au masculin. »

C'est sur ce thème que portera l'Art Contest de fin d'année. Cette même compétition qui devait me permettre de gagner mon ticket d'or pour une exposition définitive dans l'un des plus grands musées du monde : le Tate Modern, à Londres. J'y suis attendue comme le messie. C'était initialement une victoire que je devais uniquement à mon travail. Ce n'était pas joué d'avance, bien évidemment, mais j'avais une bonne longueur d'avance.

Et maintenant ?

Sculpter un homme ?

Autant abandonner tout de suite.

Je m'apprête à lever la main pour prendre la parole. C'est devant toute la classe que je tirerai ma révérence. Je n'aime pas les rumeurs. Si tout le monde assiste à la scène, je m'en sortirai à bon compte : je n'aurai plus qu'à disparaître dans la nature et m'évaporer comme neige au soleil. L'océan est vaste, l'art aussi, et je trouverai bien une place ailleurs. De toute évidence, la mienne n'est plus ici.

Au moment où mes doigts se déplient à côté de mon visage, cinq paires d'yeux se posent sur moi. Ce sont mes meilleures amies, celles que j'ai rencontrées en arrivant ici et avec qui j'ai suivi tout mon cursus. Cinq nanas pires que moi – autant dire que c'est un sacré défi de survivre à leurs côtés sans finir dans des situations aussi compliquées que chaotiques. Elles savent qui je suis, comment je fonctionne, et quelles sont mes limites.

Je ne dessine pas d'hommes. Je ne sculpte pas d'hommes. Je ne côtoie pas d'hommes.

J'ai à peine le temps de réagir qu'elles se sont déjà jetées sur moi. Toutes. Caroline plaque mon bras sur le plan de travail, envoyant voler des morceaux d'argile sur le carrelage sombre. Les autres soupirent de soulagement. Pas moi. Je la fusille du regard.

— Ne vous mêlez pas de ça, les filles, grincé-je.

— Oh si, compte sur nous pour nous en mêler.

— Un problème, mesdames ? râle notre professeur en s'éclaircissant la voix.

Cherry encercle mes épaules d'un bras autoritaire.

— Non... Bien sûr que non, monsieur Rivera.

Je me sens prise au piège. Ma respiration s'accélère et une bouffée de chaleur me frappe de plein fouet. Tout doucement, je réalise l'impact de cette nouvelle sur ma vie. C'est un sujet *impossible* pour moi. Je ne veux pas sculpter d'hommes. Je n'y arriverai pas.

Cette phrase tourne en boucle dans mon esprit comme une litanie maudite que l'on me hurle dans les oreilles. Mes narines hument l'odeur de l'argile froide, qui s'insinue jusqu'à mon cerveau et me rappelle tout ce que j'ai toujours voulu faire de ma vie. Sculpter. Sculpter, c'est tout ce que je sais faire, mais... pas les hommes. Pas les morts. Pas ceux qui abandonnent, ceux qui meurent, ceux qui ne reviennent jamais à la vie. Ma gorge se noue. Je ne montre rien, ce n'est pas dans mes habitudes de craquer en public. Pourtant, cette fois, je vacille. Mes doigts se serrent dans le creux de ma paume. Une pellicule de poussière les recouvre, les tache de blanc et de beige. Mes dents crissent comme si j'avais avalé du gravier et que ma bouche était désormais remplie de sable. Le poids de la nouvelle s'abat sur mes épaules.

— J'irai le voir à la fin du cours, de toute façon, chuchoté-je à mes amies.

Pourquoi ai-je la sensation que du verre pilé me cisaille la gorge ?

— Attends un jour. Ne réagis pas à chaud, me suggère Caroline.

Elle a raison. D'ordinaire, c'est le toujours le conseil que je leur donne. Pourtant, cette fois-ci, mon être tout entier me crie de reculer. De mettre les deux pieds sur le frein et d'enfoncer la pédale jusqu'à crever le châssis de la voiture.

Quand j'étais petite, j'avais atteint un niveau stratosphérique, car je passais l'essentiel de mon temps à sculpter ma foutue pâte à modeler. Je ne vivais que pour créer. Créer la représentation parfaite de mon père, dont je n'avais que quelques photos. Ma mère m'encourageait tous les jours, bien qu'elle ne connaissait pas mes objectifs. Quand elle voulait savoir ce que je cherchais à reproduire, je lui hurlais que si elle ne réussissait pas à le deviner seule, c'était forcément que j'étais encore trop nulle.

Mon père... à mes yeux, cet homme n'a toujours été qu'un cadavre. Il est mort dans une fusillade bien avant ma naissance et ma mère a accouché seule avant d'arriver à l'hôpital. Moi, je voulais le récupérer. À tout prix. Pas pour moi, mais pour elle. J'avais compris que son absence était une lame chauffée à blanc constamment posée sur son cœur. Bien sûr, ma mère ne m'avait pas raconté ce qu'il faisait au beau milieu des tirs. Je n'étais qu'une enfant. Ce que je souhaitais, c'était ramener un mort à la vie, ce qui me semblait réalisable puisque l'art était, aux yeux de ma mère, capable de créer n'importe quoi. Aux miens aussi, par la même occasion.

Faire revivre un mec avec de la pâte à modeler, où était le problème ?

L'Art est à l'Homme ce que l'eau est à la vie, et moi, j'ai failli crever de soif.

Je ne veux pas replonger dans l'émotion que j'ai ressentie en saisissant quelles étaient les limites de l'Art. J'ai peur de ce que chaque minute sous l'eau pourrait signifier. De chaque souvenir que j'ai enfoui. De cette petite fille de huit ans qui a compris bien malgré elle que la mort était définitive et qu'aucun art ne pourrait jamais lui rendre son père.

— Vous avez une solution ? murmuré-je.

Elles savent. Toutes autant qu'elles sont. Elles savent que je ne peux pas vaincre ce démon-là.

— Il y a toujours une solution, confirme Cherry.

L'abandon en est une. Ce serait même la plus simple. Le bois du bureau, sous mes doigts, me ramène à moi... Je n'ai quand même pas tout sacrifié pour m'arrêter en si bon chemin, si ? Cette petite voix me semble si forte ! Pourquoi contrôle-t-elle mieux que moi ce cerveau que je peine à dompter ?

« Ton père est mort. Ton père était un homme. Tu vas sculpter un homme. Tu vas sculpter la mort. »

J'aimerais que mon esprit se taise. Il a tort. Je le sais. Hélas, en avoir conscience ne suffit pas à stopper cette torture.

« Les muses au masculin. »

C'est un putain de cauchemar.

Pitié, réveillez-moi.

1

Ilyssia

Je barricade la porte avec une chaise et ferme à clé malgré les cris de hyènes qui proviennent du couloir. Je ne comprends même pas ce qu'elles racontent. Un souffle tremblant quitte mes lèvres lorsque mon front cogne contre la cloison. La fin de ce cours a été *abominable*. Ne parlons même pas de ma course-poursuite avec mes amies. C'était digne d'un film d'horreur ! L'une m'a menacée de mort, l'autre m'a traitée de tous les noms, une autre encore a tenté de me câliner pour… pourquoi, d'ailleurs ? Me consoler ? Je ne pense pas qu'elles s'imaginent un instant à quel point elles m'ont angoissée. Toutes se sont jetées sur moi avec une approche différente, mais aucune n'était la bonne.

Elles essayent de m'aider, je le sais, sauf que le sol se dérobe sous mes pieds et rien ne peut ralentir ma chute.

Rien, ni personne.

Je dois rester seule, je m'en sortirai mieux. Ce n'est pas contre elles, loin de là… je suis même touchée qu'elles prennent cette situation à cœur. Mais franchement ! Un peu de tact ! Je ne suis déjà pas la plus sociable du groupe, alors qu'elles se mettent un peu à ma place et me foutent la paix ! Mon monde s'écroule, merde, et aucune main n'aura jamais assez de force pour m'empêcher de tomber.

C'est encore plus angoissant, à mes yeux, de devoir repousser l'aide de personnes que j'apprécie sincèrement. Une graine de culpabilité germe en moi. Ça ne m'arrive jamais, en temps normal. Cela dit, dans une situation pareille, les cartes sont redistribuées. Je dois reprendre le contrôle sur mes émotions. Les enfermer et m'en servir pour créer. C'est leur seule utilité.

Me forcer à inspirer à intervalles réguliers m'arrache une grimace de douleur. L'air me brûle les poumons au fer rouge. D'un seul coup, le poids de cette nouvelle m'écrase les épaules. J'ai comme l'impression de m'étouffer. Je pose mes mains sur ma cage thoracique et ferme les yeux en reculant de quelques pas. Le capharnaüm autour de moi a au moins l'avantage de me calmer.

Ici, je suis chez moi. Dans mon élément. Entre mes outils, mes blocs de marbre, mes abrasifs et les odeurs d'argile. Je percute le mur dans mon dos. Entourée des larges baies vitrées qui baignent la pièce dans la lumière, j'observe les rayons du soleil se répercuter sur le carrelage sombre.

Mon souffle se dérègle.

Peut-on mourir d'une crise d'angoisse ? Si je manque d'oxygène, je suis certaine de tomber dans les pommes. Toutefois... si je respire trop vite, je vais hyperventiler... et donc *tomber dans les pommes*.

Moralité, je panique d'autant plus.

Les bras refermés autour de mon buste, les doigts enfoncés dans ma chair, je me laisse glisser le long du mur pour rejoindre le sol. Recroquevillée, je cache mon visage entre mes genoux.

Ce projet, je suis incapable de le mener à terme. Il me met dans tous mes états ! Je ne suis pas prête à faire ce sacrifice et à me sentir aussi mal au quotidien... peu importe ce qu'il y a à gagner derrière.

On a souvent envie de se hurler à soi-même : « Ceux qui y arrivent, ce sont ceux qui n'abandonnent pas ! » Mais soyons honnêtes… dans la vraie vie, qui y parvient réellement ? Qui réussit tout le temps, à coup sûr, chaque projet qu'il entreprend ?

Il me paraît d'abord évident que mes amies sont devenues totalement folles pendant la nuit. Je soupire et pose une main sur mon front. J'ai de la fièvre, c'est quasiment certain. Nous ne sommes que trois, aujourd'hui, ce qui est plus que nécessaire pour me rendre chèvre. Caroline m'a invitée pour papoter après le cours atroce d'hier, mais j'étais trop fatiguée pour entretenir une discussion avec qui que ce soit. J'ai préféré dormir dans mon atelier, une salle de classe que l'université me prête depuis des années, afin de faire un premier point avec moi-même. Finalement, j'ai cédé et ai accepté de perdre tout un samedi avec les filles pour… eh bien, trouver une solution miracle.

Sauf qu'elles sont naïves et cherchent des issues sans queue ni tête, quitte à se leurrer, et ce malgré ce que je m'évertue à leur répéter depuis plus de vingt minutes. C'est à croire qu'elles n'écoutent pas ce que je leur rabâche. Il faudrait peut-être que je le crie ?

Je soupire et observe les rues animées de New York à travers les baies vitrées. L'appartement de Caroline vend du rêve, comme elle. C'est un mélange entre le kitsch coloré des années 2000 et l'élégance d'aujourd'hui. La *girl* boss un peu délurée qu'elle est colle parfaitement à cette ambiance chaleureuse et raffinée.

Les rayons du soleil hivernal frappent la table basse. J'attrape mon verre d'eau et le termine cul sec. Caroline réajuste son chignon sur le sommet de son crâne. Elle peste contre sa tignasse crêpée qu'elle mate difficilement et me menace de sa voix profonde, qui résonne dans sa cage thoracique comme si elle était chanteuse de gospel.

— Tu vas arrêter de te plaindre, à la fin ?

C'est assez culotté de sa part. Mes pieds se reposent sur son tapis à longs poils gris et je reprends plus lentement en découpant chaque syllabe :

— Je ne veux pas trouver de muse. Je ne veux pas organiser d'entretiens. C'est pire que ça, les filles... je ne veux même plus participer à ce concours.

Un ange passe et personne ne me répond, comme si mes propos n'étaient même pas perceptibles dans ce foutu salon aux murs orange et marron. Cherry et Caroline sont mes plus proches amies. Elles me sont dévouées corps et âme, mais comme le dit si bien ma mère, il en serait peut-être différemment si je n'avais pas été l'artiste sombre et mystérieuse que l'université considère comme son joyau brut. J'essaye de ne pas trop y penser. Pour la première fois de ma vie, je rencontre des personnes aussi passionnées que moi, toutes dans leur propre milieu. Nous ne nous affrontons pas pour la victoire, mais nous nous soutenons en cas de pépin. Pour cette fois au moins, je m'efforce de seulement percevoir le positif. Inutile de m'infliger de la peine pour rien.

— Vous ne voulez pas l'entendre, mais c'est la vérité ! les accusé-je.

Ma voix perce la bulle de sérénité qui nous entoure. Celle que Caroline a créée en allumant des bougies et en brûlant de l'encens pour harmoniser mes chakras – ou que sais-je encore.

— Tu pourrais au moins essayer d'interpréter le sujet autrement... Ce n'est pas fini. Tu as six mois pour trouver une idée de projet, avance Cherry.

Dans le salon de Caro, il y a plusieurs fauteuils aux couleurs improbables de très bonne facture. Je tâche de me concentrer sur les détails du décor plutôt que sur la boule qui enfle dans mon ventre, amalgame de peur et d'anxiété à l'approche des semaines qui arrivent. Enfoncée dans un voltaire en velours rose, je croise les mains sur mes genoux et fronce les sourcils. J'ai l'impression de m'enraciner là-dedans depuis mille ans au moins. Je n'ai jamais possédé autant d'argent que toutes les filles que je côtoie. Elles pensent que je dissimule mon identité pour éviter la célébrité ou parce que je cache un sombre secret, mais il n'en est rien. Ce que je ne dis pas, c'est que mon père était un dealer, que ma mère est une artiste débauchée sans le sou, et que je ne sais absolument pas de quoi seront faits mes lendemains. Pourtant, ici, je me sens bien. En paix. Ce n'est pas tape-à-l'œil, mais décoré avec goût. Même si je sais de source sûre que le père de mon amie est un homme influent d'Afrique du Sud, elle n'étale jamais sa fortune sous nos yeux. C'est une qualité que je respecte et admire chez elle.

– Je n'ai pas six mois pour trouver une idée, Cherry. J'ai six mois pour trouver une idée, la dessiner et produire mon œuvre. Je te rappelle que je suis sculptrice... là, je devrais déjà avoir une vague direction, quelque chose à me mettre sous la dent... et tout ce qui me vient, c'est que j'ai juste envie d'arrêter.

Mon short en jean recouvre des collants doublés que je tire nerveusement pour m'occuper les doigts. Les traits de mon visage se crispent. Parfois, j'essaye de détendre mes sourcils, mais rien n'y fait. Je réalise ensuite que je grimace de plus belle. Je fuis le regard de mes amies, l'attention absorbée par le mobilier, mâchouille mon chewing-gum qui n'a plus de goût depuis bien longtemps, puis soupire. La peur ressemble à un vautour vorace qui me picore le ventre. Doucement mais sûrement, j'ai l'impression d'avoir faim, soif, sommeil, et que rien ne pourra jamais m'apaiser.

Se concentrer sur les détails. Oublier l'essentiel. Et si je me concentrais sur... *Oh* ! Je sais.

Cherry. Ma belle Cherry. L'une des femmes les plus charismatiques que je connaisse. Je me suis toujours fait la réflexion qu'elle ressemblait à une princesse... Des pommettes hautes, un visage rond, des lèvres charnues et des yeux d'une couleur claire plutôt complexe à identifier. À cela s'ajoute sa chevelure châtaine, qui retombe en boucles épaisses sur ses épaules, et le tableau rappelle ces beautés intemporelles qui seraient jadis devenues les muses d'un artiste torturé. Caroline a un ovale plus brut, un nez droit et solide, ainsi qu'une crinière noire aussi frisée que dense qui tient difficilement sur le sommet de son crâne. Elles n'ont pas du tout les mêmes traits, pourtant je ne saurais pas dire de laquelle émane le plus de charme.

Quand Caroline se plante devant moi, les mains sur les hanches, et plonge ses iris sombres dans les miens, je serre les dents.

— Cherry et moi, on connaît ton histoire. Ton père... Son décès... Toi qui essayes de le ramener à la vie... Et nous respectons cette décision, d'accord ? Mais nous avons suivi le même cursus depuis de nombreuses années. Ce concours, c'est ta consécration ! Tu es la seule à avoir le niveau pour réaliser le rêve de n'importe quel élève de notre classe... Tu as de l'or dans les mains, Ilyssia. Alors même si c'est difficile pour toi, parfois il faut se sortir les doigts du cul !

Elle n'a pas tort. C'est également mon rêve.

— Si je sors mes doigts de là, ce n'est pas de l'or que j'aurai dans les mains, marmonné-je.

Je glousse – Cherry aussi, parce qu'elle a huit ans d'âge mental.

— Tu as de l'or dans les doigts et un cœur taillé dans la roche. Tu es faite pour ce métier. Tu ne peux pas abandonner, décrète la brune en fronçant ses sourcils.

Elle se comporte comme une mère avec Cherry et moi. Heureusement, d'ailleurs. Sinon, l'une de nous aurait déjà passé l'arme à gauche sans le vouloir.

Néanmoins, elle n'a pas tort : notre école n'est jamais généreuse sans retour sur investissement. La NYEU est un établissement accessible seulement sur dossier. Les études ne coûtent rien : des mécènes se chargent de cette formalité. Cela étant, ces personnes nous soumettent tout de suite à une pression et un devoir de réussite. Les plus grands de ce monde gardent un œil sur nous : littérature, sciences politiques et sociales, arts... Le futur de notre société se prépare ici, entre complots, arrangements et transactions résolument trop élevées pour que j'y comprenne quoi que ce soit.

De l'or dans les doigts... Bien évidemment que les riches adorent ça.

Pour ma part, un homme a dépensé une fortune colossale dans mes projets : c'est grâce à lui que j'ai été exposée plusieurs fois, suscitant jalousie et admiration parmi les autres élèves de ma classe. C'est d'ailleurs en partie ce qui a provoqué ma popularité. Les théories sur mon identité vont bon train depuis lors, et je suis incapable de les démentir. À la place, je les laisse parler : si j'entretiens mon image, personne n'osera fouiller dans mon véritable chaos. Ni Cherry ni Caroline, bien que je les sache plus curieuses que le reste du monde. Elles seraient déçues par la vérité, si elles savaient.

— J'ai conscience de ma chance, Caro, ronchonné-je.

— Et pourtant, tu veux tout arrêter..., me gronde Cherry.

Spécialiste du portrait au fusain et de peinture à l'huile, Cherry s'est retrouvée dans mon cours d'anatomie la première année afin d'étudier les proportions du corps humain : nous nous sommes tout de suite entendues. Elle, l'extravertie joviale et exubérante, moi, la ténébreuse plante verte du fond de la classe. Le cliché même, et pourtant, notre amitié n'a pas faibli en quatre ans. Quant à Caroline, elle était avec nous en théorie poétique et histoire de l'art. C'est là que s'est formé notre trio, auquel se sont raccrochées trois autres filles géniales : Rain, Holy et Maria.

— Bon. Admettons que vous ayez raison... je trouve quand même votre idée débile, les remballé-je.

Pour récapituler leur ânerie, pas besoin de passer par quatre chemins. Elles veulent planifier des castings pour me trouver une muse « au masculin » et payer l'homme en question avec de l'argent que me fournirait mon mécène. Premièrement, c'est hautement improbable qu'il accepte de m'accorder une telle somme pour organiser une foire aux beaux gosses. Ensuite, moi-même, je ne trouve pas le concept éthique. En plus, ce serait manquer une grosse partie du défi... Celui-ci étant d'admirer sa muse, pas de la sélectionner comme le plus beau saucisson du rayon, puis de la dessiner pour bâcler le travail.

Ce qui fait de moi un génie, c'est que je comprends mes sujets. Si je n'y mets pas le cœur, c'est raté d'avance.

— Quoi ?! Mais c'est la meilleure idée du monde ! « Les muses au masculin ! » Il faut seulement te trouver la muse parfaite et le tour sera joué ! s'exclame Cherry.

« Seulement. » Un rire amer s'échappe de mes lèvres.

Je fronce les sourcils. Encore plus. Cette fois, c'est une expression de franc dépit qui marque mon visage. Je le sens jusqu'au plus profond de mes entrailles : c'est la pire idée *du siècle*.

— Mais vous êtes malades ?! m'écrié-je.

— Oh purée, oui ! En plus, à la NYEU, on a des mecs hyper canon qui jouent dans la plupart des équipes universitaires, bébé... Ils sont dignes d'une statue grecque, crois-moi, renchérit notre princesse au sourire diabolique.

Elle me désigne de l'index avec un air entendu, comme si j'allais tout à coup adhérer au projet. OK, ils jouent au basket. Ou au hockey. Ou peut-être à autre chose, je n'en sais foutre rien. Mais justement : ce ne sont pas des artistes.

L'Art est à l'Homme ce que l'eau est à la vie.

Si ces hommes-là devaient représenter quelque chose dans cette métaphore, alors ils seraient sans aucun doute des requins. *Des menaces*. Il n'y a que moi qui remarque à quel point ce jeu est dangereux.

2

Celian

— On se voit demain matin pour la séance de muscu, les gars ! crie le coach lorsque nous quittons les vestiaires.

Je lève un pouce pour confirmer que j'ai bien entendu. En tant que capitaine, c'est à moi de rappeler les horaires d'entraînement à tout le monde dans notre conversation WhatsApp. J'aime bien ce rôle. Il m'occupe l'esprit lorsque l'ennui revient au grand galop. D'un mouvement machinal, je jette mon sac sur le banc qui jouxte la sortie et passe mon pull par-dessus mes épaules. Il fait frais et je ne tiens pas à tomber malade. Demain, j'ai un exam en institutions politiques, je me vois mal décrocher la meilleure note avec une angine.

L'entrée du bâtiment est aussi grandiose que l'est notre gymnase, entièrement rénové pour nous féliciter de nos résultats. De la moquette rouge s'étend jusqu'à d'imposantes baies vitrées battues par la pluie nocturne. Des salves de gouttes rebondissent contre le verre dans un fracas régulier. J'observe les autres bâtiments qui entourent le gymnase et se relient entre eux par de larges chemins fleuris et bordés de lampadaires. L'hiver ternit la végétation, mais tout est pensé pour que l'esthétisme et le luxe émanent des allées comme des bâtisses.

Un soupir plus tard et me voilà prêt à rentrer chez moi. C'était sans compter sur Julian, mon meilleur ami. Il scrute mon vêtement avec un sourire en coin. Des lettres dorées sont écrites en plein milieu de mon torse.

— « Golden Man », lit-il d'une voix moqueuse.

— Ouais. Il paraît.

— La quintessence de la modestie, ricane-t-il.

— Ça va, Quinn, c'est pas comme si je l'avais fait floquer moi-même.

Il me donne un coup de coude amical dans l'épaule et m'emboîte le pas. C'est la deuxième fois que quelqu'un m'offre un pull avec ce titre imprimé en majuscules à l'avant. C'est mon surnom, désormais. Cette année, je devrais décrocher mon diplôme. Ensuite, je quitterai l'équipe et pourrai enfin me vouer à ce que j'ai toujours désiré le plus au monde : devenir sénateur au congrès. Comme il paraît que je suis ambitieux, intelligent, séduisant et doué dans tout ce que j'entreprends, mon fan-club a décidé de me renommer ainsi sur les réseaux sociaux. C'est plutôt flatteur, même si c'est aussi devenu une arme dans la bouche de mon meilleur ami. « Golden Man » par-ci, « Golden Man » par-là... Quelquefois, c'est surtout mon « Golden kick » qui menace ses burnes.

— Quand tu entameras ta campagne pour devenir sénateur, je te jure que j'imprimerai des affiches géantes avec écrit en gros « votez Golden Man ». Cent pour cent, tu passes haut la main, ajoute-t-il.

Je lui lance un regard de biais. Julian est un mec canon. C'est du moins la description que les femmes en font quand elles découvrent ses tablettes de chocolat, son sourire plein de charme et ses tresses plaquées sur son crâne. Aussi grand que doit l'être un basketteur, il roule souvent des mécaniques en exhibant sa carrure athlétique. Son regard noir a jeté des tas de filles sous ses draps. J'ai arrêté de compter combien de conquêtes il enchaîne tous les ans. Il prétend s'entraîner pour le jour où il rencontrera la femme parfaite.

— Oui, Julian... ça fait une semaine que tu me ressors la même menace tous les soirs. Si tu vas jusque-là, je sortirai toutes les photos que j'ai de toi, même les plus honteuses.

Il hoche la tête, les yeux écarquillés.

— Oh non... On évite, OK ?

Je ricane.

Il soupire et glisse ses mains dans son jogging avant de reprendre :

— En même temps, ça fait une semaine que je vois des hashtags « Golden Man » partout sur mon feed Insta, c'est insupportable... Tu me pourris la vie, Jones, grogne-t-il.

Julian rêve de popularité depuis tout petit. Nous nous sommes suivis durant nos études, de la maternelle à notre Bachelor. Même dans le basket, lui et moi avons intégré les mêmes équipes pour ne jamais avoir à nous séparer. Il a toujours détesté que je sois plus apprécié que lui... là encore, je n'y peux rien. Là où certains verraient une chance en or, moi, j'y discerne plutôt une malédiction. Mon enfance a certes été solitaire, cela dit, tout m'est toujours tombé tout cuit dans le bec. Je n'ai eu qu'à tendre le bras pour attraper les fruits que je désirais, si bien qu'aujourd'hui, je me demande ce que je veux vraiment. Sans doute le seul poste qui me résiste encore... parce que ce n'est ni chez les femmes, ni dans mes activités sportives ou scolaires que je rencontrerai le moindre obstacle.

Ma vie a un goût d'ennui. Parfaite, mais sans saveur.

Je croise mon reflet dans la vitre du gymnase. Avec la lumière qui s'en dégage, la nuit semble encore plus sombre d'ici. Même mon apparence est avantageuse. J'ai beau être un mec attiré par les femmes, je sais encore déterminer si je suis potable ou non. Comme je n'ai jamais eu de complexes et que personne n'a jamais critiqué mon physique, j'en ai déduit qu'il possédait certains atouts. Certains rêveraient d'habiter mon corps, il m'a toujours octroyé le privilège de la beauté – comme si j'en avais besoin ! Résultat, si je claque des doigts, approximativement tout et n'importe quoi peut m'appartenir. Les cœurs, les sourires, les « oui », les « comme tu voudras ».

Merde, c'est chiant !

— Je voudrais me promener un peu, j'ai mal aux cuisses, dis-je à Julian.

Il sort un paquet de cigarettes de sa poche. Comme son père, monsieur ne peut pas s'en priver. Toutefois, c'est incompatible avec le sport et il n'a le droit de fumer qu'une fois par jour. Je suis sûr qu'il s'en grille davantage, mais peu importe.

— *Let's go*[1], une promenade me fera du bien aussi. Je t'avoue que la semaine a été dure. Le coach nous a laminés.

Je ris.

— C'est surtout qu'on enchaîne les matchs. Il faut qu'on récupère si on ne veut pas se blesser.

Julian confirme d'un mouvement de la tête.

— Comment va ta mère ? me demande-t-il.

C'est le sujet qui fâche. Il y a finalement quelque chose qui me contrarie un peu, mais pas comme j'aurais souhaité l'être.

Je hausse les épaules.

— Et la tienne ?

— Tout pareil, rétorque-t-il seulement.

Ce qui signifie qu'elles sont toutes les deux à l'hôpital. Et plus parce qu'elles y travaillaient comme infirmières, mais parce qu'elles y sont désormais patientes à leur tour. Encore un point que Quinn et moi avons en commun. Le cancer de nos mères à quelques mois d'intervalle. Elles étaient amies par le passé, bossaient dans le même service et sont tombées malades en même temps.

Sans rien ajouter de plus – c'est ce que j'apprécie dans notre amitié –, nous sortons en direction du parc qui borde le campus.

Les rangées d'arbres parfaitement alignés se suivent et mon regard est attiré par une autre façade au moins aussi lumineuse que la nôtre. C'est le bâtiment des Arts – étonnamment appelé « Bat. A » –, semblable à un château miniature avec ses tours pointues, ses balcons et ses colonnes sombres. Visiblement, ce soir encore, la bâtisse est animée. À croire que les artistes ne vivent que lorsque le soleil se couche.

— Putain, y a un monde..., notifie Quinn comme si j'étais subitement devenu aveugle.

---

[1] Allons-y.

— Tu sais pourquoi ? demandé-je en connaissant déjà la réponse.

— J'suis pas devin, Celian. On va voir ?

J'acquiesce. Le grand extraverti que je suis adore faire la fête. J'étais censé marcher pour me détendre les jambes, pourtant je risque de finir ivre mort avec trois grammes dans le sang. Surtout que les étudiants en art, bien que très étranges, ont toujours de quoi passer de bonnes soirées sur eux.

— « 10 000 $ pour l'heureux élu. Devenez le modèle d'Ilyssia Margaret et restez gravé dans le marbre pour l'éternité ! », lit mon meilleur ami sur une banderole pendue aux fenêtres du bâtiment. Bah, putain, dix mille dollars ?! Ils se font pas chier...

— Ilyssia Margaret... Tu la connais ? m'intéressé-je.

— Ouaip. Mitchell s'est cassé les dents sur elle. Il a tout tenté, mais elle l'a envoyé bouler comme une merde... Paraît-il qu'il y a de grands artistes qui parient sur elle. D'ailleurs, un type riche à la réputation sulfureuse de dealer met des milliers dans sa carrière...

Je hausse les sourcils. Lukas Mitchell est un mec de l'équipe. L'un des rares à ne pas sauter sur tout ce qui bouge, mais aussi l'un des plus stupides de notre groupe. Il fait de son mieux, toutefois je me demande franchement comment il a pu passer les concours d'entrée à la NYEU.

— Allez, viens. J'aimerais bien voir sa tête...

3

Ilyssia

Je pioche dans le saladier de chips et observe le corps aux courbes douces et féminines de l'homme qui fait un tour sur lui-même pour se présenter. Il est beau. C'est typiquement ce que je pourrais sculpter : masculin sans trop l'être. Une ode à la féminité que les hommes rejettent en eux. Ce serait un superbe message à faire passer : oui, un corps aussi fin et délicat peut aussi appartenir à un homme. Et alors ? Ce serait un parti pris engagé. Le souci, c'est que j'en ai vu des dizaines, ce soir. Je ne sais pas me décider. Le message derrière l'œuvre compte pour moi. Un message détaché du sujet ne fera pas le même effet que si je trouvais la muse parfaite. Il faudrait que mon modèle m'inspire une idée, et non l'inverse.

On ne peut pas forcer les gens à rentrer dans une case bien définie. Ça n'a aucun intérêt, de toute façon. Il me faut quelqu'un qui crée sa propre place dans mon âme, pas un simple figurant.

Le hall du bâtiment A fait honneur à l'art. Avec un plafond voûté composé exclusivement de vitraux roses, violets, rouges et bleus, la lumière projette une myriade de teintes entremêlées tout autour de nous, au sol comme sur les murs. Bien que ces jeux de lumière ne forment pas de véritables dessins, chacun y discerne ce qu'il désire y lire. Sur les corps, ces taches de couleur prennent un sens différent à chaque fois. Même s'il fait sombre, des LED ont été installées de l'autre côté afin que l'effet persiste même la nuit. Ceux qui ont pensé le bâtiment lors de sa construction ont dû se souvenir que les artistes vivaient davantage une fois le soleil couché...

Derrière ma petite table en bois, j'observe la file de prétendants qui s'étale à perte de vue. Le brouhaha ambiant me martèle le crâne, mais si je me défile, les filles me le feront payer chaque jour de ma vie.

— Faites-le passer devant ! s'exclame Cherry.

Elles semblent passionnées par je ne sais quoi tandis que la pulpe de mes doigts tapote la surface du bureau en bois derrière lequel je suis installée. Mes deux sens préférés sont à la fois le toucher et la vue. Quand ma peau capte une matière, mes yeux imaginent un visuel pour la traduire. Lentement, je penche la tête sur le côté pour découvrir l'homme qui se présente à moi. Il est fin comme une brindille, d'une douceur tendre et harmonieuse. J'envisage un buste féminin, à la fois sans poitrine et sans muscle. Cet homme existe et il n'a pas de traits virils exacerbés.

Si je le choisis, je pourrai peut-être y arriver... Une muse au masculin très féminine : c'est parfait pour moi ! Je pourrais sculpter ses bras fragiles, parcourus de veines et de muscles fins à peine visibles. J'acquiesce, satisfaite. Je procéderai d'abord à des tests sur argile. Ce type-là me plaît bien, cela dit j'ai l'impression que c'est exactement le même que le précédent. Aucune identité, aucune originalité...

Je m'apprête à prévenir Caroline que je pense avoir trouvé quelque chose d'intéressant, toutefois les filles ne sont plus là. Seule face à un mec à moitié nu, je réalise alors la situation dans laquelle je suis. C'est particulier. Je viens de voir défiler des paires d'abdos et des boxers serrés toute la soirée.

— Merci. Je te rappellerai si besoin. Laisse-moi ton numéro, lâché-je.

Le dénommé « Val » se rapproche et le note sur une feuille, sa main gracieuse s'emparant de mon stylo. Je reste dans le thème si je le choisis, mais à ma sauce malgré tout. Même si je n'ai pas eu de coup de cœur, ce qui ne m'étonne pas vraiment, j'ai au moins une piste. Je frotte mes mains, prête à faire entrer le prochain candidat. Le contact de ma paume froide contre mes articulations me rappelle la douceur du marbre humide. J'ai une peau aussi glacée et lisse que la pierre que je travaille. Soudain, je suis interrompue par... Caro.

Comme souvent.

— Attends ! On a le type par-fait !

Je fronce les sourcils et la vois trottiner à côté de la file. Sa robe jaune volette derrière elle. Elle a lavé ses cheveux qui frisent joliment autour de sa tête. Sa chevelure dense encadre son expression d'excitation brute. Je déteste déjà les mots qui vont quitter ses lèvres.

— Golden Man ! chuchote-t-elle.

Si elle ne se retenait pas, elle l'aurait hurlé.

J'ignore totalement de qui elle parle. D'ailleurs, j'avoue que je n'aime pas tant l'idéc qu'elle m'impose quelqu'un.

— Qui ça ? m'exaspéré-je.

— Celian Jones, pour vous servir, répond une voix masculine qui surgit juste derrière Caroline.

Même si elle est grande pour une femme, il la dépasse largement. Le visage harmonieux, un corps aux proportions parfaites et les muscles gonflés comme ceux d'un catcheur, le fameux Golden Man s'approche. Je crois que je l'ai vu passer sur le compte Instagram de l'université il y a peu, mais je n'y ai pas forcément porté d'intérêt. Pas mon genre. En plus, il est dans l'équipe de ce crétin de Lukas Mitchell.

Cela dit, même s'il n'est pas à mon goût, je ne peux pas critiquer le physique de Celian. D'un point de vue purement pragmatique, c'est impossible de lui trouver le moindre défaut.

Toutefois, il est tout ce que je *refuse* de sculpter.

— Trop gros, lancé-je seulement.

Un idiot, dans son dos, explose de rire. Mon regard accroche celui de Golden Man, aussi gris que le mien. On m'a souvent répété que la teinte de mes iris rappelait celle des nuages... ou de la roche claire. Il en va de même pour la couleur qui emplit les siens. La forme de ses paupières, légèrement tombantes, est accentuée par ses cils noirs, une chevelure mi-longue retenue en arrière par un serre-tête et les traits symétriques de son visage. Malgré tout... je ne suis pas convaincue.

— Non. Vraiment... Ça n'ira pas, insisté-je.

Il a l'air fâché et à vrai dire, je n'en ai strictement rien à faire.

Cherry apparaît tel un *poltergeist* et se poste à côté de Caroline pour me fusiller du regard. J'ai la très nette impression qu'elle va me tailler en rondelles et me faire frire comme un beignet de crabe. Sa veste en cuir recouvre un large pull troué. Avec son maquillage charbonneux, elle ressemble à une chanteuse de métal tout droit sortie d'une soirée *underground*.

— Quoi ? lui demandé-je quand elle cale ses poings sur ses hanches.

— Tu pourrais être polie ? Pourquoi tu réagis comme si tu avais été élevée dans une porcherie ?

Elle s'énerve. Comme souvent. Moi, je garde mon calme. Comme tout le temps. Elle est gênée, je ne comprends pas trop pourquoi. C'est moi l'artiste... si ce n'est pas lui, ce n'est pas lui. *Basta.* De toute manière, je déteste que l'on m'oblige à faire quoi que ce soit. Je n'aime pas particulièrement les ordres – surtout qu'elles m'ont déjà forcée à passer la soirée ici contre mon gré.

— Regarde-le... C'est objectivement beau, mais artistiquement commun. Je ne peux rien faire avec ça, expliqué-je.

— Il n'y a pas de plus bel homme sur tout le campus ! s'écrie-t-elle, avant de se tourner vers Golden Man.

— Elle est un peu fatiguée, elle ne sait pas ce qu'elle raconte.

Je souris, mais le rictus ne monte pas jusqu'à mes yeux.

— C'est pas la politesse qui t'étouffe, princesse, répond le basketteur en ignorant parfaitement l'attention qu'il accapare et les paroles qui l'entourent.

C'est à moi qu'il parle ?

— J'ai dit que tu étais beau, Celian Jones.

— Tu as dit que j'étais gros, précise-t-il.

— C'est vrai. Il n'y a rien de gracieux chez toi. Tu es une brute, c'est tout.

Je suis un peu dure, mais je préfère clarifier les choses. C'est tout l'inverse du mec dont j'ai pris le numéro il y a deux secondes. Quand je le regarde, rien ne me vient. Il ne m'inspire pas du tout.

— Excuse-moi, mais… ce serait comme juger une femme sur sa tenue et l'insulter parce qu'elle porte une jupe trop courte. Tu prétends que je suis une brute ? Très bien… Tu te bases sur quoi ?

Je penche la tête sur le côté et observe l'air contrarié qui étire ses traits. Il semble agacé. Moi aussi. Je me sens coincée parce que j'ai parlé trop vite. Mon cœur s'accélère. Je déteste les joutes verbales. Je déteste mes meilleures amies. Je le déteste, *lui*. Je ne sais pas pourquoi ça m'affecte. Parce qu'il a raison ? Peut-être. Ceci dit, je préfère mourir que de l'admettre.

— Je me base sur les vidéos que j'ai vues de toi durant les matchs… Excuse-moi, mais « délicat » ne fait pas partie des adjectifs que j'utiliserais pour te qualifier.

Il s'apprête à répondre. À sa place, j'aurais une dizaine d'arguments en stock pour me clouer le bec. Je n'ai plus qu'à espérer qu'il soit mauvais en répartie, mais Celian Jones étudie en sciences politiques. Je me souviens de lui. Je le connais seulement de réputation, néanmoins celle-ci vante ses qualités d'orateur. De toute évidence, il a décidé de me rendre chèvre et je n'ai vraiment pas envie de poursuivre cette discussion avec lui.

— C'est du sport, ça n'a rien à voir… Je suis peut-être très doux en dehors du basket, rétorque-t-il d'une voix calme.

— Je n'ai pas envie de te sculpter, Celian, ça n'a rien à voir avec toi. C'est purement subjectif…

— Je n'ai pas l'impression que qui que ce soit te plaise, de toute manière, je me trompe ?

— Ce n'est pas parce que personne ne m'a convaincue aujourd'hui que je vais prendre n'importe qui pour autant…

— Mais concrètement, ça ne changera rien pour toi, si ? Entre une brute et quelqu'un d'insignifiant, quelle est la différence ?

À la lueur qui brille dans ses prunelles, je comprends qu'il compte me pousser à bout. Le problème, c'est que j'ai tort. Il a raison, je le juge sur son apparence alors que je ne le connais absolument pas. De plus, personne ne m'a réellement tapé dans l'œil lors de ce défilé débile et tout le monde l'a bien remarqué.

Le rouge me monte aux joues et je me ronge un ongle tandis que tous les regards se posent sur moi. Le temps se suspend et ma réponse tarde.

Je ne sais pas quoi lui dire.

Comble de l'ironie, il y a beaucoup de monde qui assiste à cette scène… J'ai l'impression d'être une bête de foire et de n'avoir aucune chance de me sortir de ce mauvais pas. Qu'est-ce qui m'a pris, au juste ?

J'aurais dû me taire. Vraiment. J'aurais dû me taire !

Angoissée comme pas permis, éreintée après cette soirée affreusement longue, je jauge mes différentes solutions avec désespoir.

Je pourrais poursuivre le débat… sauf qu'à cette simple idée, mon ventre se contracte. Je joue avec le coin de mon carnet pour faire passer ma nervosité, mais rien n'y fait. Sous le bureau, l'une de mes jambes bouge frénétiquement.

Comment je vais faire, maintenant ?

J'aurais dû tourner ma langue sept fois dans ma bouche avant de l'ouvrir. D'autant plus qu'en général, je ne suis pas aussi intolérante… J'ai des idées arrêtées, c'est vrai, mais de là à insulter un mec parce qu'il est musclé ? C'était quand même *un poil* démesuré.

Je ne sais pas ce qui s'est passé et je m'en veux. Il faut admettre que depuis l'annonce du sujet, je suis imbuvable. Que Cherry et Caroline m'obligent à choisir « Golden Man » sans me laisser la possibilité de refuser m'a contrariée et j'ai réagi agressivement en m'attaquant à la mauvaise personne. Et maintenant ?

Réfléchis, Ilyssia. Réfléchis.

— Bon, tu sais quoi ? J'accepte l'idée que je t'ai jugé un peu vite, le coupé-je alors qu'il s'apprête à reprendre.

Il fronce les sourcils. J'ai du mal à le regarder dans les yeux, d'autant qu'un désagréable sentiment d'urgence me gagne peu à peu. Je me sens comme bloquée dans un coin de la pièce face à un ours affamé.

Il faut que je lui laisse sa chance.

Je n'ai pas le choix.

— Et donc ? Je ne te suis pas, là.

Bon sang. Qu'est-ce que je dois faire ?

— Et donc j'accepte que tu deviennes ma muse. Une muse brute et obèse, certes, mais... Je trouverai peut-être quelque chose d'intéressant en dessous de mes préjugés..., marmonné-je.

Et voilà... J'ai paniqué. Résultat ? J'ai pris la *pire* décision du monde. Il retient un sourire alors que je plante mon coude sur le bureau pour cacher ma bouche.

Madame Ilyssia Margaret veut plaire à tout le monde et ne surtout pas passer pour une personne intolérante. Il ne faudrait pas qu'on la déteste !

Comme si me rattraper en choisissant Celian comme modèle allait les empêcher de me critiquer.

Cherry crie haut et fort que je suis une *people pleaser*[2]. Je crois qu'elle a raison.

« Pitié, ne me jugez pas. Je le fais déjà bien assez toute seule. » C'est ce que je dirais si je n'avais pas un minimum d'amour propre.

— Qu'est-ce qui t'a fait changer d'avis aussi vite ? Tu t'es rendu compte que j'étais parfait ? Ou bien que tu avais tort ?

— Ni l'un ni l'autre... J'ai juste réalisé que ton argument était recevable.

— Adjugé vendu. On commence quand ?

Cherry et Caroline ont arrêté de piailler. Mon cœur s'emballe dans ma poitrine face à cette voix grave et ce regard satisfait. Le projet, c'est de ne plus jamais le revoir aussi fier. Il est content d'avoir remporté la bataille et ça m'agace. Cela dit, si je l'avais

---

[2] Anglicisme désignant une personne qui veut absolument plaire à autrui.

laissé finir, il m'aurait rabrouée devant tout le monde. Et quelque part, je l'aurais mérité.

J'ai envie de me foutre des baffes ! Je m'éclaircis la gorge et me lève de ma chaise. De toute façon, j'en avais plus qu'assez, de ce défilé. La bouche pâteuse, la nervosité coulant dans mes veines comme un doux poison, je contourne la table et marche sous les lueurs violettes qui se répercutent sur son visage rayonnant.

Raté pour raté, autant poursuivre l'aventure de la pire façon possible. Je n'ai aucune chance de mener ce concours à bien, de toute manière. Je l'ai toujours su. En tentant des choses, j'autorise l'univers à me surprendre.

Dans le pire des cas, je pourrai clamer haut et fort que j'avais raison et qu'il ne fallait pas m'obliger à participer à ce foutu projet.

— On commence demain. T'es libre quand ? proposé-je sans conviction.

J'essaye de paraître naturelle, mais c'est peine perdue. J'ai deux solutions : ou je reste de marbre et je passe en contrôle automatique, ou je joue la carte de l'humour.

— Le soir, rétorque-t-il. Passé vingt heures... J'ai un partiel et j'enchaîne avec l'entraînement.

— Tu es vraiment sûr d'avoir envie d'être ma muse ? Je ne suis pas sympa, ni particulièrement drôle, et encore moins agréable au quotidien. Tu as certainement d'autres occupations plus intéressantes, Golden Man. Je t'invite à bien y réfléchir.

— Moins tu auras envie que je sois ta muse, plus j'aurai envie de l'être, avoue-t-il avec un sourire en coin. Je vais te prouver que je peux être raffiné et sensible, moi aussi.

Je le regarde de haut en bas.

— J'ai du mal à comprendre ton acharnement, mais bon...

— C'est du business... La star du « Bat A » va ériger une statue à mon image et je serai exposé dans un musée à Londres.

Je retiens un soupir exaspéré.

— OK... Faudrait-il encore que je trouve une idée.

— Tu vas y arriver ! affirme Caroline, largement soutenue par Cherry.

Je lève les yeux au ciel et ajoute :

— Prends quand même une douche avant de venir.

Je déteste les gens qui sentent mauvais.

— Ah ouais, on en est là… Tu me considères vraiment comme un barbare ?

Un peu. C'est encore un jugement hâtif, non ?

— Disons que je me méfie…

Nous échangeons un regard et j'ai du mal à déterminer si cette situation l'amuse ou s'il me déteste. De son côté, il me sonde et semble chercher la même réponse au fond de mes pupilles. J'admets ne pas la connaître moi-même.

Pour être honnête, je n'aurais jamais choisi Celian si l'on ne m'y avait pas forcée. Toutefois, personne d'autre ne me plaisait réellement… J'aurais choisi Val parce que j'avais déjà une idée en tête : il était mon modèle sans l'être tout à fait. J'aurais produit quelque chose de générique et n'aurais pas été satisfaite de mon travail.

Là, au moins, il y a du challenge.

C'est le moins que l'on puisse dire.

Je suis totalement démunie à l'idée de trouver un concept qui lui conviendrait… mais je me suis engagée. De plus, notre relation part sur de très mauvaises bases. Il me prend pour une personne fermée d'esprit et je le perçois comme un vantard à l'ego surdimensionné. C'est voué à l'échec.

Immobile, il me fixe avec l'attitude d'un conquérant. Je lui chuchote sans un mot que la guerre ne fait que commencer. Aussi silencieux que moi, il me tend la main en signe d'apaisement. Ses longues mains ressemblent davantage à des paluches d'ours, pourtant ce sont les miennes qui taillent la pierre.

Cette soirée a été pire que dans tous mes cauchemars… Je n'ai qu'une seule envie, désormais : me blottir sous mes draps et ne plus m'en extirper pour les six prochains mois.

Lentement, je serre ses doigts entre les miens.

Sa peau chaude enveloppe ma chair glacée jusqu'aux os. Nos pupilles s'accrochent et ses yeux gris ne me lâchent plus. Je soupire longuement pour exprimer toute ma lassitude. Il mord l'intérieur de ses joues pour ne pas rire, et cette manie qu'il a de se moquer de moi me gonfle déjà.

– Avoue que c'est intéressant, comme expérience...

– Absolument pas.

Vas-y, souris, Jones. Souris. Tu n'es qu'un requin malveillant dans l'océan de ma vie d'artiste. Un goéland sur une plage remplie de bébés tortues. Alors comme pour toutes les menaces que j'ai affrontées au cours de ma vie... je me battrai pour survivre un jour de plus...

4

Celian

Ilyssia Margaret est méprisable au plus haut point. Ce qui m'a convaincu ? Gagner en popularité. Me montrer dans tous les milieux. Entrer dans un musée, aussi. Vaincre l'ennui lorsque je rentre chez moi, le soir, et que je contemple le ciel depuis ma fenêtre. Combattre une ennemie à ma taille.

Les personnes comme elle me fascinent. Ce franc-parler, cette assurance, cette passion dans le regard. Elle est tout ce que je ne suis pas. Contrairement à moi, quelque chose la tient éveillée. Quelque chose d'autre que la morosité. Un amour qui la traverse, la submerge, la dépasse et transcende son âme. La jalousie m'a pernicieusement planté une épine dans le cœur lorsque je l'ai aperçue. Dans ses yeux gris brûle une flamme que je ne reconnais pas. Elle scrutait son modèle avec une telle intensité qu'il était évident qu'elle imaginait déjà un nouveau monde au bout de ses doigts. Une intensité que je n'ai pas retrouvée quand elle m'a observé *moi*. C'était frustrant, je l'admets. Je n'ai pas l'habitude d'être moins bien que les autres.

Un soupir s'échappe de mes lèvres et je place un bras sous ma tête, allongé sur ma couette. Une cannette de soda traîne sur ma table de chevet. J'ai eu la décence de retirer mes chaussures avant de monter sur mon lit, mais je réalise que tout le reste de ma piaule est un beau bordel.

Je pourrais ranger. Je devrais aussi réviser. J'ai un exam, demain. Une dissertation sur un sujet qui me tient à cœur. Pourtant, j'attrape mon téléphone dans un repli des draps et lance les réseaux sociaux, comme une spirale infernale qui me gardera éveillé jusqu'à ce que mes yeux me picotent. Soudain, je scrolle et tombe sur une publication de Caroline. Elle a identifié ses deux meilleures amies. Cherry et... une fille qui tourne la tête en masquant son visage avec un livre.

C'est *elle*.

Je me redresse vivement et bascule sur le flanc en plantant mon coude dans l'oreiller. Je clique sur son pseudo. *Missmargaretilyssiaart*. Pendant un long moment, je fixe son feed Instagram et observe son art sans m'attarder sur les photos de ses œuvres. Je ne m'en fous pas, au contraire, mais elle a raison sur le fait que je ne suis pas spécialement sensible à la sculpture. Hormis constater que c'est magnifique, je n'ai pas d'avis sur son travail. Ce que je cherche plutôt, c'est une photo d'elle. De son visage à la fois doux et hargneux, son regard solitaire et si riche à la fois. Julian a raison : elle est comme ses sculptures. De cette beauté indescriptible sur laquelle on ne peut pas débattre. Les cheveux bruns et coupés au carré, les lèvres roses et abîmées par le froid, et le teint pâle, c'est tout ce dont je me souviens d'elle. Une description banale pour une personne qui ne l'est pas.

Cela dit, je dois me rendre à l'évidence. Son compte Instagram ne montre que ses sculptures, ses prix, ses expositions, des paysages en tout genre et sa silhouette de dos, alors qu'elle se tient face à son travail. Je ne pourrai pas satisfaire ma curiosité aujourd'hui.

Je dépose mon téléphone sur la table de chevet. Un livre traîne sur l'oreiller d'à côté. Je le rouvre sur la page que j'ai laissée en suspens. Il s'agit de l'histoire des USA durant le XIXe siècle. Il y a beaucoup d'informations à retenir, mais j'ai une mémoire d'éléphant alors je sais d'avance que je n'aurai aucun mal à les recracher le jour de l'évaluation. C'est presque trop facile. Presque, parce que je n'aime pas particulièrement l'histoire, donc pour une fois, je rencontre une petite résistance.

« Trop gros » résonne soudain dans mes oreilles.

Putain... Quelle connasse !

Je reprends mon portable. Merde, il doit bien y avoir des photos d'elle sur Internet, quand même ! Je tape son nom dans la barre de recherche. Ilyssia Margaret. Ses copines ont dit qu'elle était connue et populaire. Même Quinn sait qui elle est ! Je vais envoyer un message au mec qu'elle a maltraité dans mon équipe et le harceler jusqu'à avoir une réponse.

La page me renvoie à des photos de vieilles dames ou de filles de l'est. Il y a même une prostituée qui porte son nom, des titres dans le journal qui la mentionnent... mais pas sa tête.

Soudain, la conversation Messenger de notre équipe, les Black Dragons reprend vie. Un groupe vieux comme le monde, que l'on n'utilise plus depuis des années. Une notification me coupe dans mes investigations.

C'est Julian, évidemment. Il adore déterrer les conversations miteuses que l'on a enterrées depuis bien longtemps... Quelquefois, il retrouve des photos géniales qui nous font mourir de rire.

[Quinn le nul : Vous savez pas quoi ? Notre Golden Girl est devenu la muse de Margaret aujourd'hui.]

Je le hais.

[Golden big boss : Je t'emmerde, Quinn.]

[Mitchmitch : La Margaret qui m'a brisé le cœur ? Méchant Golden, tu me voles mon crush !]

[Quinn le nul : Elle lui a dit qu'il était une muse obèse 😂]

[Hunter : Attendez...]

Hunter a changé votre surnom par « Golden baby girl ».

[Golden baby girl : VTFF]

Je repose mon téléphone et le reprends à l'instant où il vibre pour constater que Mitchell a répondu :

[Mitchmitch : Fais gaffe, Celian. Elle pique. Personne ne l'a jamais connue en couple, personne n'a jamais couché avec elle, la meuf est un fantôme, et elle est méchante.]

[Golden baby girl : Il est totalement exclu que je tente un truc avec elle !]

[Quinn le nul : Comment ça va parler sur les RS ! Tes groupies vont détester la nouvelle.]

[Golden baby girl : Quelle nouvelle ?]

[Mitchmitch : Bah, écoute, à l'époque où Ilyssia et moi nous sommes rapprochés, elles ont déjà commencé à rager. Elle avait reçu des insultes et des intimidations en messages privés... Et pourtant, je ne suis pas toi. Désolé, Golden man, mais t'es trop aimé. Ton fan-club va détester que tu traînes avec elle.]

Je n'y avais pas pensé, mais il est possible qu'elle reçoive des messages désagréables si elle est trop souvent avec moi. D'autant que d'après Cherry, je vais devoir poser en partie dévêtu. Maintenant que j'y réfléchis, c'est évident que les événements risquent de virer à la catastrophe. En même temps, j'ai sciemment décidé de m'engager là-dedans et Ilyssia a accepté ma candidature.

Je songe à la façon dont elle m'a regardé. Si elle ne m'avait pas attaqué en premier, je n'aurais peut-être pas postulé. Après tout, je n'ai absolument pas le temps pour ces conneries, même si ce concours joue en ma faveur d'un point de vue médiatique. Si elle avait gardé ses critiques pour elle, je n'en aurais pas fait une question d'honneur et aurais respecté son avis. Malheureusement, cette provocation m'a déplu et je me suis senti insulté. Quand elle a compris qu'elle était coincée et que je n'allais pas la lâcher, elle a fini par céder. C'était ma petite victoire personnelle.

Finalement, je prends une grande décision. Je retourne sur Instagram. Sur son compte, plus précisément. Dans ses messages. Puis j'écris une phrase que j'efface. Je la reformule et l'envoie avant d'avoir le temps de regretter.

[Celianjonesgoldie : Hey. On se donne rendez-vous où, demain ?]

[Missmargaretilyssiaart : Salle 12. 22 h.]

Plus froid, tu meurs.

[Celianjonesgoldie : On a démarré du mauvais pied...]

[Missmargaretilyssiaart : Il vaut mieux ça, au moins c'est clair. On n'est pas amis. Tu m'aides pour mon projet, je te donne l'argent, et basta. Je suis sûre que t'es sympa, mais je me méfie des gars comme toi.]

[Celianjonesgoldie : De tous les gars, visiblement.]

[Missmargaretilyssiaart : Oui.]

[Celianjonesgoldie : Tu as déjà une idée de ce que tu vas faire de mon corps obèse ?]

[Missmargaretilyssiaart : Je voulais dire massif. Désolée si je t'ai vexé, c'était pas le but.]

[Celianjonesgoldie : Il en faudrait plus pour me vexer. Mais merci, je prends soin de ma musculature tous les jours.]

[Missmargaretilyssiaart : Je vais déjà te dessiner dans plusieurs postures. Tu aimes la musique ? Que je te prépare une playlist, si jamais c'est un peu long pour toi.]

[Celianjonesgoldie : Quelle amabilité ! Des chansons Disney stp.]

[Missmargaretilyssiaart : OK.]

Je me retiens de sourire, mais c'est trop tard. Elle est tellement... bizarre. En fait, les gens comme elle provoquent tous la même réaction, chez moi : ils me paraissent totalement à côté de la plaque. C'est comme si, socialement, ils étaient incapables de se mêler au reste de la population. Leurs réponses sont toujours inappropriées, leurs sujets de discussion aussi lunaires qu'eux, et je n'arrive pas à m'empêcher de les trouver à la fois drôles et adorables. Ma petite sœur, par exemple, incarne parfaitement le rat de bibliothèque en marge de la société. Ilyssia lui ressemble, à un détail près. Elle n'a pas peur des gens : elle les déteste. Surtout les hommes. Comme beaucoup de femmes, parfois à juste titre. Je ne connais pas son histoire. Je suis seulement certain d'une chose : plus elle me repousse, plus je suis curieux.

Ma vie est ennuyante, je n'y suis pour rien.

Elle l'était, du moins... parce que j'ai trouvé une distraction pour les prochaines semaines.

Ilyssia Margaret.

Mon regard se pose sur le plafond de cette baraque vide et trop vaste pour un pauvre étudiant. J'ai déjà pensé à proposer à des amis d'habiter dans les autres chambres, un peu comme des colocs, mais je continue d'espérer que ma mère rentrera bientôt et je ne veux pas qu'elle foute les pieds dans un bourbier à peine sortie de l'hôpital. Elle n'y survivrait pas. D'autant que mes amis font la fête jusqu'au petit matin tous les week-ends.

Cela dit, je le reconnais.

La solitude me pèse.

5

Ilyssia

Je n'ai pas dormi.

Comme souvent.

À la place, j'ai étudié le corps de Jones. Les proportions. L'harmonie. Les mouvements. La courbure de ses muscles. Mais j'ai du mal... Je déteste dessiner les hommes, encore plus à partir d'une photo. C'est comme si d'horribles souvenirs remontaient dans mon esprit, à la fois trop flous pour que je les analyse et trop tangibles pour que je les ignore.

Cela étant, c'est un peu différent, ce coup-ci. Jones est vivant. C'est ce que j'essaye de me répéter. Demain soir, je l'aurai réellement sous mes yeux, en personne. *Physiquement*. Il faut que je me force à oublier le passé. Je me suis lancée dans l'inconnu en dépit de mes peurs, faire demi-tour maintenant me donnerait la gerbe. J'aurais l'impression d'être faible.

Mon cœur s'emballe malgré moi. La nervosité, sans doute. Comme le dit si bien ma mère, je suis un oiseau nocturne. J'aime le silence, ma paix, mes moments en tête à tête avec moi-même. Papoter pour ne rien dire me révulse, surtout quand je ne connais pas bien la personne qui me raconte sa vie. Même mes amies finissent systématiquement par m'épuiser... Pourtant, je les adore ! J'ai seulement un profond besoin de solitude. D'ailleurs, je ne crois pas m'être déjà sentie seule, même au beau milieu d'une nuit sans lune et sans étoiles, avec pour unique compagne ma propre personne.

Celian Jones représente tout ce qui m'effraie le plus. Il est à l'aise au milieu des foules. Tout le monde le connaît, le salue, l'approche comme si cela allait de soi. Alors que je cultive le mystère autour de moi pour repousser les curieux, lui leur ouvre les bras. Il rêve de devenir sénateur et personne ne l'ignore. Avec une telle gentillesse, je ne doute pas qu'il trouvera facilement des fidèles. Cela dit, c'est aussi son ambition politique qui me pousse à tant me méfier de lui.

Qui est Jones ?

Il est assez habile socialement pour masquer les pires travers.

Je dois le reconnaître : il m'impressionne. Je n'ai pas peur de me taper la honte devant lui... De toute façon, je ne lui adresserai quasiment pas la parole. En revanche, j'ai peur que *lui* me parle, qu'il tente de me sonder, de me déstabiliser comme à la première seconde où nous nous sommes rencontrés. Ce n'est pas compliqué : quand il ouvre la bouche, il me donne envie de répliquer pour m'assurer qu'il n'essayera pas de s'approcher de moi. À mes yeux, Celian Jones est un danger... et la meilleure défense, c'est l'attaque.

Les bruits ambiants qui proviennent de la rue bondée me reviennent subitement. Je suis hors de mon royaume, à l'heure actuelle. Peut-être faudrait-il que je me reconnecte au vrai monde au lieu de garder la tête dans les nuages. Je referme mon carnet de croquis et fourre un nouveau chewing-gum dans ma bouche. Nous attendons sous l'Abribus. L'odeur du tabac me chatouille les narines et j'observe la cigarette qui oscille entre les lèvres de Cherry. Ses longs ongles en amande, d'un rouge cerise, allongent ses doigts qui tremblotent à cause du froid.

– C'est déjà le huitième en trois minutes, m'annonce-t-elle.

– T'as que ça à foutre de compter le nombre de bonbons que je mange ? me moqué-je en me tournant vers elle.

– Tu sais que certains chewing-gums ont des effets laxatifs, à haute dose ?

Comme si j'en avais quelque chose à faire ! Je lève les yeux au ciel et lui souris en secouant la tête. Nous attendons Caroline pour aller prendre notre petit déjeuner en face du campus. Le ciel est encore bleu foncé, de cette teinte qui précède tout juste les premières lueurs de l'aurore. Je mords nerveusement l'intérieur de mes joues, puis hausse les sourcils en plaquant mon dos à la vitre.

— Ça va, j'en ai mangé huit. J'ai pas vidé le paquet non plus.

Elle me le vole pour lire les ingrédients.

— Ah, tu vois ! C'est écrit là, en tout petit !

— Bah, tant pis, j'aurai la diarrhée, ris-je.

Elle me fusille du regard. Quand je suis nerveuse, je mange. Les chewing-gums sont une bonne alternative pour m'éviter de vider des placards entiers à toute heure de la journée. Lorsque j'étais plus jeune, ce réflexe boulimique m'a valu plusieurs indigestions. J'observe ses iris clairs, mélange de vert et de bleu, puis les boucles qui entourent sa moue blasée. Brusquement, son expression change du tout au tout. J'ai un bref mouvement de recul et fronce les sourcils.

— Bon, sinon… Raconte-moi ! Tu vois Celian Jones, ce soir ? s'excite-t-elle toute seule.

Mon palpitant se lance dans une nouvelle embardée.

— Je suis assez stressée comme ça… tu veux bien éviter d'en rajouter ?

— Golden Man… C'est la classe, chérie.

Ma meilleure amie repousse une mèche derrière son oreille et plonge la main dans mon paquet de friandises pour se servir.

— De toute façon, je ne vais pas lui adresser la parole. C'est mon modèle, c'est tout.

Cherry acquiesce.

— Oh, oui. Je te connais et je m'en fais pas pour ça… Il va avoir droit au jeu du Roi du Silence tous les soirs, le pauvre.

— En même temps, je suis obligée de participer au concours à cause de vous… et je suis obligée de le dessiner *lui* à cause de vous aussi !

— Personne ne t'a mis le couteau sous la gorge…

Le culot !

— En plus, je ne vais pas le voir tous les soirs non plus. Une fois par semaine pendant un mois, ce sera largement suffisant. Ensuite, je ferai une ébauche en argile et je le rappellerai dans quatre mois pour commencer le projet final, me rassuré-je tant bien que mal.

Mon téléphone vibre en même temps que celui de Cherry. C'est sûrement Caroline qui nous annonce qu'elle est en retard, comme tous les matins. Pourtant, je ne peux pas m'empêcher de regarder l'écran… On ne sait jamais si Celian décidait de décommander notre rendez-vous à la dernière minute. J'ai de l'espoir !

C'est toujours autorisé de rêver, non ?

Toutefois, j'observe mes notifications avec dépit. *Rien.* Rien hormis que « Celianjonesgoldie ✨ a commencé à vous suivre ».

Je m'en fous ! Casse-toi !

6

Ilyssia

Caroline apporte le plateau sur lequel se trouve notre petit déjeuner. Nous venons manger ici tous les matins depuis des années. Parfois, nous sommes six. Aujourd'hui, il n'y a que nous. Les autres filles ne commencent les cours qu'à dix heures.

Entre-temps, Caroline a réussi à se maquiller dans les toilettes du café, et comme toujours, elle a tracé un trait d'eye-liner parfait au-dessus de ses paupières en l'espace de trois secondes. Je me demande si un jour, elle se lèvera à l'heure. Je crois que, dans le fond, elle préfère se préparer ici.

Cherry n'a pas ce problème. Elle dort de dix-sept heures à vingt-trois heures, puis elle sort et arrive ici prête comme si elle se rendait à un gala. Tous les jours, je réalise à quel point mes amies sont belles. C'est précisément pour cette raison que je ne sculpte que des femmes. Objectivement, il n'y a pas à chipoter : les spécimens féminins sont infiniment plus doux et poétiques que les hommes.

— Tiens, un café au lait et ton gâteau à la cannelle, m'annonce Caro.

Je joins les mains devant mes lèvres et applaudis doucement avec un sourire gourmand. J'adore les spécialités de cette boutique. Le gérant nous connaît très bien. Il y a même plusieurs de nos œuvres qui décorent son commerce. Une sorte d'échange de bons procédés, comme il le dit si bien.

— Je meurs de faim ! s'exclame Caroline.

Cherry utilise sa serviette en papier pour cracher une énorme boule de chewing-gum.

— Finalement, t'en as mangé combien ? la taquiné-je.

— Douze, rit-elle. Pire que toi.

Je souris et affiche une moue moqueuse.

— Tu sais que certains chewing-gums ont des effets laxatifs à haute dose ? répété-je d'une voix beaucoup plus aiguë que la sienne.

— Oh tais-toi, t'es gonflée !

— Regarde ! C'est écrit en tout petit !

Elle mord sa lèvre, faussement furieuse, et ébouriffe mes cheveux jusqu'à ce que je m'en plaigne. C'est-à-dire à l'instant même où elle commence. Trop tard, mon carré ressemble désormais à une coupe au bol. Elles ont baptisé cette coiffure le « champi-lion », et à cause de Cherry, j'en suis souvent porteuse.

— Bon, alors, tu as une petite idée de ce que tu vas pondre pour le concours ? reprend Caroline lorsque le calme revient.

— Un énorme doigt d'honneur en marbre rose, blagué-je seulement à moitié.

— Ce serait hilarant, ricane Cherry.

— Aucune inspi ? poursuit Caroline.

— Si..., soupiré-je. J'ai peut-être une idée.

C'est ce qui m'agace le plus. Même si imaginer mes doigts pétrir de l'argile dans le but de sculpter un homme me débecte, je pense que mon idée est bonne.

— Raconte ! s'impatiente Cherry en frottant son œil délicatement de sorte à ne pas abîmer son fard à paupières rose.

— Tu vois quand il saute pour dunker ? Eh bien, au lieu d'un ballon, je comptais y mettre le soleil. Ce mouvement ressemble en quelque sorte à une figure de danse. Ça lui donne un petit quelque chose de romantique... Comme les muses sont des figures féminines, ce serait ma façon de représenter la masculinité dans ce contexte...

— Waouh ! Ce sera trop beau ! s'exclame Caroline avec des étoiles dans les yeux.

Elles sont toujours dans l'excès... mais d'un côté, c'est leur excitation qui me permet d'en ressentir aussi. Elles me motivent toujours mieux que personne.

— Je comptais le représenter avec ses muscles de gorille, mais aussi avec une longue toge, un peu comme s'il portait une robe. J'adore l'inspiration grecque, alors...

Je me rends compte que je marmonne, comme si j'avais honte d'aimer ce projet. Quelque part, c'est un peu le cas. J'adore mon idée, mais je déteste le sujet et le thème. Disons que j'essaye de le rendre le plus attractif possible à mes yeux... et mes tentatives fonctionnent. En tout cas, ma passion est captivée par ce défi et je déteste mon cœur et mon âme de tant se dévouer à une œuvre que mon cerveau rejette en bloc.

Je pense que Celian représentera toujours l'homme dans toute sa splendeur, même avec une robe et une posture féminine. Il incarne le sujet même du concours. Une muse au masculin.

Lentement, je croque dans mon gâteau à la cannelle. Je suis crevée, mais l'art me tient en vie. Il me garde éveillée parce que je sais qu'endormie, je ne pourrais rien créer. La texture sablée du biscuit emplit ma bouche d'une saveur qui me fait fermer les yeux de plaisir. Je mâchouille un moment tout en reposant mes paupières, lourdes de fatigue.

— Oh, salut ! s'exclame Cherry.

J'imagine que nos copines ont dû se pointer quand même. Je daigne rouvrir les yeux... mais la personne qui me fait face n'a rien à voir avec l'une de mes amies.

— Salut.

La voix de Golden Man rebondit entre mes côtes. Il porte un sweat à capuche violet qui masque presque sa carrure de mastodonte, mais il est tellement grand que, de toute façon, il occulte la lumière des lampes. À cette heure si matinale, les ampoules diffusent une ambiance tamisée qui permet aux hiboux tels que nous de s'éveiller gentiment. Découvrir un type comme Celian dans mon havre de paix préféré – en dehors de mon atelier... – me déplaît fortement.

— Tu me suis ou je rêve ?

— Tu rigoles ? se moque-t-il. Je viens ici tous les matins depuis deux ans.

Ça m'étonnerait.

— C'est vrai, on te voit souvent, confirme Caroline d'une voix anormalement docile, compte tenu de son caractère habituel.

N'importe quoi ?!

— Nan. Jamais vu...

Je m'apprête à avaler une bouchée supplémentaire, mais tout le monde me fixe.

— Quoi ?

— Rien. Je suis juste vexé, plaisante-t-il. J'en profite pour te donner l'info ! Ce soir, je peux venir un peu plus tôt. On a décalé l'entraînement. Ça te va ?

— Ouais.

— Cool, répond-il.

— Cool, confirmé-je.

Nous échangeons un coup d'œil à la volée. Je suis gênée. Il prend de la place dans un moment dont il est exclu. Le gris de ses iris semble fusionner avec le mien. J'ai l'impression de tomber dans le vide, de peiner à respirer. Mon corps se crispe et je déglutis difficilement avant de baisser la tête vers mon gâteau. Qu'est-ce qui est si sombre, tout au fond de son regard ? Ce serait... de la solitude ? Lui ?

— J'ai une idée de projet, lancé-je en desserrant les dents.

Il s'en fiche, mais peu importe.

— Génial. Ça prendra combien de séances, tu penses ?

Les filles me font les gros yeux. Elles espèrent que je dise « un mois », histoire de se rincer l'œil le plus longtemps possible, sauf que c'est hors de question.

— Deux ou trois fois. Dans quatre mois, il faudra que tu reviennes pour que je puisse commencer le final, lui annoncé-je.

Il semble déçu, lui aussi.

— OK, ça me va.

— Je te donnerai l'argent à la fin.

— Tu ne vas rien me donner du tout, rit-il subitement.

Sa voix grave me fait quelque chose. C'est indubitable. Je recule imperceptiblement, comme si j'allais pouvoir esquiver le pouvoir qu'elle a sur moi.

— Si, c'est le deal, argumenté-je.

— Pas besoin. Je suis ravi d'être ta muse.

Je retiens un sourire.

Ah non, hein ?! On ne devient pas ami avec Golden Man !

Ce n'est pas mon genre de potes. Si c'est pour me faire insulter par toutes ses fans, non merci. J'ai déjà vécu ça avec son partenaire, Lukas Mitchell, au point où j'ai dû les menacer de porter plainte pour harcèlement. Le pire, c'est que je le repoussais. Certaines m'en ont voulu de lui faire mal au cœur, d'autres de l'approcher, d'autres encore de simplement respirer le même air que lui… C'était infernal. Moins longtemps je le côtoie, mieux je me porte. Autant limiter les dégâts.

— D'ailleurs ! Tu n'en parles à personne, hein ? paniqué-je.

Il se penche en avant, au-dessus de cette table qui paraît ridiculement petite à côté de lui. Je déteste être assise face à un géant aussi disproportionné.

— Évidemment… Tu n'es quand même pas la première personne avec qui je vais en *date* secret…

Je ne manque pas l'humour dans sa voix. Il tente un rapprochement.

— Personne ne me *date*, Celian Jones Goldie, articulé-je en plissant les paupières.

Son pseudo sur Instagram. Celui qui m'a refilé des sueurs froides, hier soir. Je n'ai absolument aucune idée de la façon dont je dois interagir avec lui. Il y a quelque chose de comique dans ce début de relation. Je suis sur la défensive parce que je me méfie de lui. Cela ne signifie pas que je le déteste… pas à proprement parler, du moins. J'attache une suspicion toute particulière à son intérêt pour mon art. Il pourrait penser que je me sers de lui pour attirer l'attention sur moi. Moralité, nous sommes juste deux personnes dont les chemins n'auraient jamais dû se croiser. On ne se comprend pas.

— D'accord, miss Margaret Ilyssia. C'est toujours un plaisir de discuter avec une femme aussi froide qu'une porte de prison.

Cette fois-ci, je glousse.

— J'ai un cœur de roche, Celian. Je suis sculptrice, les trucs chauds, c'est pas mon délire.

Il semble saisir mon sous-entendu. Cherry s'étouffe avec son chocolat liégeois. Golden Man range les mains dans ses poches.

— Mitch m'avait prévenu.

Je lève les yeux au ciel.

— Il était vraiment gentil, je suis désolée de lui avoir fait de la peine… mais j'avais son fan-club d'hystériques à mes trousses, c'était flippant.

Un sourire étire ses lèvres. Mon cœur loupe un battement. C'est normal, il est foutrement canon. Je le vois mieux, dans ce café isolé. Il y a moins de monde et les abat-jour tamisent la lumière, prodiguant une ambiance plus intimiste à notre discussion. Avec ses sourcils fournis, ses longs cils et la teinte claire de ses yeux, il possède cette fameuse gueule d'ange qui fait s'écarter tant de cuisses sur le campus. Pas les miennes, de toute évidence. Il fait rouler ses épaules et recule de quelques pas.

— Allez, j'y vais. J'ai exam. Espérons que ça se passera bien…

Un rictus moqueur marque mon visage.

— Tu vas décrocher la meilleure note, comme à chaque fois… lui lancé-je.

Ce ne serait pas une surprise. C'est l'un des faits immuables à son sujet. Celian Jones est un génie. Ses sourcils se haussent.

— C'est trop facile, j'y peux rien.

Cherry et Caroline le saluent, mais il ne les regarde pas. À la place, il me dévisage. Ce mec est bizarre. Quand il fait demi-tour pour repartir, j'observe les mèches qu'il a plaquées en arrière, les cheveux courts qui chatouillent sa nuque, sa carrure athlétique, mais détendue, et la force qui émane naturellement de lui. C'est agaçant aussi, cet effet qu'il a sur les gens. J'imagine que c'est primitif. Il est attirant, c'est tout.

— Oh. Mon. Dieu, lance Cherry d'une voix étouffée.

Oh non, pitié. J'avais oublié qu'elles existaient. Un bref instant, il n'y avait plus que lui et moi.

— My gooooooooood ! s'exclame Caroline.

— Il est..., poursuit l'autre en posant ses ongles sur ses tempes.

J'inspire tout l'air de la boutique pour remplir mes poumons et bascule la tête en arrière.

— Ne soyez pas des clichés vivants, s'il vous plaît ! On peut parler d'autre chose ?

— Jamais de la vie ! chuchote Cherry en me labourant les côtes de coups de coude.

Je ne réponds à aucune question et les laisse s'emballer dans leur coin. Elles s'imaginent tout et n'importe quoi. Cherry affirme que grâce à lui et moi, elle pourrait peut-être rencontrer Quinn, son meilleur ami. Caroline ajoute qu'elle se taperait bien n'importe quel mec de l'équipe si ce n'étaient pas des queutards sans cervelle, et moi, je les ignore. À la place, je ressors mon carnet et peste devant les dessins de... Celian.

Comment décrire l'agacement qui m'étreint à ce moment-là ? Ça ne me ressemble pas. J'ai un cœur en marbre ! Pourquoi suis-je obligée de me le répéter en permanence, ces deux derniers jours ? J'ai l'impression que j'essaye de m'en convaincre. Au fond, je sais que je leurre tout le monde. Je ne suis qu'une putain d'arnaque.

Il y a quelque chose de faible à l'intérieur de cette carapace, mais je ne peux pas me permettre de céder : le rêve de ma vie est à portée de main. Dans la panique, j'ai failli abandonner. Aujourd'hui, même si je suis certaine que l'exercice me coûtera cher, je veux essayer. Je suis forte. *Je suis forte*. Je suis...

Personne n'a le droit de me détourner de cet objectif.

Surtout pas Golden Man.

7

Ilyssia

J'attends. J'attends. J'attends.

[Missmargaretilyssiaart : Je t'attends dans la salle 12. Premier étage.]

[Celianjonesgoldie : Désolé, je suis allé faire mes courses. J'ai pris des bonbons.]

[Missmargaretilyssiaart : Tu as trois minutes de retard, ce sera déduit de ta paye.]

[Celianjonesgoldie : Rien à foutre.]

Quand ses bruits de pas résonnent dans le couloir et que je perçois le froissement de son sac en plastique, je me redresse et me tends brusquement. Je ne suis pas timide. Je ne suis pas impressionnée. Je suis seulement... timide et impressionnée.

Cherry et Caroline m'ont parlé de lui toute la sainte journée et il arrive en retard. Ça, mélangé à mon tempérament de merde, et il devient facile d'expliquer le cocktail d'émotions qui bouillonne au creux de mon ventre. Les artistes ressentent souvent tout plus fort. C'est pour cette raison même que je suis obligée de créer. Sinon, je me noie dans mon propre intérieur, au fond de ce trop-plein de passion et de sentiments qui crépite en moi.

Pour ma part, je prends une posture défensive dès que je suis vulnérable. Pas parce que je suis un roc, pas parce que je suis agressive, mais parce que j'ai peur et qu'il y a trop de fragilité là-dedans. Aucun doute sur ce que je vais faire à la seconde même où Celian entrera dans mon espace vital : construire une barricade pour me protéger de lui.

Il pourrait réussir à transpercer ma carapace. C'est naturel, chez lui.

Son poing heurte plusieurs fois la porte. Je fixe mon barda, les ustensiles disposés dans tous les sens, ces premières esquisses qui traînent par terre, sur les chaises ou accrochées au mur. Mon regard se fige sur la tapisserie ancienne de ce bâtiment vieux comme le monde. Les lambris remontent jusqu'à hauteur de bassin, tachés de peinture incrustée dans les moindres fibres du bois. J'y ai affiché tous mes premiers dessins pour garder une vue d'ensemble du projet que je conçois peu à peu.

Ce chaos peut paraître désordonné de prime abord, mais je m'y retrouve parfaitement. Les spatules à droite, même si elles ne sont pas alignées. Les herminettes aussi usées que cette école, les couteaux rangés aléatoirement dans les caisses qui bordent mon plan de travail, mais qui trouvent une certaine logique dans mon esprit emmêlé. Tout est à sa place. Si quelqu'un me demandait de sortir un outil précis, j'y parviendrais dans l'instant.

J'inspire profondément et tourne le dos à la porte pour ne pas le voir. Lui. Celian Jones.

— Entre.

Il pousse le battant. J'écoute le grincement de la poignée, maudis le courant d'air froid qui se déplace jusqu'à ma nuque et renifle sèchement.

— Ferme bien derrière toi.

— Putain, il fait mille degrés ! C'est quoi, cette odeur ? demande-t-il alors.

— L'argile, Golden Man. J'ai mis le chauffage pour que tu n'aies pas froid.

Fait chier. Je n'aime pas admettre que j'ai pensé à son confort. Il pourrait se faire des idées. Toutefois, même si je suis une parfaite connasse, je ne suis pas non plus cruelle.

Enfin, pas toujours.

La ponceuse est en équilibre sur une pile de blocs-notes elle-même instable. Je me redresse doucement et déplie mes jambes de la position que je garde depuis plus d'une demi-heure. D'une main habile, je pousse le carnet du bas et tire le troisième en partant du haut.

Voilà. Maintenant, au moins, ça ne risque plus de tomber au moindre coup de vent.

— J'allais dire... Ça sent le terreau, lance-t-il.

Pour une fois, j'ai l'impression que sa voix est moins assurée. En même temps, c'est la première fois que l'on se rencontre seul à seul. Ma tanière m'a été attribuée en deuxième année, quand j'ai expliqué à mes professeurs que je n'avais pas assez de place chez moi. Dès lors, la salle 12 est devenue mon QG. J'y ai exposé toutes mes œuvres contre le pan de mur du fond. Sur les tables se trouvent même certains de mes vêtements pliés au carré. Il y en a encore d'autres dans les armoires. J'en prends quelques-uns avec moi, au cas où j'aurais besoin de me changer après un accident professionnel. Il n'est pas rare que je me tache en sculptant. Ou que je passe des nuits entières ici.

— Tu stockes toute ta vie ici ou quoi ? se moque-t-il en jouant avec quelque chose.

Je me retourne vivement pour surveiller ce qu'il fait. Il pourrait abîmer mes affaires, ou déséquilibrer une tour d'objets empilés. Mon regard se pose immédiatement sur sa main. Il fait tourner une figurine en argile entre ses doigts. Tout va bien. Je ne savais même plus que j'avais gardé ce truc !

Finalement, ce n'est peut-être pas aussi bien rangé que je le croyais. J'ai l'impression de réaliser, pour la première fois de ma vie, à quel point c'est le bordel par ici.

— C'est mon atelier. J'y stocke de quoi travailler. Rien de plus, rien de moins.

Ma voix est froide, mais claire. Je ne le connais pas plus que ça et nous sommes en tête à tête dans un bâtiment quasiment vide à cette heure tardive. Il fait nuit et je vais lui demander de se dévêtir. Il faut que je garde mes distances. Ce serait très étrange que je me montre trop chaleureuse. Mes paupières se ferment un court instant. Lorsque je les rouvre, je le dévisage.

— Je ne suis presque pas en retard... Pardonne-moi, grand gourou.

Il joint les mains sous son menton. Je lève les yeux au ciel et lui désigne le centre de la pièce, dégagé spécialement pour l'occasion. Un projecteur se situe juste à côté, permettant que j'oriente la lumière afin de dévoiler les détails dans les angles importants.

— Ton exam s'est bien passé ? demandé-je, histoire de rompre le silence.

Il acquiesce et dépose son sac de courses sur mes cahiers de croquis. Il en sort un paquet de bonbons. De mon côté, je glisse les doigts dans la poche centrale de mon tablier et en extirpe mon téléphone. Mon pouce lance la playlist « spéciale Golden Man » en aléatoire. Raiponce commence à nous chanter « Où est la vraie vie » et il explose de rire en ouvrant des Dragibus. Je pourrais mentir et lui faire croire que je n'aime pas ça. Pourtant, quand il s'approche de moi, le bras tendu en avant, je ne peux pas m'empêcher de me servir. J'ignore s'il le fait exprès, mais j'apprécie qu'il reste à quelques pas de moi. Il ne force aucune proximité et ça me rassure. Je ne sais pas ce que j'imaginais... qu'il allait me coller ? Me sauter dessus ? M'obliger à quoi que ce soit ?

Mon regard se lève jusqu'au sien alors que je mange un bonbon rose.

— Il va falloir que tu retires ton haut et que tu te places pile sous la lumière.

Je désigne la lampe du doigt. J'ai galéré à monter les luminaires et les fils pendent dans le vide. J'espère qu'il ne va rien faire tomber, sinon le gros spot cuivré risque d'écraser mes prototypes. Ou son crâne. Ce qui serait moins grave, à mes yeux.

— Ça me va. Mais ne me regarde pas quand je me déshabille, je suis timide..., me lance-t-il en battant des cils.

Je mords ma lèvre pour ne pas rire. Je ne leurre personne, il arrive à détendre l'atmosphère malgré ma mauvaise volonté.

— Vas-y, je me tourne.

L'anthracite de ses iris pénètre le gris des miens comme une lame. Je me dépêche de m'en écarter et lui tourne le dos en me dirigeant vers un chevalet portatif. Je vais devoir le dessiner sous toutes les coutures. Ce serait contre-productif que je reste sur place. Quand j'attrape mes feuilles et mon fusain, mes doigts traînent sur le bois et je frissonne. J'ai toujours eu une fascination intense pour le sens du toucher. J'adore découvrir de nouvelles textures, apprécier la douceur ou la rugosité de mes ustensiles de travail… et c'est précisément pour cette raison que j'aime tant la sculpture. Les yeux sont cruciaux, c'est certain, mais ce sont les mains qui travaillent. La chair contre la roche, les doigts qui se plient, se tordent et s'entrechoquent avec la pierre.

C'est mon obsession. Je n'arrive pas à m'en passer.

Celian se déplace lentement vers la zone que je lui ai indiquée. Il agite son paquet de bonbons dans tous les sens, si bien que le son gâche la voix de Raiponce. Je me tourne vers lui pour le fusiller du regard. *Grossière erreur*. Dos à moi, le basketteur a retiré son long manteau noir. J'étais tellement perturbée par son arrivée que je ne me suis pas attardée sur son accoutrement, ni sur ses cheveux en bataille et son sac de cours. Maintenant que j'y fais attention, je réalise qu'il est bel et bien là. Même s'il revient de l'entraînement, il n'a pas l'air débraillé. Il porte un pull à col roulé beige qui moule parfaitement ses muscles. Aucun doute qu'il a choisi cette tenue pour cette raison précise. Son buste est mis en valeur par une ceinture qui retient un pantalon à pinces noir d'encre. Ses baskets de sport aux pieds tranchent avec l'allure mature et professionnelle que lui confèrent ses vêtements.

J'oublie parfois que Celian Jones ambitionne de devenir sénateur. Il prend soin de son apparence, de cette fine barbe qui recouvre ses joues à sa tenue élégante. J'imagine que c'est ce qui fait de lui un homme aussi populaire : son intelligence, sa beauté et sa bestialité sur le terrain. Il a tout ce dont les femmes rêvent. Je suis persuadée que si j'avais été intéressée par l'amour charnel, j'y aurais sans doute trouvé un idéal, moi aussi.

Hélas, le seul amour que j'ai, il est pour ma passion de toujours.

L'Art est à l'Homme ce que l'eau est à la vie.

Ce matin, je n'ai rien regardé d'autre que ses yeux. J'étais trop perturbée par sa présence dans mon petit café si confortable. Mon cerveau s'est concentré sur l'essentiel. Je me souviens uniquement de son pull violet. Ce soir, j'admire ses muscles en action, de ses mains qui défont sa ceinture à ses doigts qui attrapent le bas de son pull. Je me crispe derrière mon chevalet et ma pile de carnets aussi haute qu'une montagne.

Il est beau, c'est indéniable.

Malgré moi, mes doigts s'emparent du fusain et gribouillent cette scène. Mes yeux le percent, l'analysent. Ses mouvements souples, ses biceps qui se détendent, se contractent, et tout le reste aussi. Tant qu'il ne me voit pas, j'arrive à discerner au-delà de son regard. Cachée derrière mon projecteur, perdue dans tout mon bric-à-brac, je me sens à l'abri. Dans l'ombre. À le scruter. À l'observer vivre quand il fait passer le tissu sur ses bras, puis par-dessus sa tête. Mon souffle se coupe. Je dois me dépêcher de dessiner.

Heureusement qu'en cours, nous avons travaillé l'esquisse rapide… J'arrive à graver plusieurs poses avant qu'il finisse de se dévêtir. Le problème, c'est lorsqu'il se retourne. J'ai envie de fuir, alors je fais moi-même volte-face pour lui faire croire que je ne le regardais pas. Mon cœur bat la chamade et je peine à déglutir. Difficile de contrôler quelque chose quand on se précipite. Dans mon mouvement, je tape une colonne du coude et c'est la catastrophe. Tout mon bordel s'effondre, il m'a certainement grillée quand j'essayais de le fuir, et il y a des couteaux partout par terre. *Génial.*

— Merde, tu veux que je t'aide ?

Il s'élance vers moi.

— Non ! Je rangerai tout à l'heure.

— T'es sûre ?

Je me tourne vers lui. À la guerre comme à la guerre, il faudra bien que je le regarde en face si je dois le sculpter. Mais bon sang, c'est tellement plus facile de le confronter en photo ! Tellement plus simple de toucher son buste à travers la pierre... Tellement plus rassurant, aussi, qu'il soit à la fois si proche et si loin de moi. J'aime autant qu'il demeure en retrait. Sous la lumière. Là où est sa place, et non dans le chaos de ma vie et le bazar que je me refuse à ranger.

— Sûre. Reste dans la lumière.

Je serre les mâchoires. Il a fait seulement deux pas vers moi, pourtant il est trop grand. Trop près. Trop vivant, trop réel.

— Ici ?

Il recule.

— Ici.

Nos regards se croisent. Je ne sais pas à quoi je ressemble, mais il devine mon malaise.

— Tu veux que je me rhabille ?

— Non.

Ma réponse jaillit avant la fin de sa phrase.

— Tu me mets mal à l'aise parce que tu es... toi. C'est tout. Je ne sais pas comment me comporter, c'est frustrant. Mais si tu restes précisément ici...

Je désigne l'endroit en question.

— Ça devrait le faire.

— Je prends quelle pose ?

Nos regards s'accrochent de nouveau.

— Je te montre. Ne t'occupe pas du bas du corps.

Il acquiesce et je tourne les pages jusqu'à retrouver le modèle correspondant. Bien évidemment, je suis obligée de m'avancer vers lui. Je m'arrête à la frontière lumineuse que le projecteur crée entre nous. La ligne, nette et contrastée, marque la fin de mon territoire et le début du sien. Il s'approche pourtant lorsque je retourne mon calepin. Sa tête se penche sur le côté et il observe le croquis.

— C'est beau.

— Je sais.

Il ricane.

— OK, je tends le bras vers le haut, alors ?

— Oui. Moi, je vais tourner autour de toi pour te dessiner. Si ça te met mal à l'aise ou que ton bras te fait mal, tu n'hésites pas. On fera une pause. Et si ça ne va vraiment pas, tu me le dis aussi. Tu n'es pas obligé de faire quelque chose que tu n'aimes pas.

— Présenté comme ça, on dirait que je m'apprête à prendre des risques pour ma vie..., sourit Celian.

Je hausse les épaules.

— Si le projecteur t'assomme, je t'aurai prévenu.

— Justement. Je vais mieux le fixer, parce que ça me file des frissons dans le dos.

Il faudrait que je refuse, mais quand il se détourne et qu'il lève les bras, je saute sur l'occasion. Position parfaite. Mon regard s'accroche à lui. Parfois, je le baisse sur mon dessin, mais jamais longtemps. Je sais que ma main fera exactement ce que j'attends d'elle. Ce qui me pose problème, c'est le modèle. Là, je peux me baisser. Tendre le cou pour le regarder de haut. Mais s'il bouge, c'est foutu.

— Tu veux que je reste comme ça ?

— Ouaip.

Qu'il soit aussi gentil me surprend. Non pas qu'il ait l'air méchant, au contraire. Je pensais qu'il s'agissait d'une façade. Ou pire, d'un jeu. Ses muscles saillants se dessinent sous une peau laiteuse. Il a un hématome sur l'épaule, sûrement la conséquence d'un match un peu violent. La lumière permet de marquer chaque insertion, chaque tendon, chaque veine. Ma main libre tient fermement le carnet, je fais passer mes doigts sur le carton et m'imagine sculpter cette peau. Je sens le léger renflement de la pierre sous la pulpe de mon pouce, le couteau qui entaille la roche, la spatule qui lisse les imperfections.

Mon cœur se gonfle de joie. Je dessine, encore et encore. Vaïana chante « Le Bleu Lumière », et Celian sourit en fredonnant la mélodie. J'entends, mais je n'écoute pas. Le sang pulse dans mes veines à toute vitesse. J'ai déjà couché avec des gens. Des hommes, des femmes, mais rien ne me procure la même sensation. C'est grisant, comme rouler à deux cents sur l'autoroute. J'ai l'impression que tout se bouscule et que toutes mes idées tentent de quitter mon esprit à un rythme que mon corps ne peut soutenir.

Je dessine la mort. Je dessine un homme. Pourtant, l'inspiration vainc ce démon sans même avoir besoin de le combattre. Elle me ravage, à l'instar d'une vague. Elle emporte tous mes doutes. J'arriverai peut-être à créer quelque chose pour participer à ce concours, tout compte fait... C'est en tout cas ce que me crient mon fusain, mon cœur et le mouvement de l'univers traduit par ma main sur ce papier granuleux.

Il est là, lui. Il est réel. Celian est un homme, mais il n'est pas mort.

Puis soudain, il baisse les bras.

– Je joue ce week-end... Il ne faudrait pas que je sois courbaturé.

Sa voix brise ma bulle si violemment que je sursaute.

Les bruits du monde... *reviennent*. Me heurtent.

Je ne sens plus mon sang pulser. Mes doigts cessent de caresser les feuilles. Je me crispe de nouveau. Lève les yeux vers lui. Son regard gris rappelle la pierre que je touche tous les jours. Mais cette pierre-là est vivante. Ce marbre-là n'est pas inerte, froid et sculpté. Celian Jones semble inquiet quand il me dévisage. En même temps, je viens de partir extrêmement loin de ce monde et d'y revenir sans préparation. C'est horrible. Je dois lui répondre avant qu'il n'appelle l'hôpital en suspectant un AVC.

– Heu... Oui.

Très constructif, n'est-ce pas ? Je ne reconnais pas ma voix, torturée par l'impression d'avoir avalé de la glace qui m'a gelé les cordes vocales.

C'était... *intense*.

C'est le moins que l'on puisse dire.

8

Celian

Je suis une star.

On m'a déjà regardé. Plein de fois, de plein de façons différentes. Vêtu ou pas.

Mais jamais comme ça.

J'ai mal aux bras comme si des aiguilles s'étaient plantées dans mes muscles. J'ai tenu le plus longtemps possible. En réalité, même si je lui fais croire que je me préserve, c'est tout l'inverse. Si j'avais pu, je serais resté exactement dans la même position jusqu'au lever du soleil.

Ilyssia n'est pas le genre de fille que j'aurais approché en temps normal. Elle me fascine et m'impressionne à la fois. Je ne suis pas un artiste, donc je suppose que je ne comprendrai jamais sa passion pour l'art. En revanche, son regard semblait traverser des couches insondables et j'avais l'impression qu'elle devinait un autre monde à travers moi. Le plus envoûtant, c'était d'observer ses mains : elles bougeaient toutes seules. On aurait dit qu'elle était possédée, par les flammes de l'enfer. Elle les domptait sans se laisser submerger. C'était perturbant d'assister à sa perte de contrôle pourtant si parfaitement maîtrisée.

Je ne suis pas un artiste, je le répète.

Alors pourquoi mon esprit me semble adepte de lyrisme, tout à coup ? Pourquoi ses traits ne réveillent en moi qu'un dévouement total et une fascination morbide ? Je refuse de rentrer chez moi et de n'avoir aucune photo d'elle à contempler. Quand je la vois dans les couloirs, quand je la remarque dans un café, pourquoi ai-je envie de la suivre des yeux jusqu'à ce qu'elle disparaisse ?

Je sais pourquoi.

Elle est tout ce que je ne suis pas. Elle a tout ce dont je rêve depuis toujours.

Ilyssia incarne la passion. Je suis certain qu'elle ne s'ennuie jamais. Qu'elle ne fixe jamais son plafond sans savoir où regarder. Sur sa route, elle rencontre des murs, et elle les abat. Elle accomplit quelque chose de plus grand qu'elle.

Si je deviens sénateur... si je vote des lois... aurai-je la même sensation ?

Non. Parce que c'est la voie qui semble toute tracée pour moi. Parce que même si je ne prédis pas l'avenir, il n'y a aucune embûche sur mon chemin qui pourra entraver ma réussite. Parce que tout est limpide, *toujours*.

Je suis jaloux d'Ilyssia.

Je crève d'une putain de jalousie qui me ronge le bide.

Son feu m'attire, et elle place entre nous des blocs de glace qui m'empêchent de comprendre comment elle fait *ça*. Elle ne me laisse pas approcher et qui serais-je pour forcer son amitié ou toute autre chose ?

Je suis Golden Man et je suis jaloux d'un regard. D'un sentiment que je ne connais pas. D'une passion qui me manque. Oui, je joue au basket. Il m'arrive, pendant de très courts laps de temps, de ressentir quelque chose qui s'en rapproche. À chaque fois, je le savoure du plus profond de mon âme. Mais ce n'est jamais long... jamais aussi long. Le lendemain, je me réveille, à nouveau vide et épuisé. Alors qu'elle... ça ne s'arrête jamais. Un brasier la maintient en vie.

J'en rêve.

— On se revoit quand ? demandé-je.

Quand tu veux, pensé-je secrètement.

— Tu es dispo demain ?

Mon cœur s'emplit de joie. Je veux assister à une autre de ses percées artistiques. Pour comprendre. C'est le seul moment où elle est vulnérable. Le seul moment où je la vois vraiment. Il y a quelque chose de très égoïste dans ma réponse, parce que ce n'est pas pour l'aider que je reviens. C'est pour lui soutirer des réponses mutiques et secrètes.

— Même heure, même endroit ? ajouté-je.

— Mh...

Elle se détourne et jette son carnet sur une table avant de détendre ses doigts crispés. Le fusain recouvre sa chair pâle en un dégradé sombre. Elle me fixe par-dessus son épaule. Elle a une tache sur la joue.

— Avec un paquet de bonbons, ça va de soi...

Je souris. Ça, c'est dans mes cordes. Je la salue d'une brève révérence et récupère mon pull. Elle suit mon mouvement. J'ignore pourquoi, mais j'aime qu'elle me regarde. Jamais je n'aurais cru apprécier à ce point le rôle de muse. C'est un job qui flatte mon ego surdimensionné. Il est parfait pour moi.

— J'aurai le droit de chanter le Roi Lion ? tenté-je.

J'ai envie de parler avec elle jusqu'à la fin de la nuit. Sans arrière-pensée, je le jure.

— J'ai des couteaux qui me permettent de tailler la pierre, Celian Jones. Tu peux chanter... mais ce sera encore plus dangereux que de te faire assommer par mon projecteur.

— Tu menaces ma vie ? m'insurgé-je.

Elle sourit. Ilyssia Margaret est un tableau à elle toute seule.

— Prends tes affaires, je vais fermer l'atelier.

J'observe les pots en métal, les outils qui servent à creuser l'argile et marquer la roche. J'inspire cette odeur si spéciale qui flotte dans les airs et enfile mes vêtements jusqu'à nouer la ceinture de mon manteau et enrouler une écharpe autour de mon cou. Elle fait de même, se glissant dans un blouson marron. Une fois son carnet sous le bras, elle renifle et approche un joint de ses lèvres. D'un mouvement du menton, elle me désigne la porte.

— Allez, file de mon sanctuaire, Jones.

Je quitte les tons beiges et bruns de son atelier pour regagner le couloir froid du bâtiment. Des rires proviennent d'une autre salle. Elle me fait signe de la suivre. Je joue au basket sans espérer en faire mon métier à long terme. Je suis passionné de sport depuis toujours et je continuerai plus tard, même si ce n'est qu'en amateur. Ce serait totalement incompatible avec ce que j'attends de mon avenir professionnel. Cela dit, je n'ai pas choisi cette discipline sans raison : je suis grand. C'est déjà un très bon argument. Ilyssia porte des chaussures à talons aussi hauts qu'une brique. Pourtant, elle m'arrive avec peine à l'épaule. J'ai toujours trouvé frustrant d'avoir une telle différence de taille avec les femmes. Si certaines estiment ma carrure sexy et charismatique, je pense personnellement que cet écart est dérangeant.

La sculptrice se redresse et lève le menton d'un air supérieur. Il n'y a pas à dire. Elle est petite. Alors pourquoi semble-t-elle poser un regard si dédaigneux sur le monde entier ? C'est plus fort que moi, je la scrute. Elle se tourne dans ma direction, surprise, et fait un pas sur le côté pour placer une distance entre nous. Au début, elle me surveille du coin de l'œil, puis ses yeux croisent les miens.

— T'as un problème, Goldie ?

Je range les mains dans mes poches, un sourire diabolique aux lèvres.

— Si t'enlèves tes chaussures, tu m'arrives au nombril.

— Ça tombe bien, tu ne me verras jamais sans.

C'est parce qu'elle en est fermement convaincue que je la crois. Je suis certain que si l'envie me venait de la draguer, elle ne céderait jamais. Il faudrait que ce soit elle qui daigne jeter son dévolu sur moi pour que j'aie une chance avec elle. Ce que je ne désire pas particulièrement. J'attends quelque chose de cette relation, mais rien de physique. Dans l'obscurité de ce couloir, éclairés par une lune timide, ses traits paraissent encore plus sombres. Le mystère qui l'entoure contraste avec mon aura solaire. Nous sommes des opposés et c'est ce qui m'aimante à elle.

— C'est mignon. Tu me fais penser à un *gremlin*, la provoqué-je pour la faire réagir.

Elle rit et me fusille du regard dans la foulée.

— Merci pour le compliment. Toi, tu me fais penser aux grands bonhommes gonflables, à l'entrée des magasins. Un peu ridicule, tout mou, qui enchaîne les mouvements aléatoires…

— Eh ! Moi je parlais des gentils *gremlins* tout mignons ! Pourquoi tu m'insultes ?!

J'arbore un air faussement offusqué. Un ricanement moqueur lui échappe. Elle hausse les épaules. Nous descendons les marches des escaliers avec la certitude que nous allons très bientôt nous séparer.

— Parce que tu me trouves gentille et toute mignonne ? rétorque-t-elle avec une expression sceptique.

Son sourcil se soulève. J'affiche une moue d'intense réflexion.

— Carrément.

Elle pose une main sur son buste, outrée. Nous arrivons dans le hall. Des vitraux forment une coupole au-dessus de nos têtes. La New York Elite University possède vraiment des moyens inconcevables… Les morceaux de verre teinté tracent des dessins abstraits qui renvoient une lueur multicolore sur son visage aux traits angéliques.

— Voilà qui est fait… je t'ai insulté, tu m'as insultée… On est quittes, déclare-t-elle comme une vérité générale.

Là-dessus, elle me lance un clin d'œil volontairement exacerbé avant de tourner les talons en direction de la sortie.

— Bonne nuit, Celianjonesgoldie !

— De même, Missmargaretilyssiaart, murmuré-je.

Ma voix se transforme en souffle et je reste planté là comme un crétin.

Ilyssia Margaret.

Ilyssia Margaret.

Je suis tenté de sortir mon téléphone pour la prendre en photo. Mais des images d'elle de dos, il y en a déjà sur son compte. Je vais devoir me contenter de mes souvenirs…

9

Ilyssia

Après ma dernière nuit blanche, j'ai forcément réussi à m'endormir. J'étais épuisée, ce qui a fini par m'emporter dans un sommeil réparateur. En outre, j'ai beaucoup rêvé. Je revivais des bribes de souvenirs, le visage de mon père me hurlant qu'il était mort. C'était morbide, mais pas particulièrement traumatisant. Je fais toujours les mêmes cauchemars, alors à force, j'ai appris à relativiser. Ça n'empêche pas mon cœur de se précipiter contre sa prison d'os, mais peu importe : je gère.

À peu près.

Je m'étire comme un chat, repoussant ma couette pour sortir de mon pieu. Il fait froid, cet hiver. Je me redresse avec une grimace et masse mon front tout en fixant mon bureau. Il est enfoui sous une tonne de paperasse. Ma mère n'a rien fait, donc je vais devoir me pencher dessus.

Ces derniers temps, elle travaille comme une folle. Elle a rencontré un agent qui propose de l'exposer dans une galerie pittoresque de Manhattan. Pour elle, c'est une chance en or. D'autant que l'endroit est beaucoup plus sympa qu'il n'en a l'air de l'extérieur. C'est le genre d'expo parfaite où se rendre pour une sortie entre amis. Sauf qu'en attendant, elle passe son temps à peindre, et les factures s'entassent sans qu'elle pense à les payer.

La douche est salvatrice.

Lorsque je m'habille, mon regard dévie sur mon portable. Il affiche six notifications sur Insta et deux sur WhatsApp. Les conversations de groupe sont les plus chargées. Les filles parlent de Golden Man, ce qui m'agace assez pour ne pas lire ce qu'elles racontent. Sur Instagram, une nouvelle galerie d'art me suit ainsi que trois personnes que je ne connais pas. Des agents, des fans, je l'ignore, mais je m'en fous pas mal. Puis, finalement, un message.

Un message de Celianjonesgoldie.

Je l'ouvre tout en me dirigeant vers la cuisine pour me remplir le ventre d'une maigre compote. Comme d'habitude, je prendrai mon petit déjeuner au café, à côté de la fac. Ce matin, j'ai cours de sculpture. C'est un atelier pratique, ma matière préférée. À chaque fois, nous travaillons un nouveau concept, apprenons des méthodes particulières ou tentons des défis d'exécution. J'aime beaucoup notre professeur aussi, qui n'est autre que mon tuteur de stage et celui qui surveille ma carrière de près. Il me déniche des mécènes, des expositions, des sujets, et c'est surtout lui qui m'a inscrite à ce foutu concours de fin d'année. Cela dit, je l'apprécie beaucoup. J'ai même déjà essayé de le caser avec ma mère – ce qui n'est pas encore totalement impossible. Ils sont allés manger dans un restaurant de gastronomie expérimentale pas plus tard que le mois dernier.

L'université privée, dirigée et financée par de gros poissons de l'ombre, accueille de nombreux professeurs parmi les meilleurs du monde. Monsieur Rivera en fait partie.

Mon esprit divague. Je me souviens tout à coup du message de Celian. Mon cœur repart de plus belle à la mention de celui-ci. Je me demande ce qu'il voulait. Il était quatre heures du matin.

[Celianjonesgoldie : Tu dors ?]

Je décide de répondre maintenant.

[Missmargaretilyssiaart : Non.]

Mieux vaut tard que jamais.

Il voit mon message presque immédiatement, mais n'y répond pas. Je referme la page et range le portable dans ma poche. Je me suis habillée d'une robe à carreaux beiges par-dessus un pull blanc, de collants molletonnés qui pourraient affronter la pire toundra, et d'après-ski à talons compensés. Il a neigé, cette nuit. Je n'ai pas envie de me tuer sur un passage piéton. Ces chaussures sont la quintessence d'une bizarrerie d'artiste. Je les adore.

La démarche flâneuse, je rejoins le campus en métro. Il fait un froid polaire. J'enfonce mon visage dans mon écharpe et boutonne mon manteau pour disparaître sous le tissu. Mes paupières se ferment par intermittence dans les transports en commun. Lorsque les portes s'ouvrent, je me rue dans mon café préféré. Le soleil n'est pas encore levé. C'est un bleu roi qui peint le ciel – la fameuse « blue hour ». Dans l'enseigne qui nous accueille tous les matins depuis des années, les cinq nanas avec qui je passe le plus clair de mon temps m'attendent déjà. Même Caroline. Il doit y avoir une urgence capitale pour qu'elles soient toutes réunies à l'heure. La porte se referme derrière moi dans un cliquetis sonore indiquant ma présence. Le grand présentoir me fait saliver. J'avance de deux pas sur la moquette rouge foncé et commande mon petit déjeuner habituel. La jeune femme sourit et me propose d'aller m'asseoir. Les lumières dorées qui surplombent les pâtisseries égayent mon humeur. La délicieuse odeur de café et de pain chaud aussi. Je me sens comme chez moi dans ce salon de thé. Je dépose enfin mon sac à côté de la dernière chaise libre autour de notre table attitrée.

— Salut, lancé-je d'une voix endormie.

Cherry, Caroline, Rain, Holy et Maria me fixent avec des yeux ronds comme des soucoupes.

— Quoi ? enchaîné-je en me laissant tomber sur le fauteuil.

— Salut, princesse. Tu aurais pu répondre sur la conv', non ?! s'agace Holy.

Avec ses cheveux roses, ses piercings et ses vêtements grunge, elle a tout l'air d'une punk qui se serait perdue dans le pays des riches. Elle se penche en avant, soutenue dans sa diatribe par une Maria Da Costa aux grands yeux sombres et à la peau tout aussi foncée.

— Raconte ! Ce rendez-vous !

Je soupire.

— Non. On peut parler d'autre chose ?

— Vous voyez ? Je me disais bien que c'était bizarre, la story de Celian. Il s'est passé un truc, affirme Rain.

Cherry et Caroline ne disent rien. Elles font seulement les gros yeux en me montrant leur téléphone. Je me précipite sur Instagram. En effet, il y a une bulle autour du nom de Celianjonesgoldie. Je n'avais pas fait attention – parce que je n'ai pas pour habitude de *stalker* les gens. Je clique dessus. C'est une photo de lui dans une voiture – sûrement la sienne, puisqu'il conduit –, sous laquelle il a écrit : « Plus de questions que de réponses. Moi aussi, je voudrais un cœur de roche. »

— Bah quoi ?

Sauf qu'en réalité, je suis dans tous mes états. Il entend quoi, par là ? C'est super louche !

— Comme par hasard, il parle de cœur de roche quelques heures après t'avoir vue..., poursuit Holy.

Elle replace une mèche rose derrière son oreille. Quand elle s'avance vers moi, elle dégage une odeur de parfum et de cigarette qui me fait légèrement retrousser les narines.

— Oh purée, quand on parle du loup, ricane Cherry.

Pas besoin d'en dire plus. Celian a dû débarquer. Je vais finir par croire que c'est lui qui me *stalke*.

— Rien à voir avec moi, leur assuré-je.

— Il arrive, chuchote Caroline d'une voix paniquée.

Je me retourne sur le dossier de ma chaise. Celian approche bel et bien, l'air morose. Ça ne lui va pas du tout.

— Salut, lâche-t-il, une fois à proximité.

La lueur malicieuse qui habite son regard a totalement disparu.

— Salut, réponds-je.

— Obligation familiale, je vais devoir décommander pour ce soir.

Ça n'a pas l'air d'aller, mais je ne le connais pas assez pour lui poser la question, surtout devant mes copines.

— OK. Bon courage, lancé-je seulement.

Il acquiesce et fait demi-tour, les mains dans les poches.

— *What* ? C'est tout ? Il est bizarre, non ? enchaîne Cherry. Rappelle-le ! Discute avec lui, il a l'air d'aller mal...

— Ouais. Il doit avoir un problème, éludé-je. Mais ce n'est *pas* le mien.

Notre conversation reprend sur le sujet du concours. Pourtant, en fond, je n'arrête pas de penser à Celian. Le message, cette nuit, à quatre heures. Sa story bizarre. Son regard absent. Nous nous levons pour nous diriger vers le bâtiment des arts. Je me mordille la lèvre et tergiverse le temps du trajet, puis je cède à la tentation et rouvre notre discussion Instagram.

[Missmargaretilyssiaart : Besoin de quelque chose ?]

Il voit mon message tout de suite. C'est qu'il est rapide !

[Celianjonesgoldie : Non, ça va mieux.]

[Missmargaretilyssiaart : OK, je laisse mon téléphone en vibreur.]

Il like mon message. Un gros cœur rouge apparaît dessous et disparaît immédiatement. Puis un nouvel émoji apparaît, comme s'il s'était rendu compte que je pouvais mal l'interpréter. Un pouce en l'air. J'acquiesce dans le vide, le regard ailleurs. Message reçu. Je m'inquiète un peu, mais je ne sais même pas pourquoi. Il me déstabilise. Il est l'inverse de tout ce que je suis. C'est un homme populaire qui pense que tout lui est dû... et pourtant, je ne peux pas nier qu'il est gentil. Ça me déplaît qu'il aille mal, mais si j'insiste, il risque d'imaginer que je suis intéressée, ce qui serait difficile à gérer...

Je pose mon téléphone dans un coin du bureau et suis tout le cours sans le regarder.

Sauf qu'il me distrait.

Pas le téléphone...

Celian Jones.

Je n'arrête pas de surveiller mon écran à chaque fois qu'il s'illumine, mais ce n'est jamais lui. Ce qui me contrarie. *Beaucoup*. Je n'aime pas m'inquiéter pour quelqu'un, et encore moins pour Golden Man. Sauf que s'il ne revient plus, je perds mon modèle. Ce serait embêtant. Surtout que je tiens enfin une idée géniale. Je n'ai pas envie de tout recommencer parce qu'il déprime.

10

Celian

– Oui, bonjour. Vous m'avez demandé de vous rappeler vers dix-sept heures..., dis-je, angoissé.

– Oui, monsieur Jones, en effet. Vous avez quelques minutes à m'accorder ?

– Bien sûr, je peux même me déplacer si vous le souhaitez.

Je serre mon téléphone comme s'il allait subitement me glisser des doigts. En même temps, quand on a l'impression de chuter librement en direction des enfers, tout perd en saveur. Je ne peux me raccrocher à rien. C'est un cauchemar, voilà tout.

Le médecin s'éclaircit la voix et décline ma proposition. Il m'explique calmement que ma mère a mal supporté son dernier traitement et qu'en conséquence, elle a été transportée dans un autre service afin de subir une opération.

Je connais le langage médical, à force d'y avoir été confronté encore et encore. J'étais enfant quand elle est tombée malade. Mon père était militaire avant de se lancer dans la politique. Au moment de son diagnostic, il était déployé en Afghanistan. Autant dire qu'il ne s'est pas occupé de grand-chose. J'avais dix ans, à cette époque. La mère de Quinn a appris qu'elle était malade dans la foulée, elle aussi.

C'est ainsi que je me suis retrouvé à vivre la majorité du temps chez Julian. Heureusement que son père était adorable : il m'emmenait à chaque fois qu'il se rendait à l'hôpital. Puis il m'expliquait les procédures.

Ensuite, je le faisais tout seul, jusqu'à ce que je sois finalement majeur et que je puisse me débrouiller tout seul. En parallèle, je veillais sur ma petite sœur, qui poursuivait ses études dans un internat privé à l'autre bout du monde. Quand elle rentrait, nous étions gardés par des nounous ou la famille de Quinn.

C'est ainsi que j'ai grandi.

Tout le monde semble surpris que je sois si talentueux... Mais en réalité, cela fait des années que je m'occupe de ma mère, tout en travaillant assidûment mes cours pour lui faire plaisir. Elle adorait le sport, alors j'ai commencé le basket pour qu'elle puisse suivre mes résultats. D'ailleurs, elle regarde mes matchs sur son téléphone à chaque fois que je joue et elle n'en a jamais raté un seul. Tandis que mon père, militaire de carrière, enchaînait les opérations et décidait de devenir sénateur à son retour, je prenais soin de ma maman. Encore aujourd'hui, j'en garde un goût amer.

Judith Jones et Aurora Quinn sont toutes deux les plus belles femmes que je connaisse. Atteintes du même cancer, elles se battent contre ce foutu crabe depuis quinze ans maintenant. Je me demande comment elles font pour tenir le coup. Un jour, ma mère m'a dit que c'était l'amour qu'elles portaient à leurs enfants qui leur permettait de se démener autant. Je m'en suis voulu pendant des mois. J'étais persuadé que si je n'étais pas là, elle n'aurait pas eu besoin de s'infliger de telles souffrances. Puis les années sont passées et j'ai grandi. J'ai commencé à comprendre.

Pourtant, à chaque fois qu'elle a des soucis de santé, je me rends malade. J'ai peur pour elle à chaque instant. Si ma vie à moi avance comme un long fleuve tranquille, je réalise que certains n'ont pas cette chance. Ce qui me fait culpabiliser encore plus, parce que j'ose encore m'en plaindre. Elles, leur cancer les ronge depuis l'intérieur. Leurs poitrines sont envahies par ce foutu crabe et rien ne peut les en tirer, car il revient toujours plus fort, plus revanchard que la fois précédente.

— Vous connaissez votre mère, monsieur Jones. Elle ne se plaint pas, néanmoins elle est en piteux état. J'ai essayé de contacter votre père, mais il ne répond pas… Il serait bon que vous passiez la voir, juste au cas où. J'ai bon espoir qu'il ne lui arrive rien de dramatique, c'est juste par acquit de conscience.

Le docteur Charik s'occupe de ma mère depuis dix ans. Il sait que même au bout du rouleau, elle sourira pour ne pas nous inquiéter. Un soir, elle est passée à côté de la mort, et mon père et moi ne l'avions même pas vue ce jour-là, car elle prétendait que tout allait bien. Désormais, je me fie davantage à son médecin.

— J'arrive. Je ramène son mari en même temps.

Il m'explique par où passer. Il y a des travaux sur la route. Je n'écoute que d'une oreille et me demande ce que fout encore mon père à la noix. Il est constamment perdu Dieu sait où pour faire sa promo. Il est pressenti pour être élu. Depuis tout petit, je sais qu'un jour, je l'arrêterai. Ou en prenant sa place, ou en m'opposant à lui à l'assemblée.

Lui, il aime la guerre. Il en a fait sa vie, quitte à sacrifier l'amour infini qui l'attendait à la maison. Pour ce crétin, une arme résout tous les problèmes du monde. Malgré ça, sa femme est couchée sur un lit et aucun combat ne pourra jamais la sauver. Il a un fils, mais ses putain de flingues ne lui rendront jamais le temps qu'il a perdu. Nous ne sommes pas du même bord et je ne le laisserai plus blesser davantage le monde dans lequel je vis.

Je l'ai toujours dit.

Un jour, je le détrônerai.

La tête appuyée contre la vitre de ma voiture, je raccroche et ferme les paupières le temps de me calmer. C'est *vraiment* une journée de merde.

Je démarre une fois que j'ai suffisamment pesté contre la terre entière. Le pied sur l'accélérateur, je m'engage sur la voie rapide pour rejoindre l'hôpital. Golden Man n'est qu'un enfant, à l'heure qu'il est. Un gamin en colère contre son paternel, effrayé qu'il arrive malheur à sa maman. Ma fierté en prend un coup. Ici, dans l'intimité de ma berline, la belle façade du mec parfait se brise.

Demain, j'irai mieux.

Il y a du monde sur la route. Les doigts crispés sur le cuir du volant, j'essaye de rattraper mon retard. J'ai une copie à rendre pour demain et je ne l'ai pas encore commencée. Je devais bosser en rentrant de mon rendez-vous avec Margaret, malheureusement j'ai reçu ce coup de fil sur le chemin et je n'ai pas eu la force de me concentrer. Il faut que je dorme si je ne veux pas me blesser, mais il va bien falloir que je fasse un choix : rater mes études ou planter mon prochain match. C'est l'un ou l'autre. Je masse mon front quand les phares jaunes des voitures m'aveuglent. Le feu passe au vert. La lumière me détruit les yeux, toutefois je me concentre et évite un piéton suicidaire qui choisit ce moment précis pour traverser.

Je serre les mâchoires. Quelque chose enfle dans ma poitrine.

Je suis fatigué. Complètement crevé. Quasiment foutu. Certainement taré.

Le parking se dévoile à moi l'instant d'après. J'ai l'impression d'avoir roulé cinq heures et à peine cligné des yeux à la fois. Le temps fait des siennes quand on a trop de choses en tête.

La barrière se lève lorsque j'attrape un ticket. Il pleut. De la neige à moitié fondue s'écrase sur mes essuie-glaces. Je trouve une place sans aucun mal. Finalement, j'ai changé d'avis. J'aurais pu passer au bureau de mon père pour l'embarquer de force... mais je n'en avais aucune envie, aujourd'hui. Peut-être que son absence blessera ma mère, cela dit j'en ai plein le cul. Je n'ai pas envie de le supporter ce soir.

Une fois le moteur coupé, je pose le front sur mon volant. Comme je le disais hier, je regrette de ne pas avoir un cœur de roche. Peut-être qu'une fois sculpté dans la pierre, je serai plus fort ? Peut-être que j'arrêterai de m'ennuyer et d'avoir le temps de réfléchir à tout ce qui me meurtrit ? Je n'ai aucun foutu moyen de le savoir. J'aimerais aussi me plonger dans une passion tellement dévorante qu'elle occulterait tout le reste.

Mais moi, je suis vide. Vide, avec une coquille en or.

Je relève la tête vers la façade illuminée de l'hôpital. Les fenêtres renvoient une lumière blanche et pâle sur le béton trempé de l'entrée. Il va bien falloir que j'y aille. Mon téléphone vibre. Je le sors et consulte rapidement la notification en question. J'ai le bref espoir qu'il s'agisse de mon père, mais c'est celle du patriarche de Quinn qui essaye de me joindre. Il représente à mes yeux le papa que je n'ai jamais eu et qui a pris davantage soin de moi que mon réel géniteur.

Un jour, j'espère que mon père aura honte de lui. Foutu Chase Jones.

Je décroche.

— Salut, Celian. Julian et moi sommes à l'entrée. Aurora est avec nous.

En fond, je perçois les bruits de l'accueil. Plus jeune, ils m'angoissaient. Maintenant, ils font partie de ma vie. J'observe les doubles portes en verre, écoute le cliquetis de la pluie et ignore les gargouillis de mon estomac. J'irai m'acheter un sandwich à la boutique de l'hosto.

— J'arrive, m'entends-je souffler.

Je pose un pied dehors. Il fait froid. Je déteste cette ville, cette météo pourrie. Mes baskets s'emplissent d'eau, j'ouvre mon parapluie, puis m'élance jusqu'à l'entrée, le dos en compote comme si quelqu'un m'avait roué de coups de pied.

Si j'avais le choix, je me casserais d'ici tous les hivers. J'irais vivre en Californie, ou quelque part au Mexique.

Je referme davantage les pans de ma veste et me rue vers les portes qui s'ouvrent sur un sas chauffé. Mon corps est ankylosé, tendu comme un arc. Luke, Aurora et Julian Quinn m'attendent bel et bien près des chaises de l'entrée. Je les y rejoins comme une âme en peine. Je me hais d'être si vulnérable. Je voudrais savoir paraître mystérieux, mais tout se lit sur mon visage comme dans un livre ouvert.

— Te voilà, sourit un homme d'âge mûr.

Le père de Quinn, avec ses courts cheveux poivre et sel, écarte ses bras pour me serrer contre lui. Sa peau est aussi tannée que du vieux cuir, ses rides le rendent plus chaleureux encore et sa voix rocailleuse me rappelle une période plus facile, loin de ce monde de fous. Je le laisse faire. J'en ai bien besoin. Julian me frotte l'épaule.

Je salue enfin Aurora et un poids semble s'être retiré de mes épaules. J'ai la gorge nouée et personne ne juge utile de me faire la discussion. Ils savent ce que je pense à l'instant où je la prends dans mes bras. Au moins l'une d'elles est encore là, à marcher parmi les vivants, et à nous donner l'espoir que l'on s'en sortira un jour.

Nous montons à l'étage où ma mère a été hospitalisée. Deux infirmières nous suivent de près. L'une d'elles retire ses gants tachés de sang.

— La pauvre jeune, elle s'est pas ratée, lance-t-elle.

— Elle est connue, en plus... Sérieux, t'as vu l'état de sa main ? rétorque l'autre.

— C'est chiant... Je sais pas comment on va arranger ça.

Elles paraissent plus jeunes que moi. Tout à coup, j'ai l'impression de faire partie des meubles de cet hôpital et d'être vieux comme le monde. Je le connais sur le bout des doigts. Les portes s'ouvrent et nous nous séparons. Le docteur Charik semblait nous attendre.

— Ah, vous voilà...

Avec ses cheveux courts et gris, sa peau burinée par le soleil et ses origines arabes, il a l'accent chantant. Il me serre la main, ses yeux marron glissant vers l'attroupement qui me suit. Quand il reconnaît Aurora, il la salue d'un air révérencieux.

Ne perds pas de temps, Charik.

Raconte-moi tout.

11

Ilyssia

Je me suis enfoncé un couteau dans la main.

Pas un couteau à beurre, ni un couvert, et encore moins celui avec lequel je coupe mon saucisson. Non... Un couteau qui permet de tailler de la *pierre*.

Comment j'ai réussi mon coup ? J'ai mal calculé la trajectoire entre mon bureau et ma statue. C'est dommage, j'étais bien inspirée. Je fixe la peau arrachée sur tout l'intérieur de ma paume. Si encore il s'était planté droit, j'aurais souffert, toutefois il aurait suffi de quelques points de suture. Mais là ? Un morceau de chair s'est décroché du reste de ma main et je vois ce qui ressemble à un muscle en dessous. J'ai déjà tourné de l'œil deux fois sur le trajet en ambulance. Heureusement que l'université prend en charge les accidents de « travail », comme ils l'ont stipulé au téléphone. C'est ce que je suis censée expliquer à la dame derrière son comptoir. Pour le moment, ils doivent décider ce qu'ils vont faire de moi.

Le concours est dans six mois. Si le muscle met des semaines à guérir, je suis dans une merde noire. D'autant qu'il s'agit de ma main droite, celle avec laquelle je tiens mes crayons. Celle avec laquelle je sculpte la majorité du temps. La douleur pulse dans mon bras. J'ai mal le long de mes os, jusqu'à l'épaule, et dans ma joue.

Crispée, je fixe de nouveau la plaie, le bras maintenu dans une position visant à limiter le saignement.

Je ne suis pas blessée, mais bientôt guérie. Essayons, pour une fois, d'être optimiste et totalement dans le déni.

Le médecin revient.

— Nous allons vous emmener au bloc. Je vais devoir recoudre le muscle.

— Il y a des muscles dans la main ? soupiré-je pour détendre l'atmosphère.

Ce qui échoue.

Bien sûr qu'il y en a. C'est sûrement ce truc rouge qui pend le long de ma peau. Le cœur au bord des lèvres, je tourne la tête vers la bassine que l'infirmière m'a apportée auparavant. Elle n'a pas encore servi, mais ce n'est qu'une question de temps. J'ai le ventre totalement retourné.

— Ne faites pas l'imbécile, on en a parlé tout à l'heure.

Le docteur me sourit. Je hausse les épaules.

— Le déni est mon meilleur ami, admets-je tout à fait naturellement.

— Je vais vous endormir le bras, mais ce sera sous anesthésie locale. À moins que vous préfériez une anes...

— Locale, c'est très bien. Au moins, je pourrai retourner en cours demain.

Il paraît dépité. J'ai l'impression qu'il n'est pas d'accord... Depuis tout à l'heure, le monde entier circule autour de moi avec un semblant de panique. Un élève de la NYEU est ici, ce qui est suffisant pour stresser les femmes de ménage comme les dirigeants du service. Cela dit, on m'a déjà accusée plusieurs fois de prendre la situation trop à la légère. J'hésite à leur expliquer que si je réalisais l'ampleur des dégâts, je hurlerais à la mort en les suppliant de sauver ma main. Il vaut peut-être mieux que je sois aussi calme.

— Mademoiselle... Vous ne pourrez pas reprendre avant un certain temps... La plaie n'a touché aucun tendon, mais je vais devoir suturer et il faudra éviter de solliciter votre main pendant quelques semaines... Comme vous le voyez, le muscle a été endommagé, cela vous demandera quelques séances de kiné et...

— Docteur, je prépare un bloc ?

— Pas besoin, je vais m'en occuper en bas... Mademoiselle refuse l'anesthésie générale.

Il est interrompu au bon moment, parce que les larmes me montent aux yeux et mon nez commence à sévèrement picoter. Je suis déjà en tenue et désinfectée. Je pue la Bétadine. Ils m'ont même foutu un cathéter sous la peau comme si j'étais à l'article de la mort.

— On y va.

Les choses vont quand même vachement vite, quand on y pense. J'étais gentiment assise à travailler jusqu'à ce que je chute comme une abrutie... sur mes couteaux. J'aurais pu poser la main cinq centimètres à droite ou à gauche. *Mais non.* Il a fallu que j'écrase ma paume sur les lames. Une mimique d'agacement secoue ma lèvre. Je tremble, au bord de la crise de nerfs. Je commence à réaliser ce qui m'arrive – et à avoir mal. Les piqûres anesthésiantes que l'on m'a faites lorsque je suis arrivée ne font plus effet. Je crains de souffrir pendant l'opération. Avec la fatigue et l'angoisse, je commence à me laisser dépasser par mes pensées intrusives.

— Endormez bien ma main, hein ? paniqué-je.

— Ne vous inquiétez pas.

— Facile à dire, grogné-je.

La douleur me fait pester. Les deux femmes qui s'occupent de moi depuis tout à l'heure décoincent les roues de mon lit d'un coup de pied. Le claquement accompagne notre mouvement. Je suis transportée dans les couloirs bondés où s'active une horde de personnes vêtues de tenues blanches et bleues. Je ne suis pas particulièrement rassurée lorsqu'un médecin débarque avec un tablier couvert de sang. Il panique et se rue vers le téléphone. Il a retiré ses gants au préalable, mais il essuie malgré tout ses mains sur ses fesses avant de décrocher le combiné. J'ai à peine le temps d'entendre ce qu'il raconte.

— Il me faut de l'aide. Charik, ramène-toi. Le pronostic vital de Judith Jones est engagé…

Il raccroche dans la foulée et repart au pas de course. Jones ? C'est un nom plutôt répandu. Pourtant, l'entendre dans un tel contexte me rappelle que c'était en dessinant le visage de Celian que j'ai chuté. Si jamais je perds ma main droite, je n'aurai qu'à le tenir responsable. Les vibrations du lit sur le carrelage me font grimacer. Bordel, ça me fait un mal de chien !

— Quoi ?! Comment ça, je n'ai pas le droit d'être là ?

Je fronce les sourcils et me redresse sur mon unique bras libre. Le cathéter bouge sous ma peau et une inspiration bruyante témoigne de la douleur qui remonte jusqu'à mon poignet. Je m'en fous. Ce n'est pas si grave. Je me tords le cou pour regarder ce qui se passe dans le couloir.

— Monsieur ! Vous ne pourriez rien faire ! Vous n'êtes pas chirurgien !

— Mais… Dites-moi ce qui se passe, bordel ! Où est le docteur Charik ?

Je connais cette voix. Mon cœur loupe un battement. Les coïncidences existent, mais à ce point ?

— Au bloc, monsieur Jones. Il prend soin de votre mère, comme tout notre service !

Les infirmières laissent mon lit en plan et se dirigent vers le comptoir où attend leur collègue avec plusieurs liasses de feuilles. Elles parlent de moi sans que je me soucie d'elles. Je n'entends qu'une chose : la voix de Celian.

Bordel.

Tout s'explique. Les obligations familiales, la story bizarre, son message à quatre heures du matin, ce regard absent… Sa mère est hospitalisée.

J'essaye de le voir, mais malgré sa grande taille, les gorilles de la sécurité m'empêchent de le distinguer.

— Laissez-moi au moins attendre ici…

Sa voix se brise. Ma gorge se serre. Pourquoi ? Mon palpitant est taillé dans la roche, il ne devrait pas se comprimer pour si peu.

— D'accord. Mais arrêtez de hurler et de courir partout, d'accord ? demande l'infirmier qui se tient à côté de lui.

Tordue dans un angle bizarre, je tente de l'apercevoir pour m'assurer qu'il s'agit bien de lui, alors que, de toute évidence, c'est sa voix et son nom de famille.

— Quoi ? Mais vous deviez préparer le dossier ! râle l'une de mes deux accompagnatrices.

— Il y en a pour deux minutes, je me dépêche, répond leur interlocutrice, paniquée.

L'une de mes infirmières se tourne vers moi et pose une main sur mon épaule.

— Mademoiselle, cette position ne doit pas être confortable... rasseyez-vous plus confortablement. Vous voulez un oreiller supplémentaire ?

— Non, rétorqué-je. Vous voulez bien m'amener jusqu'à Jones ?

Je désigne ma muse d'un mouvement du menton. Elle fronce les sourcils. Ici, nous sommes connus. Partout, en fait. C'est la magie d'être un élève de la NYEU.

— Oh, oui. Vous êtes en cours ensemble, c'est ça ? Dans l'école pour surdoués...

— Il est en sciences po et moi en arts. Ça n'a rien à voir. Mais... oui, en quelque sorte. Nous sommes collègues, disons.

Pourquoi me justifier ? Je ne fais rien de mal. Et puis après tout, c'est Celian. Ce n'est pas comme si j'avais la moindre vue sur lui. Pourtant, mes joues chauffent à mesure que mon lit s'approche de lui. Il lève la tête, surpris que nous nous arrêtions à son niveau. Penché en avant, les coudes enfoncés dans ses cuisses, Celian n'a plus rien du type sûr de lui qu'il incarne tout le reste du temps. Même s'il est bien habillé, il a des cernes et l'expression sombre. Ses mâchoires se desserrent lorsqu'il me reconnaît.

— Hey, Goldie.

— Ilyssia ? Tu...

Son regard tombe sur ma main blessée, que je tente de lui masquer.

— Je t'avais dit que mes couteaux étaient dangereux..., soufflé-je, un peu gênée.

Un sourire étire mes lèvres, mais il n'a rien de franc. Je détourne les yeux. Ça ne me concerne pas, toutefois...

— Courage, Jones.

Nos iris se croisent. J'y lis une détresse profonde, bien pire que la mienne.

— À toi aussi, Margaret, se contente-t-il de répondre.

— Voilà ! Le dossier de mademoiselle est prêt ! On peut y aller.

Je pince les lèvres, totalement impuissante face à sa détresse. Non... Je veux lui tenir compagnie encore un peu. Le soutenir, même si c'est juste en restant présente. Hélas, le lit s'éloigne. C'est horrible. Sans doute la pire sensation après celle que je subis en quittant mes cauchemars.

— Eh, princesse... Tu ne parles de cette rencontre secrète à personne, OK ? me lance-t-il lorsque les infirmières accélèrent.

— Ni vu ni connu ! Je ne sais même pas qui tu es, Golden Man !

Les infirmières finissent par me diriger vers l'ascenseur, ce qui rompt notre échange. Pour une fois, je suis déçue. Je suis plus à l'aise avec lui qu'avec des inconnus... Ce qui me frustre, car il est censé demeurer un mec lambda pour moi. En plus, il a d'autres choses à penser.

Je lève les yeux au ciel et adresse une petite prière à ce qu'il y a au-dessus de ma tête. Enfin, pas au plafond... mais encore plus haut. Je me suis toujours demandé s'il existait vraiment, ce Dieu qui prend tant de formes différentes.

S'il te plaît, prends soin de lui. Il n'a pas l'air méchant.

C'est tout ce dont je suis capable pour le moment. Et je le pense sincèrement. Dans ma douleur, j'ai encore un peu de bonté.

12

Celian

Maman dort. Je ne suis pas seul... ma famille est présente à mes côtés : ma petite sœur a pris l'avion pour lui rendre visite. Elle fait ses études à Boston, ce qui la sépare de New York de plusieurs heures de trajet. Elle était morte d'inquiétude et je ne l'ai pas dissuadée de sauter dans le premier avion qu'elle a pu trouver. J'aurais fait la même chose qu'elle si j'avais été loin de ma famille. J'espère toutefois qu'elle ne ratera pas de cours trop importants.

Si je le pouvais, je déplacerais son école à New York. J'ai déjà essayé de la faire entrer dans l'Elite University, mais les mécènes m'ont expliqué qu'elle n'avait pas le niveau requis. Elle en avait conscience, elle aussi, mais j'espérais pouvoir jouer de mon nom pour la rapprocher de notre mère. Cela dit, je n'ai pas tous les pouvoirs. Pas encore.

La tête plaquée contre le mur en plâtre aussi blanc que le carrelage, j'attends des nouvelles de Charik. Pour une raison étrange, la dernière suture qu'ils avaient faite a sauté. Elle a déjà subi trois ablations. Il pense que son corps fatigue. Même si je refuse de l'admettre, elle vieillit.

Je soupire longuement. Mon père n'est pas venu. Il n'a pas rappelé non plus. J'essaye de ne pas songer au fait qu'il est sûrement dans une chambre d'hôtel avec une nouvelle nana. Ça ne me regarde pas, après tout. Je préfère ignorer ce connard fini. Ma mère méritait mille fois mieux que lui et j'ai honte d'être son fils.

Julian et son père sont repartis. Cela fait huit heures que je suis ici. Je manque clairement de sommeil et je n'ai pas réussi à travailler. Quand Charik m'a appelé, c'était parce que ma mère se sentait mal : finalement, elle se retrouve au bloc, aux portes de la mort. Au moins, il n'a pas menti. Elle était *vraiment* fatiguée. Comble de l'horreur, ma mère n'est pas la seule femme que je connais à subir une opération ce soir. Il y a aussi Margaret, et j'admets que je ne m'attendais pas à la rencontrer ici. Pour être honnête, j'aurais préféré ne jamais la croiser dans de telles conditions. Sa main était dans un sale état. Je me demande ce qu'il en est à l'heure actuelle.

Peut-être que je pourrais poser la question aux infirmières ?

Non. Plus tard... Je n'ai pas la force de porter un autre fardeau ce soir.

Je me lève et me dirige vers la machine à café. Une femme aux allures excentriques se trouve juste devant. Elle a les cheveux courts, bruns et ébouriffés. Elle tient péniblement trois tasses dans ses mains.

— Bonjour. Besoin d'aide ? demandé-je par politesse.

Elle est toute petite, vêtue de tissus colorés et de bijoux en toc.

— Bonjour, jeune homme ! Oui, s'il vous plaît. J'attends quelqu'un, il ne devrait pas tarder, mais...

Je prends deux des trois cafés.

— J'en ai pris un pour ma fille. Je ne pense pas qu'elle y aura droit, mais bon... Comme je sais qu'elle adore ça...

Un sourire étire mes lèvres. Cette dame a l'air tellement gentille ! Un peu exubérante, cela dit. Elle a des porte-clés Hello Kitty à la taille. Une ceinture de peignoir. Des chaussures violettes... et un blouson rapiécé à l'aide de plusieurs tissus brillants.

— Mince, qu'est-ce qu'elle fait ici, votre fille ? m'intéressé-je pour éviter de me noyer dans mes propres problèmes.

Je déteste la solitude et le silence. Je suis content que quelqu'un d'autre attende ici avec moi. C'était angoissant.

— Elle s'est tranché la main ! Enfin, c'est ce qu'a dit le médecin... J'espère qu'elle pourra toujours poursuivre sa carrière malgré tout... Vous savez, ma fille est une artiste. Elle ne survivrait pas sans ça !

— Une artiste, hein ? Vous êtes la mère d'Ilyssia ?

C'était prévisible que je la croise, mais vu la taille du bâtiment, je ne pensais pas que le monde serait si petit.

— Oh ! Vous la connaissez ? Dites-moi qu'un charmant garçon comme vous s'intéresse à elle... Je serais rassurée !

Un sourire force mes lèvres.

— Je la connais, mais il n'y a rien de ce genre entre nous.

— Dommage... Elle m'inquiète.

— Je pense au contraire qu'elle s'en sort très bien.

Je n'imaginais pas la mère d'Ilyssia ainsi. En fait, je n'imaginais rien du tout, pour être plus précis. Je suppose que c'est son père qui s'apprête à arriver.

Comme je l'avais prédit, et après avoir parlé d'elle pendant dix minutes avec sa mère, un homme entre dans la salle d'attente. Les cheveux gris, les yeux sombres, barbu... Bon sang, je le connais ! C'est un professeur de la fac. Il me remet immédiatement. Le corps enseignant est au courant pour ma mère, ce qui me permet de reporter les partiels à plus tard lorsque je suis retenu à l'hôpital, comme aujourd'hui. Même si je déteste profiter de ce passe-droit, c'est un avantage conséquent lorsque je perds des nuits entières ici. Je n'aurais jamais pensé que son père était professeur à la NYEU... De toute évidence, Ilyssia cache bien des secrets.

— Tiens, monsieur Jones...

— Bonjour, monsieur Rivera.

— Chéri, ton café est froid..., intervient la mère d'Ilyssia.

Elle a une famille aussi surprenante qu'elle. Je me demande d'où vient sa mère : elle n'a pas l'élégance clichée ni les manières prévisibles d'une femme riche.

— Des nouvelles ? s'enquiert l'homme grisonnant.

— L'opération s'est très bien passée. Sa convalescence sera longue… il faudra attendre entre quatre et six semaines pour qu'elle puisse reprendre ses activités ! Cela dit, aucun os ni tendon n'a été touché. Elle a eu de la chance !

— Elle va devenir folle, soupire Rivera.

— La connaissant, elle va sculpter de la main gauche, confirme sa mère.

— Je suis son modèle… Si vous voulez, je peux refuser de la voir. Avec un peu de chance, elle sera moins tentée.

— Vous êtes son modèle, jeune homme ?! Quel hasard ! Elle a refusé de m'en parler… Comment ça s'est fait, entre vous ?

La mère d'Ilyssia semble passionnée par l'histoire de notre collaboration. Histoire qui se résume à deux faits… qui ont totalement échappé à notre contrôle. Moi, je suis venu par pure curiosité. J'y ai seulement vu un intérêt personnel. Puis les copines d'Ilyssia m'ont mis le grappin dessus et elle s'est fait piéger.

— On y trouve tous les deux notre compte et nos amis respectifs ont jugé utile de nous y obliger, me contenté-je de déclarer.

Rivera hoche la tête.

— Votre duo fera beaucoup parler. C'est bien pour l'université.

— Exactement, confirmé-je.

Une femme médecin d'une quarantaine d'années vient les chercher pour les amener jusqu'à la chambre d'Ilyssia.

— Je peux peut-être vous accompagner ? demandé-je.

À quoi bon traîner ici pour le moment ? De toute façon, les infirmières m'ont déjà intimé l'ordre de rentrer ou d'attendre ailleurs. Paraît-il que je les gêne.

— Évidemment, sourit le professeur.

— Vous êtes son père, monsieur ? Je croyais que c'était interdit d'enseigner à ses propres enfants…, enquêté-je.

La curiosité est un vilain défaut, mais je m'en tape. De toute manière, cette fille m'intrigue trop. C'est une énorme boule de mystères à démêler. J'aimerais en savoir plus sur elle, plus que ce que le monde entier sait à son sujet. J'aimerais tout comprendre. Tout percevoir en elle. J'ignore pourquoi elle me passionne autant. C'est sans doute le fait qu'elle cherche justement à se cacher sous toutes ces couches de secrets... la clé de son inspiration infinie est peut-être dissimulée dessous.

— Non... Je suis seulement son beau-père. C'est elle qui nous a présentés, ricane Rivera. Cela dit, je ne sais même pas si elle sait que nous avons continué à nous voir ensuite. Ça ne fait pas très longtemps... et puis quelque part, c'est peut-être mieux ainsi... Ce serait gênant pour tout le monde, tant que je suis son tuteur de stage.

— Ah bon ? Je pensais que c'était le hasard qui nous avait rapprochés... Tu es sûr de ça, chéri ?

Le professeur de sculpture hausse les épaules, un sourire attendri sur le visage.

— Quelquefois, j'ai l'impression que tu ne connais pas ta propre fille...

Je me retiens de préciser que personne ne peut tout à fait la cerner. Ça ne m'étonne pas qu'elle ait trouvé le moyen de se mettre son professeur principal dans la poche. D'un autre côté, ces deux personnes ont l'air bien ensemble. Elle n'a pas non plus forcé une relation malsaine. En plus, il y a un certain risque à prendre ce parti : s'ils rompaient, elle pourrait tout aussi bien perdre tous ses avantages et se le mettre à dos.

À mesure que nous avançons dans les couloirs, je réalise ce que je m'apprête à faire. Elle détesterait que je m'incruste ainsi dans sa vie. Elle passe son temps à me tenir éloigné, après tout. Elle a même précisé des milliers de fois qu'elle ne voulait surtout pas me côtoyer en dehors de nos sessions nocturnes.

Ce serait malvenu de ma part que de suivre sa famille. Inapproprié de sympathiser avec. Irrespectueux de ne pas me conformer aux limites qu'elle m'impose clairement.

Frustré, je m'arrête net et sors mon téléphone, faussement intéressé par une notification qui n'existe pas.

— Oh, mince... Je suis désolé, je dois partir. Ma petite sœur vient d'arriver à l'aéroport...

Rivera glisse les mains dans les poches de son jean et se tourne vers moi. Nos regards se croisent un instant. J'ai l'impression qu'il lit en moi comme dans un livre ouvert. Pas dupe pour un sou, mais compatissant malgré tout, il me salue d'un mouvement du menton.

— Nous lui dirons que tu lui souhaites un bon rétablissement, sourit-il.

— Oui. Merci. Bonne soirée à tous les deux...

Personne ne me retient lorsque je fais volte-face. Je fuis comme un voleur, le cœur glacé. J'ai assez de problèmes dans ma vie pour en provoquer de nouveaux avec une femme telle qu'Ilyssia Margaret. Elle me passionne et suscite un intérêt évident à mes yeux, mais pas à ce point. Je la reverrai bientôt. En attendant... j'ai mes propres démons à combattre.

13

Ilyssia

Cinq jours plus tard...

Je suis rentrée à la maison depuis quelques jours. La morphine ne fait plus le même effet qu'après l'opération. Depuis que l'on m'a réduit les doses, c'est encore pire. L'infirmière qui change mes pansements tous les matins m'a prévenue que j'allais souffrir encore un certain temps. Les mâchoires serrées, je somnole, écrasée par la fatigue. Je suis allée en cours le lendemain de l'opération. J'étais totalement défoncée – rien à voir avec la drogue que je consomme de temps en temps. Avec les médicaments, la morphine et le manque de sommeil, j'étais à côté de mes pompes. Tout le monde m'a incendiée quand ils m'ont vue débarquer. Lorsque je me suis affalée sur mon pieu, le soir, j'ai dormi pendant treize heures d'affilée. C'est assez rare pour que je le note sur un calendrier, mais pas suffisant pour rattraper l'épuisement qui me taraude.

Ce soir, pour ne pas changer, je suis esquintée jusqu'au bout des ongles. Je me tourne sur le flanc et protège ma main en la maintenant à l'extérieur des draps. Le froid ambiant apaise un peu la douleur, alors que la chaleur de ma couette semble réveiller mes points de suture. En plus, il y a un risque que je l'écrase sans le vouloir, ce que j'ai fait deux-trois fois. J'ai eu tellement mal que j'en ai pleuré pendant une heure. Je préfère encore que mes doigts gèlent jusqu'à la nécrose que de rouler dessus une nouvelle fois.

Complètement stone, je récupère mon téléphone et observe les notifications. L'une d'elles me fait soupirer d'ennui. C'est le secrétariat de l'hôpital qui m'envoie les factures du service. Je glisse mon pouce sur la gauche afin de chasser le bandeau de mon écran.

La suivante me fait plisser le front.

[Celianjonesgoldie : Hey. J'espère que tu vas mieux. Avec les gars, on reprend les matchs. Pendant trois semaines, je ne serai pas dispo. Je sais bien que dans ton état, tu ne peux pas travailler, mais je préférais te prévenir. Bon rétablissement, miss Margaret.]

Ma mère m'a vanté les traits élégants de son visage pendant des heures. Elle a aussi insisté sur le fait qu'il était particulièrement gentil, poli, intéressant, et qu'il serait un partenaire parfait pour moi. Je crois qu'elle s'inquiète que je reste l'éternelle célibataire de la famille. Mes cousines du côté de sa sœur sont toutes mariées ; du côté de son frère, il n'y a que des garçons, mais tous semblent épanouis dans des relations saines – ce que je trouve génial. J'aspire juste à des priorités différentes. Ma vie tourne autour de l'art. Je me passionne pour la création, pas pour les mecs.

Je connais Jones depuis une semaine. Il n'est pas obligé de se montrer aussi gentil avec moi. Me prévenir, prendre des nouvelles, me souhaiter bon rétablissement... Ce sont des gestes que seuls les amis s'accordent.

Et je ne veux pas d'un ami tel que Celian. C'est bête à dire, mais des personnes sur lesquelles je peux compter, j'en ai déjà. Lui, il est trop dangereux pour ma sécurité.

[Missmargaretilyssiaart : Bon courage. J'espère que tout va bien de ton côté, pour toi et tous ceux que tu aimes. Je me passerai de toi, t'inquiète... 😉]

[Celianjonesgoldie : TU AS MIS UN ÉMOJI ?!]

[Missmargaretilyssiaart : VTFF]

[Celianjonesgoldie : Notre relation a passé un cap 😏]

[Missmargaretilyssiaart : MDR. Non.]

[Celianjonesgoldie : C'est encore trop tôt pour s'envoyer des cœurs ?]

Dans l'obscurité de ma chambre, j'explose de rire. Il n'est pas là, pas la peine de me retenir. Je crève de douleur et j'ai mal à la main, mais me marrer me fait sincèrement un bien fou.

[Missmargaretilyssiaart : 💀]

Il ne répond pas et mon sourire s'estompe en même temps que l'écran s'éteint. Je le rallume, pose mon pouce sur le bouton central et ouvre la discussion avec Cherry, Caroline et le reste de la troupe. J'y poste un premier message.

[Ilyssia : J'aurais besoin de vous pour un truc.]

J'attends une seconde, puis poursuis. C'est compliqué, avec une main seulement.

[Ilyssia : Vous pourriez m'aider à faire une compil' de photos de Golden Man où on le voit dunker ? Comme ça, à défaut de pouvoir dessiner, je vais pouvoir bosser la visualisation.]

[Cherry : Va te faire. On sait toutes que tu vas dessiner, si on t'aide. Tu n'arriveras JAMAIS à te retenir.]

[Ilyssia : Je te jure que non !]

[Caroline : Tu veux pouvoir baver sur ses muscles en secret ? 😏]

[Ilyssia : Vraiment pas.]

[Holy : Partage stp]

Je souris devant leurs bêtises. Au bout de trois heures, j'ai un stock conséquent de photos enregistrées dans ma galerie. Si quelqu'un voyait ça, ce serait particulièrement gênant. Surtout si c'était lui ! Les probabilités pour qu'il tombe dessus sont maigres... Seulement, celles pour que l'on se croise à l'hôpital l'étaient tout autant. Je préfère me méfier.

Quand j'y pense, le hasard est un sacré salaud. Si je n'avais jamais su que sa mère était entre la vie et la mort, je n'aurais pas développé autant d'empathie pour lui. D'ailleurs, qu'il me soutienne dans un moment aussi difficile a rendu sa présence importante pour moi. Bien que je ne le connaisse pas beaucoup, je me suis mise à sa place l'espace d'un instant. Mes rapports avec ma mère sont particuliers, pourtant une telle situation m'aurait atterrée. Elle compte beaucoup à mes yeux, même si elle a ses travers. Ma génitrice a eu beaucoup de difficultés à lutter contre sa dépression tout en s'occupant de moi. Souvent, elle me délaissait pour affronter ses démons. Il valait mieux, car je pense qu'elle m'a évité de les côtoyer à mon tour. Je savais qu'elle allait mal, mais elle ne me l'a jamais fait payer. Célibataire, sans le sou, elle n'a manqué à ses devoirs sous aucun prétexte. Les quelques écarts qui m'ont marquée ont permis de forger mon caractère. Peut-être que si elle s'était comportée autrement, je n'aurais jamais embrassé l'art. Peut-être que je n'aurais jamais eu envie de ramener mon père à la vie pour lui rendre le sourire. Et qu'alors cette pâte à modeler serait restée dans un tiroir, à prendre la poussière.

Je n'ai pas eu de père, donc ma situation est différente de celle de Celian. De son côté, j'ignore si son enfance a été aussi chaotique que la mienne. De ce que mes meilleures amies m'ont raconté à son sujet, le père de Celian cherche à se faire élire comme sénateur. Caroline m'a assuré qu'il était bien placé dans la course au pouvoir. Je ne crois pas me tromper quand j'imagine quel type de paternel il a été. À l'hôpital, Celian était seul sur son banc, les yeux injectés de sang et les traits tirés.

Seul à attendre. Seul à se battre.

Je déglutis avec peine et remonte son feed Instagram. Une fille y revient souvent. Elle lui ressemble. En légende, il ne laisse qu'un émoji en forme de poussin. C'est la seule mention de sa famille sur tout son compte. Je me demande si elle était là aussi, quelque part. Aux toilettes, à la cafétéria, sur le chemin... J'espère qu'elle le soutiendra. J'espère... J'espère qu'il n'est pas resté là tout seul toute la nuit. J'ignore pourquoi cette idée me rend malade. Peut-être parce que dans son cas, j'aurais été dans la même situation et que je ne connais que trop bien le creux qui nous remplit le bide.

Je verrouille l'écran, l'estomac retourné. Je pince les lèvres, roulée en boule, les doigts serrés autour de mon téléphone. Mon souffle comme seul bruit de fond, je déplace délicatement ma main pour trouver une position plus confortable. Le souvenir de Celian me rend trop triste. Je préfère m'endormir que d'imaginer cette scène plus longtemps.

Une vibration me surprend alors que ma conscience vacille. Je rouvre une paupière pour y jeter un rapide coup d'œil. Celian a liké une de mes photos. Je fronce les sourcils. Elle est vieille d'au moins deux ans, cette publication...

Un message arrive dans la foulée.

[Celianjonesgoldie : Oups...]

Je pourrais ne pas répondre.

[Missmargaretilyssiaart : Stalker.]

[Celianjonesgoldie : Misclick[3] !]

[Missmargaretilyssiaart : Tu cherches un truc ?]

Il écrit. Efface. J'enfonce mon visage dans une zone fraîche de mon oreiller afin de me cacher sa réponse. Mon cœur accélère. Je flippe.

[Celianjonesgoldie : Je voulais trouver une photo de toi pour la montrer à mon poussin.]

[Missmargaretilyssiaart : Je ne suis pas sûre que les bébés poules soient intéressés par mon visage.]

[Celianjonesgoldie : Ma petite sœur, ne sois pas jalouse 😍]

La fameuse. Mes paupières sont lourdes, pourtant j'allume le flash et me redresse difficilement. C'est une grave entorse à mon code de l'anonymat. Je crois que c'est de l'avoir vu là comme une âme errante qui m'a trop peinée pour que je reste lucide. J'en oublie presque qu'il s'agit de Golden Man, mais en même temps, il a toujours été gentil et agréable avec moi. Je n'ai aucune raison de me méfier de lui.

C'est plutôt l'inverse qui est vrai.

---

3 Erreur de click.

L'Art est à l'Homme ce que l'eau est à la vie et Celian est un requin. Si c'est le cas, je me demande ce que je suis, moi.

Je prends alors une photo de mon visage, un sourire hypocrite aux lèvres et les yeux clos. Mes copines ont raison. Je suis photogénique. J'envoie, le cœur lancé à toute allure. Il voit le message à la seconde où il le reçoit. La bouche sèche et les mains moites, je m'apprête à lui renvoyer un message, mais il me coupe l'herbe sous le pied.

[Celianjonesgoldie : On ne voit même pas tes yeux !]

Je prends mon iris en gros plan. Avec le flash, c'est un peu douloureux, mais la photo est tellement drôle que je lui envoie quand même.

[Missmargaretilyssiaart : Mieux ?]

[Celianjonesgoldie : T'es une psychopathe, j'ai eu trop peur.]

Cette fois, je m'endors pour de bon, mais en gloussant comme une débile avec un sourire aux lèvres. Si c'est une bonne nouvelle ? Non. Je suis un sucre caché sous des couches de béton armé. Si je ne suis jamais tombée, c'est que personne n'a jamais su traverser ma carapace. Face à quelqu'un comme Celian, qui s'infiltre partout sans difficulté, c'est autre chose. Je n'ai pas les moyens de lutter.

Il faut qu'il abandonne. Parce que moi, je ne sais pas comment on fait.

14

Ilyssia

Du sang. Du sang partout.

Je reconnais ce liquide collant. Cette texture gluante. La chaleur visqueuse qui me tache les mains. L'odeur métallique qui me prend aux tripes.

Le sang recouvre les murs blancs en projections inégales.

Au milieu de la pièce, il y a un socle. Je le sais même si je ne me suis pas encore retournée dans sa direction. Tout me semble irréel… parce que ça l'est. C'est un cauchemar. Ma Némésis. Je le connais par cœur. Il revient souvent, comme un disque rayé qui change un tout petit peu à chaque fois, mais pas assez pour que je n'en prévoie pas la suite. J'ai froid, un froid polaire qui me mord de toutes ses dents tandis qu'une personne m'oblige à me retourner. Qui ? C'est toujours différent. Souvent, c'est une copie de moi-même qui s'en charge. Qui me rappelle que ma tourmente n'a toujours émané que de moi. Des mains s'emparent de mon visage pour me montrer ce qui se trouve au centre de mon monde intérieur.

Un socle. Je le sais. Je l'ai déjà dit. C'est toujours le même cauchemar.

Mais ce n'est pas n'importe quel socle.

Mon corps obéit sans mon accord, comme piloté par une partie de mon cerveau qui échappe totalement à mon contrôle.

Manipulée par mon propre inconscient. Mon cœur s'élance dans ma poitrine. Si je baisse les yeux vers mes pieds, je ne vois que le carrelage visqueux. Je n'existe pas. Cet endroit n'existe pas. J'ai peur, mais ce sentiment n'existe pas vraiment, lui non plus. J'ai peur parce que ce cauchemar est terrifiant. C'est tout. Je rêve. Rien de tout ceci n'arrive dans la vraie vie.

Je fais *juste* un cauchemar.

C'est tout.

Les yeux grands ouverts, je fixe le socle. Il est là, comme toujours. Au même endroit. En marbre blanc. Au centre d'une pièce blanche. Sur du carrelage blanc.

Et sur ce socle, une statue.

Une statue de mon père.

Une statue de chair sanguinolente. Du sang coule de toutes les jonctions, suturées maladroitement. Et elle crie. Elle gémit. Elle pleure. La peau est rapiécée. Les os dépassent de certaines articulations. Je me retiens de vomir. C'est *toujours* la même chose.

Je vais me réveiller. Je dois tenir bon. Je vais me réveiller.

Sauf que cette fois-ci… Cette fois-ci, je le répète *sans* me réveiller.

La panique redouble. Je me débats contre ce qui me retient. J'ai sculpté mon père dans de la chair. J'ai tué des gens pour le reconstituer, lui qui était pourtant mort. Je suis horrible.

Je suis douée, terriblement douée… C'est très ressemblant. Je l'ai rapiécé. Mais il est mort. Je suis folle. J'ai tué des gens. Il est mort.

Je suis morte. J'ai peur. J'ai mal.

Mal.

Mal.

Je baisse la tête. J'ai une main, mais il en manque une moitié. Du sang coule en quantité phénoménale. J'ai mal.

Le souffle court, je lève la tête. Quelqu'un marche dans le sang. Le sang qui goutte par terre à un rythme régulier. Ma tête tourne.

Je panique.

Peut-être que cette fois-ci, c'est vrai. Peut-être que je ne rêve pas.

Mon regard se pose sur le nouvel arrivant. Ce n'est pas le scénario habituel. Je ne contrôle plus rien.

Celian.

Il me double. Je l'observe frapper la statue, qui tombe en beuglant. Les hurlements me vrillent les tympans. Je plaque mes paumes sur mes oreilles, mais je les entends toujours. D'ailleurs, je n'ai pas de peau, dans ce monde-ci. Je ne peux pas fuir mon propre cerveau, ni m'isoler du bruit qui résonne et s'amplifie sans arrêt.

Celian donne des coups de pied dans la poitrine du buste décharné jusqu'à ce qu'il se taise. Je crie aussi. J'ai mal à la main. Réveillez-moi.

Réveillez-moi !

– Non !

Le son de ma voix me fait sursauter si fort que ma cage thoracique se plie en deux. Comme si mon cœur cherchait à en jaillir, mon dos se cambre dans la foulée et j'appuie davantage sur mes mains. La droite me lance jusque dans mes molaires. La douleur est si vive que je rugis une seconde fois, même si cela relève plus du grondement sourd que du hurlement.

Mon cœur bat la chamade, mais... je suis dans ma chambre.

Je ne suis pas morte.

Je n'ai tué personne.

Tout va bien.

Je fais le même cauchemar régulièrement, depuis des années maintenant. Depuis trop longtemps, en fait, si bien que je croyais avoir appris à le relativiser. Je mentais. C'est toujours là. Toujours aussi douloureux.

Comme d'habitude dans ces cas-là, la porte ne s'ouvrira pas... car ma mère peint dans son atelier et ne m'a sûrement pas entendue. Ou elle fait tout comme.

Je roule sur le côté et de la bile remonte dans ma gorge. Je déteste ça. Je la ravale. Hors de question de vomir, c'est trop écœurant et je n'arriverais pas à nettoyer avec une seule main. Si ma mère voyait ça, elle me renverrait à l'hôpital. Je n'ai pas envie de l'affronter. Après avoir dégluti une dizaine de fois et failli rendre au moins tout autant, je me laisse tomber en arrière et rebondis contre mon oreiller. J'ai transpiré dans mes draps, et mes couvertures, en boule, forment une masse informe sous laquelle j'ai l'impression d'étouffer.

Tout à coup, un froid morbide m'étreint. La panique redescend. C'est le même rituel qui se déroule, encore et encore. Au début, je restais dans cet état léthargique toute la nuit. Maintenant, je vais mieux. J'arrive à me contrôler. Pourtant, c'est la même chose à chaque fois : les larmes coulent et ça ne s'arrête que lorsque je tombe de fatigue.

Je m'apprête à tout laisser sortir. Les gouttes chaudes commencent à rouler sur mes joues et les sanglots me secouent. C'est ce moment que mon téléphone choisit pour s'allumer. La lumière est si vive qu'elle me fait grogner de douleur. Je pleure, ça y est. Malgré tout, je lève ma main valide pour regarder la notification. En fait, il y en a deux. Cherry m'envoie une photo de son pied.

[Cherryblossom143 : Je vais m'ouvrir un onlyfans. Tu pourrais me sculpter ce pied dans le marbre ?]

Elle a mis des capsules sur ses ongles. C'est très dérangeant. Je déverrouille l'écran pour lui répondre.

[Missmargaretilyssiaart : T'as un problème, meuf. Mais OK. Je ferai ma rééducation en gravant ton pied pour l'éternité.]

Elle me répond avec un pouce et un cœur. Elle sait que si je suis réveillée à trois heures quarante-deux, c'est soit parce que j'ai passé la nuit sur une œuvre… soit parce que quelque chose me tient hors des bras de Morphée.

La deuxième notification me fait rire. Je tape immédiatement un message au concerné.

[Missmargaretilyssiaart : Encore un misclick ?]

[Celianjonesgoldie : Va dormir, c'est pas une heure pour aller se coucher, ça.]

[Missmargaretilyssiaart : Idem pour les sportifs de haut niveau, non ? D'après ton spam de stories, tu joues demain... fous la honte à notre université en jouant comme un pied et je t'enfonce celui de Cherry où je pense.]

Impossible qu'il ait la référence, mais moi, ça me fait beaucoup rire intérieurement.

[Celianjonesgoldie : Flippant. Les artistes ont tous un problème mental, je me le note quelque part. Pourquoi le pied de Cherry ? Tu sais que je ne lis pas dans les esprits ? (Et heureusement, putain, le tien, ça doit être quelque chose.)]

À travers mes larmes, je revois Jones. Il était dans mon rêve. Il faisait taire le torse de chair et de sang. Il le rouait de coups. Il est assez grand et costaud pour ne pas en avoir peur. Il le dépassait d'une tête et le délogeait de ce socle sur lequel il trônait depuis des années. C'était à la fois intrusif et bienvenu. Pourquoi lui ? Parce que mon cerveau a chopé son visage parmi les derniers hommes que j'ai côtoyés. Je lui ai parlé juste avant de m'endormir, c'est logique. Cela dit, c'est toujours un peu perturbant de croiser un mec de son université dans un cauchemar. Il n'a rien à foutre dans ma tête, après tout.

[Missmargaretilyssiaart : Venant d'un stalker, c'est plutôt gonflé. Remarque, t'es un futur homme politique, alors je suppose que ton esprit n'a rien de sain non plus.]

[Celianjonesgoldie : Diffamation. Je pourrais porter plainte et te demander de l'argent.]

[Missmargaretilyssiaart : Essaye, j'ai trois dollars en liquide et un collier en toc au fond de mon armoire.]

[Celianjonesgoldie : Super, je prends.]

[Missmargaretilyssiaart : Requin jusqu'au bout des ongles... Tu es méprisable.]

[Celianjonesgoldie : T'as mis quoi, en bio insta ? « L'Art est à l'Homme ce que l'eau est à la vie. » Si je suis un requin, on est faits pour s'entendre... 😎]

[Missmargaretilyssiaart : MDR. Quand tu vas dans l'eau, t'as envie de croiser des requins, toi ?]

[Celianjonesgoldie : Je suis un gentil requin <3]

[Missmargaretilyssiaart : J'espère que les Japonais feront des sushis avec ta sale tête.]

[Celianjonesgoldie : Connasse.]

[Missmargaretilyssiaart : Merci.]

Je remets mon téléphone sur la table de chevet. Je préfère que cette discussion s'achève ainsi. Maintenant que j'ai arrêté de pleurer, je ferme les yeux en espérant me rendormir. Je n'y arrive pas, mais somnoler me permet au moins de reposer mon front douloureux. Ce n'est pas impossible que je fasse de la fièvre. Un court laps de temps s'est écoulé depuis ma rencontre avec ce basketteur en mousse. C'est trop peu pour que je m'ouvre autant à un inconnu. Il est tout mon inverse et m'amène à me comporter différemment. Quitter ma zone de confort ne me plaît pas le moins du monde. Je suis capable de gérer les aléas de la vie, ce n'est pas le problème... En revanche, émotionnellement, j'ai besoin de stabilité : un type comme lui casse mes schémas habituels. Des schémas *fonctionnels*. Je n'ai aucune raison d'essayer autre chose.

Alors pourquoi j'apprécie ce vent de fraîcheur dans ma vie ? Qu'est-ce que je risque à le laisser s'approcher ? Mais surtout, comment en suis-je venue à me poser ces questions absolument inintéressantes ?

Celian Jones... s'il te plaît, ne reviens plus dans mes rêves. Ton océan s'arrête aux portes du mien. Tu es la chaleur des eaux tropicales. Je suis la glace qui recouvre les pôles. Que chacun de nous reste sur son territoire...

S'il te plaît.

15

Celian

Nous sommes déjà en janvier.

Des semaines se sont écoulées depuis l'opération de ma mère... mais aussi depuis la dernière fois que j'ai vu Ilyssia. Je l'avais prévenue de mon absence et j'ai appris qu'elle continuait sa rééducation de son côté. J'espérais qu'elle m'envoie le premier message – chose dont elle s'est abstenue. En temps normal, je n'aurais pas insisté. Pourtant, avec elle, c'est différent. Je prenais régulièrement de ses nouvelles, même si je n'ai pas osé la questionner sur sa santé. Elle effleurait parfois le sujet au cours d'une discussion, mais rien de transcendant.

Entre-temps, les matchs de NCAA, notre tournoi national de basket, ont repris et je suis épuisé aussi bien physiquement que mentalement. Je joue toutes les semaines depuis le début de la saison et les séances de kiné ne changent plus la donne.

Mes muscles se contractent lorsque je me baisse pour rajouter une bûche dans la cheminée. Je grimace de douleur. Ma sœur vit avec moi depuis la dernière hospitalisation de notre mère. Nous avons de l'argent, elle pourra se réinscrire à la fac l'année prochaine, d'autant que ses professeurs sont d'accord pour garder son dossier sous le coude.

Depuis qu'elle est là, j'ai l'impression qu'elle a ranimé cette maison. Elle est adorable, pour le moment. Dans une semaine, nous nous étriperons sûrement… mais à l'heure actuelle, je savoure sa présence. Mon petit rat de bibliothèque préféré a retrouvé ses aises, me volant mon canapé, la table de la cuisine et l'armoire à chaussures. Elle a installé des piles de livres tout autour de ce qui ressemble désormais à son trône. Entre la cheminée, le siège confortable et ses bouquins, il est évident qu'elle a délimité son territoire personnel. Elle dévore de la littérature classique, entre autres, sujet qu'elle souhaite étudier plus que tout au monde.

— Golden brother ?

Je me redresse et lui décoche un coup d'œil assassin.

— Quoi ?

— Un post Instagram te concernant se demande si tu vises une carrière pro à la NBA…

Un rire enfle dans ma gorge. Elle me lance un regard entendu, un rictus en coin.

En effet, l'Elite University me considère comme l'un des meilleurs joueurs de l'équipe. Je suis leur valeur sûre. Pourtant, j'ai d'autres projets.

Dans notre université, les professeurs favorisent les études au basket. Posséder des équipes universitaires est quasiment obligatoire au niveau national : vu l'argent que ces tournois brassent chaque année, la visibilité et la popularité qu'ils accordent, l'Elite ne peut pas s'en passer. Cela dit, il y a des règles strictes en NCAA. Si les élèves n'ont pas de bons résultats, ils n'ont pas le droit de jouer le week-end… Ce qui peut poser problème quand on a intégré une école élitiste.

Ils me voient forcément comme une étoile montante, moi qui gagne chaque semaine et majore la promo tous les ans… La plupart des autres gars ont du mal à maintenir leurs notes suffisamment hautes pour participer aux matchs tous les week-ends. Ça n'a jamais été mon cas. Après tout, je n'ai pas volé mon titre de Golden Man. Je suis un homme de tous les fronts… Comme nous sommes tous voués à occuper des postes ou des rôles importants dans la société, le basket n'est pas une priorité pour la plupart de mes comparses. Le sport pourrait devenir un métier pour certains athlètes du tournoi, mais pas pour nous. Surtout pas pour moi.

— Je n'ai pas le niveau, me moqué-je.

— Tu pourrais.

Je hausse les épaules.

— J'ai autre chose à faire.

— C'est-à-dire ? Combattre notre père ? Changer le monde ?

Un soupir quitte mes lèvres. Je fronce les sourcils. Depuis toujours, j'aime la politique et l'histoire. Je ne me force pas non plus à étudier quelque chose que je déteste. Pourtant, cela fait plusieurs années que ma mère et elle assurent que je ne suis pas fait pour ce job… ce qui m'agace au plus haut point, inutile de le préciser.

— Je ne peux pas le laisser faire.

— Le laisser faire quoi ? Il est sénateur, pas président des États-Unis.

— On a été seuls toute notre vie, Elora. On a passé notre temps à nous occuper de notre mère malade. J'ai dû t'élever ! Si on a vécu tout ça, c'est parce qu'il aimait trop la guerre pour prendre soin de ses gosses… Vouloir voter des lois en faveur de la guerre, c'est voter des lois qui créeront d'autres enfances comme les nôtres.

Ma tirade s'achève brusquement. Elora me fixe et me montre ses bouquins.

— Je n'aurais peut-être jamais connu la lecture sans ça. Toi, tu t'es concentré sur ta haine. Moi, je me suis plongée dans ma passion. Les gens qui souffrent trouvent toujours quelque chose à quoi se raccrocher… C'est la résilience humaine. Tu sais, Celian, j'ai de la peine pour toi. Parce que si tu deviens sénateur… tu n'empêcheras pas les guerres… et à ce moment-là, tu feras quoi ? Tu deviendras président ? Et ensuite ? Dieu ?

Elora pique fort. Quand elle a décidé de sortir ses quatre vérités à quelqu'un, elle ne passe pas par plusieurs chemins. Je me redresse et me plante devant elle. Le feu se reflète sur ses cheveux châtains. Elle lit, comme d'habitude. J'ignore ce qu'elle boit, mais une douce odeur de cannelle accompagne le bruit des pages qu'elle tourne parfois. Le bois crépite. Ce serait presque reposant si elle ne s'amusait pas à me briser les burnes. J'expire bruyamment.

— Peut-être que c'est ça, ma vocation à moi… Poser ma pierre sur le chemin de la paix.

— Arrête ton cirque. C'est ton ego qui parle. Tu veux juste foutre des bâtons dans les roues de notre père. Tu n'as jamais eu l'intention d'être un pacificateur… la preuve, tu lui fais la guerre.

Une boule grossit dans ma gorge. L'émotion est tellement violente qu'elle me surprend moi-même. Mon corps se raidit, un vertige me prend aux tripes.

— Tu penses que tous les gens passionnés ont un jour souffert ? Parce que moi, je ne sais pas ce qui me passionne, Elora. Alors, ça veut dire quoi ? Que je n'ai jamais souffert ? Je ne sais pas quoi faire d'autre, OK ?

C'est la première fois que j'exprime ce doute à voix haute.

— Ne raconte pas n'importe quoi… Tu as soif de connaissances et tu adores le sport.

Je lui retire son livre, non sans marquer la page où elle en est avec mon index. Elle a déjà failli m'éborgner à cause d'un mouvement similaire, un jour, et je crois que cette scène m'a traumatisé.

— Ce ne sont pas des passions, râlé-je.

Elle n'essaye pas de le récupérer et se contente de me foudroyer du regard.

— Il n'y a rien que tu aimes ? Vraiment ? peste-t-elle.

— Non.

— Personne ?

— Non.

Elle arque un sourcil.

— Donc quand tu rentres chez toi, le soir, tu fais quoi ?

Je vois bien que sa question est honnête. Elle ne se moque pas, cette fois-ci. Recroquevillée sous son plaid, elle approche sa boisson de ses lèvres sans me quitter des yeux. Tout à l'heure, elle se baladait en pyjama pilou rose. Avec ses traits juvéniles et son menton pointu, son visage évoque celui d'une petite fée. La fée Clochette, de toute évidence. Avec un bon caractère de merde.

— Je… J'en sais rien. Je dors. En général, je rentre tard. Je regarde des matchs à la télé. Je joue à des jeux vidéo. Puis je tombe de fatigue et… je recommence le lendemain. Cours, partiels, entraînement, dodo.

Elle acquiesce.

— Et tu aimes ta vie ?

Cette fois, je devine une inquiétude dans ses prunelles.

— Non.

Ma réponse cingle l'air dans un silence de mort.

— Tu… tu es Golden Man.

Elora se redresse lentement et pose sa tasse sur une pile de bouquins. C'est risqué et j'ai presque envie de l'attraper pour m'assurer qu'elle ne basculera pas. Puis elle tapote le coussin, juste à côté d'elle, en décalant ses jambes. Je m'y installe sans la lâcher du regard, mais je sens que la suite ne me plaira pas. C'est mon bébé, pas ma mère. Je me suis occupé d'elle comme un père. Si elle commence à me balancer ses leçons de morale à la con, je l'assomme.

— Je sais, murmuré-je, amer. Je sais que je suis Golden Man, l'arnaque du siècle.

— Celian… Je suis désolée. Je pensais… je pensais que tout allait bien pour toi.

Un sourire marque mes lèvres.

— Tout le monde pense toujours que tout va bien pour moi.

— Tu es malheureux ?

— Non, je ne crois pas… c'est juste que je m'ennuie. Tout le temps.

Pas tout le temps, en fait. Mon téléphone vibre et je me retiens de me jeter dessus pour regarder qui m'a envoyé un message à une heure si tardive. Ilyssia doit me contacter pour que l'on se revoie. Sa main va mieux. On a discuté régulièrement pendant sa longue convalescence. Et à chaque fois…

— Je me sens bien au contact de gens passionnés. Des gens comme toi, par exemple.

Ma voix sonne faux.

— Tes amis le sont ?

— Oui, pour la plupart.

— Alors, si tu t'ennuies quand même, c'est autre chose.

Elle a raison... Elle m'agace à trouver les bons mots à chaque fois. Je suis convaincu que c'est parce qu'elle lit trop. Résultat, elle comprend facilement le cerveau humain. Les énigmes psychologiques n'ont plus aucun secret pour elle. C'est sa passion de décrypter les messages cachés derrière les textes. Elle adore se plonger dans les méandres des esprits les plus complexes. Surtout quand il s'agit d'écrivains torturés, morts depuis des lustres, ou de poètes qui vivaient en ermite il y a des siècles.

— La plupart des gens, comme je te le disais, tirent leur passion de leurs souffrances... Il faut réfléchir à ce que tu faisais quand tu te sentais seul, plus jeune.

Si je pars du principe qu'elle n'a pas totalement tort... alors Ilyssia a dû souffrir le martyre. Parce que sa passion à elle est infinie.

— Certaines personnes ont une étincelle dans le regard. J'en suis jaloux, je le reconnais. Moi, quand je me sentais seul, je triais les papiers, je remplissais des formulaires et je faisais mes devoirs. Je n'avais le temps que pour Julian et le basket.

Mes mâchoires se serrent. Elle ne m'interrompt pas. Sans doute parce qu'elle a remarqué que les mots se précipitaient à mes lèvres. Je cherche juste la bonne formulation.

— Il y a... tu vois, il y a cette fille. Ilyssia.

— Oui, je vois. Je lui ai déjà parlé sur Instagram.

J'ai un mouvement de recul incontrôlé. Je menace de faire tomber le livre que je tenais dans mes mains et décide de le déposer ailleurs. Je glisse une petite cuillère en guise de marque-page.

— Quoi ? Comment ça ? reprends-je en m'éclaircissant la voix.

— Elle est gentille.

— J'aurais jamais utilisé cet adjectif, mais OK… Vous avez parlé de quoi ? paniqué-je.

— De tout et de rien… à la base, on discutait d'art. Elle connaît une fille que j'admire beaucoup. Je lui demandais comment était la section littéraire à la NYEU, aussi, et si elle avait des conseils pour les concours. Je vais les retenter l'année prochaine.

— Oh… d'accord.

— Mais c'est quoi le rapport, entre elle et notre discussion ? s'intéresse Elora.

— Le rapport ? C'est que je suis jaloux d'elle.

Elle ne semble pas particulièrement surprise.

— Je comprends. Moi aussi, balance-t-elle sans détour. Mais tu sais, Ilyssia est typiquement le genre de génie qui n'a pas besoin de réfléchir. Elle sait déjà où elle va, et ce, peu importe les obstacles. Elle y va, un point c'est tout.

— Moi aussi, en soi, me défends-je.

— Toi, tu suis ta haine. Elle, elle suit sa passion.

— Mais moi, je n'ai pas de passion ! m'agacé-je.

Elora lève les yeux au ciel.

— Tu t'es regardé en match ? Tu t'entraînes tous les jours sans rechigner. Tu joues tous les week-ends. Tu gagnes. Tu subis la fatigue quotidienne. Tu t'y connais à fond dans le domaine… C'est une insulte au basket que de dire que ce n'est pas ta passion. Tu sais, je pense que tu as un regard biaisé là-dessus. Tu aimerais que ta passion te sauve, mais ça ne marche pas comme ça. La passion ne te sauve pas. Elle te submerge et te tue à petit feu.

L'Art est à l'Homme ce que l'eau est à la vie.

En petite quantité, c'est indispensable. Mais sinon… c'est mortel. Et moi, je suis un requin. Au beau milieu de l'océan, affamé et perdu.

— Tu penses que ma passion, c'est le basket ?

Je ris à gorge déployée.

— Ce n'est pas vrai. Si je devais arrêter définitivement, je le vivrais bien. Ce ne serait pas la fin du monde. Si toi tu ne pouvais plus lire… tu en mourrais.

Elle hausse les épaules.

— Sûrement. Parce que je suis plus faible que toi et que je me suis noyée là-dedans pour oublier mon malheur. Je ne vis que pour ça. C'est une malédiction, quelque part, quand cette passion devient une obsession… Ton cœur s'emballe, ton esprit se perd et ça devient une drogue. Et la drogue, ça tue. C'est pas nouveau, comme concept.

Elle reprend son thé et vide la moitié de la tasse. Je n'ose rien répondre, de peur de raconter n'importe quoi. Dans le métier que je souhaite exercer, il y a deux possibilités dans ce genre de situation : on la ferme pour ne pas perdre en crédibilité, ou on rebondit souplement sur ses pattes comme un chat.

— Tu sais, Celian… Je vais te donner ma vision des choses. Libre à toi d'être d'accord avec moi ou non… D'ailleurs, peut-être que je me plante totalement ! Mais je pense que même si elle ne s'en rend pas compte, Ilyssia n'est pas forcément plus heureuse que toi ou moi. Elle est humaine et elle se bat contre ses démons, qu'elle soit passionnée ou non. Tu n'es pas dans sa tête, moi non plus, mais ce que je peux te dire, c'est que tu idéalises sa situation. Le nirvana, c'est un fantasme… Ilyssia a l'air d'avoir peur des gens. Sortir de son cocon semble la terrifier, rester dedans doit la tuer à petit feu… C'est ça qui te donne envie ? poursuit ma sœur.

— Je préfère ça, mais avoir l'impression de profiter de ma vie. Parce qu'à l'heure actuelle, j'ai surtout le sentiment de passer totalement à côté de tout ce qui compte vraiment. C'est pour ça que je m'intéresse au monde qui m'entoure… J'attends le moment où ça deviendra une évidence.

— En général, quand l'évidence est évidente, on ne voit pas que c'est *évident*. C'est le concept. C'est comme la drogue. On en prend, on en prend, et on ne veut pas voir que c'est mortel.

— Donc tu crois que je connais déjà ma passion ? ricané-je amèrement. Parce que moi, je suis sûr que non.

— Si tu n'avais pas fait sciences po, tu aurais quand même fait du basket. Tu as commencé tout petit avec ton meilleur ami et tu n'as jamais arrêté. Tu te leurres. Moi, je vois cette fameuse étincelle dans ton regard quand tu joues. Et si Ilyssia a décidé de te représenter en plein dunk, c'est parce qu'elle aussi a vu ton potentiel. Tu l'as inspirée parce que tu étais passionné par ce que tu faisais… je te connais. Tu es mon grand frère. Tu es… stupide et têtu. Si ça se trouve, tu ne veux pas voir ta passion parce qu'elle signifierait abandonner ton projet de vengeance et de conquête du monde.

Outch.

— Peut-être, abdiqué-je.

Autant assumer. C'est Elora. Je pourrais lui avouer les secrets les plus honteux de ma vie sans qu'elle me juge. Du moins… Sans qu'elle me juge en dehors de cette baraque. Ici, elle me cassera les genoux avec son tact et sa franchise. Cela dit, c'est le coup de pied aux fesses dont j'avais besoin.

— Je pense que tu veux remplacer notre père. Tu espères gommer ses erreurs.

— Tu devrais aller en psychologie, finalement, lui lancé-je d'une voix hargneuse.

— Si je ne suis pas prise à la NYEU, c'est ce que je me tâte à faire…, avoue-t-elle alors.

Je passe l'heure suivante à discuter de ce nouveau projet avec elle. J'en oublie peu à peu mes doutes, puis le visage qui hante mes pensées. Pourtant, *son* nom reste ancré en moi. Je veux comprendre comment elle fait pour ne pas hésiter avec tout ce qui lui arrive. Tout ce qui l'entrave. Je pose une main sur la poche de mon jean et serre mon téléphone. Quelqu'un m'appelle.

Je regarde l'écran. Sursaute. Fronce les sourcils.

— Ilyssia.

Ma sœur se moque. Je lui montre mon majeur, qu'elle frappe avec un livre.

— Elle a dû se tromper.

Dans la seconde qui suit, je reçois un message.

[Missmargaretilyssiaart : Misclick.]

Un sourire étire mes lèvres.

[Celianjonesgoldie : Stalkeuse.]

[Missmargaretilyssiaart : Rêve pas. Dispo demain soir à 21 h ?

[Celianjonesgoldie : Carrément. J'ai appris toutes les chansons Disney par cœur pour te faire un petit concert.]

[Missmargaretilyssiaart : Abstiens-toi 😩]

[Celianjonesgoldie : 😘]

Ilyssia Margaret… *Enfin.* Après plusieurs semaines à mater une photo sombre, je vais enfin revoir cet élan d'inspiration en chair et en os. J'aurais pu me rendre au café pour lui faire une petite visite surprise, mais j'avais peur de passer pour un fou de la gare, ou pour un *stalker* énamouré. J'ai encore ma fierté, je ne veux pas qu'elle me pense désespéré à ce point…

Je me tourne vers Elora. Elle sourit bizarrement.

— Quoi ?

— Rien, glousse-t-elle.

— Demain, vingt et une heures.

— Je peux venir avec toi ?

— Pourquoi pas ? Demande-lui.

Quelque part, ce serait une façon de l'aborder plus facilement. Si elle s'entend bien avec ma sœur et qu'elle est plus détendue en sa présence, peut-être qu'elle acceptera de me laisser approcher. J'aimerais simplement que nous soyons amis. J'ai beaucoup à apprendre d'elle. D'un autre côté, j'ai l'impression de me servir d'Elora. Elle a déjà peu confiance en elle, je redouterais de la heurter davantage en l'utilisant à mes fins.

Mais…

Sur ce coup…

Je vais quand même me servir d'elle. *Tant pis.*

Pardon, Elora, mais tu vas m'aider à faire tomber les défenses d'Ilyssia Margaret. Quel qu'en soit le prix…

16

Ilyssia

Normalement, je n'ai pas le droit d'être là. J'ai demandé l'avis de mon médecin, et il m'a conseillé de poursuivre encore un peu la rééducation avant de passer aux choses sérieuses. Cela dit, ces derniers jours, la plaie ne me tiraille plus et je me sens capable de reprendre le dessin plus intensivement. J'ai essayé de gribouiller quelque chose ce matin et le résultat n'était pas foncièrement mauvais. Le trait est tremblant, mais ce n'est pas grave si je croque uniquement la pose. Au moins, je me permets de visualiser mon œuvre sous toutes les coutures.

Pour être honnête, cette période sans art m'a fait du bien. C'est fou de se dire que sans ma plus grande passion, je me suis sentie mieux. Toutefois, ça a été seulement temporaire… Mon fusain me manque. Mon argile, mon marbre. La sensation de la pierre sous mes doigts. La poussière qui, une fois humide, forme une fine pellicule sur ma peau pâle. Je ne rêve que d'y plonger à nouveau, avec tous les risques que cette redescente implique. Pour ça, il faut vite que je rééduque mes doigts. La plaie dans le muscle n'était pas profonde, mais il a fallu que je me fasse recoudre afin de recouvrir la zone que j'avais involontairement scalpée. Pour ne pas abîmer les nouveaux tissus et permettre à ma chair de se régénérer, il a fallu que j'arrête de bouger ma main. Résultat, elle me semble comme paralysée et j'ai l'impression d'avoir perdu toute ma force.

Hélas, comme dans tout dans la vie, il faut de la patience. De la persévérance et du travail. Si je veux réveiller mon talent, je dois m'y prendre le plus tôt possible. Si je retrouve mes capacités rapidement, je recommencerai à bosser mon projet d'ici février. En attendant, je ne compte pas chômer.

Pendant ma convalescence, je n'ai fait que songer à mes idées. La base me semble vraiment solide, cette fois-ci. Je vais travailler le tissu de la robe, jouer sur le côté vaporeux du soleil et détailler la peau pour qu'elle s'ancre dans la réalité. Je veux que l'homme ressorte, mais que les prouesses artistiques se concentrent sur les voilures et l'astre. Ce que j'aimerais, c'est que lui seul soit mis en avant et qu'en se penchant sur ce qui l'entoure, les yeux brillent d'admiration.

Mes doigts me démangent. Depuis dix-huit heures, je range tout comme une acharnée. Pas parce que je suis prise d'une soudaine poussée maniaque… mais plutôt pour éviter de refaire la même connerie qui m'a arraché un mois de boulot. Comme si je partais avec un avantage ! J'ai déjà un sujet atroce, si en plus je commence à me saboter physiquement, on ne sera pas sortis de l'auberge ! Je parlais de chaos organisé pour décrire mon atelier et c'est exactement ce que je vais recréer, mais en ôtant de mon chemin tout objet tranchant.

Du phonk à fond dans mes enceintes, je danse et vibre sur les basses qui secouent le plancher. Mes voisins de classe vont me haïr.

Mon téléphone sonne. C'est Cherry.

[Cherry : Je peux passer ?]

[Ilyssia : Carrément.]

[Cherry : OK.]

Je remplis un pot vide de ciseaux en métal. Une boîte me sert de réservoir pour mes scies à main. Quand je récite le nom de mes ustensiles dans ma tête, je réalise que j'entreposais des outils tranchants dans tous les recoins. J'aurais pu me tuer depuis bien longtemps. Mon maillet rejoint le pied-de-biche et les râpes à grains de différentes formes et duretés. J'ai deux tonnes de fournitures. J'avais oublié la moitié de mes rifloirs dans un carton pourri. Lorsque je les retrouve, je les aligne sur une table.

Mais non... Pas là.

C'est dangereux.

J'ai compris la leçon : on ne laisse rien traîner qui puisse se planter dans la chair.

Un long moment plus tard, ma meilleure amie entre et effectue une courbette sur du phonk mexicain qui résonne entre les murs comme dans une rave party sauvage. Elle porte une robe fluide de la couleur de la neige, des collants noirs, des cuissardes et une veste en cuir. Je n'arrive pas à deviner d'où elle vient, mais lorsqu'elle passe sous mon projecteur, la lumière me révèle à la fois les paillettes qui la recouvrent et l'expression sur son visage.

— T'es bourrée ?

Aucune intonation dans ma voix. Ça ne me surprend pas vraiment.

— Je suis sortie en boîte.

— À dix-huit heures ?

— C'était une boîte particulière.

Elle met un doigt sur ses lèvres pour m'intimer de ne pas faire de bruit.

— OK, d'acc. Tu as besoin d'un truc ?

Elle fait mine de réfléchir.

— Je t'ai acheté un cadeau.

Son sac est effectivement aussi gonflé que si elle y avait fourré tout un rayon de chips. Quand elle bouge, il émet un son de plastique froissé. Elle s'assoit sur l'une de mes chaises pour ne pas perdre l'équilibre, comme si chaque mouvement menaçait de l'attirer dans la tombe avant l'heure. On ne sait jamais. J'ai rangé, mais elle pourrait se trancher une main, si elle chutait dans mon atelier. J'en sais quelque chose.

— Ah... Montre ? tenté-je.

J'ai un peu peur, je l'avoue. Cherry ne m'a jamais fait de cadeau de toute ma vie. Soudain, une illumination traverse son visage. Elle sort un tube de dentifrice de la poche avant de son sac à dos.

— C'est de l'argile !

Alors... Suis-je étonnée ? Un peu, sans trop l'être pour autant. Venant d'elle, c'est surprenant que ça ne concerne pas le sexe. D'habitude, c'est sa spécialité. Je regarde ce qui est écrit sur le tube. Dentifrice à l'argile naturelle. Un rire enfle dans ma gorge et je l'expose sur un socle vide, comme s'il s'agissait d'une denrée rare et précieuse. Elle sourit largement.

— J'en ferai un buste à ton effigie.

Cherry se met souvent dans des états déplorables de façon aléatoire avec ses amies d'un autre groupe. Je n'aime pas tellement l'influence qu'elles ont sur elle, mais je ne suis pas sa mère. Tant qu'elle ne risque rien, je n'ai pas mon mot à dire. Toutefois, ces derniers temps, elle sort régulièrement. Je m'inquiète un peu, je l'admets.

— Tu veux dormir ici ?

Elle fait des bulles avec son chewing-gum, le regard dans le vide, puis acquiesce, complètement déphasée. Ses cheveux bouclés sont humides. J'approche et remarque qu'elle empeste franchement l'alcool.

— Mais purée, t'as pris un bain de vodka ou quoi ? râlé-je.

— Plus ou moins !

Je l'aide à se relever. Lentement, elle fait passer son sac de son épaule à son coude. Mes doigts s'emparent de sa veste, que je lui retire. Elle frissonne. Une fois qu'elle est totalement déshabillée, je l'attire vers le fond de la salle. Heureusement que j'ai tout rangé. Il y a désormais assez de place pour plusieurs personnes, dans cette foutue salle de classe – ce qui est normal, à la base. Mon atelier ressemblait naguère à un débarras, je dois le reconnaître. Cela dit, j'ai un coin dans lequel je dors parfois lorsque je passe mes nuits ici. Elle va s'y reposer le temps de cuver, puis nous aviserons ensuite. Comme Celian est censé se dévêtir en partie, j'ai monté le chauffage. Elle ne devrait pas avoir froid. J'ouvre mon armoire et lui balance un t-shirt en coton noir à la tête.

— Je n'ai pas de bas de rechange, mais au moins tu ne dormiras pas à poil...

Elle glousse.

– Ohhh… Je préfère être toute nue.

Elle lève les bras, lâche le vêtement sur son visage – à croire qu'elle est un Sims et qu'elle compte brusquement se changer par magie. Le haut tombe par terre. Je me retiens de rire, parce que même si elle est ridicule, je n'apprécie pas tellement de la retrouver dans cet état au beau milieu d'une semaine de cours. Mes doigts s'emmêlent dans ses cheveux quand je le lui passe par-dessus la tête. Le col craque bruyamment et je suis obligée de forcer. Elle explose de rire lorsque son nez l'accroche. Une fois qu'il est arrivé sur ses épaules, je bataille avec ses bras pour les faire entrer dans les manches.

Elle me gonfle, sérieux !

Quand elle est enfin vêtue, je l'attire vers un matelas qui traîne entre deux rangées de chaises. Ça ne paye pas de mine, mais je préfère dormir ici que chez moi. Je n'ai jamais fait de cauchemars dans ce pieu… le seul problème, c'est qu'il me flingue le dos. Pour une nuit, il fera l'affaire, mais je reconnais que l'on n'y dort pas très bien. Il faudrait peut-être que je l'améliore pour les derniers mois que je passerai ici. Si je dois bosser non-stop pendant plusieurs semaines, ce serait plus indiqué.

Un bras glissé sous le sien, j'agrippe le t-shirt, appuie son corps contre mes hanches et essaye de la tirer vers le sol pour la coucher. Elle pue, c'est terrible. D'un rire enfantin, elle se laisse choir sur le matelas dans une roulade. Avec cette musique qui résonne dans mes tympans, je rate presque ce qu'elle me chuchote. Je lui demande de répéter.

– J'aurais fini où, si t'étais pas là ?

Elle s'assoit comme une gamine. J'attache ses boucles brunes avec mon élastique. Je n'en ai l'utilité que lorsque je dessine dans des angles improbables, puisque je porte les cheveux au carré. Je m'en passerai ce soir, il ne me servira pas. Puis je caresse son front, vérifie sa température et l'aide à s'allonger. Elle gronde de satisfaction lorsque son crâne lourd se pose sur l'oreiller. Je la tourne sur le côté. Ce n'est pas la première fois que je prends soin d'elle après une sévère cuite, mais ce n'était jamais arrivé un jeudi – ou un mardi, je ne sais pas vraiment quel jour on est avec toutes ces bêtises. On est peut-être mercredi ?

Une fois qu'elle est installée, je remonte la couverture brune sur ses jambes. Pas plus haut. Elle meurt de chaud, je ne voudrais pas qu'elle foute le feu à mon lit. Le problème, c'est qu'elle ne porte qu'une culotte en bas et que Celian et sa sœur débarquent dans... pas longtemps. Vraiment pas longtemps.

Avec délicatesse, je me redresse. Elle s'endort presque immédiatement.

D'un pas rapide, je me dirige vers la musique, que je baisse autant en intensité qu'en rythme. Je change de playlist et lance quelque chose de doux. Puis j'attrape une bassine – ce n'est pas ce qui manque ici – et la place à côté d'elle. Je connais la bestiole.

Je vérifie l'heure et soupire d'agacement. Elora Jones et moi avons parlé sur Instagram ce matin : elle souhaitait avoir des informations sur l'université et j'ai vaguement répondu. Ensuite, elle a poursuivi la discussion et nous nous sommes relativement bien entendues. Quand elle m'a demandé si elle pouvait assister à une séance et que son frère était tout à fait d'accord, j'ai sauté sur l'occasion. Après ce moment embarrassant à l'hôpital, me retrouver toute seule avec lui m'aurait franchement paniquée.

Normalement, Cherry ne devrait pas nous déranger. Ce n'est pas dans son état qu'elle nous gênera, puisqu'elle ronfle comme un gros bébé. Je préviendrai les concernés en temps voulu. Vu la tête qu'elle tirait, elle dormira un bon moment. Heureusement que j'ai trouvé un endroit sécurisé où l'héberger. Ce n'est pas dans mon appartement que j'aurais pu l'abriter... mais merde, quoi.

Les mâchoires serrées, je lui lance un regard sévère dont elle n'a même pas idée. Puis j'appelle Caro.

— Ilyssia... Un problème, ma puce ? demande-t-elle.

— Devine qui s'est échouée à moitié morte dans mon atelier.

Une expiration bruyante, le bruit d'un crayon qui roule et tombe par terre, et Caroline me répond avec humeur :

— Elle me casse les pieds… Sérieux, qu'est-ce qu'elle a, en ce moment ?

— J'en sais rien… On devrait l'obliger à nous parler, décrété-je.

— Ouais, bah, bonne chance. J'ai déjà essayé.

— Elle dit quoi ?

— Que tout va bien, grogne la peintre au bout du fil.

— T'as tenté la menace ? proposé-je.

— Ouais… Hier, elle a vomi sur mon tapis. Elle a promis de ne plus recommencer cette semaine.

— Raté…, soufflé-je.

Cherry marmonne quelque chose et se retourne en s'enfouissant sous la couverture.

— En plus, elle est sûrement défoncée… Un de ces quatre, on va la retrouver morte dans sa bave, tranché-je durement.

J'ai tendance à ne pas mâcher mes mots. C'est un fait. Je suis introvertie, pas timide. Je n'ai pas peur de m'exprimer, je n'aime seulement pas le faire. D'autant plus quand il s'agit d'un sujet aussi épineux.

— Tu veux que je vienne la chercher ?

— Non, je l'ai changée et couchée. Elle va se reposer un peu. En plus, Celian et sa sœur doivent passer, ce soir. Quand j'en aurai fini avec eux, je resterai là pour m'occuper d'elle. On est à la fac, elle aura des toilettes et des douches à disposition à l'étage des profs.

Caroline ricane.

— Super. Elle a traversé la fac dans cet état ?

Je soupire.

— Elle m'a demandé par message si elle pouvait venir. Elle écrivait correctement, je ne pouvais pas me douter qu'elle était dans cet état.

— Non, mais ne t'inquiète pas… Je ne t'accuse pas. C'est elle qui m'exaspère…

— Ça allait mieux, il y a quelques mois.

— Ilyssia, tu ne te souviens pas ? Ça a dégénéré quand son copain est mort…

Je reste figée un instant. Je suis à côté de la plaque, en ce moment. Je passe une main sur mon front, les paupières lourdes.

— Oui, je sais bien… Ça explique des choses, c'est sûr, mais là elle va trop loin. Il faut qu'on l'aide, affirmé-je.

— C'est clair… C'est un deuil compliqué. Si elle continue comme ça, elle va le rejoindre dans la tombe.

Je suis une mauvaise amie, quand je m'y mets. Nous étions toutes présentes à l'hôpital, puis à l'enterrement. Il a été retrouvé dans sa chambre d'hôtel avec une seringue dans le bras. Cherry ne s'en est pas remise : elle fait semblant que cela ne la touche pas et prétend qu'elle est passée au-dessus, mais nous savons toutes qu'elle en souffre. Je n'ai pas oublié la mort de son ex, c'est juste que… j'ai la tête qui menace d'exploser depuis des semaines.

Elle gronde encore dans son sommeil et commence à gesticuler.

— Je raccroche. Madame est possédée.

— OK, rappelle en cas de souci, je laisse le son sur mon tel.

— Merci, Caro. Je t'aime fort, bisous.

Nous nous saluons et je jette mon téléphone sur la table la plus proche. Cherry s'est roulée en boule. Elle pleure comme une enfant. Je me laisse tomber à genoux sur le matelas, totalement paniquée et impuissante. Mon cœur bat la chamade. J'ai envie de la câliner et aussi de la secouer pour lui demander ce qui lui arrive. Je rejette les deux solutions et me contente de caresser son dos. Elle se retourne et se blottit contre mon ventre.

Cherry et moi sommes amies depuis quatre ans. Dans notre trio, elle est la plus exubérante, toujours là pour raconter des conneries aussi grosses qu'elle ou nous faire rire aux larmes. Je tiens beaucoup à elle. J'ai peu d'amies, alors je prends forcément soin de celles que j'ai, même si j'ai toujours peur qu'elles m'abandonnent un jour. Parfois, je me foire… Il m'arrive d'être à côté de mes pompes. Cela dit, je répondrai toujours présente pour m'occuper d'elle. J'estime que les actes comptent plus que les mots, dans ces moments-là.

Mes doigts effleurent sa joue, rangent des mèches de cheveux derrière son oreille et tracent des cercles sur son front. Peu à peu, ses larmes tarissent. La porte est toujours ouverte, elle ne l'a pas fermée sur son passage et je n'ai pas eu le temps d'y penser. Soudain, je perçois des bruits de pas. Je reste là et tourne seulement la tête vers l'entrée. Celian et Elora s'approchent. Quand ils passent l'encadrement de la porte, je souffle et me relève doucement.

La sœur du basketteur est digne d'un ange tombé sur Terre. C'est une lectrice invétérée qui m'a expliqué plusieurs parallèles entre certaines de mes œuvres et des théories littéraires sur lesquelles elle aime se pencher. J'ai adoré l'écouter à l'époque où nous discutions, même si je n'en garde pas beaucoup de souvenirs. C'était fascinant.

Celian n'a pas l'air méchant et sa sœur non plus. Pourtant, ils ont tous les deux souffert dans la vie. Je le ressens comme si cela faisait écho à mes propres douleurs. À mes yeux, c'est évident.

Elora semble s'être réfugiée dans la littérature... Lorsque nous avons discuté par écrans interposés, j'ai remarqué qu'elle analysait chaque mot et qu'elle avait beaucoup de recul quand elle s'exprimait. Parfois, elle déduisait des choses de manière froide et logique sans y insuffler la moindre émotion : on aurait dit un robot.

J'espère qu'elle est quand même plus avenante en chair et en os... sinon cette soirée s'annonce atroce.

— Salut... ça va ? demande Elora en entrant dans la pièce.

— Salut. Ouais, moi ça va. Et vous ?

J'évite de croiser le regard de Celian. Je n'ai pas vu la bête sur pieds depuis un moment. C'est suffisant pour que je perde l'habitude de côtoyer quelqu'un, surtout quand on ne se connaît pas particulièrement. C'est fou de constater à quel point j'ai du mal avec la sociabilisation. À chaque fois, je réalise que je suis un cas à part. Puis je me souviens des autres élèves de ma classe, ce qui me permet de relativiser. Ils sont tous dingues. Plus que moi, si c'est possible.

— Moi, ça va ! Je suis contente de te rencontrer en personne, ajoute Elora.

Avec ses cheveux châtains qui encadrent un visage de poupée et ses grands yeux clairs qui oscillent entre gris et bleu, difficile de lui trouver le moindre défaut physique. Fine comme une brindille, elle incarne à la fois l'élégance d'une passionnée de littérature classique et la fragilité d'une enfant trop mature pour son âge. Sans avoir besoin de se percher sur des chaussures à talons, elle mesure presque la même taille que moi.

Super... une géante de plus ! Je fais la même taille, mais avec des échasses aux pieds !

Elle affiche un sourire et me dévisage en retour. De longs cils recouverts de mascara entourent ses iris, surplombant un nez en trompette et des lèvres épaisses. Elle soigne bien ses cheveux, longs et lisses comme des baguettes, d'un brun plus clair que ceux de son frère. Ils se ressemblent, sans pour autant paraître clonés.

Quelquefois, je regrette de ne pas avoir un frère, moi aussi.

— Tu es encore plus jolie qu'en photo, déclaré-je plus froidement que je ne l'aurais voulu.

Ça reste un compliment, non ? Ma voix est un peu bourrue, je le reconnais...

— Toi aussi ! répond-elle d'une voix similaire.

— Merci.

Sachant qu'il n'y a pas de photos de moi sur le Net, je ne suis pas sûre qu'elle soit honnête. Cette interaction sociale est très gênante. Je déteste rencontrer de nouvelles personnes, je passe systématiquement pour la méchante – et je peux comprendre pourquoi.

Celian fixe le corps inerte de Cherry qui repose sur mon matelas.

— Elle est à moitié morte, mais elle respire encore, lui assuré-je.

— Bourrée à vingt et une heures... c'est un concept qui m'échappe.

Je hausse les épaules. Moi aussi, hélas. Moi aussi...

— C'est une artiste. Tu ne comprendras jamais.

17

Ilyssia

Celian accepte de retirer son haut, dos à nous, et s'installe au centre du cercle lumineux sans broncher. Il me lance un regard que je n'arrive pas à déchiffrer pendant que sa sœur me dévisage ouvertement. Il fait mine de réparer le projecteur, comme la dernière fois.

Je secoue la tête.

— J'ai eu un mois pour légèrement modifier la scène… Tu vas seulement lever un bras vers le projecteur. L'autre, il faudrait que tu le tendes en arrière. L'histoire globale consistera à raconter que tu essayes de voler le soleil et que le monde entier tente de t'en empêcher. Donc il faudrait que tu places ce bras-là pile le long de ta cuisse pour allonger ta silhouette. Des chaînes vont t'attirer vers le sol, lui expliqué-je.

Je constate qu'à chaque fois que je parle d'art, j'arrive à discuter avec lui sans gêne. Dès qu'un écran nous sépare, même chose : je parviens à plaisanter et à échanger naturellement sur divers sujets… Pourtant, impossible de me comporter ainsi quand il se tient devant moi. Celian m'impressionne par son aisance. Si l'on devait nous comparer, je serais un gnome et lui un ange… Là où je ne suis qu'une sorte de spectre enfoncé dans ses ténèbres qui ne doit sa popularité qu'à sa jolie gueule et au mystère qui l'entoure, il illumine chaque pièce qu'il occupe.

Je sais bien ce que les gens pensent de moi. S'ils me connaissaient mieux et qu'ils perçaient ma carapace, ils ne verraient qu'une femme qui se noie. Ma belle image d'artiste torturée en prendrait un sacré coup. Et moi, j'en ai conscience.

Si Celian me terrifie tant, c'est parce que je devine la même chose en lui. Pour une raison surprenante, je lis sous sa carapace. Quoi qu'il tente de faire croire au monde, il n'est pas si Golden Man qu'il y paraît. Son visage à l'hôpital me revient brusquement.

— Pourquoi des chaînes ? s'enquiert-il avec curiosité.

— Parce que j'ai décidé que tu n'étais plus Golden Man, déclaré-je seulement.

— Tiens donc ! Tu peux m'en dire plus ?

Celian se positionne dans la posture que je lui ai demandée. Il ne rechigne pas, mais son regard me transperce comme une aiguille. Mon souffle se coupe un court instant, puis je détends mes épaules et expire lentement.

— J'ai décidé que tu n'avais pas attrapé le soleil... mais plutôt que tu l'avais volé. Pour illuminer tes ténèbres, tu cherchais à soutirer la plus grande des lumières parce que tout le reste n'avait pas fonctionné. Lève un peu le bras gauche, s'il te plaît...

Il obéit, non sans me lâcher du regard. Elora soupire bruyamment, puis s'installe sur une chaise et sort un livre de son sac. Celian se rembrunit, l'air obscur.

— Quoi ? lancé-je à ma muse.

Son bras n'est pas au bon endroit. Contrariée, j'ajoute d'une voix autoritaire :

— Plus à droite.

Et voilà. C'est trop à droite. Il me coupe l'herbe sous le pied et parle avant moi :

— Pourquoi tu veux me représenter aussi sombre ?

Je ne réplique pas. Il faut que je réfléchisse à une réponse, dans un premier temps. Je m'approche de lui et passe sous la lumière à mon tour. Il fronce les sourcils, surpris que je l'aborde d'aussi près. Là, c'est le moment où mon cœur éclate contre ma cage thoracique. Ma main se lève. J'ai l'impression qu'elle est d'une lourdeur incomparable. Je fixe ma cicatrice, puis sa peau, et attrape fermement son poignet pour bouger son bras. Il frissonne. Je fais de même. Pourtant, ni lui ni moi ne prononçons le moindre mot.

— Désolée, j'ai la peau froide, marmonné-je. Évite de bouger.

Il soupire.

— Pourquoi ? répète-t-il d'une voix plus grave et plus basse.

— Parce que j'ai froid ?

Il me fusille du regard.

— Arrêter de jouer à l'abrutie, s'il te plaît.

— Celian... Représenter les aspects sombres de Golden Man, c'est important pour moi. À mes yeux, tu es trop faux pour être vrai.

— Tu ne crois pas si bien dire, confirme Elora.

— Eh ! Je n'ai pas volé ma célébrité ! se justifie-t-il.

Il se sent attaqué, alors que ce n'était absolument pas le but.

— Non, tu veux voler la lumière parce que tu n'en as pas... Je parle pas de célébrité, j'en ai rien à cirer que tu sois connu, lui balancé-je sans aucune forme de tact.

Il sursaute tandis que je quitte à nouveau le halo du projecteur. Puis j'attrape mon carnet, la boule au ventre. Ma main ne me fait pas mal parce que je ne l'ai pas beaucoup utilisée aujourd'hui. Je voulais la reposer un tant soit peu pour pouvoir dessiner le mieux possible. Quand j'ai rangé, j'ai remarqué que la plaie ne me faisait quasiment plus mal : ce qui me pose problème, c'est mon manque de force. Avec appréhension, je pose la mine sur le papier. Un premier trait, et je suis partie. Je crayonne d'abord les volumes. Puis les lumières. C'est surtout de ces deux points dont j'ai besoin. Visuellement, je m'en sors. Comme je vais graver la pièce finale dans cet atelier, il faudra bien que je retienne à quoi ressemblent les ombres. Cela me permettra de confirmer mes proportions par rapport au modèle initial.

Si dans ma tête le processus est clair, je remarque qu'Elora me fixe en fronçant les sourcils. En même temps, sur mon carnet, on ne voit que des aplats de couleurs sur de grosses formes vulgaires.

— Je travaille la lumière, lui expliqué-je, concentrée.

— Cette idée de projet... Tu l'as eue parce que tu estimes que je vole vraiment la lumière, ou parce que tu as eu une révélation et que je te sers seulement de modèle ? reprend Celian.

Sa voix n'est plus aussi curieuse. Désormais, il est dur, comme si je l'avais vexé. Ou pire. Blessé. En bon cliché d'artiste, je suis hypersensible. D'où ma bulle de protection constante. Certains vivent mal leurs émotions. Moi, je les enferme à triple tour derrière des tonnes de titane. Pourtant, je n'ai aucun mal à capter les sentiments des autres, d'autant plus lorsque le basketteur me transperce d'un regard aussi foudroyant.

— Je t'ai grillé ? Pourquoi t'as l'air de si mal le vivre ? le provoqué-je.

Je sors un briquet de ma poche, puis un joint que je me suis roulé trois jours auparavant. J'en prends un tout petit peu de temps en temps pour me détendre. Contrairement à de nombreuses copines artistes, je ne suis pas accro. Ou du moins, je contrôle relativement bien mon addiction. Et quand on contrôle sa consommation... j'estime que l'on n'est pas vraiment accro.

C'est comme ça que je me rassure.

Personne ne dit rien lorsque j'allume la mèche. Je fume deux longues lattes dans un silence de plomb. S'il n'y avait pas de musique, on entendrait la Terre tourner sur elle-même.

— Il n'y a pas d'alarme incendie, ici ? râle Elora avec une moue de désapprobation.

Un sourire étire le coin de mes lèvres.

— Elle est cassée... Dommage, hein ?

Celian bouge. Je gronde entre mes dents comme s'il avait commis un crime contre l'humanité, puis détourne mes pupilles des siennes. Il attend une réponse à sa question... Le problème est que si je riposte, je l'attaque, et je risque d'être méchante avec lui. Ce n'est pas le but. Si je me braque, il se vexera. Et si je garde le silence... de toute évidence, il a aussi prévu de s'énerver. Je prends mes inspirations d'herbe en priant pour qu'elle me détende un peu.

– J'ai eu un mois d'inactivité durant lequel j'ai eu le temps de réfléchir, Celian. Tu es ma muse, certes, mais vois-le plutôt comme tu l'as dit : tu es surtout mon modèle physique. Ce que j'imagine autour de l'œuvre ne te concerne pas directement.

J'écrase le bout du joint sur la table, puis reforme l'extrémité du tube entre mes doigts. La fumée m'a comme nettoyé le cerveau après avoir empli mes poumons. Mes mains se décrispent. La douleur me semble moins présente. Je ferme et rouvre plusieurs fois les doigts du côté de ma paume sensible : je ne sais pas si je vais tenir encore longtemps, mais il va bien falloir que je termine ce que j'ai commencé un jour ou l'autre.

– Replace-toi, Celian, je n'ai pas fini.

– Ta subite nouvelle idée me donne l'impression, au contraire, que c'est totalement visé. Admets-le.

Ses pupilles ne me lâchent pas. C'est presque effrayant. Il se repositionne parfaitement, comme si sa mémoire physique lui permettait de reproduire la posture sans effort. Je mords l'intérieur de mes joues et reprends mon labeur.

– Le but de l'art, c'est que chaque sensibilité s'y retrouve. Une œuvre peut être perçue de mille et une façons selon l'œil qui se pose dessus... Si elle te fait écho et qu'elle parle aussi à ta sœur, à mes copines et à moi, c'est plutôt bon signe.

Je n'ai pas envie de lui avouer que c'est son regard à l'hôpital qui m'a inspiré ces modifications. J'essaye de ne pas me trahir en me détournant. Ce serait avouer qu'il a raison... mais je n'arrive pas à le dévisager non plus, parce qu'il le lira dans mes yeux de toute façon. En plus, même si Cherry semble profondément endormie, je la connais : si elle obtient la moindre information sur Celian et moi, elle s'en servira à mauvais escient. Je n'ai pas du tout envie qu'elle s'immisce dans mes affaires... ce qu'elle, par contre, aimerait faire par-dessus tout.

– Arrête de me sortir le laïus que tu as appris par cœur pour tes interviews, se moque-t-il d'une voix amère.

– Je suis sérieuse... Je voulais représenter la partie sombre de la masculinité, sa volonté de s'élever vers le soleil malgré ses entraves qui, ici, prennent forme physique. Tu attends de moi une réponse que je n'ai pas.

Le gris de ses iris se glace davantage, si seulement c'est possible. Il le sait. Il sait que je mens. C'est lorsque nos yeux se percutent aussi violemment, sans une once de douceur, que je le réalise. Il y a des milliers de sous-entendus qu'il tait parce que nous sommes entourés. Désormais, je vais me débrouiller pour qu'il y ait toujours du monde avec nous. Sinon, je sens qu'il va chercher à me tirer les vers du nez. Que pourrais-je alors lui dire ?

« Désolée, Golden Man. J'ai rencontré une partie de tes ténèbres. Je voulais l'afficher au grand jour, parce que même toi, Celian Jones, tu cherches à fuir tes démons. Tu désires le feu le plus puissant qui soit pour les brûler... mais les seules flammes qui pourraient y parvenir, elles sont en enfer. Et celles-là, tu dois absolument les éviter, car on ne les quitte jamais. »

Ce serait une belle réponse. Poétique à souhait. Mais il faudrait me tuer pour que j'accepte de prononcer de tels mots à voix haute. D'autant que je m'emmêlerais indubitablement les pinceaux. Je ne suis pas faite pour les grandes déclarations.

— On dirait que vous allez vous entretuer, rit Elora.

Sa voix n'inspire aucune sérénité. Je suppose que nous sommes entourés d'une étrange aura. Même moi, qui suis au centre, je la ressens. Dense et épaisse comme avant l'explosion d'un orage.

— Il n'y a aucune raison, sourit Celian.

Mais son rictus ne monte pas jusqu'à ses prunelles.

— Il n'y a aucune raison, répété-je avec un sourire aussi factice que le sien.

— En attendant, je trouve ça cool que tu représentes quelque chose de plus sombre que l'image de Golden Man qui lui colle aux basques... Parce qu'en effet, personnellement, je trouve qu'il est déifié alors qu'il n'est pas parfait. Comme tout être vivant. Depuis Boston, j'ai suivi ses actualités sur les réseaux... et si je ne l'avais pas eu au téléphone toutes les semaines, j'en aurais oublié qu'il a lui aussi ses moments de doute.

Elora parle vite, nerveuse. Elle comble le silence qui s'installe entre nous. J'écoute ses mots sans vraiment y prêter attention. Mon fusain trace le dégradé sous son bras, dans un angle que j'adopterai sans doute souvent pendant la confection de la statue finale.

— La structure de son visage est parfaite et monsieur est photogénique. C'est plutôt facile, pour lui, de masquer sa fatigue. Les gens se concentrent plus sur ses exploits que sur ses yeux, lancé-je en tapotant ma feuille du bout de mon crayon.

Je fronce les sourcils, penche la tête sur le côté. Ce serait plus simple s'il levait davantage le bras. Juste pour que je vérifie un tr...

— Tu vois, tu fais des sous-entendus bizarres ! explose-t-il.

Il m'interrompt dans mes pensées, maintenant ?!

— Tu as peur de quoi, Celian ? Qu'on lise sur le visage de ma statue ce que j'ai vu sur le tien il y a un mois ?!

J'ai presque crié. Cherry marmonne une insulte et s'enfouit sous sa couverture. Je me crispe et la surveille. Elle paraît encore vivante. Un peu trop. Il faut que je fasse attention à mes propos. Je me concentre de nouveau sur Celian, qui cette fois respire plus vite qu'auparavant, prêt à me sauter dessus.

— Parfaitement, crache-t-il alors d'une voix acide.

Un soupir quitte mes lèvres. Mes doigts tremblent lorsque je referme mon carnet.

— Ne t'en fais pas, je ne révélerai rien de ta véritable nature. Seuls ceux qui te connaissent dans le privé sauront de quoi je parle. Ce qui ne pose pas problème puisqu'ils savent déjà qui tu es !

Il s'approche. Je suis tendue comme un arc, alors je ne change rien et me contente de prévoir mille scénarios pour mille situations qui n'arriveront jamais.

Elora se redresse, nerveuse.

— Arrêtez de vous disputer.

Sa voix m'atteint à peine. À travers le tumulte d'émotions qui m'étreint, je me souviens de la peur, de la tristesse et de la confusion que j'ai lues en lui ce soir-là. Je comprends qu'il redoute ce que je vais en faire... Mais je n'ai pas prévu de raconter son histoire. Juste... de m'en inspirer. À titre personnel. La fin justifie les moyens.

— Mais on n'a aucune raison de se disputer..., précisé-je. Hein, Celian ?

— Je préférais ta première idée, ajoute-t-il en nous ignorant.

— Et je me fous royalement de ton avis.

Il pince les lèvres.

— Bien.

— Bien, confirmé-je.

— Et quand les gens te demanderont d'où t'est venue cette inspiration ?

Un sourire froid marque mes traits. Les siens se durcissent encore.

— Je leur sortirai mon fameux laïus... Tu sais, celui que j'ai spécialement préparé pour mes interviews ?

J'ai la vague impression qu'il va m'étrangler, mais il se contient et se contente de se replacer sous le projecteur. Tout le reste de la session se déroule dans la même ambiance glaciale et muette. C'est angoissant, mais ni lui ni moi ne lâchons prise. La musique nous accompagne, ainsi que le rythme régulier des pages qui se tournent. Parfois, Cherry grommelle. D'autres fois, Elora soupire. Souvent, je ferme les yeux et masse mon front pour me détendre. Difficile à faire quand quelqu'un nous envoie toutes ses mauvaises ondes en pleine tête...

18

Celian

Danger.

C'est le seul mot qui me vient en tête lorsque je l'observe, crayon en main. Même si j'ai très envie de la frapper, c'est elle qui réveille mes démons pour m'obliger à les affronter. Elle ne le fait pas exprès. J'imagine qu'elle a juste trouvé des failles et qu'elle s'est dit qu'elle allait allègrement en profiter. C'est sûrement là que naît l'art. Dans les brèches, comme j'en ai tant. Ce qu'elle perçoit à travers l'inspire et je ne lui jetterai pas la pierre. Personne ne m'a mis le couteau sous la gorge et si je me suis déplacé jusqu'ici ce soir, c'était de mon plein gré.

Il y a un monde entre les taquineries auxquelles j'ai droit par messages et les piques agressives qu'elle me lance en face. Au début, je pensais qu'elle était maladroite, mais de toute évidence, il y a aussi une vraie volonté de me tenir éloigné. Je respecte son besoin d'isolement. On ne force pas l'amitié. Pourtant, j'ai parfois le sentiment qu'elle est réceptive, derrière son écran.

Puis des moments comme celui-ci surgissent de nulle part et je remets tout en question.

Elle m'a vu dans un instant où j'étais vulnérable. Ce qu'elle a découvert ce soir-là, personne d'autre que Quinn et Elora ne l'ont observé avant elle. Notre rencontre dans ce foutu couloir n'avait rien de prémédité. Ça n'aurait pas dû arriver. Alors pourquoi ?

Pourquoi a-t-elle croisé mes monstres, mes ombres et ma haine ? Elora le sait : je me détruis. Pourtant, lorsque je suis avec elle, je flotte dans un chaos agréable.

Dans le regard d'Ilyssia, je reconnais son inspiration. Sa passion. Celle qui me manque cruellement. Celle qui m'obsède. Et si ma sœur avait raison ? Si la mienne, c'était le basket ? Je mentirais en prétendant n'y avoir jamais songé. J'ai longtemps imaginé ma vie à la NBA sans vraiment y croire. Forcément, j'avais d'autres projets : détrôner mon paternel. Pas parce que j'en ressentais l'envie viscérale, mais parce que je me suis imposé le devoir de l'arrêter. Je n'avais qu'une seule réflexion en tête : si je deviens sénateur, j'annule sa voix. J'annule son vote. J'annule ses idées.

Mais annulerai-je la douleur que j'éprouve ? Certainement pas. Mon cœur saigne et les yeux d'Ilyssia ont traversé le plaqué or qui recouvre mon âme. Je ne sais pas moi-même ce qu'il y a dessous. Elle, oui. Elle paraît l'avoir compris. J'ai peur d'affronter ce qui s'y terre.

Danger.

Danger qui approche et se plante devant moi. Elle me refourgue mon sweat en me fusillant du regard.

— Rhabille-toi.

Je lui prends le vêtement des mains. Elle plisse les paupières, je fais de même. Pourquoi ? Pourquoi semble-t-elle tant souhaiter m'avoir comme ennemi ? Peut-être parce qu'elle ne me voit pas comme un ami, tout simplement. Ni même un futur ami. Au moins c'est clair, mais c'est tout de même vexant.

— Tu sais, tu devrais être flatté que même en t'ayant vu à ton plus bas, je sois d'autant plus inspirée par toi…

Elle a prononcé ces mots de telle sorte que personne d'autre que moi ne puisse les entendre. Je ne sais pas si c'est parce qu'elle a profité du fond musical ou parce qu'elle a parlé au moment où ma sœur enfilait sa veste, mais je lui suis reconnaissant qu'elle ait joué la carte de la discrétion. Par contre, même moi, je n'ai aucune répartie spontanée sur le moment. Je suppose que, ce soir ou demain, je ruminerai en me répétant toutes les répliques possibles et inimaginables… mais pour le moment, je suis incapable d'ouvrir ma gueule.

À la place, je passe le pull par-dessus ma tête et soupire longuement.

— À plus, princesse.

Elle lève les yeux au ciel.

— Ciao, Elora, ce fut un plaisir de te rencontrer en vrai.

Cherry ronchonne quelque chose et fait coucou avec sa main. Elle somnole, entrouvre une paupière et s'enfouit de nouveau sous la couverture.

— Ouais, salut, rétorque ma sœur.

J'ai déjà ouvert WhatsApp pour envoyer une photo de l'atelier d'Ilyssia aux gars qui me demandent où je suis.

Une mauvaise idée m'effleure. Percute mon esprit. Le secoue comme un prunier et… Ouais, c'est vraiment une idée de merde, mais… Je suis en mode silencieux. Personne ne me regarde. Si j'appuie sur mon écran. Juste… Juste une fois. Maintenant. Il se passera quoi ?

Mon cœur accélère. Mes mains sont moites. J'ai du mal à déglutir. Pourtant mon pouce s'approche du bouton et… je clique. Je clique et… On la voit en entier. Son visage, de profil, ses statues, le reste de l'atelier. Je dois la supprimer. Je ne suis pas un *stalker*… je ne suis pas… je suis… Je *vais* la supprimer.

J'inspire. Expire. Je vais la supprimer.

Demain. Un jour. *Jamais*.

19

Ilyssia

Caroline arrive avec des affaires propres pour que Cherry se change. Je suis déboussolée lorsqu'elle entre, presque plus par mes émotions que par mon inspiration. C'est rare que je sois déstabilisée. En général, je fuis les interactions sociales et ce n'est pas pour rien. Je sais que je ressens des trucs… mais je ne parviens pas à analyser lesquels. Avec les Jones, c'est exactement le problème. J'ai lu dans le regard d'Elora qu'elle avait compris. Elle a saisi pourquoi je maintenais mes distances avec Celian. Ce qui m'intéresse chez lui, ce n'est pas sa lumière… Je me fous totalement de Golden Man. Celui qui me hante et habite mon inspiration, c'est le Jones de l'hôpital. Celui qui s'endort dans la nuit, pas celui qui brille dans le jour.

— Elle a dormi combien de temps ? peste Caro.

— Cinq heures, éludé-je en tirant sur le bas de mon t-shirt.

Nous nous rendons près de mon matelas d'appoint.

— Et toi, tu dors vraiment dans ce pieu ? me juge-t-elle sans pitié.

— Pas tout le temps, marmonné-je.

C'est vrai que, maintenant que je vois Cherry au milieu de mes draps, je réalise à quel point il est petit et inconfortable. Finalement, c'est presque comme si je dormais par terre un soir sur deux.

— Allez, on la réveille, ordonne ma meilleure amie.

Je tire sur les jambes de Cherry et les fais pivoter pour la placer sur le dos. Elle se réveille en grognant et essaye de me jeter quelque chose dessus. Heureusement pour moi, elle ne trouve rien autour d'elle.

— J'ai pas envie...

Nous passons du temps à la convaincre qu'elle doit rentrer chez elle pour se reposer. Dans un premier temps, il faut qu'elle s'hydrate et qu'elle mange un petit quelque chose. À force de négociations, Cherry accepte que l'on s'occupe d'elle. Caroline commence à la déshabiller. Notre déchet humain préféré ronchonne, mais elle se laisse faire jusqu'au bout de la manipulation. Dans ces moments-là, c'est comme si elle régressait. Comme si elle n'avait plus la force de survivre par elle-même : elle a besoin que quelqu'un la repêche quand elle se noie. Une fois rhabillée, elle soupire et me fixe avec une moue désolée.

— J'ai mal au crâne, chuchote-t-elle.

— Mais non ? l'accusé-je. Sans blague ?

— Chut, supplie-t-elle en posant un index sur ses lèvres.

Elle se redresse et tend les bras pour que Caro lui passe son sweat par-dessus la tête. Notre maman de cœur s'attelle à lui redonner un visage un peu plus normal, puis se coince un ongle dans la boucle d'oreille de Cherry, qui se plaint et se tord comme un ver.

— Allez, fais un effort, grogne Caroline. J'ai coupé mon épisode en plein milieu pour assister à ta déchéance, c'est un crime !

— Chut ! gémit Cherry.

— Fallait pas mélanger la drogue et l'alcool, râlé-je.

— J'ai pas... Ah... si, peut-être...

La jeune femme s'habille au rythme d'une vieille dame pleine d'arthrose. Lorsqu'elle est prête, elle se relève et nous suit tel le zombie décérébré qu'elle est. Caroline est garée juste devant le bâtiment, sur un parking habituellement réservé aux professeurs. À cette heure de la nuit, il est totalement vide, seulement entouré de quelques buissons dénudés de leurs feuilles. La Fiat rouge s'ouvre dans un clignotement. Je tiens Cherry par les épaules, mon bras sous ses aisselles. Elle grommelle quelque chose que je ne comprends pas et s'installe à l'arrière. Je pose une main sur la tôle pour éviter qu'elle ne s'explose le crâne en entrant.

— Si tu dégueules sur ma banquette, tu vendras ton corps pour m'en repayer une, rit Caroline.

Nous croisons Rivera, notre professeur de sculpture, qui se balade tout seul dans les allées du parc qui entoure notre campus. Ce mec est aussi bizarre que nous. Quand il remarque notre bazar, il s'arrête et nous éclaire avec le flash de son téléphone.

— Tout va bien ? crie-t-il.

— Oui, monsieur ! Parfait ! rétorqué-je.

Personne ne sait qu'il sort avec ma mère. Même moi, je n'étais pas certaine qu'ils se fréquentaient. Quand ils ont débarqué à l'hôpital ensemble, je croyais à un hasard... jusqu'à ce qu'ils s'appellent « chéri » et qu'ils s'embrassent pour se dire au revoir en pensant que je ne les voyais pas. Là, j'ai compris que mon plan avait fonctionné. Je n'en tire rien de particulier. À l'époque, j'ai forcé le destin car j'estimais qu'ils développeraient une bonne alchimie et je ne m'étais pas trompée. J'avoue avoir eu des doutes, le moment venu, quand j'ai réalisé qu'ils enchaînaient les rendez-vous improbables... mais bon. Ce sont deux artistes dotés d'âmes vieilles comme le monde. Ils ne pouvaient que trouver un terrain d'entente.

— Tout va bien... Il faudrait qu'elle arrive à se lever demain avant de l'affirmer, hein ? marmonne Caroline.

Sur la route pour l'appartement de Cherry, nous gardons le silence. L'habitacle confortable me permet de reposer mon crâne lourd comme du plomb. Dans trente minutes, le soleil pointera à l'horizon. Pour le moment, la nuit tire sur le bleu roi. Caroline me jette un regard inquiet dans le rétroviseur central. Je capte l'attention qui se porte sur moi, mais l'ignore sciemment en rongeant ma lèvre.

— Tu tiens ta main. Tu as mal ?

Lorsque j'ai décidé de retourner en cours, tout le monde émettait des doutes sur ma capacité à dessiner. Je crois que je n'ai jamais aussi bien dormi que la nuit qui a suivi mon premier jour, mais j'ai assumé tout le reste de la semaine sans trembler. Chaque matin, je sentais bien que mes amies surveillaient mon état avec une attention toute particulière. Même Holy, qui a tendance à nous traiter de trouillardes, semblait sur le qui-vive à chaque fois que je me déplaçais… et pour une raison qui m'échappe, j'étais heureuse que l'on s'occupe autant de moi.

Je n'ai pas vraiment eu de mère, dans mon enfance. Elle était là, physiquement, mais son travail absorbait toute son attention. Même si je n'ai jamais manqué d'amour, j'ai toujours tenté d'attirer son regard. J'essayais d'être plus talentueuse qu'elle. Lorsque j'ai compris qu'elle peignait mon père, j'ai sculpté son visage jusqu'à le représenter parfaitement. Mieux qu'elle, en fait. J'espérais qu'elle voit en moi une égale… ou qu'elle me voit, tout court. Pourtant, dès que ses yeux se posaient sur moi, ses pupilles scrutaient un autre monde. Un monde dont j'étais exclue.

— Je n'ai pas mal, non, dis-je en mentant à ma meilleure amie pour qu'elle arrête de me dévisager.

Je mens. Juste un peu. Je suis fatiguée, mais ce n'est pas douloureux. Disons surtout que j'ai l'impression que les fils, sous ma peau, compriment un muscle atrophié. Je le presse pour réduire la tension. Lorsque je le relâche et que le sang l'abreuve de nouveau, un cœur semble battre dans ma paume bouillante.

— Je te jure que je n'ai pas mal, ajouté-je face à son regard sceptique.

— Tant mieux. Il vaut mieux perdre une semaine que des mois entiers parce que tu refuses d'écouter ton corps, me gronde-t-elle.

— Ne t'en fais pas… je le respecte. Là, il a atteint sa limite et je me suis arrêtée avant d'avoir mal. C'est de la fatigue.

Caroline ricane.

— Je préfère te le rappeler. Tu vois ce que c'est, une nana qui s'autodétruit.

Elle désigne Cherry par-dessus son épaule. Son pouce pointe une forme arrondie, endormie sur le siège arrière.

— Je n'irai jamais jusque-là. J'ai trop besoin de mes mains, noté-je.

— Justement, insiste-t-elle.

— Comment avancent tes projets, à toi ? changé-je de sujet.

Elle inspire profondément, puis se lance dans une tirade sur la difficulté de son sujet de fin d'année. Tous les élèves de l'Elite University sont voués à occuper des postes importants aux quatre coins du monde. Caroline compte vivre en Afrique du Sud, auprès de sa famille, là où se trouve un musée d'art mondialement réputé. Il est question qu'elle entre dans le comité directeur. La plupart de ses cours s'articulent autour de la gestion, la diplomatie, les relations humaines, un brin de commerce et des cours d'anatomie et de peinture qu'elle s'est rajoutés par pure passion. Depuis quatre ans, elle suit divers cursus pour se spécialiser dans le transfert d'œuvres d'art. Peintre à ses heures perdues, elle admet volontiers son rêve d'être exposée un jour. Si elle a été acceptée dans nos cours de dessin, après tout, c'est qu'elle en avait le niveau... mais elle sait qu'il faut faire des choix, dans la vie. On ne peut pas tout mener de front, même si ce n'est pas l'envie qui nous manque.

J'adore l'ambition de mes amies. C'est pour cette raison que nous nous entendons tellement bien : artistes, oui, mais sans perdre le nord pour autant. Au contraire. Nous savons toutes vers quel objectif nous avançons, et même dans le noir, la neige, le froid, la lave et le brouillard du quotidien, nous ne lâchons rien.

Combien ont abandonné ? Combien n'ont pas tenu jusque-là ?

Nous parvenons au même constat en jetant un regard dans le rétroviseur central.

— Elle a tenu quatre ans. Qu'est-ce qui lui arrive ? demande Caroline.

— Tu me l'as rappelé toi-même... Son mec est mort. Remarque, elle avait déjà vrillé avant..., soupiré-je.

— Elle consulte, en plus... On ne peut juste rien faire pour elle.

— Comme tu dis... Si elle ne se reprend pas par elle-même, on ne peut pas l'y forcer.

Caroline m'observe de nouveau. Elle commence à me mettre mal à l'aise. Cherry pue moins que lorsqu'elle est arrivée, mais mes marines se rétractent quand l'odeur de l'alcool me frappe. Je n'ai jamais compris les personnes qui critiquaient la marijuana, mais pas la vodka. L'alcoolisme tue plus que la drogue. La boisson tue à petit feu. Elle ronge les reins, le foie, et on en vend partout comme de la mort à consommer. Finalement, ceux qui se tapent une bouteille de vin par jour se flinguent davantage la santé que ceux qui fument un joint tous les trois jours. J'inspire par la bouche pour ne pas subir l'odeur. Caroline emprunte la voie rapide et roule un moment.

— Comment ça se passe, avec Golden Man ?

Je ferme les paupières. Je n'ai pas envie d'aborder le sujet, mais d'un côté, j'ai besoin de relâcher ma frustration.

— Je suis proche de lui sur les réseaux sociaux. Quand on discute, on s'entend bien. Mais à chaque fois que je le vois... J'sais pas.

Je mordille ma lèvre. Le sang emplit ma bouche, chaud et sucré.

— Tout à coup, quand il est face à moi, je me mets sur la défensive pour qu'il se souvienne que je ne veux pas que l'on devienne amis et... j'ai l'impression que je le traite mal.

— Ouais, tu souffles le chaud et le froid, quoi, tranche-t-elle.

— C'est ça.

— T'es un mec toxique, Ilyssia, rit Caroline de sa voix pleine.

Je la dévisage avec dépit et affiche une moue agacée.

— Quoi ? J'ai tort ? poursuit-elle. Sois sincère avec ce pauvre gosse. Dis-lui clairement que tu ne veux pas être amie avec lui par message ! Et quand tu le vois en vrai, ne sois ni trop proche ni méchante pour autant. Sinon, c'est juste... bizarre.

Purée, c'est compliqué.

— Je ne sais pas ce que je ressens pour lui... Je l'aime bien, il est sympa. Mais je crois que sa sœur ne m'aime pas. Enfin si, au début, elle m'aimait bien... Et puis... j'en sais rien, je crois qu'ils ont tous les deux remarqué que je n'étais pas nette.

— Ça, ça n'étonne que toi. Tu sais, Ilyssia, je t'aime d'amour... Mais c'est vrai que lorsqu'il s'agit de toi, il faut se préparer à tout. Tu es inaccessible, même quand on te connaît bien. Tu mets des murs entre les autres et toi, comme si tu avais constamment peur que l'on puisse apprendre à te comprendre. Résultat, tu provoques soit de la fascination, soit de la méfiance.

Caroline a toujours été franche. Cherry aussi. Mais Cherry est aussi très intrusive. Elle n'a eu aucun mal à se faire une place dans ma vie parce qu'elle y est entrée sans me demander la permission. Une fois bien installée, c'est moi qui ai dû me faire à sa présence dans mon quotidien plutôt que l'inverse. Caroline, elle, a passé plus d'un an à m'adresser la parole par discussions interposées. Un jour, elle a eu besoin d'aide en anatomie : j'étais la plus douée de notre groupe, alors je l'ai invitée à la bibliothèque pour lui expliquer le cours. Depuis, on ne s'est plus jamais quittées. Cela dit, je reconnais ne pas être la femme la plus avenante qui soit... Ce n'est pas un crime, si ?

— Tu crois que je devrais lui dire ça ? Lui raconter comment je suis et pourquoi je ne veux pas me rapprocher de lui ? soufflé-je avec exaspération.

— Mais non, ce serait encore plus bizarre !

— Je suis une artiste ! C'est une excuse valable pour être bizarre, non ?

Elle frappe son front du plat de la paume, démesurément théâtrale.

— Arrête, c'est le mec le plus populaire de la fac. Fais un effort, s'il te plaît !

Je l'oublie souvent. Moi, je vois juste Celian.

— Bon, t'as raison. Je vais lui écrire un message ce soir pour lui annoncer qu'on va arrêter de se parler et que notre relation est purement professionnelle.

Elle soupire lorsque nous nous garons devant l'immeuble de Cherry. J'ouvre la portière dès qu'elle a coupé le moteur.

— Attends, ne fais pas n'importe quoi non plus ! me prévient Caroline.

— Je n'ai absolument aucune envie d'être l'homme toxique de notre relation ! Autant ne pas avoir de relation du tout, ce sera plus facile à gérer !

La lumière des lampadaires se reflète sur la tôle rouge tandis que je jette un œil à travers la vitre fumée. Cherry dort à poings fermés. Je soupire et toque sur la vitre jusqu'à ce qu'elle remue. Elle porte un manteau par-dessus un t-shirt et un bas de pyjama. Rien ne lui appartient. Les chaussons en forme de fleurs qui entourent ses pieds sont à Holy. C'était son cadeau d'anniversaire pour le premier Noël que nous avons passé ensemble. Elle les laisse chez Caroline pour les fois où elle vient dormir chez elle. Quand je regarde Cherry dans cet accoutrement, elle respire l'innocence et la mignonnerie pure... jusqu'à ce que sa main se lève, brandissant un majeur manucuré qu'elle agite dans ma direction.

Chassez le naturel... et il revient au galop.

20

Celian

— Tu me demandes de venir boire un verre un jour en semaine à vingt-trois heures et tu imagines que je ne vais pas te poser de questions ? s'enquiert Julian en haussant un sourcil.

Il est vrai que j'avais besoin de penser à autre chose après avoir ramené ma sœur à la maison. Elora est claire sur un point : Ilyssia n'est pas dangereuse en elle-même. Moi non plus. Par contre, elle est persuadée que notre duo est la pire idée que je n'ai jamais eue. Elle prétend qu'Ilyssia exploite mes ténèbres et qu'en la laissant pénétrer mon côté sombre, je risque d'y plonger la tête la première.

Elle n'a pas tort. C'est également la réflexion que je me suis faite. Depuis que je l'ai rencontrée, je n'ai jamais été aussi dissipé de toute ma vie... et à la fois, je n'ai jamais été aussi bon en match. Ni en cours, d'ailleurs. J'excelle, parce que je suis assoiffé. À chaque fois que je pense à elle, je ressens le besoin de me surpasser. Comme le disait Elora, je suis attiré par les fonds de l'océan, même en sachant pertinemment que je n'ai pas assez de souffle pour les toucher et remonter à temps.

Néanmoins, et malgré l'étincelle qu'elle éveille en moi, Elora ne l'aime pas. Elle me l'a fait comprendre et se justifie en prétendant qu'Ilyssia est dangereuse pour ma santé mentale et plus largement pour mon avenir. Honnêtement, je trouve qu'elle exagère. D'autant que je n'ai besoin de personne pour mener ma vie comme je l'entends... Ni d'elle, ni de mon père, ni même de ma mère – et ce, en dépit de tout l'amour que je lui porte. Ils n'ont pas le droit d'interférer avec ce que je décide pour moi-même. Oui, j'aime écouter les avis de ma petite sœur et modifie parfois ma trajectoire lorsqu'elle avance de bons arguments... mais cette fois, je ne suis pas d'accord avec elle. Ni avec ce qu'elle dit, ni avec ce qu'elle fait, et encore moins avec ce qu'elle m'impose.

J'en ai encore le droit. C'est *ma* vie.

Alors même si je tiens à elle et que je sais qu'elle souhaite m'aider plus que tout... il y a des limites que je refuse qu'elle franchisse. Cette situation me regarde, Ilyssia est concernée aussi, et c'est tout. Ceux qui m'entourent peuvent me soutenir, je n'ai rien contre ça. En revanche, personne ne choisira à ma place.

Plus jeune, Elora s'est déjà fait virer d'un lycée à cause de ce type de comportements. Elle est la digne fille de son père, si j'ose dire. Quand on l'écoute, Elora a toujours raison. Je suis le mec sportif et populaire, mais contrairement aux clichés, je n'ai jamais harcelé personne. Elle, en revanche, est connue comme le loup blanc pour être une adepte de la menace. Elle a ses têtes et ne leur laisse pas la moindre seconde de répit quand elle estime être dans son bon droit.

Si je suis contre son comportement, il se trouve aussi que je ne vis pas avec elle au quotidien et ne fréquente pas les mêmes établissements. La gronder d'un regard ne suffit pas. L'appeler pour l'insulter ne sert à rien. Envoyer des personnes sur place pour l'espionner non plus. J'ai essayé les trois et toutes mes tentatives se sont soldées par un échec. Elle n'en fait qu'à sa tête et règle tout par le conflit. Elora n'aime pas Ilyssia car elle la considère comme une menace. Elle se servira de cet argument parfaitement arbitraire et ne la lâchera pas d'une semelle tant qu'elle gravitera autour de moi.

Il est hors de question que je la laisse faire, mais je ne peux pas passer mon temps à la pister en permanence.

Elora est comme notre père. Comme moi. Elle parle bien. Elle est férue de littérature et de psychologie, ce qui la rend plus redoutable encore. Elle retourne la tête de n'importe qui comme bon lui semble et n'a aucun remords si cela lui paraît juste. J'ai beau l'aimer du fond de mon cœur, je connais aussi ses travers.

Cela étant, j'ai bien conscience qu'Ilyssia n'est pas tendre non plus et qu'elle aussi a ses lubies. Parfois, elle est sombre, renfermée et peut se montrer méchante et injuste. Elle attaque à tout va, me remballe et me repousse sans hésitation. Pourtant, elle me fascine. Je l'avoue, c'est inexplicable.

Pourquoi m'obliger à disserter sur ce que je ressens comme si je faisais quelque chose de mal ?

Il paraît qu'approcher Ilyssia est risqué : mon coéquipier a souffert à cause d'elle par le passé et il affirme encore aujourd'hui qu'elle lui a fait vivre toutes les émotions possibles. Pourtant, c'est plus fort que moi. Ilyssia est la seule à avoir réveillé mes démons. En même temps, plus elle les explore, plus je prends conscience de leur existence.

Tout à coup, les avertissements de ma sœur prennent leur sens : elle m'attire dans un endroit que je ne connaissais pas. Je déteste ne pas garder le contrôle sur moi-même. Ilyssia me donne l'impression que je suis ignorant de ma propre nature. Alors oui, je la suis aveuglément, peu importe où elle m'emmène. Je la suis parce qu'elle me guide dans ce voyage sans retour.

« Arrête de la voir. Coupe les ponts. Vous êtes malsains l'un pour l'autre. »

J'ai besoin d'un second avis pour trancher. A-t-elle raison ? Suis-je bêtement obstiné parce que je m'ennuie ? Parce qu'elle représente un challenge excitant ?

Ou est-ce autre chose ?

Avant de la rencontrer, je n'aurais jamais pris de photo d'une fille dans son dos pour… pourquoi, d'ailleurs ? Pour la regarder ? Ou juste pour l'avoir dans mon téléphone, au cas où ? Ça me rend complètement dingue.

Elle me transforme.

Pas seulement en statue… mais en quelque chose de pire encore.

— Ça concerne ta mère ? poursuit Julian.

Nous nous sommes retrouvés dans un *Irish pub* qui sert de la bière faite maison. C'est notre petit péché mignon. Je trempe mes lèvres dans le liquide amer, puis soupire longuement. Les lumières au plafond nous baignent d'une lueur ambrée qui éclaire un comptoir en bois brut. Le barman est un ami, depuis le temps. Vieux comme le monde, détenteur d'une barbe plus longue que ma main et plus fournie qu'un buisson, il nous jette régulièrement des coups d'œil inquiets. Visiblement, je n'ai pas l'air en forme. Je l'avais déjà constaté en croisant mon reflet dans le miroir, à l'entrée. Je ressemble presque aux murs sur lesquels s'alignent d'anciennes plaques d'immatriculation : les traits tirés, marqué par le temps, comme si j'avais passé mille ans à croupir derrière le bar. La chaise crisse sous mes fesses quand je me replace plus confortablement. J'oscille entre plusieurs états.

— Ça faisait une éternité que je n'avais pas eu d'autre problème qu'elle, souris-je avec nostalgie. Cette fille me rend dingue.

Julian réfléchit. En dehors de ma mère, la seule femme qui me tracasse autant, c'est…

— Ah ! Ta sœur ? Pourtant, elle avait l'air d'aller bien…

« Vous êtes malsains l'un pour l'autre. »

Elora ne s'est jamais trompée sur personne. Mais ce n'est pas elle, ce soir, qui occupe mes pensées.

— Pas ma sœur, pour une fois, marmonné-je.

Mon meilleur ami se redresse et fronce les sourcils. Sa large carrure masque totalement le groupe de jeunes qui picolent juste à côté de nous en gloussant.

— Si ce n'est ni ta mère ni ta sœur… Balance qui est cette femme qui fait chavirer ton cœur, Jones. Je suis curieux.

— Elle ne fait pas chavirer mon cœur, elle me pose des problèmes ! C'est différent…

Il lève les yeux au ciel et acquiesce plusieurs fois. Il ne me croit pas. C'est sa façon de me balancer un gros « mais oui, c'est ça » dans les dents sans avoir à le prononcer à voix haute.

— C'est Ilyssia Margaret, admets-je, finalement.

Maintenant, il bouillonne de curiosité. Son expression change du tout au tout et il pivote d'un quart pour m'offrir sa totale attention. Deux grandes billes noires me dévisagent en silence. Il penche lentement la tête sur le côté, sidéré.

— Miss Margaret Ilyssia..., articule-t-il, des étoiles au fond des pupilles.

— N'imagine rien de ce genre. Je ne suis pas Mitchell. Elle ne fait rien chavirer du tout, OK ?

— Tu sais, je me dis qu'il serait peut-être temps que tu tombes amoureux... Parce qu'enchaîner les filles sympas pour passer quelques semaines de bon temps avec elles, c'est pas une vie.

J'explose de rire.

— Tu peux parler, toi !

— J'ai déjà été amoureux, moi !

Je ne peux pas le nier. Il a surtout été déçu.

— Je ne suis pas amoureux d'Ilyssia, ne commence pas avec tes conneries. Je te dis juste qu'elle me trotte dans la tête et qu'elle me fait sortir de mes gonds.

— Comment tu sais que tu l'aimes pas alors que tu ne connais rien à l'amour ? s'intéresse Julian, convaincu d'avoir trouvé mon point faible.

— OK. Exemple concret et efficace : si elle mourait, je serais frustré, mais pas particulièrement chagriné. Je pense que si tu aimes quelqu'un, la simple idée qu'elle décède devient insupportable...

C'est ce que m'a dit son père, un jour. Il parlait de sa relation avec la mère de Julian, Aurora. Il avait besoin de se confier et de m'expliquer ce qu'était l'amour à ses yeux. Ce jour-là, Julian était là aussi. C'était son dix-huitième anniversaire, sa première petite amie venait de le larguer par SMS. Ses mots n'ont jamais quitté mon crâne. Moi, je n'ai jamais eu peur de perdre quelqu'un, à part Julian, ma sœur, et quelques rares spécimens chers à mon cœur. Pourtant, je ne suis pas amoureux d'eux... et je ne ressens pas la même chose pour Ilyssia. Donc j'en déduis que je ne l'aime pas. Ce qui veut dire que c'est autre chose. Mais quoi ?

Je.ne.comprends.rien.

— Bon. Certes… Dans ce cas, raconte tout à tonton Julian. Je veux connaître chaque petit détail de cette histoire.

Jamais de la vie. Je n'assumerai devant personne d'avoir volé une photo de cette femme comme un putain de *stalker*.

— Elora pense que nous sommes malsains l'un pour l'autre. Elle dit que…

Je ferme les paupières un court instant. Ses mots me déplaisent, je n'y peux rien. Les prononcer à voix haute me donne l'impression que l'univers va m'entendre et qu'il les réalisera ensuite.

— Elle dit qu'Ilyssia exploite mes ténèbres et que si je la laisse faire trop longtemps, je vais m'effondrer, terminé-je, non sans mal.

Quinn avale une goulée de bière.

— Et toi ? Tu en penses quoi ? m'interroge-t-il. Avant que ta sœur te le fasse remarquer, tu avais déjà un mauvais pressentiment ? Ou c'est elle qui t'a foutu le doute ? Non, parce que toi et moi, on connaît très bien Elora… Il y a un monde où elle t'a juste fourré ses propres craintes dans le crâne. On sait comment elle est, elle te bassine avec un truc jusqu'à ce que ça s'imprime dans ton cerveau, et ensuite elle te fait croire que c'était ton idée depuis le début.

Comment lui expliquer que, juste avant qu'elle ne me balance cette vérité dans la gueule, je venais de jouer au paparazzi sauvage en la prenant en photo à son insu ? Parce qu'elle est là, la vérité. Le problème, c'est moi. Je me suis toujours demandé qui j'étais sous toutes ces couches de vernis que j'ai appliquées au fil de ma vie. En fouillant dans mon côté sombre, Ilyssia ne fait que le révéler. C'était déjà là avant elle.

— C'est difficile à dire… On n'est rien l'un pour l'autre. Je garde le contrôle parce que je sais que nous sommes très différents. Elora en fait toute une montagne alors qu'elle ne m'a rien fait, cette fille, grincé-je malgré moi.

— La question, c'est si tu te sens capable de gérer la virée ou si tu te fais embarquer comme dans un manège, poursuit Quinn, très sérieux. Ça, Elora ne peut pas le savoir pour toi. Et c'est ce qui compte, finalement.

Il passe une main dans ses tresses pour les rassembler en arrière et les nouer souplement. La partie basse de son crâne est rasée. Il a toujours eu l'air d'un bandit, avec ses cicatrices et son nez légèrement décalé. Pourtant, aucune de ses blessures ne vient de combats quelconques : à chaque fois, c'est la faute d'un coude ou d'une balle au cours d'un match un peu trop mouvementé.

— Parce que selon l'allure que ça prend, tu ne vas pas avoir le choix. Ou tu sautes tant qu'il en est encore temps, ou tu freines. Si tu continues, par contre, tu vas devoir assumer les conséquences de ton choix. Moi, quand on m'a demandé de décider quel chemin j'allais emprunter, tu sais lequel j'ai choisi et dans quel état j'ai fini ! Les femmes, ça pique.

Il s'est laissé manipuler et utiliser par une fille qui ne voyait en lui que les avantages dont il pouvait lui faire profiter. Elle n'a pas hésité une seule seconde à se servir de tout ce qu'il avait à donner… ce qui représente le monde, soit dit en passant, parce que Quinn est la générosité incarnée.

— Ce n'est ni une virée ni un manège. C'est une putain de fusée qui part en direction de la Lune. Je suis curieux de voir à quoi ça ressemble, là-haut, et ça me terrifie en même temps, décris-je en posant mes doigts tremblants sur ma bouche.

— J'aime bien l'image, sourit Julian. Fais seulement attention… parce que l'espace, c'est vide. On n'y respire pas, il y fait froid, et on s'y sent seul… si on parle par images, dis-toi que le risque, c'est ça.

— D'être déçu ? demandé-je.

Je bois une gorgée de plus.

— Ou de mourir ? poursuis-je.

Il ne répond pas tout de suite, comme s'il cherchait ses mots.

— Être déçu en amour, ça équivaut à la mort. Pas physiquement, bien sûr… mais temporairement, c'est comme si tu l'étais.

— Tu vois, ça me gonfle… J'ai vingt-trois ans, et je n'ai jamais aimé personne. Je n'ai même pas connu de déception amoureuse, ou la beauté du moment où tu réalises que tu as rencontré l'âme sœur..., pesté-je.

— C'est normal, Celian. Tu n'as jamais vécu pour toi. Elora et moi te l'avons toujours dit... le jour où tu accepteras que tu n'as pas à vouer ta vie aux autres, tu seras peut-être capable de voir les gens qui sont en face de toi.

— Je vous vois, tous les deux. Arrêtez de me faire la morale... J'ai connu des amitiés sincères et profondes. Vivre pour un objectif ne m'a jamais empêché de vivre normalement, sifflé-je, amer.

Il lève les yeux au ciel. La musique, un bon vieux rock des années quatre-vingt, couvre nos paroles. On croirait que c'est une vieille radio d'antan qui le crache dans les enceintes.

— L'amour que tu veux rencontrer, c'est comme la passion qui te fait soi-disant défaut. Tu l'as toujours eu sous les yeux, mais tu n'es pas capable de le voir parce que ce serait faire face à tes côtés les plus sombres. Car oui, Jones... L'amour, ça rend dingue. Ça te fait affronter tes pires facettes. Et toi, tu idéalises ça comme si c'était trop génial... Non, l'amour, la passion, toutes ces merdes ne sont pas aussi belles que dans ta tête !

Il finit son laïus et me fixe droit dans les yeux.

— Les *pires* facettes de toi, Celian, je te prie de me croire. C'est ça qu'elle veut t'éviter, ta sœur.

— Je crois qu'elle a tellement lu qu'elle a déjà tout vécu, lancé-je avec un sourire triste.

— On ne sait rien sur sa vie, ça a toujours été la même chose avec elle. Elle nous cache tout.

Lui aussi vide son verre cul sec. J'ai tellement d'anecdotes à son sujet... le mystère Elora est loin d'être résolu.

— Je sais... Quand je m'inquiète, elle me repousse. Un jour, son professeur d'histoire m'a appelé pour m'expliquer qu'un type la harcelait... J'ai fait mes recherches, et en fait, c'était elle qui le menait à la baguette. Le pauvre type m'a contacté pour que je lui demande d'arrêter, confié-je à Julian.

Mon sourire disparaît.

— Ouais, mais pour en revenir à notre sujet, Celian…, reprend-il, une fois calmé.

— J'ai compris. C'est la fille toxique qu'il faut que j'évite, c'est ça ? Elora ne la connaît même pas. Toi non plus. Vous n'en savez rien.

— Il faut que tu arrêtes de vivre pour les autres et que tu ouvres les yeux sur qui tu es et sur ce que *toi* tu veux. Tu verras tout de suite ce qu'elle cherche. Margaret est un électron libre. Mitchell en a déjà fait les frais et tu vas subir la même chose… Si c'est elle que tu veux vraiment, OK. Si par contre, tu lui cours après pour l'épouser parce que tu t'imagines un truc sérieux… là, non. C'est pas ce dont tu as besoin. Moi, je te préviens juste. Tu feras ce que tu veux quand même…

Il lève la main vers le barman.

— Ouais, Jo. Tu peux me resservir une bière, s'il te plaît ? Rouge, en 125.

Le barman acquiesce et forme un rond avec son pouce et son index.

— Je ne comprends pas ce que vous entendez par là, Elora et toi ! Si elle m'aidait justement à mieux me retrouver ? Si en fouillant les pires parties de moi comme elle compte le faire, elle m'obligeait à les regarder en face ? C'est salvateur, pour moi. Vous me prenez pour un gosse qui ne voit rien, mais j'ai quand même remarqué qu'elle était… Ilyssia Margaret, tout simplement. Tu sais, Julian… Ce n'est pas un poison, cette fille. Ce n'est pas parce que vous vous inquiétez que je dois m'empêcher de lui parler. Tu veux que j'arrête de vivre pour les autres ? OK, alors, dans ce cas, je fais ce que je veux.

Ma voix se durcit, je serre les dents, et je sens que la colère n'est pas loin. Elle m'emporte très rarement, mais à chaque fois, la vague qui sommeille en moi enfle et me révèle à quel point je l'ai ravalée pendant des années. Je me devais d'être le fils parfait. Le frère parfait. L'élève parfait. Ma mère avait besoin d'être apaisée, de savoir que je gérais la situation. Ma sœur avait à la fois besoin d'un père et d'un soutien, alors j'ai endossé ces deux rôles.

Résultat ? Je n'avais pas le droit de me laisser aller. J'ai stocké ma rage, je ne sais où, si profondément que plus personne ne pouvait y avoir accès.

Même plus moi.

– Tu pourrais travailler sur toi sans elle... Tu le pourrais, Celian. Mais toi, tu préfères t'enfoncer dans un truc bien sombre, comme si c'était là-dedans que tu allais te retrouver. Tu vas t'y enfoncer, c'est tout ! Elle a trouvé la faille et elle va t'y noyer.

L'Art est à l'Homme ce que l'eau est à la vie.

Ilyssia plaisantait sur le fait que j'étais un requin et elle, une artiste perdue dans la mer. Ce n'est pas vrai. C'est elle, l'océan. Et c'est moi qui pourrais me perdre en elle.

– Vous êtes là. Si j'ai un problème, je suis un grand garçon, je vous le dirai.

– Justement. On est là. Nous, on voudrait juste t'empêcher d'aller aussi loin. Ne pas avoir besoin de te ramasser à la petite cuillère..., soupire Quinn.

– Je n'ai jamais touché le fond. Toi, oui. J'ai été à tes côtés. Ma sœur, j'étais là. Ma mère, pareil. Ton père, j'étais là. Mitch, aussi. Mais moi ? Si je touche le fond... Vous serez là aussi, non ?

Julian sourit. C'est la première fois qu'il me regarde de cette manière. Il s'égare dans ses propres souvenirs.

– Bien sûr, frérot... J'ai juste peur des dégâts. Tu n'auras pas trente mille chances d'intégrer la NBA. C'est cette année. Ne la laisse pas détruire ton avenir.

Interrompus par l'arrivée de Jo, nous changeons de sujet. Nous discutons encore une bonne demi-heure. D'autres choses, évidemment. Pourtant, j'ai dans la tête quelques mots qui tournoient. Ilyssia ? Détruire mon avenir ? Une petite femme comme elle ? Je ne sais pas comment elle fait pour leur renvoyer une image aussi monstrueuse.

Moi, je ne vois qu'une chose fragile et terrifiée par la vie, extrêmement bornée et têtue, mais... J'ignore pourquoi, quand je la regarde, je ne la trouve pas différente de moi. Ce n'est pas mon reflet exact, mais elle est à la lune ce que je suis au soleil. Nous n'avons pas le même vécu ni la même aura, pourtant nous renvoyons tous les deux les mêmes rayons.

— Bon, je vais y aller. Mon père m'attend, décrète Julian.

Je me lève.

— Il est super tard, ricané-je en jetant un œil à mon téléphone.

Mon cœur manque un battement. Je le cache et Julian n'y voit que du feu. Elle m'a laissé un message. Nous serpentons entre les tables et les fauteuils. Les piliers en bois soutiennent la carcasse de la bâtisse au-dessus de nos têtes. Des gens éclatent de rire, leurs voix me paraissent lointaines. Je range les mains dans mes poches. Je lirai son pavé en arrivant à la maison, dans ma voiture, pour être certain de ne pas perdre mes moyens devant ma sœur. De ce que j'ai eu le temps d'apercevoir, c'est un long roman. Je ne sais pas pourquoi, mais ça m'effraie.

Je passe sous une lampe et menace de m'y cogner. C'est nul, d'être un géant. L'instant d'après, je serre la main de Quinn et lui offre une accolade que le froid de l'hiver ne parvient pas à glacer. Il sera toujours ce frère que je n'ai pas eu à la maison, mais qui habite ma vie depuis le bac à sable. Celui que j'appellerai si le moindre problème me tombe dessus. Avec Julian Quinn dans mon entourage, je peux bien prendre quelques risques sans craindre pour mon existence. Au pire, avec son tact et sa franchise, il m'achèvera pour mieux me relever.

Je rejoins ma voiture, fourre mes poings serrés dans mes poches et descends le trottoir en veillant à éviter les plaques de verglas. Lorsque je me glisse derrière le volant de la berline allemande que je me suis offerte, je prends le chemin de la maison. L'accélérateur qui vibre sous mon pied me satisfait. Je joue avec les rainures du volant et fais rouler ma nuque.

J'ai une vie on ne peut plus remplie, mais Ilyssia fait entrer le vide dans mon esprit. Même si j'appréhende d'ouvrir son message et que mon cœur semble avoir trouvé le manège à sensations le plus efficace du pays, je ne peux pas m'empêcher de le lire. J'ai besoin de savoir ce qu'elle a à me dire.

Merde, je l'ai prise en photo à son insu pour satisfaire ma frustration. Peu importe ce qu'elle me demande, je soulagerai ma culpabilité en le lui donnant de mon plein gré.

Je crois que j'ai déjà atteint l'étape qu'il ne fallait pas franchir.

Je le sais, pourtant j'y fonce tête baissée. Je comprends d'autant plus ceux qui tiennent à moi. Je les ai vus faire, et aujourd'hui, c'est moi qui plonge sans avoir la moindre envie de ralentir.

Ilyssia est l'océan. Je suis un requin.

Nous deux, c'est une forme d'art. Ça ne mène nulle part. Ce n'est pas de l'amitié, encore moins de l'amour. C'est de la fascination, un lien étrange et inextricable. C'est un passage vers la vérité, un miroir déformant qui me renvoie ma fausse réalité avec brutalité.

Ilyssia Margaret est ma condamnation incarnée.

21

Celian

[Missmargaretilyssiaart : Je me permets de revenir vers toi au sujet de... comment résumer ça rapidement ? Je m'excuse si, par messages, j'ai pu te donner l'impression que l'on était amis. Mais il faut vraiment maintenir une distance entre nous. Tu es mon modèle et je suis trop foutue pour être amie avec quelqu'un comme toi. Tu ne mérites pas ça. Quand tu es là, je me sens vulnérable et je déteste ça. Résultat, tu fais ressortir le pire de mon caractère, et c'est carrément moche à voir. Je n'aime pas du tout ce qui résulte de nous deux. Alors s'il te plaît... sois ma muse et arrêtons-nous là, d'accord ? Caro dit que je suis l'homme toxique, et toi, la brebis que je vais blesser. Pitié, ne fais pas de moi cette personne. Je n'ai pas envie de me haïr encore davantage... Je te souhaite une bonne nuit, Celian. Prends soin de toi.]

Je serre mon téléphone tellement fort sous mes draps que j'en ai mal à la main. Ma frustration dépasse des seuils inédits. J'ai envie de répondre. Si je le fais... si je le fais, je ne sais pas ce qui coulera de mes doigts. Je ne sais pas si j'enverrai un vocal pour lui hurler dessus ou si je vais la supplier de rester. Il est trois heures du matin et je n'arrive pas à fermer l'œil. J'ai essayé de réviser mes cours, mais je les connais déjà par cœur. J'ai lu un livre, quelques chapitres que j'ai oubliés dans la foulée. Rien ne va. Rien ne suffit. Je ne parviens pas à me la sortir de la tête.

La tentation est tellement forte que je relis une énième fois son message en me retenant de crier. Ma colère est comme la houle. Elle me soulève, me plaque au sol et retourne mon estomac. Je quitte Instagram, le pouce flottant au-dessus de l'écran. J'ai emprunté le mauvais chemin il y a belle lurette. C'est trop tard. Je l'ai fait. Je ne peux plus reculer, je n'y arrive pas.

Je pourrais. Je pourrais au moins essayer, merde ! Tenter de rester une personne respectable ! Pourquoi je n'y arrive pas ? Pourquoi c'est toujours aussi dur ?

J'ouvre ma galerie. C'est la dernière photo et la plus honteuse que j'ai d'elle. Un cliché différent de sa grimace dans le noir, différent de son iris en gros plan. Autre que les innombrables photos d'elle où elle se tient de dos.

Il faudrait que je culpabilise. Que je m'en veuille d'avoir volé cette image. Pourtant, dans ma tête, l'insidieuse pensée qu'elle est plus coupable que moi me taraude.

Elle a soufflé le chaud, le froid... et maintenant, elle coupe les ponts. Ceci dit, son message appelle une réponse. Elle utilise des mots forts. J'ai envie de nier ce qu'elle me jette en pleine gueule. Si je ne réplique pas, quelle sera la prochaine étape ? Elle me sourira dans les couloirs avant de détourner le regard ? *Super*.

Et si je réponds ? Qu'arrivera-t-il ?

Elle essaye peut-être de faire les choses bien, mais ça ne fonctionne pas. Tout ce qui se passe, c'est que je deviens dingue. J'ai besoin de nos discussions qui n'en sont même pas. Besoin de cette ambiguïté. Besoin d'elle.

J'observe son visage, de trois quarts, ses yeux perçants, d'un gris clair qui donne l'impression qu'elle n'a que deux pupilles perdues dans un océan de blanc. Je scrute son corps parfaitement proportionné, sa main qu'elle tient avec angoisse, la cicatrice qu'elle compresse. Le drap retombe sur sa poitrine en plis souples, moule ses cuisses, contraste avec les ombres de son atelier. Des statues, derrière elle, semblent m'accuser de leur regard mort.

Allez, ne me jugez pas. Ne me jugez pas.

Ma respiration s'accélère et la vague m'emporte. Pas celle de la colère, cette fois-ci. Elle est plus menaçante, noire comme du goudron, brûlante comme de la lave, fumante comme si de l'acide allait me ronger les os. Je ferme les paupières pour me contrôler. Une tension parcourt mon corps. Elle me repousse. Je ne supporte pas ça. Je mords violemment ma lèvre jusqu'au sang. Je me concentre sur la douleur plutôt que sur...

Sur autre chose.

Mais ça ne marche pas. Ça non plus. Je me recroqueville sous ma couette, rouvre les yeux sur la photo. Ses traits fins, le port de sa tête qui semble juger tout le monde... Je déglutis, grimace de dégoût envers mon propre corps.

Le feu me dévore. Il lèche ma peau. Des frissons courent dans mon dos. Je ne vais pas faire ce que mon cerveau reptilien veut que je fasse. Je ne suis pas un animal. J'ai pris cette photo dans son dos, à son insu, et elle me brûlerait vif si elle avait vent de mes actes. Je ne peux pas, en plus d'être un *stalker*, devenir un pervers qui se cache dans l'ombre pour salir une femme en secret.

Je ne peux pas.

Mon souffle s'accélère encore. Je halète presque. Brusquement, je verrouille l'écran et m'attaque à l'intérieur de mes joues. Pourtant, même la souffrance que je m'inflige ne suffit pas à me calmer. Merde. Je suis taré, ça y est. Ils avaient tous raison. Elle aura ma peau.

Cette femme que je ne possède pas et que je ne posséderai jamais corrompt totalement mon cerveau. Elle me manque alors qu'elle ne m'a appartenu que dans ma tête. Je n'ai pas envie qu'elle s'éloigne, bordel, je n'ai pas envie de la laisser partir.

Elle s'est approchée. Elle a posé sa main sur mon bras. Elle sentait bon. Un truc sucré et l'argile. Sa main était chaude. Brûlante. Bouillante. Comme celle que je serre en poing sous le drap. Je brûle. Je brûle, putain.

Mes doigts trouvent le bord de mon caleçon. Non. Je ne dois pas faire ça, je le sais. Comme je n'aurais jamais dû prendre cette photo. Comme je devrais la fuir sans y parvenir. Au moins, j'ai éteint mon téléphone. Je ne la regarde pas, mais je l'ai en tête, c'est presque pire. Pitié, qu'elle n'apprenne jamais ce que je m'apprête à faire...

Je descends le boxer sur mes cuisses. À mesure que ma main remonte, je retiens ma respiration. Mon érection palpite contre mon ventre, capricieuse et affamée. Je revois Ilyssia s'approcher dans la lumière et attraper mon bras. J'entends sa voix au creux de mon oreille. Le problème, c'est le fantasme dans lequel je l'imagine remonter jusqu'à mon épaule. Celui où je rêve de lui retirer ses talons hauts, puis ses vêtements. Je la veux nue sous mes doigts. Je ne vis que pour ça, ces dernières semaines, qu'avec une seule envie au fond de ma poitrine : l'avoir juste pour moi, juste une fois.

J'empoigne la base de mon sexe en fronçant les sourcils. Ce désir est impur. Je fais une connerie, j'en ai la certitude. Si je vais me calmer ? Mon ventre se contracte. Je crèverais si je refusais ce soulagement à ma faim dévorante. Je n'ai plus de sang dans le cerveau en ce moment même.

Tant pis. Je réfléchirai plus tard...

Je remonte le long de ma verge une première fois et expire tout l'air de mes poumons. Bien sûr, dans mon esprit, elle fait la même chose, ses yeux plongés dans les miens. Ma peau frissonne tellement fort que je me retourne sur le dos et bascule la tête en arrière. Mon corps se tord alors que ma main réitère le mouvement. Encore et encore.

Il faudrait que je tienne le plus longtemps possible. Que mon scénario dure toute la nuit. Mon cœur tape comme un forcené contre ma poitrine. Tous mes traits se crispent. Je soupire, retiens un râle et déglutis avec peine.

Bordel. C'est quoi, ça ?

Je prends un plaisir malsain à la posséder dans ma tête, à défaut de l'avoir dans mon lit. Même si c'est faux. Même si ça n'arrivera jamais. L'image que je m'en fais, elle, est bien réelle. J'ai ses doigts sur mon avant-bras. C'est elle qui me dirige. Elle qui me fait ça.

C'est mal. C'est mal, mais ma main libre trouve mon téléphone. Je le déverrouille, tremblant, comme si chaque geste allait me briser en deux. Sa photo apparaît, dernière chose que j'ai regardée et dernière chose que je regarderai ce soir. Elle est tellement belle…

Mais surtout, elle est… *inaccessible.*

Je revois la passion qui grignotait son regard. Elle scrutait son modèle. Moi. Je l'admets, j'aurais aimé qu'elle en fasse de même avec l'homme. Pas seulement la muse. Qu'elle me désire aussi fort que son art. J'accélère en fixant sa bouche, la ligne de sa mâchoire. Ses cheveux courts frôlent une nuque que je rêve d'empoigner.

Merde. La vague m'emporte au large, plus menaçante de seconde en seconde. Je ne sais pas ce qui se passe, mon corps est tendu comme un arc et chaque seconde m'attire vers un gouffre sans fond.

Le plaisir grille les derniers neurones qu'il me reste. Un désir fulgurant perce ma poitrine. J'expire en jurant une insulte qui la ferait sans doute rougir. J'ai envie de me venger de tout ce qu'elle me fait subir. J'ai un tas d'idées qui se bousculent. Bloquer ses mains. La soumettre à tout ce qui me passerait par la tête. Marquer sa chair, la faire mienne. Il me faudrait des années pour lui infliger une correction digne de ce nom : elle m'a rendu fou, et je n'aurai de cesse de la rendre encore plus folle que moi. Quelque part, pourtant, je sais qu'elle est pire que je ne le serai jamais. Je sais qu'elle aimerait chaque coup de reins.

Merde. Je deviens fou. Je crains mes propres pensées, et plus encore la réalisation que c'est peut-être moi le plus malsain de nous deux. Je pars dans tous les sens. Moins elle m'en donne, plus j'ai d'espace pour imaginer tout et n'importe quoi.

Elle me pousse à bout. Je me tords. Encore. Je me noie dans un plaisir intense. Je transpire dans mes draps, me retourne sur le ventre, imprime un mouvement de va-et-vient, mon membre coincé entre mes doigts serrés et le matelas. J'imagine... bon sang, j'imagine tellement de choses. Ses cuisses écartées sous mes hanches. Ses mains sur mes épaules, ses lèvres entrouvertes. J'accélère. Bordel, je veux qu'elle m'aime comme ça. Comme cette statue qui la hante. Cette statue de moi. Je veux qu'elle passe son temps à penser à moi.

Pas à son œuvre. À moi.

Juste à moi.

Je tremble, laisse échapper un murmure, puis le point de non-retour approche frénétiquement, à chaque coup de boutoir. J'accélère. Le plaisir devient insoutenable. Je ne lâche pas mon téléphone. Je la regarde et j'ai honte de lui faire ça. Pour autant, je ne peux plus m'arrêter. C'est trop bon pour que je me retienne.

De toute ma vie, je n'ai jamais ressenti une telle pulsion. C'est ça que je cherchais. C'est ça que je poursuivais. Cette intensité, cette sensation qui me dévore le bide... ce serpent qui m'injecte le pire des venins. Qui annihile toute pensée logique.

Ilyssia Margaret. Elle est ma passion.

C'est ça que je désirais tellement.

Elle. C'est elle que je voulais, que je veux et que je voudrai jusqu'après ma mort.

L'orgasme me ravage. Ma vision se brouille. Je contiens une exclamation de surprise, perturbé. C'est... indescriptible. Teinté d'interdit. De culpabilité. De honte. Et ça rend cette explosion meilleure encore.

Ma main se couvre d'un liquide épais qui se répand sur mon drap. Mes hanches se figent, tous mes muscles se bandent et je ferme les yeux pour savourer ce qui me torture. Peu importe ce que c'est. Un grognement m'échappe, long et suppliant. J'ai déjà couché avec je ne sais combien de filles, mais la délivrance n'avait jamais été aussi douloureuse et jouissive à la fois. Je viens de franchir une limite très dangereuse.

C'est le début de la fin. Mes pupilles se reposent sur cette photo. Les tabous ne m'ont jamais inquiété, mais celui-ci me terrifie. Je n'ai aucune excuse. Je me suis branlé sur une photo d'Ilyssia et je ne compte pas arrêter. Pas après avoir goûté à la plus délicieuse des addictions.

J'en veux plus.

Je la veux, elle.

C'est ça, le fond des enfers… Devenir fou d'une femme qui nous rejette.

22

Ilyssia

Il n'a pas répondu. Je ne sais pas si ça me fait mal ou si j'apprécie sa sollicitude. D'un côté, il m'empêche de lui faire du mal. C'est plutôt positif. De l'autre, il accède à ma requête et provoque en moi un sentiment de tristesse. J'ai toujours été forte pour analyser mes émotions. Comme un putain de robot, dirait Cherry.

Ceci est de la tristesse ? Bien, pour la combattre, voici telle ou telle solution.

Jusqu'ici, c'était fonctionnel. Le soir, quand je paniquais, je finissais toujours par rationaliser et trouver une issue afin de me détendre. Suffisamment pour gérer mes crises et les ravaler, en tout cas...

Sauf que cette frustration-là, je ne la maîtrise pas.

Elle est plus amère, à l'instar d'un morceau de sucre collé au fond de la gorge, qui pique et irrite. Je tousse, frappe du poing sur ma poitrine. Comme si je pouvais physiquement chasser cette impression.

Rien à faire.

Rivera me pointe avec sa craie à la fin du cours. Je lève la tête dans sa direction et observe ses cheveux poivre et sel balayés par un courant d'air qui provient du couloir. Ce mois-ci, après mon embêtante convalescence, il s'est montré passablement compréhensif avec moi. Il m'a même offert de quoi grignoter un matin où je menaçais de tomber dans les pommes parce que la fatigue me surmenait. Depuis plusieurs semaines, tout le monde s'occupe bien de moi. Toutefois, à la façon dont il me regarde, je comprends immédiatement qu'il est inquiet.

— Ilyssia. Votre mécène veut organiser une rencontre avec vous, un soir.

Je fronce les sourcils. Il hausse les siens, tout aussi perplexe que moi. Ses mains claquent sur ses cuisses et il secoue la tête.

— Je n'en sais pas davantage, s'empresse-t-il d'ajouter, conscient que ma curiosité croît exponentiellement à mesure que son annonce me monte au cerveau.

L'homme qui verse des sommes colossales dans ma carrière est toujours resté discret. Un homme bien, d'après la NYEU. Un homme effrayant, selon moi. Je ne connais de lui que certains détails. D'aucuns affirment qu'il est lié à un gros trafic de drogue, d'autres qu'il dissimule sa véritable identité. Comme il a de l'argent et de l'influence, personne ne lui demande de comptes : il crache des billets comme un distributeur automatique, ce qui suffit à la direction de l'université. Ils prétendent porter un intérêt tout particulier à ceux qui travaillent conjointement avec eux, mais nous savons tous qu'il n'en est rien. Ce qui leur importe, c'est de se faire du fric sur notre dos. Cela dit, je ne m'en plains pas. Jamais je n'aurais pu développer mon activité et mon réseau à ce point si je m'étais lancée seule de mon côté.

Cette école m'apporte beaucoup. Je ne refuserai pas cette rencontre, au risque de perdre davantage que ce que je pourrais y gagner.

— D'accord… où, quand ? demandé-je.

— Il vous contactera, élude-t-il.

Ce qu'il fait, en effet. Sur les coups de midi, je reçois un texto poli, mais laconique. L'homme me propose de le rejoindre dans un restaurant. Je cherche le nom sur Google, curieuse, et découvre un établissement magnifique, au sommet d'un bâtiment qui ressemble à un château écossais. Je vais devoir payer un taxi, parce que c'est à l'autre bout de Manhattan, mais il m'invite et souhaite que je ne m'occupe de rien.

Ainsi soit-il… Quelle galère, bon sang.

Je débarque devant la façade illuminée du petit manoir. Lorsque j'ai donné mon nom à l'entrée, j'ai cru que le vigile allait s'effondrer. Il m'a accompagnée jusqu'au perron, comme s'il avait peur qu'une mouche ose voler dans mon espace vital. J'ai décidé que c'était positif. J'aime bien que l'on m'admire.

Ce soir, j'ai opté pour une tenue sobre. Des collants noirs, une robe patineuse et mes chères Louboutin. J'ai pu les acheter à l'occasion d'une exposition où j'étais en tête d'affiche. J'avais gagné suffisamment pour investir dans une tenue digne de ce nom. Il était hors de question que je débarque là-bas en pyjama Hello Kitty, comme ma mère en aurait été capable. Je les enfile rarement, sauf pour d'exceptionnelles occasions comme celle-ci. Les cheveux lissés, les yeux allongés par un trait d'eye-liner, je porte un rouge à lèvres écarlate et un collier doré qui plonge dans mon décolleté. Je ne voulais surtout pas paraître vulgaire. Le quartier dont je suis issue est plus largement réputé pour ses prostituées que son élitisme.

La NYEU a été claire lorsque j'ai été admise : mon dossier est parfait, mais pas ma famille, et encore moins mon compte en banque. J'ai participé aux sélections avec mon lycée et exposé une œuvre : c'est ce mécène-là qui a alors poussé le jury à m'accepter. En somme, il est bien le dernier devant qui je dois minimiser mes efforts. Malgré tout, le trop est l'ennemi du bien. C'est Cherry qui m'a maquillée et Caroline qui a choisi ma tenue.

Mon téléphone vibre. J'y jette un rapide coup d'œil. C'est un message des filles, sur notre groupe. Purée, je suis déçue… Ce n'est toujours pas Celian. Pourtant, une semaine entière s'est écoulée depuis que je lui ai envoyé mon message… Pour dire, je ne l'ai même pas croisé sur le campus ! Sauf une fois, quand je suis passée par hasard devant le gymnase. Il allait très bien. Ce qui signifie aussi qu'il ne compte simplement pas me répondre.

Ce n'est pas le moment d'y penser. Je ne vois même pas en quoi c'est un problème si grave que ça. Je le connais depuis quelques semaines et on ne peut pas dire que nos rencontres aient toutes été de grandiloquentes victoires.

— Voilà, mademoiselle Margaret... Monsieur vous attend près de la baie vitrée.

L'entrée de la salle s'ouvre sur un parquet lustré, cerné de murs tapissés d'ivoire. Lorsque je lève les yeux, mon regard tombe sur d'immenses lustres pendant du plafond, si bien que l'on croirait qu'ils volent au-dessus des tables. Des bacs de plantes gargantuesques séparent les différentes zones privées. Inutile de préciser que des aquariums d'une taille démesurée mènent aux toilettes comme un chemin aussi lumineux que coloré. Pourtant, même les lampes chauffantes ne me grillent pas la rétine. Rien n'est laissé au hasard pour donner une impression d'intimité et d'élégance moderne.

Au fond du restaurant se dresse une table pour deux. D'un côté, appuyé à la baie vitrée ouvrant sur des jardins plongés dans l'obscurité, un homme d'une cinquantaine d'années habillé d'un costard sur mesure aussi classe que ce foutu restaurant. Les lumières qui illuminent le jardin extérieur se reflètent sur sa peau noire comme la nuit. Il attend visiblement ma venue en sirotant un verre de vin blanc. Il observe le décor de la ville qui s'étend au-delà du parc, sans se soucier de moi. Lorsqu'il perçoit le bruit régulier de mes talons, son visage se tourne dans ma direction. Deux billes noires me scrutent de haut en bas avant qu'un franc sourire ne dévoile ses dents blanches et parfaitement alignées.

— Mademoiselle... Siffrin Griffins, enchanté de vous rencontrer !

Il se lève, délicat, attrape ma main et y dépose un baiser avant que je n'aie le temps de cligner des yeux. Ensuite, en bon gentleman, il contourne la table pour tirer ma chaise.

Je jurerais avoir déjà croisé cet homme quelque part... Je le dévisage un instant, indifférente. Puis, l'impression d'être transpercée du regard me frappe. J'avance poliment jusqu'à Siffrin et m'installe, inquiétée par l'attention qui se porte soudain sur ma personne. On dit souvent que l'on sent lorsque quelqu'un nous fixe. Là, tout de suite, je parierais que c'est le cas.

– Merci, monsieur Griffins. Je suis ravie de vous rencontrer, moi aussi.

Ce sont les formules de politesse que j'ai apprises par cœur pour l'occasion. C'est Rivera qui m'a forcée à suivre des cours de rattrapage auprès des professeurs de rhétorique de l'université. Paraît-il que j'étais trop sauvage pour affronter l'élite... Trop franche, trop brute, trop piquante. Aujourd'hui, je me débrouille plutôt bien. J'enfile mon masque d'extravertie, je simule mes émotions, et le monde entier n'y voit que du feu. Pourquoi ne suis-je pas devenue actrice, finalement ?

– J'avais hâte de vous voir en chair et en os ! J'ai raté vos prestations, ces quatre dernières années, et je m'en excuse platement... J'étais occupé ailleurs. Cela dit, rattrapons le temps perdu ! Je suis impatient d'échanger avec vous.

Il continue de me gratifier d'un sourire « Colgate ». Sa voix grave est chaude, puissante, et ne souffre d'aucun refus. Pourtant, je le trouve aussi doux qu'un serpent qui jauge sa proie. Je le remercie et ose enfin jeter un regard circulaire vers le reste de la pièce. Ambiance tamisée, luminaires torsadés qui projettent un halo ambré tout autour d'eux, musique apaisante en fond, rires étouffés et discussions chuchotées... rien d'anormal jusqu'à ce que je le vois. Là, mon cœur part en crise d'apoplexie.

Putain de merde. *Jones*.

Jones, accompagné de mini-Jones, de papa Jones et de maman Jones. La famille au grand complet et son regard qui scrute jusqu'à mon âme.

À chaque fois, on se croise dans des endroits improbables !

Entre l'hôpital et ce restaurant, c'est la goutte d'eau qui fait déborder le vase. J'essaye de me détacher de lui par tous les moyens, et le revoilà, en chair et en os, qui se retrouve dans le même établissement que moi. Encore ! C'est fou !

Comme d'habitude, Jones affiche sans faille les traits de l'homme parfait. Il est magnifique, dans son costume deux-pièces gris. Ses cheveux sont coiffés en arrière, dévoilant son visage et ses lèvres tordues d'agacement. Il ne détourne pas son attention de moi. J'ai du mal à me concentrer sur ce que dit Siffrin Griffins, mais à force d'avoir côtoyé de nombreux mécènes, je sais hasarder des réponses sans jamais manquer ma cible. Il semble comprendre ma dissipation. Son regard se durcit un court instant et il reprend, ses lèvres charnues s'ourlant en un sourire vicieux :

— Comment va votre mère, Ilyssia ? Depuis le temps… Il faudrait que je passe la saluer.

À la façon dont il le propose, mon cœur s'arrête. Entre les pics records qu'il effectue à chaque fois que Celian approche et les freinages aussi brusques que Griffins lui impose, je sens que je vais finir par claquer.

— Vous connaissez ma mère ?

— Bien sûr…

Mon père traînait dans le monde de la drogue. Il y a des rumeurs qui prétendent que Griffins aussi. J'observe ses doigts couverts de cicatrices, ses ongles parfaitement entretenus surmontant de longs doigts entourés de diverses bagues. Pourquoi me paraît-il bien plus menaçant, tout à coup ? Nous commandons sans que je réponde immédiatement. Je choisis une viande en sauce, lui du poisson.

— Ma mère se porte à merveille. Mais je suis curieuse, monsieur Griffins… Où vous êtes-vous rencontrés ?

Je joue la carte de l'indifférence. Il n'est pas dupe. Moi non plus.

— J'étais un ami de votre père.

Il prononce ce mot avec une intensité qui me fait froncer les sourcils.

— C'est pour cette raison que vous vous intéressez tant à moi ? Je suis un peu déçue que ce ne soit pas seulement pour mon talent.

Un rire quitte ses lèvres parfaites, étirant les traits d'un visage retouché. Il a subi plusieurs opérations esthétiques, dont l'une a laissé une discrète cicatrice au niveau du cou. Je me fais la réflexion que Celian, lui, est beau de nature. Son ossature prouve qu'il n'a pas modifié ses traits naturels. Et je ne vois pas ce que ça vient foutre dans mon cerveau à cet instant précis.

Nos repas arrivent après un long moment de silence. Si Griffins semble à l'aise, mes mains tremblent lorsque je saisis les couverts pour planter ma fourchette dans le morceau saignant.

Je tourne la tête vers Celian. Croise son regard. Il me fixe encore. À cet instant, sa sœur lui laboure les côtes avec le coude. Il grimace et s'arrache à notre échange visuel, visiblement contrarié. Mon cœur sursaute. S'arrête lorsque Siffrin Griffins me dévisage. Repart quand je découpe un morceau de viande pour le fourrer dans ma bouche.

— Si je m'intéresse à votre carrière, mademoiselle... C'est en raison d'une promesse que j'avais faite à votre paternel.

— Comment était-il ?

Il est le sujet tabou, à la maison. Ma mère m'a expliqué qu'il était mort, comment, quand, dans quelles circonstances, mais ne m'a jamais raconté leur rencontre ou la façon dont il se comportait. C'est aussi pour cette raison – entre autres – que j'ai tant voulu le ramener à la vie. Je me demandais d'où je venais. Qui j'étais. J'avais besoin de cette pièce manquante. Mon mécène pourrait m'en parler, lui... reste à savoir s'il acceptera.

— Que savez-vous, à son sujet ? commence-t-il.

— Qu'il est mort dans un règlement de compte. J'ai aussi vu une photo.

Il rit.

— Notre chère Miss Margaret est donc restée la même.

Je n'aime pas entendre ce surnom dans une autre bouche, surtout s'il concerne ma mère. Ma mère n'a rien d'une miss. Elle a tout d'une femme débraillée qui vit dans sa grotte. Cela étant, je ne connais aucun détail de son passé. Elle a veillé à ce que je ne découvre rien.

— Votre père était l'un de mes proches collaborateurs professionnels.

Je fronce les sourcils. Le collaborateur d'un homme de cette envergure ? Surprenant.

— Vous auriez pu lui offrir un meilleur salaire, dans ce cas. Nous vivons plutôt à l'étroit.

Je souris, mais la lumière dorée ne suffit sûrement pas à réchauffer mon visage. Je sens tous mes traits se figer, comme si surjouer m'était devenu impossible. Le masque s'effrite. Il semble ravi. Son air jovial se transforme en bestialité.

— C'est votre mère qui a refusé tout dédommagement.

— Miss Margaret a ses idées, je le conçois. Vous vous rattrapez donc en vous chargeant de mes frais d'études ? poursuis-je.

— Parfaitement. J'ai conscience que vous n'en croyez pas un mot, mais votre père était un ami. Un ami proche. Ce qui lui est arrivé est regrettable.

Il retrousse ses manches. Ses deux poignets portent les traces de sévices. Des cicatrices marquent ses articulations.

— Ces blessures remontent à une époque antérieure à notre rencontre. Vous n'imaginez pas d'où il m'a sorti.

— Cet homme est mort. Il n'a jamais fait partie de ma vie... Je ne veux pas vous devoir quoi que ce soit, ou payer une dette qui n'est pas la mienne, décrété-je.

— Vous n'avez rien à payer. Moi, oui. Que vous le vouliez ou non, je tiendrai ma parole.

Je me redresse et essuie mes doigts sur la serviette blanche proprement pliée à côté de mon assiette. Il suit mes mouvements du regard, puis me dévisage de nouveau.

— Vous ne m'avez pas répondu... Comment était-il ?

Ma voix s'est adoucie. Pour le moment, je ne me sens pas en danger. Nous longeons une ligne de faille dangereuse, mais le sol semble stable.

— C'était un homme honnête. Lucide. Visionnaire. Il aimait l'art, sûrement davantage que votre mère. D'ailleurs, elle était très connue, à l'époque. Elle a changé d'identité après sa mort... Vous savez, il fut un temps où elle était même plus populaire que vous !

J'accuse le coup en masquant ce que ses mots provoquent en moi.

— Si vous le dites...

— Ara Gara. C'était son identité. Lui s'appelait Gordon Margaret.

Elle exposait ses œuvres à Florence en même temps que Gordon et moi implantions une nouvelle branche de… notre flux commercial.

Il prononce ces trois mots avec un sous-entendu largement perceptible.

— Ils sont tombés amoureux au premier regard. Mais Ara était une femme qui avait beaucoup de problèmes personnels. Un type la pourchassait, ne lui laissant aucune échappatoire. Gordon et moi avons fait en sorte qu'elle se libère de ses entraves… mais un jour, ce type a récidivé : il voulait récupérer Ara, mais votre père, lui, aurait préféré mourir que de la lui laisser… et lui qui devinait toujours tout à l'avance, il s'est retrouvé coincé dans une fusillade qui lui a coûté la vie, ainsi qu'à deux de nos amis. Ce fut la mort la plus tragique qui soit, à mes yeux… D'autant que vous alliez naître quelques mois plus tard et qu'il ne vivait que pour ce jour.

Je ne réponds pas, abasourdie.

— Enfin… C'est le risque que courent les hommes d'affaires tels que nous, ajoute-t-il plus tard, conscient de mon choc.

Il recommence à sous-entendre Dieu seul sait quoi.

— Oui, tout dépend aussi du domaine de cet homme d'affaires, non ? le provoqué-je.

Lorsque je me sens vulnérable, j'attaque.

— Certes, confirme-t-il pourtant.

— Pourquoi vous vous occupez de moi, alors ?

— Parce que nous en avions parlé bien longtemps auparavant. La fois où il m'a sauvé la vie, plus précisément. Un jour, il aurait une famille. Peut-être qu'ensuite, j'en aurais une à mon tour. Et nous nous sommes engagés à tout faire pour protéger celle de l'autre en cas de pépin. C'était la règle la plus importante de notre partenariat. Elle prévalait sur tout le reste.

— Alors, ma mère était célèbre ? gloussé-je.

Difficile à croire, quand on la voit maintenant. Je préfère changer de sujet, car ma gorge est nouée. Encore un peu et je risque de m'effondrer.

— Elle était populaire, oui. Ses œuvres se vendaient comme des petits pains. Elle était très riche, assure-t-il.

— Et mon père... C'était un homme bien ?

Impossible de ne pas aborder le sujet.

— Il ne faisait pas le bien autour de lui, mais c'était un homme bien, oui, confirme Griffins.

Je retiens les larmes qui pointent au coin de mes yeux.

— C'est cool. C'est tout ce que je voulais savoir.

— J'ai beaucoup investi en vous parce que vous êtes douée, Ilyssia. Pas seulement par égard pour votre père.

Je souris.

— Je sais que je suis douée. C'est quand même gentil de le préciser.

Son visage se barre d'une expression satisfaite et il avale une autre bouchée de son poisson.

— Ce qui est fou, c'est qu'il n'a jamais été en danger à cause de... ses activités. Il est mort parce qu'il avait choisi la mauvaise femme.

— Il l'aimait, donc ce n'était pas la mauvaise femme, l'interromps-je.

— J'ai juste du mal à accepter sa mort. Je crois d'ailleurs que je ne le digérerai jamais.

— M'inviter ici ne risque pas de me mettre en danger à mon tour ? demandé-je malgré tout.

— Vous avez toujours été en danger. C'est pour cette raison que votre mère a changé d'identité. Si elle a gardé le nom Margaret, c'est parce qu'elle n'avait pas la force de laisser tomber l'homme qu'elle aimait dans l'oubli. Quelque part, c'est aussi grâce à lui que je vous ai retrouvée... et grâce à votre visage, aussi. Vous ressemblez comme deux gouttes d'eau à votre père.

Mon ventre se contracte.

— Vous pensez que... son assassin pourrait revenir ?

Il rit de nouveau, mais sa voix, cette fois-ci, me fait peur.

— Oh non... jamais.

Siffrin Griffins secoue la tête d'une telle façon que je n'ose pas m'aventurer davantage sur ce terrain-là. Son regard m'inspire celui du pire prédateur qui soit. L'instant d'après, il reprend le contrôle sur ses mimiques et soupire.

— Sinon… Comment se passe votre collaboration avec le fils Jones ? ajoute-t-il.

Ma cage thoracique me fait mal. Je hausse les épaules.

— Bien.

— C'est tout ?

— Oui, craché-je.

— Il vous mate encore.

Il me glisse cette phrase sur le ton de la confidence, les yeux brillants.

— J'avais remarqué, pesté-je de la même façon.

23

Celian

Ce repas est une torture. Déjà parce que je n'aime rien de ce que la carte propose, que le vin n'est pas assez fort pour faire passer mon amertume, et aussi parce que je suis ici avec mon père. J'attends la fin des hostilités avec hâte. Je n'ai qu'une seule envie : partir. Mon géniteur a décidé que ce repas fêterait le rétablissement de ma mère. Épouse qu'il n'est même pas venu visiter à l'hôpital. Cet enfoiré. Ma sœur me demande de faire des efforts, mais je ne tiens que grâce à la toute-puissance de ce qui vit au-dessus de nous, quelque part au paradis. Sans lui, j'aurais sûrement tarté mon paternel une quarantaine de fois en dix minutes.

Il nous raconte sa vie sans prendre de nouvelles de la nôtre. *Bla-bla-bla.* Toujours quelque chose à dire. Rien d'intéressant, soit dit en passant. Je me fous de lui. Je le hais. Tout ce que je vois, c'est Ilyssia. Ilyssia et un homme. Un homme qui rit avec elle. Qui lui sourit. Un homme avec qui elle accepte de sortir. Pour qu'il l'emmène ici, c'est qu'il pue le fric. Je me demande si elle est du genre à prendre un Sugar Daddy pour arrondir ses fins de mois...

Je ne sais même pas pourquoi ça me dérange. Peut-être parce qu'elle s'est apprêtée pour lui – elle l'aurait fait pour n'importe qui, vu l'endroit où il l'a invitée. Peut-être parce qu'elle n'est pas avec moi, en ce moment même, ou que je préférerais cent fois qu'elle m'insulte plutôt que de devoir subir cette paix trompeuse qui règne entre mon père et moi.

Il faut admettre que mes moments privilégiés avec elle n'ont jamais été aussi agréables que dans ma tête. Cela fait plus d'une semaine maintenant que je dois répondre à son message. J'en ai tapé des millions. J'ai toujours tout effacé, parce que rien n'était correct. Lui écrire que je la déteste serait faux. Prétendre que je reste de glace face à ses mots ? Tout aussi débile. Lui expliquer à quel point j'ai besoin d'elle pour apprendre à me connaître ? Aveu de faiblesse. Rien ne fonctionne, ni dans ma tête ni dans les faits.

Elora pose une main sur la mienne.

— Celian ?

— Oui ?

Ma mère sourit.

— Tu as l'esprit ailleurs, ces derniers temps, souffle-t-elle.

Depuis qu'elle va mieux, je suis tellement soulagé. Je n'ai pas cessé de lui rendre visite dès que j'avais un peu de temps libre. Avec Elora, nous lui avons acheté plein de vêtements pour fêter sa sortie et des friandises que l'on cachait à l'entrée pour lui faire plaisir. À chaque fois que l'on se retrouvait, nous passions d'excellents moments. Mais il est vrai que, trop souvent, mes pensées dérivaient. Pas toujours vers Ilyssia, heureusement ! Parfois, elles s'attardaient sur les mots de ma petite sœur, ou même ceux de Julian. Quelques fois vers mon avenir professionnel, aussi. Vers ce que j'aime. Ils ont raison, j'ai peut-être envie de travailler dans le basket.

Cela dit, lorsque ces idées débarquaient, je me souvenais immédiatement des paroles de mon père. De son hostilité, de sa haine pour la paix et tout ce qu'il y a de bon dans ce monde. Alors je me rappelais la raison pour laquelle j'avais commencé les sciences politiques… et le marasme de mes réflexions reprenait. Indéfiniment. Comme une mélodie aussi entêtante que rébarbative.

— J'ai beaucoup de choses en tête, avoué-je en réponse aux propos de ma mère.

— J'ai vu des articles sur tes derniers matchs, intervient alors mon père.

— Ah ? Tu les as lus ?

Il affiche une moue coupable.

— Tu les as vus, c'est déjà ça, ricané-je amèrement.

Ma mère pose une main sur l'avant-bras de son mari et se penche dans ma direction.

— Tu as réfléchi à ce que tu allais faire ? Les journalistes prétendent que tu pourrais être recruté par la NBA !

— Seuls quelques rares joueurs dépassent le niveau universitaire après leurs études... Beaucoup d'appelés, mais peu d'élus, c'est la loi de la jungle. Je ne suis pas certain d'avoir les épaules pour jouer à un niveau pro.

— Tu devrais essayer, ajoute mon père.

Pour le laisser gagner la guerre ? Pas question.

— Je suis d'accord. Julian m'a dit que tu avais été approché le week-end dernier... Tu fais peut-être partie de ces élus qui réussissent, renchérit ma sœur avec un empressement qui me frustre.

— Peut-être, marmonné-je.

— Et cette histoire de sculpture ! Tu ne m'as rien raconté... je suis outrée que tu n'en aies pas parlé à ta vieille mère. C'est Aurora qui m'a annoncé la nouvelle quand j'étais chez le coiffeur ! Tu es devenue la muse d'une artiste ? s'exclame ma mère.

Elora soupire immédiatement et notre génitrice l'interroge du regard, curieuse comme une pie. Aurora et elle adorent papoter de tout et n'importe quoi. Julian a dû lancer le sujet pendant un repas, et maintenant, je suis dans la merde.

— Je suis seulement le modèle d'une artiste qui compte me sculpter pour son concours de fin d'année.

— C'est génial ! déclare-t-elle. J'adore la sculpture... C'est fascinant d'observer toutes les formes que peut prendre la roche...

— C'est vrai. Dommage que l'artiste soit... si particulière, peste Elora.

— Elle n'est pas si particulière que ça, la défends-je.

Ce que je suis con quand je m'y mets.

— Oh arrête, elle s'est montrée odieuse… Par messages, elle était super gentille, mais c'était une façade, tranche ma petite sœur.

Je déteste qu'elle ne l'apprécie pas. Je déteste la défendre alors que… merde, c'est Ilyssia. La femme que je désire plus que tout sur cette planète.

Fait chier.

— Tu ne la connais pas, asséné-je froidement.

— Chérie, ton frère a l'air de l'apprécier, ne sois pas si bornée, rit ma mère en me lançant une œillade complice.

— Non, ne te fais pas de films, la préviens-je en la pointant de l'index.

Elle tape dessus en gloussant.

— On ne montre pas du doigt, c'est malpoli, me gronde-t-elle.

Je souris malgré moi.

— Pardon, chère mère, ma volonté n'était point de t'irriter.

Elle éclate d'un rire cristallin. Cette femme est un rayon de soleil dans ce monde de brutes. Je l'aime plus que tout sur cette foutue planète.

— On peut voir une photo de cette charmante jeune femme ?

Oh non. Sûrement pas.

— Je n'en ai pas.

Elora souffle bruyamment.

— J'en ai trouvé une, moi.

Je hausse les sourcils.

— Bah oui, gros nigaud. J'ai fait mes recherches. Après avoir vu la bête en chair et en os, j'étais super inquiète pour toi.

— Tu me prends pour un gosse ou je rêve ?

Elle me fusille du regard.

— Je te prends pour un homme. Les femmes comme elle sont dangereuses et tu es forcément un crétin. C'est la testostérone, ça… ça consomme vos neurones.

Tout à coup, je capte un mouvement dans mon champ de vision périphérique. *C'est elle.* Elle se lève et traverse la salle pour rejoindre les toilettes. Elle passe donc devant notre table. Elora ouvre de grands yeux et frappe plusieurs fois mon bras pour me prévenir. Comme si elle m'apprenait quelque chose !

— Quand on parle du loup ! chuchote-t-elle.

Ma mère se retourne. Trop tard. Elle ne la voit que de dos.

— Oh, dommage, je l'ai ratée...

Au moment où elle fait cette réflexion, Ilyssia se tourne de trois quarts dans ma direction. J'esquisse un sourire hypocrite. Elle fait de même, puis elle croise les pupilles froides de ma sœur et les yeux pétillants de ma mère. Elle s'arrête un instant sur mon père, glaciale comme elle sait l'être. Là, j'ai envie de l'embrasser. Personne ne le fusille du regard. Personne, sauf elle.

— Elle fait peur, note-t-il avec un mouvement de recul.

Elle disparaît subitement dans les toilettes.

— J'y vais, déclare Elora.

— Hein ? Non ! lui interdis-je.

— Je dois faire pipi, grand frère... c'est tout.

— Elora, voyons... Laisse-la tranquille, propose ma mère d'une voix emplie de patience et de douceur.

— Non, maman. J'ai un truc à lui dire.

Elle se lève en vitesse et je rate sa main. De pas grand-chose, mais ma sœur s'enfuit comme un spectre et je suis à deux doigts de lui courir après. Je suis certain qu'elle va la maltraiter et Ilyssia ne le mérite pas. Même si je lui en veux de m'avoir jeté comme une vieille chaussette et de se désintéresser de moi depuis, je n'ai pas envie de la laisser en tête à tête avec ma peste de sœur.

— Reste, ordonne mon père.

J'ignore pourquoi, mais je me tourne vers l'homme d'une cinquantaine d'années qui mange avec Ilyssia. Il me fixe, un air amusé sur le visage. Ça me met hors de moi.

— Tu l'aimes bien ? chuchote ma mère.

— Comme une amie, rajouté-je aussi bas.

— Ah ouais ? insiste-t-elle.

— Ouais.

Elle hoche la tête.

— J'aimerais bien que tu me fasses des petits-enfants, un de ces quatre.

— Maman ! râlé-je.

Je lève les yeux. Comme elle n'en a strictement rien à foutre de mes états d'âme, elle se contente d'afficher une expression amusée.

— Allez ! Si je meurs jeune, je n'aurai pas le temps de les rencontrer !

Pour elle, c'est une plaisanterie. Pour moi, c'est la dure réalité. En effet, elle pourrait manquer ça.

— Pourquoi Elora n'en aurait pas avant moi ?

Elle hausse les sourcils, sceptique.

— Parce qu'elle préfère les livres.

— Et moi, le basket.

Mon père soupire.

— Comment elle s'appelle, cette artiste ? intervient-il enfin.

— Ilyssia. Margaret Ilyssia.

Le patriarche laisse transparaître sa surprise. Il se tourne vers la table de la sculptrice et croise les pupilles de son partenaire. Ce dernier salue mon paternel avec un sourire dans les yeux.

— Tu ne devrais pas la côtoyer, Celian. Crois-moi…, s'empresse-t-il de me prévenir.

— Tout le monde me dit la même chose, grincé-je. C'est encore moi qui choisis. Ni Elora, ni toi, ni Julian, ni personne.

— Moi, je dis qu'il faut surtout écouter ton cœur. Parce que la raison a bon dos, mais la vie est trop fragile pour être gâchée. Elle passe trop vite. Tu n'as pas le temps de regretter. Même si c'est une erreur, ce qui compte, ce n'est pas l'arrivée, c'est le chemin… Alors, fonce, mon fils. Nous serons toujours là pour toi, corrige ma mère.

Pour la première fois depuis longtemps, elle confronte mon père, qui détourne le regard avec agacement.

— Certains jeux sont plus dangereux que d'autres, chuchote-t-il.

Il ne parle plus de la soirée après ça. Ni Elora ni Ilyssia ne reviennent. Les minutes s'égrènent, même si je suis en compagnie de ma mère, ce qui fait monter mon angoisse en flèche. Il y a une ambiance bizarre dans la salle depuis que mon père a remarqué avec qui Ilyssia mangeait. Depuis qu'il a entendu son nom, aussi. Les riches se côtoient tous. Les puissants aussi. Ce sont eux qui régissent le monde, qui contrôlent l'Elite University et toutes les autres institutions de New York.

Je mettrais ma main à couper qu'ils se connaissent... mais je sais aussi que je n'aurai jamais d'informations sur les tenants et les aboutissants. Ni de mon vieux père, ni d'Ilyssia, ni de cet inconnu. C'est frustrant, mais c'est ainsi.

24

Ilyssia

J'entre dans les toilettes pour femmes afin de me remaquiller. Je ne suis qu'une simple humaine, mon rouge à lèvres ne tient pas indéfiniment. En plus, j'ai pris un plat épicé sans le vouloir et j'aimerais me rafraîchir la nuque avant de tomber dans les pommes. Mes discussions avec Siffrin sont intéressantes. Mon père était un homme bien, mais aussi un dealer notoire et un dirigeant de cartel. De ce fait, j'essaye encore de déterminer si je le juge positivement ou si je le juge tout court.

Bien évidemment, la présence de Griffins et ses révélations n'accaparent pas toute mon attention. Il y a pire, du genre Celian Jones à quelques tables de là. Parfois, je maudis le destin. D'un autre côté, je commence à me demander si nous n'avons pas occupé les mêmes espaces jusque-là... mais sans jamais nous être rencontrés. Je sais de source sûre que New York est un village, quand on y vit. Les étrangers ont l'air de trouver cette ville démesurée, mais la plupart de ses habitants confirment qu'avec l'habitude, on côtoie toujours les mêmes personnes et les mêmes milieux. À force, on connaît tout le monde.

Le problème, c'est que nous ne sommes pas issus de la même classe sociale et que nous étudions dans des bâtiments différents. Je ne le croisais jamais jusqu'à ce qu'il tombe comme un ange au beau milieu du défilé organisé par mes copines pour me trouver une muse. C'est comme si tout à coup, l'univers avait décidé de le placer là et de me le coller dans les pattes à toutes les sauces.

Vu qu'il n'a jamais répondu à mon message et qu'il a passé son repas à me fusiller du regard, j'en déduis qu'il n'aime pas tellement me retrouver ici. Peut-être qu'il a mal pris ce texto. Je suis adroite avec les mots, mais j'ai tendance à manquer de tact. Pourtant, cette fois, j'avais vraiment l'impression de m'être correctement exprimée... C'est encore plus dérangeant.

Du bout des doigts, je masse ma nuque et me penche en avant pour reprendre un souffle que je ne croyais pas avoir perdu. Soudain, la porte claque dans mon dos et une présence hostile m'entoure. Je me redresse et perçois un parfum agréable qui me paraît familier. Derrière moi, droite comme un i, se trouve une jeune femme dont le visage ne pourrait pas me laisser indifférente. Elora Jones. La petite sœur de Celian, à qui j'ai dû faire forte impression. Toute ironie écartée, je me demande ce qu'elle me veut, ce soir. Elle aurait pu se ramener aux toilettes n'importe quand. Si elle débarque en même temps que moi, c'est sans doute car elle a quelque chose à me balancer. Je m'attends à tout.

— Salut, lancé-je.

Elle vérifie s'il y a quelqu'un dans les cabines.

— Elles sont toutes libres, lui annoncé-je.

Elora se retourne. La musique ne nous parvient pas jusqu'ici, mais les éclats de voix traversent les murs, déformés. Comme nous sommes isolées, je me sens prise au piège.

— Cool, je n'aime pas qu'on m'épie, déclare-t-elle.

J'acquiesce et appuie mes fesses contre la vasque sombre pour soulager mes jambes. Avec ces talons hauts, mes mollets me font rapidement souffrir. Autour des miroirs, des néons roses éclairent nos visages. Plus loin, il n'y a aucune lumière, juste le noir. Dans les cabines, de faibles LED sont incrustées au plafond, mais l'obscurité omniprésente rend le visage d'Elora encore plus menaçant.

— Un problème ? demandé-je froidement.

— Éloigne-toi de mon frère.

Lorsque nous avons commencé à discuter, elle et moi échangions sur des sujets banals. Même si nous n'étions pas particulièrement amies, nous étions toutes les deux cordiales l'une vis-à-vis de l'autre. Lorsqu'elle a insisté pour assister à cette séance de dessin en compagnie de son frère, j'ai trouvé l'idée intéressante, d'autant que j'étais très angoissée de me retrouver seule avec Celian.

Lorsque Cherry est arrivée là, j'étais à la fois inquiète pour elle et agacée de la récupérer dans un tel état. Dans la foulée, je me suis retrouvée avec Elora Jones qui m'épiait avec attention et le mec qui me met dans tous mes états depuis des semaines.

Elle a forcément remarqué l'étrange lien qui nous unissait, le chaos dans ma tête et le bordel dans mon atelier. Si elle me déteste, c'est parce que je ne suis pas assez bien pour Celian. Car pour une raison surprenante, il a décidé que j'étais importante à ses yeux… et donc que je suis indubitablement dangereuse pour sa santé mentale.

Je me raccroche à la réalité. Elle semble attendre une réponse.

— C'est fait. Je lui ai envoyé un message et il n'a jamais répondu. Depuis, on ne s'est plus revus.

Elle fronce les sourcils.

— Tu t'éloignes de lui volontairement ? Pourquoi ?

Méfiante, elle s'approche et s'arrête à un pas d'écart. D'aussi près, je devine des familiarités entre ses traits et ceux de Celian. Pourtant, son frère ressemble davantage à leur mère.

— Mes copines disent que je suis l'homme toxique de notre relation, soufflé-je. Je ne veux faire souffrir personne. Je sais qu'une personne dépressive finit par tirer tout le monde vers le bas. Je n'y tiens pas…

— Il pensait être ton ami… mais tu as vu comment tu lui as parlé toute la soirée ? Et puis quoi ? D'un coup, tu coupes les ponts par message du jour au lendemain ?

Dit de cette manière, c'est encore pire. Je ne l'ai pas insulté non plus, mais je reconnais que j'aurais pu m'exprimer différemment. Elora a une façon de parler très efficace pour me faire culpabiliser.

— Je n'en suis pas fière, mais il valait mieux que j'évite d'aggraver la situation. C'est douloureux, mais au moins, c'est fait… On arrête le carnage le plus tôt possible. Mieux vaut être seul que mal accompagné.

Elle me dévisage un instant.

— Alors, tu ne le faisais pas exprès ? Je veux dire, tu as le comportement d'une grosse manipulatrice…

Je hausse les sourcils. Je suis sûre et certaine que de l'extérieur, je dois afficher une expression accusatrice. Je me connais, j'ai déjà vu ma tête dans un miroir. On dirait que je passe mon temps à juger les gens de haut en bas. Cherry me taquine souvent à ce sujet. Elle dit que j'ai une tête de peste. Je peux comprendre qu'Elora se méprenne à mon sujet… mais là, elle commence à m'énerver. Je n'aime pas ses reproches.

— Qui ferait ça ? Je veux dire, jouer volontairement avec les gens…

— Bah… les personnes toxiques et manipulatrices, par exemple.

— Mais je ne suis ni l'une ni l'autre, renchéris-je.

— J'avais compris.

Elle s'interrompt là et croise les bras sous sa poitrine. Une posture défensive, évidemment. Elle se méfie, je ne lui jette pas la pierre.

— Mais pourquoi tu agis comme ça, alors ? L'épargner en arrêtant de lui parler ? C'est confus, insiste-t-elle comme si je n'étais pas déjà arrivée à la même conclusion.

— Ce n'est pas volontaire… En fait, je…

Elle attend. Je cherche mes mots, bien que je sache déjà ce que j'ai envie de lui dire. Pour être honnête, je réfléchis surtout à ce que je ne souhaite pas lui révéler. Parce qu'elle le lui répétera, c'est certain.

— Ton frère est le soleil, je suis la lune. Il est à l'aise avec les gens, moi pas du tout. Quand il est face à moi et qu'il réagit à l'inverse de tout ce que je connais, ça me perturbe. À distance, j'ai le temps de trouver une répartie. Si j'ai besoin d'une minute pour répondre, ça ne pose pas de problème... mais face à face, il me fait paniquer. Et quand je panique, j'attaque. L'autre fois, ma meilleure amie est arrivée, totalement défoncée, et je dessinais pour la première fois depuis des semaines.

Je lui montre ma cicatrice.

– Ça me faisait mal. J'étais fatiguée. Je sais que je n'ai pas été agréable et j'ai compris que ça l'avait touché... sauf que je sais aussi que je suis tout le temps comme ça. Instable... lunatique... On ne peut pas être amis, Elora, c'est tout.

Pourquoi s'acharne-t-elle autant sur moi sans raison ? Je n'ai strictement rien fait de grave. C'est encore moi qui décide de ce que je fais de ma vie, non ? Elle sort de nulle part pour me balancer des reproches à la tête et le pire, c'est que je les prends en compte ! Je me laisse faire parce que j'ai honte de la manière dont je me comporte avec son frère et elle ? Elle en profite.

Nous ne sommes plus des enfants et elle n'est pas la grosse brute du collège. J'ai autre chose à faire de mon temps que de la laisser se défouler sur moi. Surtout ce soir.

La colère enfle dans mon ventre, mais elle reprend sans me laisser le temps de m'enfuir :

–Tu sais qu'il faisait tout pour te mettre à l'aise ? Je suis sa sœur et un rat de bibliothèque au mauvais caractère, tout comme toi... Il a l'habitude des gens lents d'esprit qui ont du mal avec les interactions humaines, me crache-t-elle d'une voix désagréable. Tu n'as pas le droit de décider pour lui s'il peut te supporter ou non... et il te dit qu'il t'apprécie, où est le problème ?!

J'ai envie de pleurer. *Super*. Pourquoi me crie-t-elle dessus, merde ? Qui est-elle, au juste, à part une peste aigrie qui s'ennuie suffisamment pour agresser une inconnue sans raison valable ? Je pourrais porter plainte pour harcèlement ! À ce niveau-là, ça devient grave ! Encore un peu et elle me collera des chewing-gums dans les cheveux ! On a quel âge, au juste ?

– Premièrement, je ne suis pas devin. Je ne peux pas prévoir s'il a l'habitude de quoi que ce soit... Et ensuite... mets-toi à ma place, merde ! Le mec le plus populaire de la fac est super sympa avec moi sans aucune raison. Il m'envoie des messages, accepte de me rendre service, et... et... Comment veux-tu que je trouve ça normal ? Le problème, c'est moi, j'en ai conscience ! Maintenant, Elora, tu vas te calmer. On ne se connaît pas, la situation ne te concerne pas, et je te trouve vachement intrusive pour pas grand-chose ! Ton frère n'est pas en mousse ! S'il a envie de m'envoyer bouler ou de continuer à me parler, il trouvera bien le moyen de le faire par lui-même, non ?

— Tu as déjà pensé au fait qu'il était peut-être populaire parce que c'était un vrai gentil ? Il t'apprécie, laisse-le t'apprécier ! De ce que j'en sais, il ne t'a pas demandé de sortir avec lui... Je veux juste le protéger et je sais que tu vas lui faire du mal, Ilyssia. Oui, il peut se débrouiller tout seul, mais si je peux lui éviter une peine de cœur inutile, alors je le ferai.

Je croise les bras sous ma poitrine, moi aussi. J'adopte la même posture de chat prêt à bondir qu'elle.

— Je te répète que je ne suis pas devin ! Et toi non plus ! Je ne vais pas lui faire de mal simplement en manquant de tact, Elora. Ou alors, rien qui ne puisse lui briser le cœur ! Et même si ça arrivait... Vu le travail qu'il compte faire, il vaudrait mieux pour lui qu'il soit plus fort que ça ! Ce n'est pas un gamin de dix ans !

— Il y a un monde entre le domaine pro et le perso ! Tu joues à la victime innocente alors que c'est toi qui t'amuses avec ses sentiments...

— Mais je ne joue à rien du tout, bon sang ! C'est de l'acharnement ! Il s'est plaint, au moins ? De moi, de ce que je lui ai dit ou fait ? Parce que j'aimerais bien entendre ses doléances à lui, plutôt que les tiennes ! Tu as lu nos messages, tu sais ce qu'il pense de tout ça ? Parce que là, tu te bases sur *ta* version des faits. Or, que je sache, tu ne fais même pas partie de l'histoire, Elora !

— Justement. Tu as vu ses failles et tu t'es engouffrée dedans. Tu sais qu'il n'est pas méchant, parce que tu l'as déjà cerné. Il est beau, riche, populaire, et toi tu es là pour t'en servir, s'énerve-t-elle.

Je me sens attaquée. Je ne sais pas pourquoi, mais ses mots me blessent.

— Premièrement, c'est totalement faux ! Tu ne me connais pas, alors arrête de me faire passer pour je ne sais quoi... et ensuite, j'ai cerné certaines de ses faiblesses, oui. C'est pour ça que j'ai coupé les ponts !

— Mais ça lui fait du mal ! explose-t-elle.

Je sursaute.

— Putain, Elora, il va falloir te mettre d'accord avec les gens qui cohabitent dans ta cervelle... Tu veux que je continue de le voir ou que je coupe les ponts ? Parce que si tu veux que je change le passé, c'est impossible... et si tu veux que je m'excuse, ça reviendrait à revenir dans sa vie, ce qu'on souhaiterait tous éviter.

— Ou alors, tu pourrais changer ? Lui parler normalement, te montrer civilisée ?

— Tu crois que ça se décide ? Tu crois que je peux panser mes plaies comme ça ? Que j'ai choisi d'être une connasse qui se noie dans la vie ?! Je vais te dire un truc... Reste dans tes putain de bouquins où même les monstres ont droit à une fin heureuse. Je ne suis pas une héroïne de roman, moi. Je suis humaine. Alors, maintenant, tu redescends d'un étage, OK ? Ton acharnement est totalement injustifié et je vais vraiment finir par m'énerver si ça continue...

Elle recule de plusieurs pas et pose une main sur son front.

— Il en a assez chié comme ça, c'est normal que je prenne sa défense.

Bizarrement, le fait que je lui tienne tête semble la calmer.

— Je n'en doute pas, asséné-je.

— Je suis désolée si toi aussi.

Elle s'adoucit, même si j'ai du mal à y croire après cette violence injustifiée.

— Permets-moi d'en douter.

— Non, je suis sincère. Je... je comprends ce que tu me dis.

Pour une raison qui m'échappe, ma gorge se serre. Un nœud énorme, impossible à déloger.

— Cool. Sur ce, je te souhaite de passer une bonne soirée.

Je m'apprête à sortir des toilettes, quand une main attrape mon poignet. Bordel, je déteste les contacts physiques ! J'essaye de me défaire de cet étau qui me retient, mais elle ne me lâche pas.

— Quoi encore, putain ?!

— Celian a pris le rôle de notre père quand il n'avait que huit ans. Il m'a éduquée. Il a géré la maladie de ma mère alors qu'il avait à peine appris ses tables de multiplication. Toute sa vie... il a vécu pour les autres. J'aurais tellement aimé que quelqu'un puisse voir derrière cette carapace de mec parfait... et j'ai eu l'espoir que tu sois cette personne. Alors, quand je t'ai vue te comporter comme ça, honnêtement, ça m'a gonflée.

— Voilà. Tu as passé deux secondes avec moi et tu as compris... C'est pour ça que je reste loin des gens. J'aimerais apporter à ton frère ce qu'il mérite... Mais je ne suis pas cette personne. Si tu l'aimes, permets-moi de me retirer de sa vie, quitte à lui faire mal sur le moment, conclus-je.

Je l'oblige à me lâcher.

— Tu as le regard de quelqu'un qui souffre, murmure-t-elle.

Je ne réponds pas. Son histoire vient de me briser le cœur en direct. Bruyamment, violemment, comme un vase que l'on jette contre le mur. Quand j'y pense... je me dis que, quoi qu'il y ait entre nous, amitié, amour, sexe ou haine, rien de bon n'en résulterait. Pour lui, je suis la peste noire. Je m'engouffre dans toutes les ténèbres que je vois sur ma route. Je ne sais pas m'arrêter lorsque quelque chose me fascine. Lui, il a besoin de tout, sauf de quelqu'un qui remue la merde qu'il garde enfouie en lui.

J'imagine un gamin de huit ans faire face à la vie sans personne pour l'épauler. Je le vois, seul, devant le lit de sa mère avec la responsabilité de s'occuper d'elle et de sa petite sœur. Le tout en jouant au basket et en excellant à l'école. Tout à coup, je comprends la haine qu'il voue à son père. Je m'arrête avant de sortir. La curiosité est trop forte.

— Votre géniteur... il était où, ce salopard ?

— À l'armée... il défendait notre pays.

— Génial, ricané-je.

Je m'interromps là pour ne pas l'insulter et pose les doigts sur la poignée de la porte. Elora n'ajoute rien.

— Mon père à moi est mort. Je ne l'ai jamais connu. Ma mère ne s'est pas vraiment occupée de moi, même si elle m'a toujours aimée de tout son cœur... hormis la sculpture, je n'ai rien. Je ne sais faire que ça.

— Pourquoi la sculpture ?

Une larme roule sur ma joue. Une seule, mais elle veut dire beaucoup. Heureusement qu'elle ne la voit pas, de là où elle est.

— Je pensais que si j'arrivais à reproduire le portrait de mon père, je pourrais effacer le chagrin de ma mère. Quand elle l'a vu, elle a pleuré et a cassé la statue. Depuis, je n'ai plus jamais sculpté d'hommes.

Elle se retourne. Je l'entends au bruit de ses talons. Je sors avant de craquer devant elle. C'était sans compter sur le destin. Ce gros con.

Il est juste devant moi. Pas le destin, non...

Celian Jones.

— Ilyssia ?

J'essuie ma larme d'un geste rageur et le fusille du regard. Surtout, *ne pas répondre*. Cette soirée a bien assez duré. Je renfile mon masque pour qu'il ne lise pas en moi. Celian le remarque. Il semble triste. Déçu.

J'aimerais lui expliquer que je ne contrôle rien et que je suis désolée de me comporter comme une folle furieuse. Je me fais sûrement des films parce que je suis parano. Seulement, les mots restent bloqués dans ma gorge et je n'arrive pas à m'exprimer.

— Heu... Bonne soirée à toi, lancé-je avant de fuir comme une lâche.

Quelquefois, je me hais.

Cela dit, je suis incapable de maintenir un quelconque échange avec lui dans mon état. J'ai ma fierté – et surtout, je n'ai pas envie de prononcer des mots que je regretterais aussitôt. Le sol semble se dérober sous mes pieds à chaque pas et j'ai l'impression d'être glacée jusqu'aux os. Malgré tout, je continue d'avancer afin de rejoindre la sortie : ce sera mon ultime effort, pour ce soir.

25

Ilyssia

— Vous n'étiez pas obligé, râlé-je à l'intention de mon chauffeur.

— Bien sûr que si, sourit Siffrin.

L'ami de mon père m'a proposé que l'on se revoie. Comme si j'avais un quelconque intérêt à perdre mon temps avec un homme qui ne le remplacera jamais et qui est en partie responsable de sa mort. Quand je suis retournée jusqu'à notre table, il s'est empressé de m'aider à enfiler ma veste. Ensuite, il a ordonné que l'on nous apporte l'addition au comptoir, l'a réglée comme si ce n'était qu'une formalité, et m'a raccompagnée à la maison. Je vis dans un lieu tellement moisi que j'ai eu honte de l'amener jusque-là, mais il n'est visiblement pas surpris. Puisque mon père l'a sorti du trou du cul du monde lorsqu'ils étaient jeunes, je suppose qu'il a lui-même un passé peu glorieux.

— Je ne pourrai pas vous inviter pour un dernier verre, soufflé-je.

Ma voix n'a rien de chaleureux. On dirait que je suis à moitié morte.

— Ce n'est pas grave. Vous transmettrez mes salutations à votre mère.

— Ara Gara ?

— Elle va me tuer si elle apprend que je vous ai raconté ça.

Je secoue la tête de droite à gauche.

— Elle n'avait qu'à le faire elle-même.

Il acquiesce.

— Ce serait raviver des souvenirs trop douloureux, tente-t-il de la défendre.

— Plus de vingt années se sont écoulées, tout de même..., noté-je.

— Quelqu'un qui nous marque nous marque pour toute une vie.

Celian. C'est le premier nom qui me vient à l'esprit. Il m'a vue pleurer et il a sûrement entendu tout ce que je disais dans ces foutues chiottes. J'ai craqué comme une brindille trop sèche, une allumette qui pourrait embraser une forêt tout entière. J'ai honte. Honte parce qu'il a, lui aussi, accès à une partie de mon feu intérieur. Ce putain d'enfer où j'étouffe en silence.

— Vous m'avez fait passer une excellente soirée, monsieur Griffins. Merci.

— J'aurais aimé qu'elle se termine mieux.

Je fronce les sourcils et lui jette un regard en coin.

— Vous avez les yeux rouges. Je suis désolé si toutes ces révélations vous ont autant touchée, élude-t-il.

Un sourire ironique tord mes lèvres. Je scrute mon reflet dans le rétroviseur.

— Je suis fatiguée, c'est tout. Ne vous inquiétez pas, j'ai passé un très bon moment.

Il fait semblant de me croire et me dépose au pied de mon immeuble pourri, dans un quartier tout aussi pourri, et me laisse à ma vie bien plus pourrie encore.

— Bonne nuit, Ilyssia.

— Bonne nuit, Siffrin.

Quand il s'en va, je menace de m'effondrer. Le cuir de ses sièges avait au moins l'avantage d'être confortable. Mais là, plantée toute seule dans le froid de la nuit, c'est autre chose. Les larmes dévalent mes joues. Je les touche, examine l'eau qui mouille mes doigts.

Mon téléphone vibre et j'ai peur de le regarder. Toutefois, je m'y force car cette fois, c'est bien lui.

Enfin.

[Celianjonesgoldie : Désolé qu'elle t'ait fait pleurer. Ça n'arrivera plus. Bonne nuit, Ilyssia Margaret.]

Ce n'est pas du tout la réponse à laquelle je m'attendais. Dans un moment de faiblesse, je commence à taper une réponse. Puis je me souviens de ce que m'a dit Elora et les larmes redoublent. Je n'ai rien fait de mal, pourtant je me sens coupable. Celian allait bien avant de me rencontrer et depuis que nous nous connaissons, je suis pire qu'une épine plantée dans son pied.

Je l'ai toujours été, d'ailleurs.

Pour ma mère, d'abord, parce qu'elle a dû m'élever seule alors qu'elle était pauvre et malade. Ensuite, car j'étais une élève dissipée, insolente, puis parce que les enfants de mon âge me considéraient comme quelqu'un de bizarre et de décalé. J'ai pris l'habitude de me placer en retrait pour me protéger des autres.

Malheureusement, les choses se sont aggravées avec le temps, comme on pouvait s'y attendre. Au collège, j'étais bagarreuse. Je me mettais tout le monde à dos parce que personne ne me supportait. Je trouvais la situation injuste, alors je me battais contre autrui, contre moi-même, contre ma mère et tous en subissaient les dommages collatéraux.

C'est ainsi que, en entrant au lycée, j'ai eu vent de cette université mythique. Alors je me suis noyée dans l'art. Plus que jamais. Je me suis remise en question : les gens ne m'aimaient pas à cause de mon sale caractère, et comme je me sentais incapable de changer, je me suis isolée.

Une fois arrivée à la NYEU… j'ai rencontré des filles qui me ressemblaient. Caro, Cherry, et toutes les autres. Des personnes aussi perturbées que moi, avec des addictions en tout genre, des troubles qui les tourmentaient et des sensibilités à fleur de peau. J'ai eu du mal à les laisser entrer dans ma vie, mais après tout, nous étions chacune dans le même état : cassées, perdues, et passionnées par l'art.

C'était plus facile de leur ouvrir les portes de mon cœur. Je n'avais pas peur qu'elles me jugent.

Quatre ans plus tard, je ne parviens toujours pas à croire que l'on puisse vouloir de moi malgré ma longue liste de défauts...

Le fait que Celian s'intéresse à ma petite personne remet tout en question. Il est parfait... et moi à côté de lui, *je suis une merde.* Même si mes sentiments me hurlent de rester proche parce que je l'apprécie, ma conscience me rappelle qu'il le regrettera un jour. Je me récite intérieurement toutes mes failles, tous ces gens qui m'ont fuie à cause de mes ténèbres... et cela me terrorise.

J'ai peur de le perdre à cause de qui je suis.

Alors, à choisir, je préfère le rejeter *en premier.* C'est moins douloureux... bien que ce soit lâche. Parfois, je me sens pousser des ailes et je lui réponds, je rentre dans sa voiture comme si de rien n'était, et je me confie à lui. D'autres fois, je m'écroule et je fuis, parce que je suis terrorisée à l'idée qu'il s'en aille.

Au milieu de tout ça, celui qui en fait les frais, c'est Celian. Il ne le mérite pas.

Sur ce point, Elora a raison.

Mes larmes me brouillent la vue, si bien que le monde devient aussi flou que mes pensées. Je verrouille l'écran et laisse éclater mes sanglots.

Bordel, ça fait du bien.

Il fait tellement froid que mes cils pourraient geler. Je n'ose pas répondre et le temps s'étire en longueur. Mon téléphone vibre de nouveau dans ma main, me ramenant brutalement à la réalité comme si quelqu'un m'avait extirpée d'un lourd sommeil.

[Celianjonesgoldie : S'il te plaît, ne me rejette pas.]

Mon cœur fait un bond. Mes genoux lâchent et je me recroqueville sur le trottoir, anéantie. De la neige fondue me glace la peau. J'ai envie de me rouler en boule dans une flaque de pluie.

[Missmargaretilyssiaart : S'il te plaît, ne me force pas à te blesser. Je suis une mauvaise personne, Jones. Ta sœur serait d'accord avec moi. Je me comporte comme une idiote et je tire les gens vers le bas...]

[Celianjonesgoldie : Sauf que c'est encore moi qui décide, non ?]

[Missmargaretilyssiaart : Ça ne t'apportera rien.]

[Celianjonesgoldie : Ne me rejette pas...]

[Missmargaretilyssiaart : Mais pourquoi ? Merde ! Tu n'y gagnes rien !]

[Celianjonesgoldie : Tu n'imagines pas à quel point tu as tort.]

Mes larmes tarissent. Comme après mon cauchemar. L'orage passe et c'est grâce à lui.

[Missmargaretilyssiaart : Pardonne-moi, mais je vais devoir te bloquer si tu continues à m'envoyer des messages. Je sais que je souffle le chaud et le froid, mais il va falloir régler notre problème une bonne fois pour toutes parce que ça nous mène droit dans le mur.]

[Celianjonesgoldie : Tu as besoin de moi pour ton projet.]

[Missmargaretilyssiaart : Détrompe-toi. Tu me connais, ça ne m'oblige en rien à te revoir.]

Je remarque qu'une bulle colorée entoure son nom. Il vient de poster une story. Je clique. C'est une photo de lui au volant. Il a écrit dessus : « Juste envie d'errer dans Manhattan pour retrouver mon chemin. » Je n'arrive pas à détacher mon regard de sa main sur le volant, avec le cadran de la vitesse qui explose des records. Pour faire écho à sa publication, je prends une photo de mon visage, dans le noir et à contre-jour, puis note en dessous : « Perdue dans Manhattan lol. » Parce que moi, j'ai eu beau errer, je suis toujours confuse, paumée dans un coin sombre à la recherche d'une petite lumière. Je poste la story et reste là, dans le froid, à attendre je ne sais quoi.

Une minute.

Trois.

Six.

Il n'a pas répondu à mon message, même s'il l'a lu. Lorsque mon écran se rallume, je ne sais pas si je suis contente que son nom s'affiche. Pourtant, je ne peux pas m'empêcher de le lire. Parce qu'à chaque fois qu'il apparaît, c'est plus fort que moi. Je n'arrive pas à l'ignorer.

[Celianjonesgoldie : T'es où ?]

[Missmargaretilyssiaart : Je vais te bloquer.]

[Celianjonesgoldie : T'es où ?]

Je ne sais pas pourquoi... mais je lui envoie ma position. Peut-être comme un ultime défi.

[Celianjonesgoldie : J'arrive.]

Je me relève et essaye de retrouver un air acceptable. Je tremble comme une feuille lorsque sa voiture débarque au bout de dix minutes. Il prend un virage, ralentit et s'approche de moi.

Mais bordel, à quoi je joue, au juste ? J'avais dit que je coupais les ponts. Je lui ai même balancé un long message explicatif digne d'une tragédie romantique. Et maintenant ?

C'est carrément incohérent, ouais. Je déteste ça, mais mes sentiments échappent à mon contrôle. J'ai beau faire croire que je gère la situation, je suis complètement perdue. Je ne sais pas si je dois le repousser ou non et j'en souffre tout autant que lui. J'ai envie de hurler et de me rouler en boule dans un coin, mais je sais que même cela ne m'apaiserait pas.

Il se gare sans couper le moteur. J'avance d'un pas hésitant. Il se penche et m'ouvre la portière.

— Je souffle encore le chaud et le froid, hein ? me désolé-je.

Un soupir quitte ses lèvres.

— Dans l'immédiat, c'est toi qui as froid.

— Bien joué, Sherlock.

Il me fusille du regard. Lorsque je tire sur la poignée, je me récite les raisons pour lesquelles je ne devrais pas entrer dans cet habitacle étouffant. J'ai le choix entre mes démons, qui m'attendent bien sagement à l'étage, ou la personne pour qui je *suis* un démon.

C'est sans doute égoïste, mais je m'installe sur la place passager en silence et referme derrière moi. Je peux essayer de ne pas faire trop de dégâts. Essayer, c'est tout. Cela dit, comme à chaque fois, nous allons probablement nous affronter. C'est répétitif.

— Putain, t'as les lèvres bleues, gronde Celian.

Je ferme les paupières un court instant et me tourne vers lui.

— Et ?

Il roule des yeux.

— Tu vas attraper la mort.

— J'ai déjà essayé, soufflé-je, plus pour moi-même qu'autre chose.

Il démarre et s'éloigne sans un bruit. Son moteur ne hurle même pas. C'est une voiture hybride, c'est écrit en gros sur le GPS. Fascinée par le dessin d'un moteur qui informe de la consommation actuelle, je m'interdis de le regarder, *lui*. Même si la lumière est faible, il remarquerait sans doute mes yeux rouges.

— Je suis désolé pour ma sœur…

— Désolé pour quoi ?

Il ricane.

— C'est une peste… Elle est la définition même des mots qui tranchent mieux que des couteaux de boucher.

Je demeure silencieuse. Sa voiture sent son odeur. Le chauffage caresse mes joues et s'infiltre sous mes fesses par le cuir des sièges. Je me laisse couler dans le fauteuil et attache ma ceinture pour que le bip incessant s'arrête enfin.

— Elle n'a fait qu'énumérer une liste de vérités. D'un point de vue pragmatique, elle avait raison.

— Vous avez fait connaissance sur Instagram, non ? Elle avait l'air de t'apprécier.

— Tu peux attester que je me comporte différemment par messages… J'ai le temps de réfléchir à ma réponse, je contrôle mieux mes émotions… En personne, je suis beaucoup plus difficile à cerner. Et elle ne m'a pas aimée, de toute évidence.

— Elle a peur pour moi, c'est tout.

— Et ce qui lui fait peur, c'est moi.

— Elle a juste senti ce truc bizarre entre nous. À sa place, j'aurais été bien plus virulent.

— Quel truc bizarre ?

Celian prend plusieurs routes différentes sans me répondre. Lorsque je lui lance des regards discrets, je découvre son profil concentré, sans deviner pour autant s'il réfléchit à ce qu'il fait ou plutôt à ce qu'il pourrait faire. À un moment donné, le basketteur revient sur ses pas et repasse devant mon immeuble sans avoir la moindre idée du fossé qui nous sépare réellement.

Finalement, nous tournons en rond. Toujours en silence. J'ai l'impression d'être coincée dans une boucle temporelle infinie. Si c'est ici, avec lui, c'est sans doute moins désagréable que seule dans ma chambre. Quoi qu'il se passe ce soir, je lui demanderai de me ramener à l'université. Puis j'irai dormir sur mon matelas dur comme une planche, à même le sol, où ma meilleure amie a dessaoulé.

— Ils me traitent comme un gosse, peste-t-il. Je sais ce que je fais.

— Et tu fais quoi ? ris-je tristement. Rien. Tout ça, c'est de ma faute. Je ne pourrai jamais être ton amie, je suis beaucoup trop malsaine. Je l'ai toujours été... il me faut un entourage aussi flingué que moi si je veux éviter de tirer les gens vers le bas.

Il freine et se gare sur un parking de supermarché totalement vide à cette heure. Les néons de la devanture se reflètent dans les flaques et la peinture blanche qui délimite les places. Je me crispe, surprise par une telle brusquerie. Heureusement que je suis attachée, parce qu'il va finir par me faire traverser le pare-brise.

Dehors, la nuit nous couvre. Dans de telles conditions, je n'arrive plus à réfléchir. J'espère qu'il ne va pas me demander de dégager. S'il me dépose ici, je serai loin de chez moi et appeler Caroline à cette heure me vaudrait des années de reproches.

Le moteur se coupe. Son souffle est rapide, il est en colère. Moi, je ne sais plus où me mettre. J'ai dû dire une connerie, encore une fois. En général, si je reste seule, c'est pour éviter ce genre de situations.

La tension monte à mesure que je me rapproche de la portière. Non pas qu'il lèverait la main sur moi. Je ne crois pas qu'il en serait capable. Cependant, la façon dont il me regarde n'augure rien de bon. Ma respiration s'accélère alors qu'il entrouvre les lèvres.

— Tu penses que je suis blanc comme neige ? Arrête de te comporter comme si tu étais la seule responsable et que tu avais un tel pouvoir sur les gens.

Je me tourne doucement vers lui. Le rouge et le violet se battent en duel sur sa peau pâle. La culpabilité, aussi, en ronge une grande partie. Nous parler à une heure aussi tardive est encore plus dangereux pour nous deux.

— Tu me *stalkes* alors que je fais tout pour te repousser. C'est tout ce que tu fais de mal...

Il hoche la tête.

— Exactement. J'ai mes torts aussi, alors arrête de te flageller et de partir du principe que tu es une horrible personne. Je veux juste qu'on soit amis !

— L'amitié fait plus mal que l'amour, tranché-je. Si tu me laisses entrer dans ta vie, tu vas finir par réaliser quel boulet je suis et par m'en exclure... et là, c'est moi qui vais en souffrir. Je préfère qu'on évite cette catastrophe, d'accord ?

Ma gorge se serre. Les trahisons, en amour, sont monnaie courante depuis la nuit des temps. En amitié, par contre, on ne doute pas de l'autre. C'est un amour aveugle. Je suis une dépressive au caractère de cochon, qui repousse les autres et est incapable de tenir une relation saine sur le long terme. Comment notre amitié pourrait-elle fonctionner ?

Caroline et Cherry sont aussi flinguées que moi... j'ai moins peur de les abîmer. On prend soin les unes des autres, mais nous savons aussi où nous arrêter pour ne pas franchir nos limites mutuelles.

Je ne suis pas sûre de savoir m'arrêter avec Celian. Et je ne suis pas certaine qu'il en soit capable non plus.

— Tu préfères que je tombe amoureux de toi, alors ? rit-il.

Je ne sais pas comment il fait pour s'esclaffer dans une telle situation. Mon cœur ne proteste pas, cette fois-ci. Il se contente de battre fort contre mes côtes et maintient un rythme qui me fait douter de ma capacité à le supporter bien longtemps. Je devrais lui demander de me ramener à la maison. J'ai changé d'avis : me perdre avec lui dans un quartier bizarre, devant une supérette paumée que je ne connais absolument pas, n'était peut-être pas la meilleure idée qui soit. Il pourrait être un psychopathe, tout compte fait. Un tueur en série qui se cache sous une belle gueule et des allures de type parfait. Ce ne serait pas une première dans l'histoire de la criminologie.

— Non, je t'explique..., reprends-je d'une voix plate. Tu n'es pas amoureux de moi, nous ne sommes pas amis, et... Merde, pourquoi tu veux à tout prix me garder dans ta vie ? T'as pitié ou quoi ? J'ai l'impression que... tout ce que je fais est insensé et que je suis pathétique.

Il serre les dents tellement fort que je m'attends à les entendre se briser.

— Bon, je vois... dans ce cas, je vais tout t'expliquer, mais c'est toi qui vas avoir pitié si je te réponds.

— Pitié de toi ? Ça m'étonnerait, lâché-je.

Son regard se pose sur ma carcasse vide et je me sens toute petite. Parce qu'il est très grand, c'est factuel, mais pas que. Une aura dense et épaisse m'écrase et m'empêche de bouger.

Face à son désarroi et sa colère, même mes paupières n'osent plus se refermer. Concentrée sur lui, les traits de son visage et l'expression dérangée qui les déforment, je perds le fil de mes pensées.

— Je m'ennuie, Ilyssia. Ma vie est d'un ennui morbide.

Je frissonne lorsque l'intensité de sa voix vibre contre mes côtes. Il le dit avec une telle sincérité que je ne remettrai jamais ses souffrances en cause.

Oh oui. Je connais cette douleur. En fait, je connais toutes les douleurs tant qu'elles peuvent nourrir mon art.

— En tout cas, elle l'était jusqu'à ce que tu arrives... Je veux être aussi passionné par quelque chose que tu l'es.

Ses mots peinent à se frayer un chemin jusqu'à mon cerveau embrumé. Je sursaute. À l'intérieur de moi. Comme s'il venait de secouer quelque chose de profondément enfoui.

— Non, Celian... Ne fantasme pas cette passion.

Son regard pénètre le mien. Je n'arrive pas à décrire ce que je lis dans son âme, mais c'est sombre. C'est de ma faute si nos ténèbres dansent ensemble. Si je n'avais pas fait le premier pas, il ne m'aurait pas ramassée sur le trottoir comme une chienne qui se serait sauvée de sa cage.

— Ne te noie pas, murmuré-je. Ne pense pas que c'est une situation enviable.

Il s'arrache à notre échange. J'ai le sentiment qu'il me prend quelque chose au passage. En fixant droit devant lui, les mains serrées autour de son volant en cuir, il a l'air de peser le pour et le contre. Je connais aussi ce genre de questionnements. La bêtise l'emporte toujours sur la sagesse.

— Je ne veux pas me noyer..., souffle-t-il.

Je n'ai pas le choix.

— Sauf que moi, je me noie, l'interromps-je. Je me noie, Celian. Ne rencontre pas cette passion-là.

Il mord sa lèvre inférieure. Je l'imite, par réflexe et parce que j'aimerais l'empêcher de remarquer à quel point je tremble.

— Toi... Quand tu dessines, tu vois en moi quelque chose que je veux découvrir. C'est comme si je n'y avais pas accès et que je ne pouvais m'y rendre que grâce à toi. Ma vie actuelle me tue à petit feu...

— Sauf que tu fais fausse route. Ce que tu veux découvrir, c'est le désespoir. Tu n'en as pas besoin. Je veux te voir réussir... je veux que tu *dunk* ce putain de soleil que j'ai gravé dans ta main. Si tu veux de moi dans ta vie, peu importe la place que tu me donneras, je ne serai qu'une chaîne qui te retiendra au sol...

— Je ne suis pas d'accord.

— Tu es dans le déni.

— Je fais ce que je veux.

— Moi aussi ! explosé-je.

— Peut-être que j'ai toujours connu le désespoir, Ilyssia ! Peut-être que de le voir en face, grâce à toi, ça m'aide à dépasser tout ce que j'ai pu vivre ! J'y arrive pas tout seul, putain ! Je ne sais pas quoi faire de ma vie… Tout le monde s'attend à ce que je devienne sénateur, et je vais finir caissier dans une station essence parce que j'aurai tout raté… Je…

— D'une, ce ne serait pas si dramatique que ça. Ce n'est pas ton travail qui définit qui tu es. Et de deux, continue le basket, dans ce cas. Continue de lire, de t'intéresser à tout, de sourire aux gens. Tu as tout pour réussir… Tu ne finiras pas caissier dans cette petite supérette, ni dans une station essence ou que sais-je encore… et même si c'était le cas, en quoi ce serait une vie gâchée ? C'est là-dessus que tu bases ta valeur ? soufflé-je.

— Je base ma valeur sur mes réussites. En plus, je ne sais pas vraiment si j'aime le basket ou non. J'ai l'impression de ne pas avoir trouvé ma voie et c'est ça qui me terrifie le plus.

Il presse ses paumes contre ses orbites, comme pour enfoncer ses yeux dans son propre crâne. Je lève la main et enroule mes doigts autour de son poignet.

C'est… un réflexe. *Oui, voilà.* Un réflexe.

Ma peau contre la sienne semble totalement glacée. J'ai la température corporelle d'un cadavre. Il se crispe alors que je tire doucement sur sa main pour l'éloigner de son visage. Il cède et rouvre les paupières. Des larmes humidifient ses grands yeux gris. Elles ne coulent pas, mais restent là, en surface.

Quand il me regarde enfin, il a l'air d'avoir repris le contrôle de son souffle. Ses pupilles me traversent. Me glacent. Me réchauffent, aussi. Tout ça à la fois.

— Pourquoi je te représente quand tu joues, à ton avis ? demandé-je.

Personne ne m'oblige à lui remonter le moral. D'ailleurs, c'est dangereux que je m'y risque. Je ne suis pas connue pour mon empathie.

— Parce que je suis magnifique quand je *dunk* ? hasarde-t-il en arquant un sourcil.

Il sourit à travers ses larmes. J'affiche une expression dépitée. Il ne dégage pas sa main et je ne la lâche pas non plus. Ce contact me donne l'impression de ne pas perdre la connexion que j'ai avec lui, comme un fil de sécurité que je ne veux pas rompre. J'aurais le sentiment qu'il s'échappe.

— Non, ce n'est pas pour ta plastique que j'ai décidé de te sculpter dans cette position, bougre d'idiot.

— Ah non, c'est vrai... tu me trouves obèse...

Je me retiens de rire.

— C'est parce que c'est le seul moment où je t'ai vu, toi. Le Celian sous le masque.

— Tu l'as vu et pas moi...

Il retourne sa main si vite que je n'ai pas le temps de reculer. Une décharge d'adrénaline emporte mon corps lorsqu'il coince mes doigts dans sa paume. Mon sang ne fait qu'un tour et je me fige.

— Montre-moi.

— J'y travaille, murmuré-je. C'est le projet.

Il ferme les yeux. Quand il les rouvre, il a mal. Moi, je ne sais plus quoi faire. J'aimerais étaler du baume cicatrisant sur ses plaies, mais c'est peine perdue. Déjà parce que je n'ai pas la recette magique, ensuite parce que ce n'est pas mon rôle.

— Quand on se parle, je rencontre cette part sombre de moi. Dès que je l'aurai découverte en entier, je pourrai l'accepter et enfin mieux me comprendre. Je te demande de rester parce que le mal que tu me fais me fera sûrement du bien, un jour...

— Ou pas.

— C'est ce qu'on verra.

— Je n'ai pas envie d'aller jusque-là, m'alarmé-je.

Il fronce les sourcils. Je fronce les miens. Sa main se serre autour de la mienne. Je n'essaye pas de me déloger de cet étau. Ce serait inutile, de toute façon, il est trop fort pour moi. Sa peau brûlante réchauffe mes phalanges glacées. Je suis bien, là. En danger, mais ce n'est pas désagréable.

— Moi oui, grogne-t-il.

— Tu m'obliges à te faire du mal ?

— Oui.

— Je voulais en parler avec toi face à face pour que tu comprennes ma décision de couper les ponts, et toi, tu me forces à rester quand même ? Aux yeux de ta sœur, je suis la grande méchante. Je me comporte mal avec toi, on n'est pas compatibles...

— Qu'est-ce qu'on en a à foutre de ma sœur ? s'agace-t-il. Elle ne peut pas m'aider, elle.

— Tu es totalement aveuglé, chuchoté-je, la gorge nouée.

Il serre les mâchoires. *Encore.* Il envie une dépressive... et moi, je n'arrive pas à lui expliquer qu'il est complètement stupide. Comment les gens peuvent-ils fantasmer une maladie ? Pourquoi ne veut-il pas me comprendre ?

— Tu n'as pas le choix, décrète-t-il.

— Le consentement, Jones. C'est un sujet très important, en 2024...

Il se referme comme une huître et rallume le moteur.

— On va où ? paniqué-je.

— Tu verras.

Génial. Je viens de me faire kidnapper par Golden Man. Personne ne le soupçonnera jamais et mon meurtre demeurera un mystère aux yeux du monde. Peu importe. S'il me tue, je le hanterai. Je me vengerai.

Mon cœur n'en peut plus. Moi non plus. Mon corps s'enflamme, même s'il semble glacé de prime abord. À l'intérieur, mon sang bout. C'est de la peur, de l'adrénaline.

Et si une chose est sûre...

Certaine...

Catégorique, même.

C'est que je refuse de savoir ce qu'est cette « chose ».

26

Celian

Je n'ai pas envie de rentrer chez moi, ni de la déposer à l'université comme elle me l'a demandé. Pourtant, je n'ai qu'une certitude : je ne peux pas rester près d'elle dans cet état. Il est trois heures du matin. Après avoir programmé mon GPS jusqu'à l'Elite University sans prononcer le moindre mot, elle a fusionné avec le siège et s'est concentrée sur le décor, l'air absorbé par je ne sais quoi. J'ai rempli mon réservoir dans une station essence, traversé un quartier plus que mal famé, et depuis, je suis dans le déni.

Résultat, je prends les rues opposées à ce que m'indique l'écran, ce qu'elle ne manque pas de me signifier d'un regard agacé. Je n'ai pas envie que nous nous séparions. C'est plus fort que moi. J'attends qu'elle ouvre la bouche, cette délicieuse bouche qui crache tant de venin. J'espère qu'elle se taise, aussi, et qu'elle me laisse rouler toute la nuit pour évacuer ces pensées troubles.

— Tu crois vraiment être la cause de tous mes maux ? Ce n'est pas toi qui as apporté mon désespoir. Je l'avais déjà en moi, lâché-je après plusieurs longues minutes.

Elle expire bruyamment.

— Je n'ai fait que le réveiller et lui créer un espace... Ce qui, en soi, est suffisamment toxique pour que tu me dégages de ta vie. Et puis j'en sais rien... Un tas de personnes m'accusent de t'avoir fait du mal alors que je n'ai rien fait volontairement. Je me dis qu'ils doivent avoir raison.

Je ne réponds pas. Elle croit qu'elle est si horrible que ça ? Pourquoi ? Qu'est-ce qu'elle peut bien avoir à se reprocher pour se donner le mauvais rôle à ce point ? Sa position de victime est incompréhensible, même si je sais qu'elle a affronté ma sœur dans les toilettes et que cette dernière n'a pas dû mâcher ses mots. La culpabilité qu'elle ressent n'est pas normale. Je me demande si c'est réellement lié à moi ou si c'est simplement une souffrance intérieure qui s'exprime de cette manière. Elle croit que tout est sa faute. Qu'elle ne fait jamais les choses assez bien.

Pourtant, elle est assez bien pour moi.

Ça me rend fou qu'elle s'échappe sans aucune raison valide à mes yeux.

Elle me scrute et cette sensation me fait du bien. Comme lorsqu'elle me dessine, que son regard parcourt mon corps, mon âme, et qu'elle trouve l'inspiration dans tout ce foutu chantier. Si elle se passionne pour moi comme elle le fait pour son art, alors rien n'est perdu. C'est qu'il existe un Celian sous les couches de perfection que j'ai cherché à empiler. Nous roulons encore. Trente minutes. Je me plie finalement à ce que me demande l'ordinateur de bord. Lorsque je devine la bâtisse ancienne au loin, perçant la nuit et un ciel couvert de nuages, j'ai envie de piler net et même de reculer pour la garder encore un peu avec moi. Il me semble ne pas avoir terminé de parler.

Le bâtiment des artistes ne dort jamais vraiment. Des salles de classe renvoient une lumière blafarde dans l'obscurité de cette nuit d'hiver. Les flocons à moitié fondus qui tombent du ciel s'écrasent sur mon pare-brise tandis que le badge de l'école me permet de passer la barrière automatique. J'avance sur le parking, entre les arbres alignés, les lignes qui délimitent les places et les gravillons qui crissent sous mes pneus. Le temps ralentit, s'étire. J'approche de la porte principale avec son dôme de vitraux. Ilyssia se détache. J'ai presque envie de la rattacher moi-même pour la forcer à… la forcer à quoi, d'ailleurs ? J'ai été mieux élevé que ça. J'ai sa froideur sur ma peau, comme si elle avait noué des liens autour de mes poignets. Je vais devoir m'en contenter.

— Tu vas rentrer ? demande-t-elle de sa voix bourrue.

— Non, avoué-je.

— Tu... Enfin. Tu veux monter ?

— Là, tu souffles le chaud et le froid.

Son visage tourmenté se crispe et elle hausse les épaules sous son blouson. Avec sa robe noire décolletée, son maquillage qui rehausse la teinte claire de ses yeux et ses cheveux parfaitement lissés, elle incarne la beauté à mes yeux. Son parfum me hante et si je n'écoutais que mes plus bas instincts, je la suivrais jusqu'au bout du monde.

— Tu as raison, j'y vais. Bonne nuit, Celian.

Elle se lève. Sort. Marche. Je dois partir. Pourtant je me gare. Me lève. Sors. Marche.

J'ouvre la porte. Elle se fige, se retourne. Les vitraux renvoient les faibles lueurs de la lune lorsque les nuages s'écartent. Au moment où j'entre, comme si le timing divin était de notre bord, la lumière rose, violet et rouge se réverbère sur son visage de porcelaine. Elle se dirige vers moi, presque comme si mon arrivée ne la surprenait pas. J'ignore si je suis vexé ou ravi qu'elle m'ait attendu. Je pensais devoir courir jusqu'à son étage en priant le ciel pour qu'elle m'ouvre la porte. Sauf qu'elle reste plantée là, son sac sur l'épaule. Je m'approche. Elle me fixe droit dans les yeux. D'ici, le gris de ses iris prend tellement de teintes que j'ai l'impression qu'une galaxie se dessine au fond de ses prunelles.

— Tu m'attendais ?

Ma voix résonne dans le silence de cette gigantesque pièce vide.

— Non, je faisais mes lacets.

Je baisse les yeux sur ses chaussures. Elle fait de même. Sa paire de talons nous regarde aussi, j'en suis persuadé.

— Tu m'étonnes que ça prenne du temps, me moqué-je.

— Qu'est-ce que tu fais là ? J'ai oublié quelque chose ?

— Tu as l'impression d'avoir oublié quelque chose ?

Je ne crois pas qu'on ait un jour interrompu notre match de ping-pong verbal. Elle me scrute et me fait signe de la tête de lui emboîter le pas. Je reste là un moment. Mon corps est tiraillé, mais je cède sans trop forcer. J'en ai envie, après tout.

Nous montons rapidement les marches. Mon ventre se contracte. Elle traverse les couloirs en bois anciens, le parquet craquant sous ses talons. Devant les fenêtres laissées entrouvertes, les rideaux se balancent. Il fait un froid de canard dans le bâtiment. Quand le tissu fluide s'avance vers elle, elle tend gracieusement sa main sur le côté pour l'arrêter. Moi, je la suis comme son ombre, à quelques mètres de distance. J'enfonce mes poings dans mes poches pour les garder au chaud. Elle fouille dans son sac, trouve ses clés, un joint, puis son briquet. Une fois qu'elle a sorti ses affaires, elle me lance un regard indéchiffrable et ouvre son atelier.

— T'es trop volumineux pour dormir sur mon matelas.

Mes yeux s'écarquillent.

— Pas gros ! Volumineux ! précise-t-elle.

Elle me désigne de haut en bas du bout des doigts.

— Tu continues de m'insulter ? m'exclamé-je.

— Je suis pragmatique. Je t'annonce simplement que si tu tombes de fatigue, tu vas dépasser du matelas...

— Je n'ai pas sommeil, donc j'en ai rien à foutre.

D'un mouvement théâtral, elle pénètre dans son antre et se rend directement au fond. L'odeur qui emplit mes narines me satisfait. Je n'ai jamais eu un bon odorat : pour moi, c'est seulement celle du terreau et de l'alcool. Elle a expliqué à ma sœur qu'il s'agissait de térébenthine, mais peu importe le nom qu'elle lui donne. À mes yeux, c'est son parfum à elle. Elle allume le radiateur et le pousse au maximum.

— Ça caille. Je déteste ce pays.

Quand elle ronchonne avec cette voix bougonne, je me demande si c'est vraiment à moi qu'elle s'adresse.

— Tu voudrais aller vivre ailleurs ? m'intéressé-je malgré moi.

Elle ôte sa veste et la jette sur une chaise. Puis, penchée en avant, elle retire ses chaussures.

— En Italie... Ou en Grèce. Quelque part en Europe, là où il fait chaud et où les paysages me fileraient moins le cafard.

— Arrête, n'enlève pas tes chaussures... un jour, tu m'as dit que je ne te verrais jamais sans.

Elle me fusille du regard.

— Sois reconnaissant. Tu vas avoir ce privilège. En plus, si je ne les vire pas rapidement, mes pieds vont commencer à saigner et je vais devoir me faire amputer.

J'explose de rire.

— Tu te sens obligée de toujours tout dramatiser ?

Elle roule des yeux.

— Essaye de porter des talons hauts pendant huit heures... On en reparlera.

— Sans façon.

Quand elle se retrouve à plat, elle me paraît minuscule. Avec son visage agacé et ses courts cheveux bruns, on croirait une petite fée tombée de son arbre. Je me retiens d'approcher et lui tourne le dos. J'avance vers une chaise et entreprends de retirer mon manteau. Elle bouge, mais je suis occupé. Une porte grince, quelque chose tombe et je jette un regard par-dessus mon épaule pour surveiller ce qu'elle fout. Si je ne me méfie pas, elle pourrait dégainer une arme et me sacrifier au centre d'un cercle de bougies. Ilyssia inspire tellement le mystère qu'elle serait capable de tout, à mes yeux. Je n'arrive pas à prédire ce qu'elle a en tête, même lorsque la réponse semble totalement logique.

— Putain, Ilyssia ! Préviens quand tu te fous à poil ! m'écrié-je alors.

— Hein ?

Elle se retourne. Moi aussi. Merde ! Si j'ai envie de la voir en soutien-gorge noir ? Dans d'autres circonstances, évidemment que oui. Ce soir ? Non !

— Je te vois à moitié nu tout le temps, Celian ! Ne va pas me faire croire que c'est la première fois que tu vois une fille en soutif !

— J'ai pas dit ça ! J'ai dit que tu aurais pu prévenir ! grondé-je.

— Je ne vais pas te faire un descriptif de toutes mes actions à longueur de temps, Jones !

Non mais le culot de cette femme ! Elle ose encore râler ?

— Tu prends ça avec vachement de recul, quand même !

— J'ai déjà posé nue dans un cours d'anatomie pratique... comme la plupart des élèves de ma classe...

Je me retourne à nouveau, absolument outré qu'elle trouve cette situation normale. Il y a quand même une différence entre un cours de dessin et... une rencontre nocturne en tête à tête avec moi dans son atelier. Ça n'a rien à voir et je ne comprends même pas la comparaison ! Dans un cas, c'est normal. Dans l'autre, c'est ambigu.

Ilyssia a enfilé un t-shirt blanc, large, qui retombe pile en dessous de ses fesses... du moins jusqu'à ce qu'elle se hisse sur la pointe des pieds, les mains en l'air, à la recherche d'un truc qui traîne tout en haut de l'armoire. Fait chier. Je ne vais pas bander pour si peu quand même, si ?

— Sauf que là, on n'est pas dans un cours d'anatomie pratique, que je sache, lui fais-je remarquer.

Elle s'exclame, satisfaite d'avoir trouvé Dieu seul sait quoi, puis sort un short. Si j'ai détourné le regard ? Pas une seule seconde. Elle l'enfile et m'affronte de face, sans une seule once de rougeur sur les joues. Je ne crois pas que ce soit mon cas.

— Ce n'est gênant que si tu décides que ça l'est. Tu te déshabilles bien devant moi.

— C'est parce que c'est le job. Je me déshabille pas comme ça, sans prévenir, noté-je.

Je trouve que c'est quand même bien différent. Non ? Ou c'est moi qui suis coincé ? Ce serait bien la première fois qu'un basketteur hyper populaire qui passe son temps à enchaîner les conquêtes soit considéré comme prude !

— Bon, arrête ton cinéma.

Elle me remballe comme si de rien n'était. Quand elle vient jeter un œil au matelas – celui qui n'est pas pour moi car je suis trop gros – elle m'approche de trop près. Beaucoup trop. Ou pas assez. *J'en sais rien, merde.* J'ai à peine le temps de formuler une pensée dans ma tête qu'elle me coupe l'herbe sous le pied.

— Tu vois, t'es minuscule, me copie-t-elle d'une voix nasillarde. Si tu enlevais tes talons, tu m'arriverais à l'épaule.

Elle imite très mal ma voix.

— En effet, mais ce n'est pas moi qui l'ai dit.

Son regard trouve le mien. Je préfère quand elle est obligée de basculer la tête en arrière pour me regarder. L'espace d'un instant, j'ai l'impression de la contrôler davantage… jusqu'à ce qu'elle s'approche encore et qu'elle pose ses mains sur mon pull, juste en dessous de mes clavicules. Toutes mes cellules me hurlent qu'elle est trop près. Si je recule ? Ce n'est même pas envisageable. Je suis bloqué là, incapable d'aligner trois mots cohérents. Cet effet qu'elle me fait… Il est indécent.

— Profites-en. Va savoir si tu me reverras dans cette tenue un jour ?

Celle-ci, une autre, ou nue. Je ne sais pas si je la reverrai tout court. Si elle agit comme elle en a l'habitude, elle va me ghoster pendant un mois. Elle l'a déjà fait. Je l'imagine tout à fait capable de recommencer.

— Ne me dis pas d'en profiter, c'est très tendancieux.

Elle sourit et recule sans aucune précipitation.

— Ça va, je rigole. J'essaye juste de détendre l'atmosphère. Tu me rends nerveuse.

OK. Elle plaisante. Enfin, je ne sais pas. Je ne comprends plus rien. Mon corps la prend au mot tandis que mon esprit réprime une pulsion violente. Si je la retenais, que je l'emprisonnais dans mes bras et que je lui prouvais que ce matelas n'est pas trop petit, même pour nous deux, que ferait-elle ? Est-ce qu'elle me laisserait passer les mains sous ce t-shirt ? Est-ce qu'elle le retirerait elle-même ? La connaissant, elle pourrait l'arracher comme une barbare ou, au contraire, me provoquer des minutes durant. Je ne rêve que de découvrir les réponses à ces questions, mais je n'ose pas. Parce que si elle me repousse, je ne suis pas sûr de le supporter.

— Pourquoi tu m'as demandé de monter ? m'intéressé-je pour me changer les idées.

Elle me regarde par-dessus les affaires qu'elle sort des tiroirs d'une petite armoire en bois, coincée entre plusieurs tentatives de statues identiques qu'elle a rangées de côté, dans un ordre que je ne comprendrai jamais.

— Je ne sais pas moi-même, lance-t-elle, désinvolte.

— Je ne comprends rien, avec toi.

— J'ai envie que tu restes et j'ai envie que tu partes. Je sais que la meilleure chose à faire, ce serait qu'on arrête de se parler… toi, tu penses le contraire. J'angoisse quand tu es là, j'angoisse quand tu n'es pas là, j'angoisse quand tu parles, j'angoisse quand tu ne parles pas… J'en sais rien. Je suis désolée d'être aussi indécise, je ne comprends pas du tout ce qui m'arrive. Mes émotions et moi, c'est… compliqué.

J'écoute et avance jusqu'au pan de mur où se trouvent ses vêtements de rechange. Elle garde une dizaine de longs t-shirts blancs, noirs, bruns et gris. J'en attrape un, le déplie. Vu la taille du truc, c'est soit une robe, soit un tablier, soit un haut qui m'irait comme un gant.

— Je peux te l'emprunter ?

Elle marmonne un son que je prends pour un accord. Je retire ensuite mon col roulé proche du corps, passe le t-shirt par-dessus ma tête et baisse les yeux vers mon pantalon à pinces. J'étais bien habillé pour ce foutu repas. L'environnement l'imposait. Mon géniteur aime en jeter à la gueule de tout le monde, comme si étaler sa richesse allait lui apporter quoi que ce soit. Je me sentirai mieux dans des fringues décontractées, même si ce ne sont pas les miennes. N'en déplaise à mon père.

— J'imagine que si je reste en caleçon, ça ne te dérangera pas ?

— Rien à foutre, lance-t-elle, déjà absorbée dans ce qu'elle a entrepris.

Elle dessine, comme me l'indique le grattement de sa mine sur le papier à grains. Je pivote vers elle et la lampe à pied qu'elle a dirigée vers son travail. De dos, à contre-jour, elle a l'air toute petite dans un océan d'obscurité. Plusieurs rangées de tables nous séparent. De là où je serai allongé, je ne verrai rien d'elle en dehors de ses pieds, peut-être. Je n'avais pas prévu de dormir, mais un coup de barre vient de me faire changer d'avis et je ne tiens pas à prendre le volant dans cet état. J'espère que sa copine n'a pas vomi sur le matelas, ce serait dégueulasse.

Le lit d'appoint est là, par terre. Il est fait, les couvertures sentent le propre, et lorsque je m'allonge dessus, je réalise qu'il est plus confortable que ce à quoi je m'attendais. La dernière fois que je suis venu ici, c'était moins aménagé. Elle a dû déployer des efforts pour dormir plus convenablement. Ou alors elle a l'habitude de recevoir ses amies ici tous les soirs, ce qui serait encore plus étrange. Je ne sais plus si cet endroit est un atelier, un dortoir ou sa maison tout entière...

— Tu comptes dormir ? demandé-je.

— Pas sommeil, marmonne-t-elle.

— Donc je peux prendre le lit ?

Elle se retourne, sceptique.

— Y a écrit mère Teresa, sur mon front ? C'est la maison du bon Dieu, ici ?

— Tu as vu l'heure qu'il est ? Je ne vais pas dormir du tout, si je dois rentrer maintenant.

Je bâille, épuisé. Elle soupire et lève les yeux au ciel.

— Si je comprends bien, tu m'as emprunté ce t-shirt comme pyjama ?

— Non, c'est parce qu'il est magnifique. Je vais le garder et l'encadrer chez moi, me moqué-je en désignant les taches de peinture qui le mouchettent.

Elle sourit et me jette un pinceau dessus.

— Super, tu veux que je le dédicace, aussi ?

Je lui renvoie son outil, puis me retourne sur le matelas et soupire avec lassitude.

— Ça ira. T'es pas mère Teresa, non plus.

27

Ilyssia

J'ai rarement ressenti du désir sexuel pour autrui. J'ai essayé, tenté tous les sexes, tous les genres, et j'ai même fait ça à plusieurs, une fois. Pourtant, rien à faire. Rien ne me procure autant de plaisir que l'art. En d'autres termes, je trouve bien plus d'intérêt à sculpter qu'à baiser... C'est logique. Ça m'apporte plus sur tous les plans : je suis plus productive, je n'use pas de temps bêtement avec d'autres êtres humains trop compliqués pour moi, et en plus, cette situation me convient tout à fait. Pourquoi irais-je chercher midi à quatorze heures ? *Restons pragmatique !*

C'est du moins ce que je pensais jusqu'à ce que Celian débarque dans mon atelier à quatre heures du matin. Seul. Avec moi... qui suis seule avec lui.

Merci, Watson, pour ces éclaircissements parfaitement nécessaires.

C'est nouveau pour moi et j'ai du mal à l'admettre. Là, tout de suite, je préférerais être couchée avec lui que devant ma feuille de dessin. Quand on a l'habitude de la solitude, c'est un constat terrifiant.

Mon entrejambe me fait souffrir. J'ai croisé les cuisses pour étouffer mes pulsions. Pourtant, je l'avoue... Quelquefois, pour me soulager, je bouge de sorte à calmer mon envie. Le problème, c'est que c'est pire à chaque mouvement. J'expire avec agacement. Ça ne m'était jamais arrivé de désirer quelqu'un. Surtout pas à ce point. C'est désagréable… ça l'est encore plus lorsque la personne concernée nous tourne le dos et semble totalement endormie. Je pourrais le réveiller sans le moindre scrupule.

Mais là, ce serait pour lui demander de s'envoyer en l'air avec moi. C'est différent.

Garde tes distances, Ilyssia. Garde tes distances pour ne pas lui faire de mal.

Et puis merde ! C'est plus facile à dire qu'à faire ! Tout le monde me conseille d'arrêter de lui parler, de le bloquer, mais moi, je n'ai jamais compté le faire souffrir ! Je n'ai pas envie d'avoir mal, moi non plus. Le chasser de ma vie, ce serait frustrant, décevant, terriblement ennuyant et d'un triste… Pourtant, en jouant comme je le fais, c'est confus pour tout le monde, même pour moi. Il me manque alors qu'il n'a jamais fait partie de mon monde.

Merde.

Je mords ma lèvre et me rassois le plus discrètement possible pour calmer la tension. Rien à faire. Mon cœur accélère, mes cils papillonnent et je contrôle ma respiration au mieux pour qu'il n'entende rien. Et si jamais il ne dormait pas ? Je contracte mes cuisses, déjà resserrées l'une contre l'autre. La pression qu'elles effectuent sur mon intimité m'envoie une décharge dans les reins. Je détends ma nuque, reprends mon crayon malgré ma cicatrice douloureuse et me concentre sur le dessin à la place.

Sauf que c'est son visage, là, sur ma feuille. Et mes hanches qui roulent doucement sur ma chaise pour écraser mon désir virulent en priant pour qu'il reflue. J'ai toujours cru que mon esprit contrôlait mon corps. Ce soir, c'est faux. Je suis fatiguée, perturbée, et la seule chose que je maîtrise, c'est le bas de mon corps. Je me déplace vers le bord de la chaise pour qu'il appuie sur mon clitoris. De là où il dort, il ne verra rien. Il faut seulement que je fasse attention à ne pas laisser échapper le moindre bruit. Je sais que c'est horrible, mais si je sors pour aller aux toilettes, je serai encore plus gênée. Il ne manquerait plus que je croise quelqu'un… J'ai envie de disparaître à cette simple idée. Vu le plaisir qui grossit dans ma gorge, je vais devoir mordre l'intérieur de mes joues au sang pour retenir mon gémissement.

Je n'ai pas trente-six solutions. Je peux sortir dans le couloir glacial et foncer aux toilettes pour me soulager là-bas... Le réveiller... Ou régler le problème rapidement, ici et maintenant.

Ce dont je suis certaine, c'est que mes flammes le brûleraient. Je me retrouverais nue sous ses mains bouillantes, maîtrisée par une force qui me dépasse. Je suis capable de le laisser faire ce qu'il veut, et vu notre relation, il se vengerait sûrement. Ça ne suffit pas à me faire peur. Si j'éprouvais cette obscurité qui s'étend en lui, peut-être pourrais-je encore mieux saisir son essence ? Je serre les doigts autour du fusain. J'ai mal aux mains à force de me crisper.

Mes paupières se ferment. L'imprudence dont je fais preuve pourrait me coûter mes ailes. S'il remarque ce que je fais, je n'aurai aucune excuse. Il me jugera... il me détestera. Il le dira peut-être même à tout le monde.

Mon souffle se coupe. Il est là. Juste derrière moi. À quelques pas de mon bureau. Pas un bruit ne doit quitter mes lèvres. C'est... dangereux. Il l'est pour moi. Je le suis pour lui. Pourtant, j'en suis rendue à me masturber en m'imaginant à ses côtés. J'en suis réduite à provoquer mon plaisir toute seule pour faire baisser une pression que je ne supporte plus. Le tout, dans mon atelier. À l'université qui peut me propulser vers les sommets. Au lieu de me concentrer sur mon travail, mes études, ma vie et ce que j'ai déjà en ma possession... je préfère fantasmer sur lui.

Bizarrement, ça ne me gêne pas tant que ça. C'est le pire dans l'affaire. Je ne déteste pas l'aimer. Je suis là, et lui aussi. J'attends l'orgasme comme une libération, le corps figé, tellement tendu qu'il menace de céder à n'importe quel moment. Je devrais m'en vouloir, être mal à l'aise, me poser des questions. Je ne suis plus assez lucide. Ma vision s'obscurcit. J'ai juste besoin de tout laisser sortir. Si je ne jouis pas, si je ne me permets pas à la pression de disparaître, ni plus ni moins, je vais crever.

Celian Jones. Va au diable. Je t'y attends.

28

Celian

Je suis tombé bien bas. Dos à elle, je me permets un bref regard par-dessus mon épaule. J'observe ses jambes qui se balancent entre les pieds de la chaise. Elle a l'air crispée. Pas autant que moi, je suppose, en témoigne ce que je tiens dans ma main. Elle va me griller, j'en suis persuadé, pourtant à chaque fois que j'y pense, ça ne fait que renforcer mon problème. Je l'imagine me rejoindre, m'aider à me soulager. C'est terrible car je ne comprends pas du tout ce qui m'arrive : j'étais terrifié à l'idée de me transformer en *stalker* obnubilé par sa victime. J'avais l'impression de devenir une sorte de paparazzi complètement obsédé et m'en voulais de la désirer si fort. C'était plus fort que moi et je culpabilisais.

Et pourtant, ce soir, je ne parviens plus à contrôler mon délire. J'incarne le pire de ce que je pouvais dénicher tout au fond de moi. C'est comme un film d'horreur, une descente aux enfers dont je ne suis pas sûr de revenir.

Elle ne me voit pas d'ici, c'est ce que j'essaye de me dire. Je ne la vois pas non plus. Et je ne veux surtout pas que ça change. Les scénarios qui se déroulent dans mon esprit me suffiront et je me noierai dans ma honte ensuite.

Forcé de ne pas bouger trop vite, je me frustre d'autant plus, le plaisir germant dans mon ventre.

Elle ne peut pas voir ce que je fais de l'endroit où elle est. Je suis caché sous les couvertures, trop coupable pour en ressortir la tête. Combien de soirs me suis-je branlé à la simple vue d'une photo d'elle ? Comment pourrais-je résister alors qu'elle est juste là ? Je sais, je ne devrais pas le faire tout court. Le jour où j'ai pris cette photo d'elle, déjà, j'étais devenu une horrible personne. J'en suis conscient et c'est pire de le savoir. Le cerveau humain est vraiment tordu, plein de vices et de défauts.

Sauf que je suis humain. Ce soir plus que jamais, je ne suis pas mieux que les autres. Peut-être pire, d'ailleurs, et je m'en veux.

Alors que ces couvertures sentent son odeur, que cette pièce tout entière est remplie de sa présence, de sa passion, je suis de trop. Je n'en peux plus. Je me souviens de ses doigts autour de mes poignets, de ce t-shirt qui caressait la jonction entre ses cuisses et ses fesses. Ma queue pulse dans ma main. J'utilise la deuxième pour renforcer mon étreinte et bouge le plus doucement possible mon bassin pour que mon érection se frotte à ma peau.

Le plus dur et le plus excitant à la fois, c'est qu'elle ne doit rien remarquer. Cette fois-ci, je ne pourrai pas savourer le moment extatique de ma jouissance. Parce que si je le fais, mon Dieu, je pense que cette fois elle me tuera vraiment. J'arrête de respirer, mords l'intérieur de mes joues. Au début, je culpabilisais de prendre du plaisir en la regardant. Je me trouvais sale et j'avais l'impression de faire quelque chose de mal. Aujourd'hui, c'est le summum de ma déchéance.

Le nez enfoui dans l'oreiller qui sent son parfum, je ferme les paupières et donne un coup de reins un peu plus vif. Merde. La vague de plaisir qui me traverse me fige aussi. Tout le monde bouge un peu, dans son sommeil. Non ? L'idée qu'elle m'ait vu me donne envie de recommencer. Comme si faire monter la pression décuplait encore mon désir.

Ma soif insatiable d'elle.

Comment réagirait-elle en découvrant l'effet qu'elle me fait ? Mes mains se crispent autour de mon membre. Je suis tremblant, mais silencieux comme une tombe. Muet, immobile, pourtant tout se déchaîne en moi avec violence.

Je voudrais que ce soient ses doigts au lieu des miens. Je voudrais être entre ses cuisses, ses fesses, ses seins plutôt qu'entre mes mains. Cependant je suis obligé de l'accepter : elle n'est pas pour moi. Je songe à son souffle quand elle s'est rapprochée de moi. À sa poitrine si proche de la mienne. À ce putain de short qui moulait son cul alors qu'elle s'éloignait, l'air de rien. Elle n'imagine pas une seule seconde ce que je m'apprête à faire dans son lit. Le problème, c'est que je ne dois pas tacher les couvertures. Ce serait dégueulasse... J'ai des mouchoirs dans mon sac. Je n'ai qu'à faire semblant d'être malade. Sinon, demain, je ne pourrai jamais justifier le fait que je lui vole sa couverture pour la faire laver au pressing.

Tremblant, je fais mine de m'étirer. Puis je tends le bras en arrière, attrape la sacoche où je range mes papiers et en extirpe deux tissus. Lâcher mon érection palpitante me fait presque mal tant j'ai envie de jouir. Je feins de me moucher. Elle sursaute. Comme c'est pour de faux, je me retrouve avec deux mouchoirs dans les mains, le cœur qui bat jusqu'à la racine des cheveux et un désir qui crève le plafond.

Puis je reprends mon labeur. Si je ne termine pas le travail tout de suite, je vais devoir me lever et lui expliquer la situation : « Ilyssia, j'ai envie de te sauter dessus et de t'étaler par terre pour te faire tout un tas de choses inacceptables. Serait-ce possible ou suis-je un foutu psychopathe qui mérite qu'on l'enferme dans un asile jusqu'à la fin de ses jours ? » Étrangement, je connais déjà sa réponse. Si j'étais elle, je me servirais d'une statue comme arme contondante.

Personne – pas même moi – n'a idée de l'effet sauvage qu'elle provoque en moi. Je tuerais pour qu'elle me prenne en bouche. Je vendrais mon père pour qu'elle me tende ses fesses.

Bordel.

Je vais...

En mourir.

29

Ilyssia

Il a bougé. Il a bougé et maintenant je sais que je dois me dépêcher avant qu'il ne comprenne le problème. J'ai atteint le point de non-retour. Il faut que je parvienne à cet orgasme avant que mon âme ne soit totalement consumée par mes péchés. Je suis une artiste, j'ai vécu une vie haute en couleur, côtoyé des amis complètement barrés, exploré des contrées risquées, au bord du précipice, mais jamais je ne me suis sentie aussi coupable et excitée que ce soir.

C'est inavouable. Inadmissible. À mes yeux, du moins. Surtout qu'il est réveillé. Et s'il s'était levé et que je ne l'avais pas vu ? Je gigote toujours sur ma chaise, le plus discrètement possible, mais s'il s'approchait... il me verrait. Et là, que lui dirais-je ? Le scénario va plus loin, dans ma tête. J'imagine qu'il ne se moquerait pas, qu'il ne serait pas dégoûté. Je le vois s'allonger sur moi, poser mes mollets sur ses épaules. C'est dans la vraie vie que mon corps suffoque de plaisir, mais mon esprit le nourrit d'images, de films et de rêves improbables. Elle lui donne à manger des flammes qui ne font que le calciner un peu plus. Cette pulsion purement charnelle, ce besoin de communion, de chaleur humaine.

Il ne faudrait pas qu'il me propose quoi que ce soit maintenant. J'accepterais tout et n'importe quoi. Il pourrait me soumettre à tout ce qu'il voudrait. À cette idée, je rêve de toucher sa peau frissonnante, son sexe tendu, d'embrasser ses lèvres charnues et…

C'est là. Ça y est. Je serre le poing, si bien que mon fusain se tord sensiblement. Il ne casse pas, mais ce n'est pas loin. Je jouis et la sensation est tellement exaltante que je me penche en avant pour plier mon ventre et retenir un râle de soulagement.

Puis j'expire longuement, le souffle tremblant. La vague passe. Avec elle, ma culpabilité reflue. Mes pensées tourmentées s'éloignent. Je me concentre sur mon dessin, comme s'il ne s'était rien passé. Le regard trouble, je fixe les contours d'un visage que je ne connais que trop bien. Derrière moi, Jones soupire et se retourne sur le matelas en se tortillant. Il se racle la gorge. J'espère que je ne l'ai pas réveillé…

Bon sang.

Au secours.

Je pivote malgré tout pour m'assurer de… je ne sais pas trop, en fait. Maintenant que la tension a disparu, je suis perdue. Il me fixe aussi, le regard lointain.

— Ça va ? demandé-je d'une voix enrouée.

Il ferme les paupières et cale son visage dans sa paume.

— Non, et toi ?

— Non plus, admets-je.

— Pour une fois qu'on se sent pareils…

Il n'a pas idée. Nos situations n'ont rien à voir. Du moins… sauf s'il sous-entend qu'il a fait son affaire de son côté, sous ma couverture, sans faire le moindre bruit. Ce dont je doute fortement.

Nous nous dévisageons un moment, puis je me retourne et ferme les paupières pour faire revenir le calme. Je crayonne ensuite la ligne de sa mâchoire. Concentrer toute mon attention sur lui ne m'aide pas à me sentir mieux. Pourtant, pour rien au monde, je ne dessinerais quelqu'un d'autre.

Mon cœur est taillé dans la roche. C'était ce que je pensais jusque-là. La réalité, c'est que sa carapace l'est. Pas lui.

30

Celian

Comment résister à l'envie de prendre une photo souvenir de cette soirée ? Oui, je suis désormais l'heureux propriétaire d'un putain de cliché de ses chaussettes, sous la chaise. On ne voit que ça, mais pour moi, c'est suffisant pour me rappeler que je sombre et que je n'ai absolument rien à quoi me raccrocher. J'ai un peu honte, mais je l'ai prise cette nuit, et dorénavant, je dois me concentrer sur ma vie plutôt que sur elle. Il est évident que nous avons atteint le fond du fond.

Le gymnase nous abrite de la neige qui tombe sans cesse depuis des heures. La charpente en bois soutient des vitres qui dévoilent un ciel d'albâtre. Le revêtement du sol crisse sous mes pieds lorsque mes baskets s'y plantent. Je change de rythme. Mes bras tremblent. Je tire une nouvelle fois. Panier à trois points. L'entraînement ne s'est jamais aussi bien déroulé qu'aujourd'hui. Je donne tout ce que j'ai, ce qui me reste, et je joue comme si rien d'autre ne pouvait me guérir. La douleur physique absorbe mes démons. Je les évacue en transpirant, en soufflant tout l'air contaminé de mes poumons comprimés, en cognant mon épaule à celle de ceux qui s'approchent trop près.

Je pense à elle lorsque je saute de nouveau vers le panier. Le cercle d'acier plie méchamment sous la force de mon bras. J'ai déjà cassé deux cerceaux, cette année. Les sons me parviennent étouffés, les conseils du coach déformés. J'écoute ce qu'il me dit sans le comprendre réellement. Mon bond est parfait. Une main raccroche mon maillot, mais rien de suffisant pour perturber mon équilibre. Je bande mes muscles et plonge la balle dans le panier une deuxième fois. Il vibre bruyamment, menace de se décrocher. Des types sont payés pour les réparer. Ils nous regardent jouer depuis les tribunes. Je les aide systématiquement dans leur tâche. Je ne suis pas un ingrat... vu le nombre de fois où je détruis les installations, ce serait gonflé que je me barre sans les aider.

– Putain, Jones ! C'est pas tout de jouer comme un connard en début de match ! Faut tenir sur la longueur ! C'est long, quarante-huit minutes ! hurle le coach.

Une grimace déforme ma lèvre supérieure. Je plisse le nez. Ces derniers temps, je réalise que je perds en endurance. Le coach voit les choses différemment : il est convaincu que c'est plutôt parce que je ne m'économise pas assez. Que je ne gère pas mon effort. Je suis toutefois conscient d'une chose : si je joue avec moins de hargne, je n'entrerai pas en NBA. Parce que le niveau moyen, là-bas, c'est celui-là. Le niveau que je ne tiens pas sur la durée. Alors, depuis que je l'ai compris, je me rajoute des joggings plus longs et des séances de natation. Résultat, je m'améliore... Le problème, c'est que je m'épuise physiquement, donc je n'en profite pas.

J'ai du mal à accepter mes limites. Sûrement parce que je les ai toutes franchies, psychologiquement parlant. Jamais je n'aurais pensé pouvoir repousser autant ma fatigue que depuis qu'elle est là. Lorsque je commence à haleter, je ralentis le rythme. Si j'ai écouté le coach ? Non. Un quart dure douze minutes. Il en reste sept. Je dois absolument marquer encore. Tenir bon. Noyer mes muscles dans l'acide, les contracter jusqu'à la crampe, les épuiser pour qu'ils arrêtent de donner signe de vie.

Je bosserai. Jusqu'à ce que ça passe.

Quand l'alarme de fin de quartier résonne dans mes oreilles, je serre les dents et enfile le brassard qui entoure mon poignet sur mon front pour en essuyer la transpiration. Les gars s'affalent sur les bancs. Je me rapproche de la poubelle et crache la pâte visqueuse qui s'est formée dans ma bouche. Je respire comme un cheval à bout de forces, appuie mes bras sur le mur, au-dessus de ma tête, et me penche en avant pour détendre mes jambes. Une goutte perle de mon front au bout de mon nez.

— Bon, Jones. Faut qu'on discute, garçon. Tu vas te blesser si tu continues, et ce serait le pire moment pour te faire mal, me lance mon coach en s'adossant à la cloison que j'ai choisie pour récupérer.

— Je vais déjà chez le kiné, grogné-je.

— Pas suffisant.

Je soupire. Pour l'instant, je tiens bon. Pourquoi est-ce qu'il vient me les briser, tout à coup ?

— Je n'ai aucune douleur nulle part. Je bois beaucoup d'eau, je m'étire, je prends même des douches froides pour détendre mes muscles... C'est bon, coach, je gère.

— Une vie de sportif de haut niveau doit être parfaitement calibrée. Permets-moi de te faire remarquer tes cernes... tu te maquilles ou ce sont des vrais ?

Je cligne des yeux et me redresse pour l'affronter du regard. Ancien joueur pro, notre coach est plus grand que nous tous. Paraît-il qu'il était vraiment bon, par le passé. Comme il nous l'a avoué, il a préféré s'occuper de sa femme et de son fils plutôt que de rester au niveau professionnel jusqu'à la retraite. Les sacrifices lui coûtaient trop cher. Avec sa peau noire, son crâne rasé et ses yeux perçants, il possède le panel complet de la figure paternelle. Dommage pour lui, ça ne fonctionne pas avec moi.

— J'ai beaucoup révisé. Paraît-il qu'il faut de bons résultats pour avoir le droit de jouer... et j'ai été pas mal pris avec ma mère, grincé-je.

Un éclat de rire quitte sa gorge, ironique au possible.

— À d'autres...

Le corps enseignant a été mis au courant de la sortie temporaire de l'hôpital de Judith Jones, la femme du futur sénateur. Ce titre me rend dingue. Pour le moment, mon foutu daron n'a pas été élu, que je sache.

– J'arrive toujours à l'aube pour ouvrir le gymnase avant l'entraînement. Ça me laisse le temps de préparer les exos et de checker mes mails, me confie-t-il comme si j'en avais quelque chose à foutre.

– Et donc ?

– Et donc ? J'ai vu ta voiture, devant le bâtiment A. Tu ne dors pas assez, Celian. Les filles, ça ne compte pas comme du repos.

Il m'énerve. La fureur grandit dans mon ventre. Les tribunes vides s'étendent à perte de vue, projetant de l'ombre sur mon visage et d'autant plus sur le sien. Il croise ses bras sous ses pectoraux saillants et me défie de nier.

– Je n'ai pas d'arguments. Vous ne me croiriez pas, de toute façon, si je vous disais qu'il n'y a rien entre la fille que je suis allé voir et moi.

– Je te crois, mon garçon… je te parle de sommeil pur et dur. Ce que tu fais avec elle, je m'en tape. Je sais que l'amour est une belle motivation.

– Je ne l'aime pas, le coupé-je.

Le prononcer à haute voix me brûle la gorge. Nous nous affrontons du regard. Il ne me croit pas le moins du monde et me laisse me débrouiller avec ce constat. Quand il s'éloigne, mon cœur fond comme neige au soleil. J'ignore pourquoi il me tourmente autant. Peut-être parce qu'une personne de plus confirme ce que je redoute. Je fais fausse route. Pourtant, sur ce chemin impraticable, je reconnais l'appel qui me pousse à jouer au basket. Ce truc qui me dit : « Ça, c'est pour toi. » Mais si tout entre en contradiction, alors quelle priorité dois-je favoriser ? Mon avenir, même incertain, dans le monde du sport ? La politique pour combattre papounet ? Ou la fille qui s'en branle de moi comme de sa première chaussette et qui me ghoste à répétition ?

Un rire enfle dans ma gorge. Je dois bien admettre que je me trouve pathétique. Il faudrait que je prenne du recul. Que je reste pragmatique. Je pivote vers Julian qui, même s'il ne nous entend pas, devine aisément que je rencontre encore un nouveau problème. Il avait raison, lui aussi. Il me l'avait dit. Elora me l'avait dit. Ilyssia me l'avait dit.

Et maintenant, notre coach me le dit.

Alors que je suis absorbé dans mes questionnements sans réponses, Julian s'approche et m'octroie une fabuleuse tape sur l'épaule. Je manque presque de perdre l'équilibre et le fusille du regard.

— Allez, on va y retourner. D'ailleurs, Golden Baby Girl... Un verre, ce soir, ça te dit ?

Dans son langage, c'est synonyme de « on va parler, toi et moi. Ça va le faire ».

Ce à quoi je réponds « OK, parlons, merci, mon pote » :

— Ta gueule. Tu payes la première tournée.

Mitchmitch intervient. Lukas est un bon gars. L'ancien type qui cherchait à gagner le cœur d'Ilyssia et qui a fini en plus piteux état que moi. Avec ses longs cheveux blonds, sa peau bronzée et ses yeux bleus, il rappelle ces surfeurs californiens que l'on voyait dans les séries des années quatre-vingt-dix.

— Je peux venir ? demande-t-il.

— Carrément, sourit Julian.

— Mitchell, comment tu t'es débarrassé d'Ilyssia ? soupiré-je.

— Ah ! La sorcière ! C'est moi qui lui courais après, donc je ne peux pas t'aider. Un matin, plus de son, plus d'image.

Je lève les yeux au ciel.

— Espérons qu'elle m'ait bloqué demain, dans ce cas...

— Oh ça, je peux t'aider à faire en sorte que ça arrive, ricane Julian en haussant les sourcils plusieurs fois.

Je sens que je perds encore plus le contrôle, tout à coup... Je vais changer de mot de passe pour être sûr qu'il ne rentre pas dans mes messages. Ou pire, dans ma galerie.

31

Ilyssia

Un mois s'est écoulé en une fraction de seconde depuis la dernière fois que j'ai vu Celian. J'ai continué de travailler sur les premières esquisses que j'avais faites de lui afin de préparer les tests sur argile. Le lendemain de notre entrevue, j'ai reçu des messages étranges sur mon téléphone… j'ai essayé de les ignorer : j'avais mieux à faire. Les séances de kiné pour ma main, mon boulot pour le concours, Cherry qui semble avoir besoin du soutien de ses amies… Je pensais que j'allais les oublier, mais ça n'a pas fonctionné.

[Elorajnss : Celian nous parle encore de toi… tu continues de le faire tourner en bourrique, c'est vraiment dégueulasse. Décide-toi, un jour.]

Puis dans la foulée :

[Quinnjujulian : Tu fais la morte ? C'est pas sympa.]

Je me souviens encore de l'instant où j'ai reçu et lu ces DM sur Instagram. Il était tard et d'après les stories des concernés, ils étaient dans un bar pour célébrer une victoire et avaient bien trop picolé pour aligner trois phrases cohérentes. Ceci explique comment ils ont trouvé le courage de m'envoyer un message, mais pas pourquoi ils s'acharnent ainsi sur moi.

Si c'est *Celian* qui parle de moi, pourquoi c'est *moi* qu'on vient engueuler ? Je ne vois absolument pas quel est mon rôle là-dedans. J'assume mes responsabilités, ce n'est pas le problème. Ce qui m'ennuie, c'est plutôt que l'on m'accuse pour rien.

Ils sont vraiment cons. Je les déteste.

Je me rappelle le moment où mes yeux ont cessé de bouger, où mon pouce tremblant a attendu quelques secondes, immobile au-dessus de l'écran, et celui où j'ai remarqué que des larmes tachaient mon dessin. Ce n'est pas comme si j'étais étonnée. D'un côté, c'était le coup de jus qu'il me fallait pour lâcher le fil qui nous reliait. Maintenant, je l'ai bloqué, définitivement, et ses amis aussi. Plus rien ne nous connecte. Même si je ne peux pas changer de modèle, je pense pouvoir me débrouiller avec tout ce que j'ai. Nous nous sommes infligé assez de dégâts comme ça.

Pourquoi mon cœur me fait-il aussi mal, dans ce cas ?

Avec un peu de chance, il s'arrêtera vraiment au bout d'un moment.

— Mademoiselle, il faut continuer l'exercice, lance une voix féminine que j'exècre.

Je souffle d'agacement. J'aimerais bien, mais j'ai mal.

— Ça ne veut plus, marmonné-je en tentant désespérément de serrer la balle au creux de ma paume.

Je dois rééduquer cette foutue main. Hier, j'ai passé la soirée à sculpter des modèles réduits de mon projet final. C'est encore très moche, je dois revoir les proportions. D'autant plus qu'à la fin, je grave le tout dans le marbre et je n'aurai pas droit à la moindre erreur. De ce fait, c'est tout un art de trouver la bonne orientation pour conserver un mouvement tout en gardant un angle esthétique. Concentrée là-dessus, je fronce les sourcils et me plonge dans mon projet en serrant les doigts. Je grimace, plisse le nez, mais rien n'y fait.

— Vous voulez reprendre la balle d'avant ? Elle était plus petite et plus souple. Peut-être que vous n'avez juste pas assez travaillé avec la dernière..., propose ma kiné.

Elle est désespérée, la pauvre. Je crois qu'elle a un peu peur de moi, aussi. La dernière fois, elle a balancé à Rivera que je voulais griller les étapes. Mon beau-père-professeur-principal-tuteur-destage m'a trucidée sur place en me rappelant à quel point c'était stupide. Si jamais je m'acharne, elle ira le chercher pour le lui répéter. Le problème, c'est que je n'ai pas le temps de perdre du temps... Comme tout le monde, cela dit. Sauf qu'hier, j'ai bien senti que je ne pourrai jamais me servir d'un marteau et d'un burin avec cette douleur. Mes râpes, mes limes, ma perceuse... Elles sont lourdes et elles vibrent. Il faut bien les maintenir au risque de se blesser ou, pire, d'abîmer son œuvre.

Dans cet état, je ne peux rien faire. Il faut que j'arrive à écraser cette balle.

– Non ! m'écrié-je alors que je force comme un bœuf, si bien que ma voix semble aussi constipée que moi.

– Vous allez vous faire mal et cette séance n'aura servi à rien, m'alerte-t-elle.

Je relâche. Ça serait très con. J'aurais perdu toute une journée de travail pour rien. Vaincue, j'ouvre les doigts et dépose la boule en plastique dans une boîte. Elle me tend l'autre, repositionne mon bras sur le petit banc de musculation, puis me sourit. Je me demande comment elle garde son calme avec une patiente aussi têtue que moi.

– Voilà... Trois séries de quinze. Une minute de récupération entre chacune, m'annonce-t-elle.

C'est plus que la dernière fois, c'est déjà ça. Mais par acquit de conscience, j'en ferai quatre. Comme elle est occupée avec d'autres personnes, elle n'y verra que du feu. Je reprends, appliquée et acharnée. À force d'avoir utilisé toute mon énergie dans le vent, l'exercice me semble beaucoup plus dur. Je ferme les doigts. La boule en plastique se déforme entre eux. Puis je les rouvre, imposant une tension à mon avant-bras et mon poignet. Au bout de deux séries, mon muscle me brûle.

La pièce est aussi grande qu'équipée. En même temps... elle appartient à la NYEU. Comme toujours, ils ne lésinent pas sur les moyens. Entre les nageuses et les gymnastes, je réalise qu'elle sert à de nombreux athlètes. J'ai croisé très peu de vieilles personnes, encore moins de professeurs.

Il n'y a que des canons de beauté qui se pressent entre ces murs. Je me sens de trop.

Le sol est plutôt mou, comme un tatami de judo. Aux murs, des affiches sur les différents muscles du corps, avec leur utilité, leur masse graisseuse et des tas d'infos qui ne font pas sens à mes yeux. Des machines de musculation s'alignent près d'une vitre derrière laquelle j'ai la malchance de découvrir une tribu que je ne connais que trop bien. Vêtus de pulls violets aux couleurs de l'université, ils mesurent tous la taille d'un immeuble et sont au moins aussi larges qu'un camion – j'abuse à peine.

Mon cœur démarre comme un dératé. Merde. C'est la première fois que je les croise à cette heure-là ! D'habitude, en milieu de matinée, ils sont en cours. Je ne risque rien. Mais cette fois-ci... bordel, ils sont en avance ! J'ai beau jouer à l'insensible de l'extérieur et paraître froide comme une porte de prison, je suis tout sauf cette femme. Quelquefois, je le reconnais. Maintenant, par exemple. Difficile de nier l'élan d'excitation et de peur qui me tord les boyaux.

La porte d'entrée s'ouvre soudain sur un groupe de mecs. Bien évidemment, à leur tête...

Celian Jones.

Avec son foutu pull floqué d'un énorme « Golden Man » en plein milieu.

Je baisse les yeux sur ma main, concentrée comme je ne l'ai jamais été lors d'une séance de kiné. Si je feins de ne pas les avoir vus, ils penseront peut-être que je les ai ratés. En plus, comme Julian marche à ses côtés, il l'empêchera de m'approcher. Mon palpitant bat jusque dans mes tempes, dans ma gorge, et au bord de mes lèvres. Mes émotions jaillissent de tous les pores de ma peau. Je serre la main comme le bourrin que je sais être, provoquant une douleur dans mon tendon. J'arrête, lâche la balle et masse mon pouce. La kiné, derrière son comptoir, ne manque pas ma grimace.

Normalement, elle est censée indiquer aux basketteurs la direction des machines et leur donner une séance. À la place, elle se détourne et me fonce dessus comme une furie.

Non non non ! Ils vont me remarquer !

Je me lève précipitamment et file vers les vestiaires. Comme par hasard, je me cogne le genou, fais tomber la chaise en arrière et m'éclate la main sur le coin de la table. C'était sans compter sur le grand génie qui me sert de médecin :

— Mademoiselle Margaret ! Revenez ici tout de suite !

Trop tard, j'ai fui. Je m'enferme dans les toilettes. Elle ne me suit pas. Par contre, Rivera, lui, va me tuer quand j'en ressortirai... Peu importe, je préfère mille fois ça à la possibilité de croiser le regard de Celian. Mille fois. Dix mille fois. Le cœur lancé à toute allure, je pose mon front sur la porte fermée à double tour jusqu'à ce qu'un soupir me fasse sursauter. Un léger cri m'échappe et je me cogne – encore – le coude au mur.

— Ici, c'est les toilettes des mecs, Margaret.

Ce n'est pas Jones, loués soient les dieux, mais Julian Quinn. Je reconnais le timbre de sa voix et son ton nonchalant. Cherry le trouve canon – comme l'intégralité des types de l'équipe de basket, tout compte fait. Avec ses tresses plaquées sur son crâne, sa grande silhouette élancée et ses paupières lourdes qui lui donnent constamment un air endormi et mystérieux, il déchaîne les passions.

— C'est très urgent, désolée. Il reste une cabine à côté, promis, je ne regarderai pas par-dessus, lancé-je d'une voix mal assurée.

— Je viens pas là pour ça, Ilyssia, me coupe-t-il.

— Ah... Bah si tu veux te remaquiller, y a un miroir juste en face des chiottes, lui indiqué-je sans savoir si je suis ironique ou carrément terrorisée.

— Je viens te parler, putain, fais un effort ! C'est pas le moment d'être sarcastique !

— Calme-toi, on n'a pas gardé les cochons ensemble, que je sache ! le remballé-je instinctivement.

C'est l'expression de ma mère, ça.

— Quoi ?

— Rien. Tu veux quoi, Quinn ? râlé-je. Tu veux encore m'insulter ?

— Non… Je suis plutôt venu m'excuser. Le soir où… enfin, pour le message. J'avais bu et j'étais sous l'influence d'une démone du nom d'Elora, élude-t-il comme si c'était quelque chose de terrible.

— J'en ai rien à cirer ! Tu peux me laisser faire mes besoins, maintenant ?

— Quinn ? Mais qu'est-ce que tu fous ? intervient une deuxième voix.

Je fais un arrêt cardiaque et pose ma main sur ma poitrine. C'est Lukas Mitchell. Je reconnais son timbre si particulier. Rauque, un peu comme s'il avait avalé du sable ou qu'il souffrait d'une laryngite. C'est sexy, d'un côté. D'un autre, je me demande s'il n'a pas réellement mal à la gorge à force. Il m'envoyait tellement de vocaux par le passé que je dois connaître sa vie mieux que la mienne… et surtout, impossible d'oublier ce ton qui n'appartient qu'à lui. C'est un cauchemar.

— J'essaye de faire sortir Margaret Ilyssia de sa cachette ! crie-t-il à son intention.

— Mais vous allez me foutre la paix, oui ?! Je coupe les ponts avec vous comme vous me l'avez demandé ! C'est quoi votre problème ? Va te faire foutre, Quinn, tu m'as parlé comme si j'étais ton putain de chien, je ne te dois rien !

La porte s'est rouverte. J'espère qu'ils sont sortis. À la place, quelqu'un s'éclaircit la gorge. Je m'en tape. Je n'ai pas fini.

— Elora et toi, vous m'avez fait pleurer toute la nuit et tu viens encore m'emmerder quand je fais pipi ? T'es un grand malade, ma parole ! J'ai fait de la merde, OK, mais Jones est un grand garçon, me semble-t-il ! Il peut se débrouiller tout seul sans votre aide ! On s'était arrangés et vous êtes venus vous mêler de ça alors que ça ne vous regardait pas !

— Je ne voulais pas me mêler de…

Ah non. Plus d'excuses.

— Tais-toi ! Vous croyez quoi, tous les deux ? Que je suis une putain d'insensible qui n'a aucune émotion ?! Que j'ai fait exprès de faire souffrir Celian ? Ou encore toi, Mitchell…, rajouté-je à son intention. Je n'ai jamais voulu blesser personne, OK ? C'est vous le problème ! Alors, maintenant, vous me laissez dans ma cachette et vous allez tous les deux faire mumuse avec vos ballons et vos copains, OK ?

Je suis vulnérable. Une seule solution. L'attaque.

Résultats garantis et non remboursables.

Ce sont les mecs les plus populaires de l'école et ils se déchaînent sur les marginaux. C'est toujours la même chose, le même scénario. Qu'ils aillent se faire foutre.

– Et puis, de toute façon, vous me cassez les burnes avec tout ça... Je ne suis pas responsable à cent pour cent de cette situation, et à chaque fois que j'ai essayé de couper court et d'arranger les choses, c'est lui qui n'a pas voulu ! Alors, merde, j'aurais dû faire quoi ? Ça ne vous dirait pas de me foutre la paix ?! Ce que je vous propose, c'est que vous me laissiez avec mes cailloux, mes outils, mon art, ma seule raison de vivre et vous FOUTEZ LE CAMP ! hurlé-je.

Ma voix se brise et je fonds en larmes.

– DÉGAGEZ !

Je n'ai pas l'impression d'avoir fait quelque chose de mal. J'ai un problème de culpabilité, je refuse de croire que qui que ce soit puisse m'aimer, mais je ne fais rien méchamment. Ils estiment que je ne mérite pas Celian... et je les comprends. Je suis une impostrice. Je souffle le chaud et le froid. J'avance, je recule, j'ai peur de l'engagement et de mes sentiments.

Mais ce n'était pas à eux de décider pour nous et de s'en mêler.

Celian et moi pouvons trouver des solutions par nous-mêmes... s'ils n'étaient pas intervenus, qui sait ce que j'aurais fait ? Peut-être que je l'aurais revu. Peut-être pas. À cause d'eux, je fais n'importe quoi. Qu'ils aillent tous se faire foutre !

– Sortez. Tous les deux, ordonne soudain une voix grave que je ne reconnais que trop vite.

Ma salive ne passe plus dans ma gorge. Je pleure en silence, le ventre contracté. Je tiens ma main, me concentre sur mon muscle qui souffre, puis masse l'intérieur de ma paume comme me l'a montré la kiné. Je masse. J'appuie. Je masse. J'appuie. Ma vue est tellement floue que je ne vois plus rien. Je masse. J'appuie. Les larmes roulent sur ma peau.

C'est la première fois que je m'en rends compte...

Ce n'est pas mon ego qui a mal. Cette fois, j'en suis sûre. C'est mon cœur qui saigne.

32

Celian

Je le savais. C'était trop bizarre qu'elle me bloque, tout à coup. Encore plus que Julian ne réponde pas quand je lui pose des questions. Sa gêne m'avait frappé, toutefois je feignais de ne pas comprendre. Mais là, planqué derrière la porte comme le *stalker* que je suis, j'ai enfin tous les éléments pour saisir ce qui s'est passé le mois dernier. Le pire, c'est que j'ai tout entendu. C'était l'idée d'Elora et c'est à cause d'elle si j'ai perdu Ilyssia.

Ma petite sœur… Celle que j'ai élevée, celle que j'aime de tout mon cœur. Je ne lui en veux même pas… dans une moindre mesure, je suis convaincu qu'elle essayait seulement de me protéger. Quelque part, elle a bien fait. Le problème, c'est que sans Margaret dans ma vie, je ne me sens pas mieux. C'est tout le contraire. Le temps n'arrange rien.

Elle me manque.

Un mois s'est écoulé. Encore un où je n'ai fait que penser à elle et à cette soirée. D'abord, j'ai cru qu'elle m'avait cramé dans son atelier. Qu'elle avait compris ce qui se passait sur son putain de matelas. J'ai culpabilisé comme un malade, puis je me suis rappelé que lorsque j'ai quitté son atelier, elle semblait plutôt à l'aise. Curieusement, c'était tout l'inverse de ce que je ressentais.

Ensuite, le soir, j'ai fait la fête. Je n'ai pas bu, mais j'ai tellement dansé et ri que je me suis effondré de fatigue. C'est même Elora qui a conduit au retour, et pour que je lui laisse le volant, il en faut beaucoup… je crois que je n'avais jamais aussi bien dormi.

Le lendemain matin, Ilyssia s'était effacée de ma vie, comme je l'avais souhaité avec Mitchell un peu plus tôt dans la journée. C'était le pire jour de ma vie – bon, d'accord, c'est un poil exagéré.

Malgré tout, ça a été difficile à accepter.

— Ilyssia ? murmuré-je face à la porte.

— Dégage, Jones.

Son ton sec me glace comme un vent d'hiver.

— Je ne savais pas. Tu veux bien me raconter ce qui s'est passé ?

— Dégage !

Elle frappe la porte, qui tremble sur ses gonds et me surprend assez pour provoquer un recul instinctif. Un gémissement étouffé s'ensuit et elle pleurniche dans un froissement de vêtements.

— Ah purée, non ! J'aurais pas dû taper avec la main, là ! Ah ! Je vais crever !

Elle inspire en serrant les dents. Je me retiens de rire.

— Pars ! insiste-t-elle.

— Pas avant que tu m'aies dit pourquoi tu as disparu pendant un mois sans aucune explication.

— Tu vois ?! C'est ta faute, en fait ! Va leur raconter que tu me poursuis, espèce de taré ! rugit-elle.

— Hein ?!

— Ta sœur et ton meilleur ami pensent que je t'empoisonne ! Ils sont super méchants avec moi et je ne comprends pas pourquoi, putain, ils sont malades !

— Mais c'est faux !

— Je sais !

Elle crie encore :

— Putain, Jones, casse-toi ! S'il te plaît !

— Jones ! hurle mon coach.

— Fait chier, conclus-je.

Pas le choix.

— Débloque-moi sur Instagram, Ilyssia. Sinon, je viens chez toi et je te kidnappe.

Elle ne répond pas. J'ouvre et claque bruyamment la porte derrière moi. Si elle ne le fait pas, je jure que j'use de tous mes contacts pour la forcer à m'expliquer ce qui s'est passé. Bordel.

Quand je sors, notre entraîneur me fixe avec de gros yeux. Je souris. J'ai l'impression que le coin de mes lèvres remonte pour la première fois depuis quatre longues semaines.

— Désolé. Vous savez ce que c'est, les filles, le provoqué-je.

Il me désigne du bout de son index.

— Je vais te couper en deux. File là-bas pour te faire masser, nom d'un chien !

Je trottine, revigoré. Merde. Une minute avec elle et je revis. Je passe devant notre coach, impertinent comme à mon habitude, et il m'arrête lorsqu'il remarque que les autres se sont suffisamment éloignés.

— Si elle te manquait à ce point, il fallait le dire, gamin.

Je ne réponds pas. Il ne s'imaginera jamais à quel point ses mots me soulagent.

— Ouais. Elle me manquait à ce point, lui souris-je.

Il me donne une tape dans l'épaule.

— Allez, les mauviettes ! Et revenez en pleine forme, samedi soir, on a match contre les bleusailles de Floride !

Je rejoins le groupe. Nous allons passer trois par trois sur les tables de massage, sous les doigts agiles des kinés de l'université. Nul besoin de préciser qu'ils sont doués.

— Vous connaissez Margaret ? intervient soudain une voix féminine, douce et légère.

Je me tourne vers l'une des employées du cabinet. Elle est plutôt jeune. Lorsque nos regards se croisent, elle se détourne et joue nerveusement avec ses doigts. Je fais souvent cet effet aux femmes... sauf à Ilyssia, bien évidemment.

— Oui. Nous sommes... amis.

C'est le terme le moins bien choisi pour nous décrire, mais peu importe.

— Je m'inquiète pour elle. Elle force trop sur sa main... vous pourriez essayer de discuter avec elle ?

— Je n'y peux rien... Elle travaille trop, c'est une têtue, marmonné-je.

— J'en connais un qui fait la même chose, lance mon coach en passant près de nous.

— Rien à voir ! me défends-je.

Il me défie du regard. Je préfère fuir, parce que sur ce terrain-là, il a raison. Je suis à l'arrêt depuis deux jours. Pas blessé, heureusement, mais affaibli. C'est le moment charnière : si je force sur cette tension, elle lâchera, d'où mon séjour ici. En attendant, je profite de ces quelques jours de repos pour prendre du bon temps avec ma mère. Je l'ai emmenée faire les boutiques avec la carte de son cher époux. Elle a dépensé l'équivalent d'un salaire sans même s'en inquiéter. Ensuite, nous sommes allés visiter une bibliothèque... Comme ma sœur, elle se passionne pour la lecture depuis toujours. Puis nous sommes allés manger avec la mère de Quinn, Aurora, dans sa chambre d'hôpital. Nous lui avons apporté des croissants français. Elle a adoré. Comme elle est peintre, nous nous sommes aussi arrêtés dans un magasin afin de lui acheter trente nouveaux tubes de gouache.

C'était une pause riche en sourires. J'en ai profité pour recharger les batteries.

— Si elle se blesse à nouveau... elle risque de très mal le vivre, ajoute la kiné.

— Je ne peux rien faire pour elle, soupiré-je.

— Si vous êtes ami avec elle, essayez au moins de la soutenir. Elle vient toujours seule. La dernière fois, elle est repartie en taxi... Elle m'a même dit qu'elle n'avait que l'art dans sa vie. D'après son adresse, je me demande même si elle a une famille. Je m'inquiète beaucoup pour elle, son discours n'est pas rassurant.

Son adresse. Ce serait mal de fouiller à ce point. Quand je l'ai récupérée dans Manhattan la dernière fois, elle était arrêtée au croisement de deux rues, entre un restaurant chinois à la devanture décrépite et un salon de thé qui ressemblait à… peu importe. Pas à un salon de thé, de toute évidence. J'ai hésité à lui demander ce qu'elle foutait là, mais elle semblait complètement perdue, alors j'ai pris sa story au sens propre du terme. Elle était peut-être réellement égarée.

L'image de sa mère me revient. Le soir où Ilyssia s'est blessée, j'étais perturbé par l'opération en urgence, à fleur de peau et peu prompt à retenir les noms et les âges. De mémoire, elle avait une cinquantaine d'années et des vêtements qui laissaient à désirer. Je crois me souvenir d'un porte-clés Hello Kitty. Cette femme n'avait rien de raffiné dans son accoutrement, mais derrière son exubérance se cachait un regard intelligent. Pour autant, il me semble évident qu'elle ne roulait pas sur l'or.

– Elle a sa mère, lancé-je à la praticienne. Elle a aussi un beau-père et je crois avoir déjà vu son paternel… ou son mécène. Ou son oncle. Bref, peu importe ! Elle n'est pas seule…

– Vous savez, j'ai son dossier médical. Je sais exactement où elle vit… et habiter dans un quartier aussi vétuste qui abrite des dealers et des délinquants en tout genre, c'est quand même une drôle d'idée… Quand on étudie à l'Elite University, on a les moyens, non ? demande-t-elle. Moi, pour me payer une école de seconde zone en kinésithérapie, j'ai dû faire un prêt étudiant ! Alors, elle ? Je ne comprends pas vraiment… Cette fille est un mystère et j'ai l'impression de passer à côté de quelque chose d'important.

Cette description ressemble fort à l'endroit où je l'ai récupérée… Ce qui expliquerait pourquoi elle n'est pas rentrée chez elle. Ou pourquoi elle dort dans le bâtiment A.

– C'est bien dans le square à l'angle d'une espèce de boucherie bizarre, hein ? m'assuré-je.

– Oui, oui !

Je confirme d'un hochement de tête.

– J'en parlerai à Rivera.

– Rivera ? s'interroge la kiné.

Merde.

— Heu... oui, son tuteur de stage et son beau-père. Je lui dirai qu'elle ne rentre pas à la maison, les soirs, et qu'elle passe ses nuits à l'université.

— Elle appelle souvent le taxi dans le hall pour qu'il la ramène à l'université, c'est vrai...

— Je rêve, grogne une voix dans notre dos. De quoi vous parlez, au juste ?

Mon sang se glace dans mes veines. À mon avis, je viens de faire une grosse connerie. Je me tourne vers elle, mais n'est pas moi qu'elle fixe. C'est plutôt sa médecin. La kiné semble rétrécir de vingt centimètres. Pourtant, elle est physiquement plus grande et imposante qu'Ilyssia. Cela dit, il est vrai qu'avec ses plateformes noires hautes comme des échasses et son air revêche, l'artiste inspire tout à coup une crainte saisissante.

— Je m'inquiétais pour vous... Comme j'en ai déduit que vous étiez amis, je...

— Vous n'avez pas le droit de parler de vos patients avec des inconnus, me semble-t-il. Si je vous dénonce, vous allez vous faire virer. D'ailleurs, je pourrais même porter plainte... peut-être que je pourrais gagner de l'argent, comme ça ? Peut-être qu'il faudra contracter un nouveau prêt pour me rembourser ?

Inconnu. Le mot me fauche les jambes.

— Mais vous savez quoi ? Peu importe. Je rentre. J'en ai assez, lance-t-elle en m'ignorant.

J'ai dans l'idée de la retenir. Inutile. Elle a déjà filé.

— Et je veux changer de kiné ! s'écrie-t-elle en claquant la porte en verre derrière elle.

33

Celian

Le premier jour, j'ai épluché tout son compte Instagram. Ensuite, j'ai observé ses photos, fait des recherches sur ce qu'elle faisait, qui elle côtoyait, où elle avait exposé... ce qui n'avait rien de répréhensible en soi, car elle avait tout posté elle-même sur les réseaux sociaux. Il ne s'agissait que d'informations qu'elle partageait sciemment avec le reste du monde, rien de personnel.

Jusque-là, j'étais encore normal. Je ne faisais rien d'illégal.

Puis j'ai atterri dans sa vie comme une fleur. J'ai croisé sa mère à l'hôpital. Elle a appris la maladie de la mienne. Ma sœur s'est mêlée de mes oignons... Et lorsque j'ai pris cette photo d'elle, dans son atelier, c'était la goutte de trop. Après ça, je n'ai cessé de devenir plus glauque de jour en jour. Prendre mon pied en pensant à elle. Pousser le bouchon trop loin en me branlant sur son matelas alors qu'elle dessinait à quelques mètres de moi. Fouiner sur l'adresse de son domicile, la suivre dans les toilettes, m'embrouiller avec mon frère de cœur parce qu'il a osé l'éloigner de moi.

Tout ça pourquoi ? Parce qu'elle me repousse ? Ou bien tout simplement parce que je deviens dingue ? C'est une excellente question. Je ne cherche plus ma passion. Je joue au basket. Je bâcle mes devoirs. Je reste bon. C'est tellement frustrant que je cours après ce qui me manque. Ce qui me fuit. Ce qui ne m'appartient pas.

En attendant, me voilà garé devant son immeuble. Je ris jaune, tout seul dans cet habitacle glacé. Le cuir est aussi froid que moi, en ce moment même. Je suis vide de l'intérieur. Je devrais dormir, engoncé au fond de mon lit, sous ma couette douillette. Pourtant je patiente là, à trois heures du matin, comme si cette vision allait m'apporter une soudaine illumination. Dans son quartier pourri, face à cette façade où des tas de fenêtres encore éclairées se superposent. Je puise une certaine satisfaction à avoir découvert son adresse, qu'elle m'a plus ou moins donnée elle-même il y a de ça plusieurs semaines. Je regarde les balcons. J'espère la voir passer.

Trois jours se sont écoulés depuis notre dernière rencontre au cabinet médical. Elle ne m'a pas débloqué sur Instagram, contrairement à ce que je lui avais conseillé. Cela dit, comme je lui avais promis, je sais maintenant où la trouver pour la kidnapper. Il ne me reste plus qu'à l'attraper et à lui soutirer les informations que j'attends, de force si elle m'y oblige. Je l'ai vue quitter l'université après les cours... je suppose donc qu'elle est rentrée chez elle.

Elle n'a pas le droit de m'ignorer.

Je ne le tolère pas.

C'est à cause d'elle que je me transforme en psychopathe, merde ! J'ai l'impression de franchir largement toutes les limites que les personnes saines d'esprit n'effleurent même pas.

Une voiture roule au pas et s'arrête à mon niveau. C'est la première fois que j'en croise une qui ne tombe pas en ruine. La vitre se baisse. Pas la mienne. Pas tout de suite... puis je reconnais l'homme avec qui Ilyssia mangeait, au restaurant. La peau sombre, les cheveux courts, un regard d'acier et un sourire tout aussi faux que son visage retouché. Typiquement le genre de mecs à qui j'aurai affaire si je décide de travailler dans la politique. Tout ce que je déteste. Pourquoi j'ai voulu devenir sénateur, au fait ? Je ne sais plus.

J'abaisse ma vitre en songeant au fait qu'il pourrait dégainer un flingue n'importe quand pour me descendre. Cela dit, l'idée ne m'effraie pas tant que ça. Actuellement, je n'ai plus grand-chose à perdre. Blasé comme je sais l'être dans mes moments de perdition, j'observe l'homme à la peau noire qui me sourit de toutes ses dents.

— Bonsoir ! Vous attendez Ilyssia ?

Je soupire.

— Bonsoir. Non, je voulais lui parler, mais je n'ose pas y aller. Elle me tuerait si elle me voyait ici.

Il rit et me dévisage un instant.

— Venez avec moi ! Je dois m'entretenir avec sa mère.

— Vous avez vu l'heure ? grondé-je.

— Vous croyez que deux artistes dorment à trois heures du matin ?

Avec ses cheveux poivre et sel, ses joues creusées et sa mâchoire carrée, il affiche une expression amusée.

— Allez, venez ! m'ordonne-t-il.

Je sors. Lui aussi. Il est de ma taille et porte un costard noir, des chaussures cirées et un manteau foncé. Vu le froid de canard que nous subissons cette semaine, je comprends pourquoi. Pour ma part, je suis en survêtement de sport aux couleurs de l'Elite University. Violet et noir. Comme mon humeur, ces derniers temps. Je range mes mains dans mes poches.

— Vous, Celian Jones, l'élu de l'université... Vous faites parler de vous. Je suis surpris de vous trouver ici.

— J'ai été béni par le ciel, ironisé-je. En fait, je ne sais pas ce que je fous là non plus.

— Si vous plaisez à Margaret, c'est comme si le ciel vous punissait... C'est un peu la contrepartie à payer pour avoir hérité de cette perfection...

— Dans le Yin et le Yang, il y a une pastille de l'autre couleur dans chaque hémisphère...

Il acquiesce.

— Belle image... allez, venez !

Son sourire carnassier ne m'inspire pas confiance, mais je n'ai aucune autre preuve que je dois me méfier de lui. Nous nous approchons de l'entrée. La porte est brisée, fracturée, et nous n'avons aucun mal à pénétrer dans le bâtiment. Des hommes inquiétants s'enfoncent dans les ténèbres en chuchotant. Ils fixent tous mon accompagnateur, terrorisés.

— Le père d'Ilyssia et moi-même connaissions bien ce quartier. Le fameux. Celui qui est décédé.

— Vous êtes un ami de la famille, alors ?

— Oui. Siffrin Griffins, enchanté. J'étais un ami et je suis aujourd'hui un bienfaiteur. J'essaye de rattraper certaines erreurs du passé. On ne change rien à ce qui s'est produit, mais... je veille sur elles à ma façon.

— Et vous leur voulez quoi à une telle heure ?

— J'ai été invité par Ara.

— Ara ?

— Oui... heu... la mère d'Ilyssia.

— Ara Margaret ?

— Ne l'appelez jamais ainsi, me conseille-t-il en roulant des yeux inquiets.

— D'accord, concédé-je sans trop comprendre pourquoi.

Nous gravissons les marches jusqu'à l'appartement d'Ilyssia. Le carrelage qui recouvre le sol est sale. Les murs blancs sont tachés par Dieu sait quelle substance et des bidons éventrés traînent dans les coins des escaliers. Les marches grimpent en formant un carré régulier, si bien qu'au bout du troisième étage, j'ai l'impression d'entamer l'ascension d'une tour infinie. Tous les étages sont identiques. Les odeurs désagréables. Aucun bruit ne s'échappe des portes d'entrée. Ni cris, ni voix, ni programmes télévisés ou musique. Il est tard, d'un côté. Ce n'est pas particulièrement étonnant.

Lorsque nous nous arrêtons, je n'ai pas compté le nombre de paliers que nous avons avalés. Je me retrouve seulement devant une porte peinte à la main. Le tableau représente l'océan, avec des fleurs plantées dans le sable. Certaines semblent avoir été dessinées par un enfant... Le bleu et le rose s'écaillent par endroits. C'est là-bas que nous nous rendons. Vers les seules couleurs de l'immeuble. Siffrin ne ralentit pas. De toute évidence, il connaît bien les lieux.

— Vous êtes prêt ? me demande-t-il.

— Heu... ouais, marmonné-je.

Pas du tout.

Qu'est-ce que je fous là ? J'ai l'impression d'être un putain d'imposteur. Ce n'est pas gratifiant. C'est terrifiant. Je m'introduis chez elle sans invitation, auprès d'un homme qui « était » un ami de la famille. Un mécène. Un type dangereux, de toute évidence. Je ne suis pas complotiste, mais notre université elle-même est une manifestation de l'influence des tout-puissants sur notre monde. Si je me lance en politique, c'est là-dedans que je fonce. Je ne devrais pas me sentir mal à m'octroyer tous les droits. Pourtant, c'est justement ce contre quoi je me bats en combattant mon père... J'ai l'impression d'être tiraillé entre deux extrêmes.

Frappé d'un vertige soudain, j'hésite à me barrer. Mais Ara Margaret ouvre la porte.

— Bonsoir...

Siffrin lui tend un petit paquet rouge qu'il sort de sa poche. La femme qui lui fait face l'attrape et le range dans son blouson bleu clair. Elle porte une capuche sur sa tête, ses cheveux bruns retombant en mèches courtes sur son front.

— Il fait froid. Gardez votre veste, lui conseille-t-elle.

La mère d'Ilyssia lui ressemble comme deux gouttes d'eau, ce soir. Avec ses traits durs et concentrés, sa voix glaciale et autoritaire et ses yeux clairs, elle n'affiche plus du tout la douceur dont elle m'a gratifié à l'hôpital.

— J'ai trouvé cette brebis perdue en bas...

Il se décale pour me dévoiler. La mère d'Ilyssia est aussi petite qu'elle. Elle lève le menton vers moi comme si je mesurais dix mètres. Dès que nos regards se croisent, une chaleur immédiate emplit le sien. Tout à coup, j'affronte une toute nouvelle personne... une femme aussi tendre que ce soir-là.

— Celian ! Oh, mon garçon, je suis contente de te revoir !

Elle s'approche de moi si rapidement que j'ai à peine le réflexe de lui rendre son accolade. Ses mains me frottent le dos et elle recule ensuite pour m'interroger du regard. Elle n'a pas besoin de me demander ce que je fous là, sa question se lit sur ses traits.

— Je voulais juste parler à Ily..., commencé-je.

Ara ne me laisse pas finir.

— Ah... Oui oui, elle te boude, je sais... Elle est enfermée dans sa chambre. Avant d'aller lui parler, tu devrais venir boire un café..., me lance-t-elle d'une voix enjouée.

— Je peux entrer ? tente Siffrin Griffins, maladroit et gêné.

— Oui. Enlève tes chaussures.

Je fais de même. Elle nous prête des chaussons. J'obtiens ceux avec des petits rennes dessus, Siffrin des pantoufles couvertes de cœurs rouges avec des ailes. Je glousse face à cet homme qui perd tout à coup de sa superbe. Il me fusille du regard. Nous nous dirigeons vers la cuisine en silence.

Que dire, hormis qu'il y a des toiles partout ? Pas d'araignées, Dieu merci, plutôt des tableaux éthérés auxquels je ne comprends rien. Des pinceaux, des tubes de peinture, des palettes et des chevalets volent tout l'espace... Lorsque je remarque un canapé en cuir abîmé et un buffet sur lequel trône une petite télé allumée en sourdine, je m'avance dans cette direction et pousse des blocs-notes remplis de croquis afin de me faire une place sur le coussin bordeaux.

— Je vous apporte du café, messieurs ! s'exclame-t-elle.

Pour décrire plus précisément l'espace de vie, il faut admettre qu'Ara a bien décoré la pièce. Même si les murs ont l'air pourris et tachés d'humidité, elle a tendu des tapisseries murales sur le plâtre abîmé afin d'en cacher les irrégularités. Des fleurs s'épanouissent malgré la température, apportant de la couleur dans cette pièce déjà bariolée de plusieurs nuances. Tout se mêle joyeusement dans une farandole de teintes chaudes. Un tapis recouvre le sol, usé comme si tout le monde ne marchait toujours que sur un seul chemin. La tranchée entre les fibres semble tracée par des passages incessants.

Ilyssia est là. Juste à côté. Elle dort peut-être. Une partie de moi se souvient de ce moment où elle a retiré ses vêtements alors que je me tenais dans son dos. Avait-elle seulement idée de tous les neurones qu'elle grillait dans mon esprit à cet instant précis ? Un ascenseur émotionnel, voilà ce qu'elle est à mes yeux. Ni plus ni moins. J'ai eu envie d'elle dans des muscles dont j'ignorais l'existence jusqu'alors.

Mais putain, c'est irréel ! Qu'est-ce que je fous là ?

Lorsque Ara Margaret revient avec des tasses fumantes, j'ai eu le temps d'observer tous les portraits, les couples qui dansent sous des lumières colorées et les paysages bucoliques qui n'ont ni queue ni tête et me touchent malgré tout. L'Art est à l'Homme ce que l'eau est à la vie. L'eau avec laquelle cette femme a créé Ilyssia devait être composée uniquement d'Art.

– Vous voulez que j'aille la réveiller ? Elle s'est couchée il y a peu...

Griffins secoue les mains devant lui.

– Non, je venais seulement te parler de quelques détails au sujet de la scolarité de ta fille. Je ne reste pas longtemps. Ce jeune homme, en revanche, n'osait pas monter de peur de déranger... Attendons de voir si elle se lève d'elle-même.

Ara explose de rire.

– Elle ne se lèvera pas si elle entend du bruit. C'est une sauvage. Et croyez-moi, elle ne dort pas.

Elle trempe les lèvres dans sa tasse de café. Je fais de même et savoure le goût qui s'étale dans ma bouche pâteuse. Quand je révise, j'ai tendance à en abuser. Ces derniers temps, je n'en consomme plus une goutte. Il faut dire que j'ai préféré me rajouter des entraînements sportifs : c'était plus utile pour ma santé mentale de me défouler que de me noyer dans des textes de loi. Surtout qu'aujourd'hui, je n'ai aucune certitude quant à mon avenir dans le milieu politique.

– Celian... C'est un beau prénom. Tu sais d'où il vient ? J'adore ce genre d'anecdotes...

Ma mère l'a choisi pour deux raisons.

D'une, parce qu'elle pensait que je serais une fille durant toute la première moitié de sa grossesse – une erreur de jugement, paraît-il – et qu'elle comptait alors m'appeler Celia. De deux, parce qu'elle a des origines celtes et que ce nom aussi.

— En grec, il veut dire « lune ». En celtique, il signifie « bagarreur ».

Le visage de la peintre s'illumine.

— Ce nom te va comme un gant ! Tu as la sensibilité de la lune, ça se voit dans tes yeux... mais tu as la vigueur des hommes et leur tendance à foncer dans la bataille sans tergiverser. C'est un très beau prénom, en tout cas !

Siffrin se racle la gorge pour attirer l'attention de la mère de famille, mais cette dernière l'ignore royalement. Une tendresse infinie se dessine sur ses traits quand elle reprend la parole.

— Ilyssia est un prénom qui n'existe pas. Je l'ai inventé spécialement pour elle. J'avais raison, non ? Elle est unique et elle l'a toujours été... Pour la petite histoire, j'étais enceinte lorsque son père est mort.

Le mécène se tend brusquement et détourne le regard. Il se tasse, comme si le poids de la culpabilité l'écrasait. Cette femme est un moulin à paroles, mais je la remercie de combler le silence. Ce serait bien pire si elle se taisait, elle aussi. J'aurais l'impression d'être un psychopathe. Le fait qu'elle s'adresse à moi aussi naturellement me donne la sensation que rien de toute cette scène n'est anormal. Ni le fait que je *stalke* sa fille, ni celui qu'il est trois heures du matin et que je bois un café dans son salon. La voix maternelle d'Ara s'éloigne de la réalité, comme si me conter la suite de son histoire avait quelque chose de mystique. Le pouvoir des orateurs, comme le dit toujours mon père. Un talent que nous partageons. Envoûter l'auditoire. L'hypnotiser. Ara Margaret n'est pas débutante dans le domaine et je suis immédiatement happé par son aura mystérieuse.

— Gordon voulait appeler notre fille Alicia. C'était le prénom de sa grand-mère paternelle. Seulement... il était mort, alors je n'avais plus la force de lui donner ce nom. C'était trop difficile à supporter… mais sur sa tombe, j'avais écrit « I love you so much ». « ILYSM », très précisément. Alors j'ai regardé ce qui était gravé dans le marbre, cette roche glaciale qui contenait le corps de l'homme que j'avais aimé plus que tout au monde, et j'ai décidé que si ma vie n'était plus qu'Art, je pouvais bien créer un nouveau prénom pour mon enfant à venir. J'ai pris les premières lettres de l'acronyme… et je les ai mélangées avec « Alicia ». Ilyssia est née de la roche. Est-ce surprenant qu'elle la sculpte aujourd'hui ? C'était sa destinée.

Elle boit son breuvage, mais sa main tremble. Je garde le silence, déglutis tant bien que mal et fronce les sourcils. Tout dans son histoire inspire la mort qui flotte et recouvre son cœur d'un linceul gelé. Ilyssia porte le nom de l'amour.

« I love you so… » résonne dans mes oreilles. Elle n'a pourtant pas compris sa véritable signification… Ilyssia n'est pas constituée de roche. Elle est l'amour, le vrai, le plus pur qui soit, qui a émergé du marbre où était enterré son père. Pas étonnant qu'elle se croit incapable d'aimer et qu'elle fasse tout pour ne rien ressentir si elle se contente de se dire qu'elle ne vaut pas mieux qu'un caillou. Elle se considère comme une tombe. C'est pour cette raison qu'elle sculpte de la pierre et qu'elle se pense si dure à aimer.

Je serre les doigts autour de ma tasse.

— C'est magnifique, finis-je par articuler.

— Je trouve aussi ! Je pensais qu'elle comprendrait à quel point je l'aimais. À quel point j'aimais son père à travers elle, aussi… mais elle estime que je l'ai enterrée avec lui.

— Je peux comprendre pourquoi, souris-je. Vous en avez déjà parlé avec elle ?

— Tu as déjà essayé de parler avec elle, non ? rit Ara en se redressant. Je vais nous chercher des biscuits !

Elle s'en va comme une tornade de vents contraires.

Griffins se masse le front, complètement atterré.

— Mais vous êtes qui, vous, en fin de compte ? Son beau-père ? lui demandé-je.

— Le meilleur ami du père défunt. Rivera est le nouveau petit ami d'Ara...

— Oh.

— J'ai essayé de les sortir d'ici. Ne me juge pas.

Je baisse les yeux sur ses vêtements. Je me souviens de sa voiture. Il aurait pu, en effet, les mettre à l'abri de la misère.

— Elles ne veulent pas. Elles sont tout aussi sauvages et obstinées l'une que l'autre. J'ai tenté par différents moyens, mais rien à faire... J'ai surveillé Ilyssia de loin et lorsque j'ai eu l'opportunité de devenir mécène et de parrainer des étudiants... j'ai choisi une paire de bras cassés qui n'ont pas tenu plus de deux ans et elle. J'ai pu me concentrer là-dessus et m'assurer qu'elle soit exposée dans les meilleures galeries, qu'elle apparaisse dans les plus grands journaux et qu'elle ait une chance de s'en sortir seule, pour son talent uniquement. Je trouve qu'elle se démerde super bien. Je croyais en elle et j'ai tout fait pour qu'on la laisse essayer... sauf que j'ai dû faire ça anonymement ! Sinon, Ara m'en aurait empêché ! Donc j'ai dû magouiller comme jamais, et aujourd'hui elles me le reprochent...

— Ne m'appelle pas Ara.

Concentré sur Siffrin, j'en avais oublié la mère de famille, qui revient avec ses biscuits et ses chocolats sur un gigantesque plateau en bois. Je suis convaincu qu'elle s'en est déjà servi comme d'une palette de peinture, parce que différentes taches abstraites se mélangent à sa surface, de même que plusieurs dégradés qui ont visiblement reçu plusieurs coups de pinceau. Je me permets de piquer un mini-cookie lorsqu'elle pose les réjouissances sur la table.

— N'empêche que j'ai raison. Vous ne m'avez laissé aucune chance..., râle Griffins.

Ara se redresse. Elle est terrifiante, maintenant que nous sommes assis et qu'elle nous domine presque en taille. Lentement, elle met les poings sur ses hanches et nous fusille du regard. Enfin... pas moi. Surtout lui, pour être exact. C'est lorsqu'elle se comporte ainsi que je comprends pourquoi Ilyssia m'impressionne autant quand elle me scrute et me jauge avec une précision déconcertante.

— Il est mort en grande partie à cause de toi, l'accuse-t-elle.

— C'est aussi ta faute, se défend-il.

Ils vont s'étriper.

— Excusez-moi... où sont les toilettes ? demandé-je pour détourner l'attention et me barrer de là au passage.

Il fallait bien entendu qu'Ilyssia choisisse ce moment pour apparaître...

34

Ilyssia

Récapitulons.

Mon *crush*, sur qui je tape éventuellement une légère obsession, est installé à table avec ma mère.

Cette dernière brandit un cookie, si j'en crois mes yeux – et je ne suis pas certaine de pouvoir m'y fier ce soir –, et elle est vêtue d'une doudoune bleue et d'un legging rose fuchsia dont la couleur m'arrache presque la rétine.

À côté d'eux, l'ex-meilleur ami de mon père défunt – accessoirement mon mécène – boit un café en s'empiffrant de chocolats.

Le tout à trois heures du matin, dans le petit salon de mon appartement pourri.

D'aaaaaaccord.

Je dois vraiment arrêter la Marie-Jeanne avant de me coucher.

— Ce que je propose, interviens-je. C'est que je vais fermer cette porte… La rouvrir… et réaliser que tout ceci n'était qu'un rêve. OK ? Un rêve tordu et insensé que j'oublierai dès mon réveil.

Ma voix rauque se brise. Je m'éclaircis la gorge et hausse un sourcil. Leur attention se porte sur moi comme si j'étais le messie.

— Ilyssia…, commence Celian.

Je claque la porte en reculant d'un pas. Je déteste que ma chambre donne sur le salon. Ce n'est pas la première fois que je sors en pensant être seule au monde et que ma mère discute avec la voisine sur le canapé. Je payerais cher pour avoir mon propre appartement.

Mes paupières se ferment un instant, puis j'inspire tout l'air possible dans mes poumons avant de gentiment expirer par la bouche. Je pince mon bras qui me fait mal. Je compte mes doigts – il paraît qu'il en manque ou qu'il y en a trop, lorsque nous rêvons. Je me bouche le nez et tente de faire circuler l'air malgré tout. Dans le monde onirique, on y arrive, parce que le corps continue de respirer dans la réalité et que le cerveau en a conscience.

Malheureusement, je suis bel et bien réveillée… et totalement défoncée, je l'espère.

Je baisse les yeux sur ma culotte rose. Je vais commencer par enfiler un bas de pyjama. Dès que j'ai terminé, je fixe mes cheveux qui vivent une existence propre sans aucun accord de ma part. J'essaye de les dompter, mais ils n'en ont rien à faire. Tant pis. Lorsque je suis prête à sortir – c'est un euphémisme, car rien n'a de sens ce soir –, je pousse la porte et fais face à Celian qui se dirige vers le couloir. Forcément, il passe à quelques centimètres de moi et s'arrête quand son bras cogne le mien.

— Au moins, je suis certaine que ce n'est pas un rêve, grogné-je.

Il baisse la tête et nos yeux se croisent. Même au beau milieu de la nuit, mon cœur ne perd pas le nord. Il s'élance furieusement contre mes côtes, conscient du danger que représente la présence de Jones sur son territoire. Griffins est toujours installé sur le canapé et ma mère lui lance le fameux regard auquel j'avais droit lorsque mes profs me viraient de cours pour insubordination. J'aime autant le laisser se débrouiller avec elle, bien que moi-même je n'ai jamais trouvé de solution efficace pour échapper à ses punitions.

— Je viens de réaliser ce qui se passait à l'instant. Ce n'est pas ma place, je m'en vais… Pour de bon.

— Tu ne peux plus reculer maintenant, Celian. Tu faisais quoi, ici ? l'interrogé-je de force.

Son corps s'éloigne. Un peu trop, si bien que la chaleur qui l'entoure m'abandonne dans le froid de cet appartement que nous chauffons le moins possible de tout l'hiver. Faute de moyens, évidemment. Il n'y a qu'un seul radiateur qui fonctionne, de toute façon.

— Chez le kiné, je t'ai demandé de me débloquer. Tu ne l'as pas fait. Donc je me suis dit que j'allais venir chez toi pour discuter.

—À trois heures du matin ? rétorqué-je.

— C'est là que j'ai réalisé ma connerie, maugrée-t-il.

— Comment tu as eu mon adresse ?

— Je voulais devenir sénateur, tu te doutes que je maîtrise bien les mots... J'ai réussi à embobiner ta kiné.

J'affiche un air particulièrement agacé, puis lève les yeux au ciel en secouant la tête.

— Fichus hommes politiques.

Un rire lui échappe. Je reporte mon attention sur lui.

— N'y vois aucun sous-entendu... mais on sera mieux dans ma chambre. Ça me gêne qu'on puisse nous écouter.

Même si les deux adultes de la pièce se sont lancés dans de vagues explications mystérieuses, je connais suffisamment ma mère pour savoir qu'elle laisse traîner une oreille partout. Les murs en carton de ce foutu taudis ne feront pas barrage à nos voix, toutefois ils ne comprendront pas grand-chose à nos mots. Je serai plus à l'aise. Celian ne lutte pas lorsque j'attrape le bas de son sweat violet pour l'attirer dans mon antre.

Dans chaque coin du plafond, des taches de moisissure grandissent, cependant j'ai trouvé différents subterfuges pour empêcher l'humidité de ronger les briques. Comme mes narines détestent la puanteur, mes draps sentent toujours bon. De même, je fais cramer de l'encens à longueur de journée pour imprégner la tapisserie et la moquette des années soixante qui recouvre le sol. Ici, on se sent bien. Si l'on oublie ce froid de canard. J'ai déjà essayé de brancher un petit chauffage d'appoint, néanmoins le réseau électrique de l'appartement n'est pas sécurisé. Les plombs ne sautent pas et la prise prend feu...

en témoigne l'auréole noire sur mon mur. J'ai cru que j'allais mourir, ce soir-là.

— J'ai conscience que tu dois m'en vouloir pour ce que Julian et Elora t'ont fait, commence-t-il lorsque je lâche son pull.

Je me dirige vers les statuettes que j'ai alignées sur ma commode et claque la porte derrière moi.

— Ils n'ont pas tort, Celian.

— Personne n'a le droit de décider pour moi.

— Crétin... on est tous les deux toxiques. C'est mieux comme ça. On n'est pas bons l'un pour l'autre. Je ne sais pas m'engager, je ne sais pas aimer, je suis une trouillarde au caractère de merde... fuis-moi tant que tu le peux !

— Mais moi, je veux rester avec toi. Je fais ce qui me chante, non ? On m'a demandé de choisir par rapport à ce que j'aime, et pour une fois, de ne prendre en compte que mes propres aspirations... Pourquoi maintenant que j'essaye, tout le monde m'en empêche ?

— Tu aimes le basket. Tu aimes sortir avec tes amis... tu... Tu ne me connais que depuis quelques mois ! Temps durant lequel j'ai réussi à te ghoster je ne sais combien de fois et à te faire vaciller sur le choix de carrière que tu avais emprunté il y a mille ans ! C'est fou, ça ! Tu ne peux pas te permettre de traîner avec un boulet comme moi.

Je ricane. Ma gorge se serre. Premièrement, parce que je comprends à son regard qu'il est d'accord avec moi ; deuxièmement, parce que le prononcer à voix haute fait mal.

— Sérieux, Celian. Pourquoi tu me suis comme ça ? Je dois me détacher de toi, mais ça ne fonctionnera pas si tu débarques chez moi à trois heures du matin !

Il s'approche si brusquement que je sursaute et tente de reculer d'un pas. Ses mains se posent sur mes joues et il me tire vers lui. Je bascule la tête en arrière, fronce les sourcils et observe ses lèvres, sa gorge et sa carotide qui pulse contre sa peau. Mon cœur s'emballe aussi. Je déglutis, mets mes doigts glacés sur ses mains brûlantes et essaye de les retirer. Son pouce caresse mes pommettes sans qu'il me lâche pour autant. J'ai l'impression que je vais mourir. Mes émotions se battent en duel. Il va gagner la guerre. S'il continue, je vais tomber amoureuse de lui.

— Tu es sûre de vouloir la réponse ? murmure-t-il.

Il me gonfle. Pourquoi je doute tellement, tout à coup ?

— Non. Ne dis rien, chuchoté-je.

— Tu sais, princesse, il y a de nombreuses raisons qui me poussent à rester auprès de toi malgré tout. Ça n'a pas encore de nom, dans ma tête. Dans mon cœur non plus. C'est assez difficile de déterminer ce que je ressens... Mais... tu pourras me repousser autant que tu le voudras, je n'arrive pas à faire autrement. Tu as réveillé ça chez moi sans même que je sache que je pouvais devenir aussi... aussi...

— Fou ? Sombre ? Contradictoire ?

— Parfaitement, grince-t-il.

Son regard si solaire éveille tout à coup en moi quelque chose de terrifiant, qui sommeillait dans les profondeurs de son cœur, là où j'ai puisé mon inspiration sans avoir la moindre idée de ce qui l'animait. Sans grande surprise, je suis attirée par ce que je découvre. Je veux explorer les abîmes de son monde. Moi, je me suis perdue dans les limbes du mien il y a des années maintenant. Mes cauchemars me suivront toute ma vie. J'en ai conscience.

D'un côté, je suis aimantée aux fonds les plus obscurs, de l'autre, je refuse d'y emporter quelqu'un comme lui. Par pitié ? Non. Par amour ? Le terme me semble démesuré, mais il s'en rapproche. Je l'apprécie. Je n'aimerais pas que nous nous retrouvions ensemble dans cet océan de perdition.

— C'est injuste de m'imposer cette responsabilité. Si je te fais couler avec moi, je ne saurai pas te ramener à la surface. Tu te noieras... et ce sera ma faute. Ne m'oblige pas à aller si loin, le supplié-je presque.

Il serre les mâchoires, ferme les yeux un court instant, puis me maintient proche de lui encore un moment. Lorsque je crois qu'il s'apprête à me lâcher et que mon cœur commence lentement l'ascension inverse, il me surprend.

Ses lèvres se posent sur les miennes. Doucement. Comme s'il avait peur de me briser.

Il…

La sensation diffère grandement du froid de la pierre. Sa bouche est délicate. Chaude. Très vite, son contact passe du simple effleurement à l'écrasement féroce. Nos dents se percutent, nos lèvres s'apprivoisent. Je ne lutte pas. Je ne bouge pas. J'aime ce qui se passe, mais je suis terrifiée. Alors je préfère rester là. Le cœur au bord du précipice. Les yeux fermés.

– Contrairement à ce que tu sembles penser… C'est moi qui me sers de toi. Pas l'inverse, murmure-t-il.

Il s'éloigne. J'ai envie de lui cogner dessus, sauf qu'il se carapate et sort de ma chambre comme une ombre.

– Celian !

Il se sauve par la porte d'entrée, presque en courant. C'est sûr que s'il envisage une course, je n'ai aucune chance. Rien qu'avec ses jambes de géant, il pourrait parcourir cinq fois plus de terrain que moi en une simple foulée.

– Au revoir, madame Margaret !

– Celian ! m'écrié-je.

Trop tard.

Je sors dans le couloir en toute hâte. Le carrelage glacé m'arrache un frisson. J'aurais dû mettre des chaussettes, putain… Mais il se serait barré quand même.

– Reviens ou je te tue !

Ma voisine ouvre la porte, véritable pie curieuse qui n'hésite pas à se lever précipitamment à trois heures douze du matin pour écouter ce qui se passe dans la résidence.

– Débloque-moi ! hurle-t-il depuis la cage des escaliers.

Je le hais ! Je le déteste ! Je cours un tout petit peu dans le couloir, les jambes en feu, mais mes orteils vont congeler, alors je fais demi-tour et rejoins la moquette de mon salon en soufflant comme une asthmatique. Merde, j'ai accéléré à peine deux secondes ! Je pense que si je n'ai plus d'air dans le corps, c'est plutôt parce qu'il m'a embrassée.

Il m'a embrassée !

Mes joues brûlent. Quel connard ! Et puis déjà, qu'est-ce qu'il foutait là ?! Avec Griffins ? Je commence à croire que ce type me *stalke* vraiment, d'une façon ou d'une autre. Je rentre dans la pièce de vie, où ma mère et son ancien ami sont lancés en pleine discussion houleuse. Je n'écoute pas ce qu'ils marmonnent et masse ma cicatrice. C'est devenu un toc. La douleur me ramène à moi. Haletante, plus de colère qu'autre chose, je rejoins ma chambre pour y faire les cent pas. Je n'ai pas envie que ma mère s'inquiète.

Même si c'est sûrement le cas.

J'inspire pour calmer mon cœur, mais tout ce qui me vient, c'est son odeur. Sa chaleur sur mes lèvres. Je porte mes doigts à ma bouche, ferme les yeux et revis cette scène. Il aurait mérité un coup de boule. Pourtant, lorsqu'il m'a scrutée juste avant le moment fatidique, je savais qu'il ne voyait plus seulement mon corps. C'étaient nos âmes qui communiquaient, comme la mienne le fait si souvent à chaque fois que je me penche sur mes œuvres. C'était une passion naturelle, qui coulait de source et n'aurait pu être restreinte.

Putain. Je préférais encore mes cauchemars. Ils avaient au moins le mérite d'être prévisibles... alors que mes sentiments, eux, n'ont rien de calculé.

C'est terrifiant. Violent. Intense.

Pour rien au monde, je ne m'en débarrasserais.

35

Celian

Je rentre chez moi en panique totale. Le moteur de ma voiture aurait pu lâcher étant donné ma conduite parfaitement improbable sur la route qui sépare nos quartiers, mais j'ai eu la chance qu'il tienne jusqu'à mon garage. Lorsque je monte les escaliers, je tremble comme une feuille. Mon souffle frémit encore, j'ai les mains congelées et je ne sais pas où je vais. Ce dont je suis certain, en revanche, c'est que je dois me plonger dans le noir et y rester un bon moment, le temps de redescendre émotionnellement.

Errant dans notre immense baraque aussi chauffée qu'un sauna, je retiens mes larmes. Je l'ai abandonnée là-bas comme un putain de gros lâche. Je crois que ce soir, j'ai accompli à la fois les deux actes les plus vils et les plus courageux de mon existence. Je l'ai espionnée en secret et me suis sauvé, c'est vrai, mais j'ai réussi à monter et à l'embrasser.

Nos mondes n'ont rien en commun. Je suis Golden Man, elle est Ilyssia Margaret. Pourtant, l'espace d'un très court instant, nous n'étions qu'une seule et même personne.

C'était comme une alchimie subite et temporaire. Nous savions tous les deux que cet instant précis cesserait aussitôt que nous nous quitterions. Je l'ai senti dans tous les pores de ma peau. C'est sans doute le premier et le dernier baiser que nous échangeons, mais je ne regrette rien.

— Mon chéri ? m'interpelle une voix familière.

Je n'avais pas réalisé quel tumulte bruyant et douloureux étreignait mon crâne. J'avais même oublié le silence. Lorsque ma mère le rompt, étonnamment, je prends conscience que ma tête va exploser. Je me pose tellement de questions ! Elle se tient dans l'embrasure d'une pièce : on y a installé un piano il y a des années. Elora voulait en jouer. Finalement, c'est ma mère qui a commencé les cours. Elle a découvert cette passion sur le tard et elle n'a jamais cessé de caresser les touches jusqu'à ce qu'elle n'en soit plus capable à cause de sa maladie.

Mon père a tout fait insonoriser parce qu'il n'arrivait pas à dormir lorsqu'elle jouait. Moi, je donnerais tout pour l'entendre depuis mon lit.

Mes yeux se remplissent de larmes. La lumière pénètre par les baies vitrées, mais la lune n'est pas fière, cette nuit. On n'y voit presque rien. Dans cette ombre, je ne devine que les traits de sa silhouette. Mes pieds décident de m'amener jusqu'à ses bras d'une démarche qui n'a rien de digne non plus. Lorsqu'elle comprend que j'en ai foutrement besoin, elle les écarte et me serre contre elle. Dans la lueur bleue de cette soirée si sombre, nos regards se croisent un court instant, puis je m'effondre sur elle.

— Celian... Tout va bien se passer, mon cœur.

Elle frotte mon dos avec sa tendresse si naturelle. Une odeur de sapin émane d'elle. Je l'inspire à pleins poumons et reste là, ses cheveux plaqués contre ma joue.

— Je t'ai vu sortir et j'étais inquiète, alors j'ai joué jusqu'à ce que tu rentres.

— Tu aurais dû aller te reposer, soufflé-je.

Décoller mes lèvres l'une de l'autre semble tellement douloureux. Comme si ma mâchoire s'ouvrait pour la première fois depuis dix ans.

— Je suis une maman. Je ne peux pas dormir tant que je ne sais pas si mon fils va bien.

— Tu risques de ne plus jamais dormir, alors, murmuré-je.

Elle se détache de moi, attrape fermement mes épaules et me sourit. Maintenant que mes yeux se sont adaptés à la pénombre, je devine ses traits doux et réconfortants dans l'obscurité. Elle me fixe un long moment et m'attire derrière elle, dans sa salle de musique.

— Ton père n'est pas là, tu peux laisser ouvert. Je suis sûre que la maison en a besoin, elle aussi !

J'avance entre les murs blancs du couloir jusqu'à franchir le seuil de sa pièce préférée. Aux murs, d'immenses et infinies bibliothèques s'étendent autour d'un piano qui règne en maître sur une petite estrade de parquet sombre. Un tapis persan aux tons bleus et blancs illumine le cœur de la salle. Les couleurs ne sont pas franchement reconnaissables, avec le manque de luminosité, mais je connais chaque recoin de cette maison comme si j'en avais le détail sous les yeux, rien qu'en fermant les paupières. Après tout, j'y ai erré des heures, seul. Ma sœur vivait à Boston avant de rentrer à la maison. Même lorsqu'elle dormait ici pendant les vacances, elle restait dans sa chambre et je la croisais très peu. Mes parents n'étaient pas là non plus, l'un par choix, l'autre par nécessité.

J'ai passé un temps incalculable à réviser en traversant les couloirs et les pièces une à une. Je lisais mes livres, instruisant les fantômes qui dormaient là, ou bien mes cours, enseignant l'offre et la demande aux spectres qui me poursuivaient. Parfois, au détour d'un corridor, j'espérais que mon père daigne rentrer. Ce n'est jamais arrivé. Il était au Moyen-Orient, en Afrique, ou quelque part en tournée médiatique. Jamais ici. Un jour, il m'a expliqué que c'était parce qu'il cherchait constamment ma mère dans cette maison et que celle-ci lui refilait des angoisses. Maman était à l'hôpital, et donc qu'il n'y avait rien pour lui ici.

On ne comptait pas. Ni Elora ni moi n'avons un jour compté à ses yeux. Il n'y a toujours eu que lui.

Ma mère se dirige vers le noyau de son sanctuaire. Son cher piano. Elle monte les trois marches qui la séparent du clavier blanc. Dans la nuit, il est plus que visible malgré le manque de clarté. Je la rejoins quand elle tapote la place, à côté d'elle, sur un petit tabouret en velours. Je fronce les sourcils et tâtonne pour trouver le rebord. Je ne tiens pas à me casser le coccyx en tombant comme un boulet. Je m'assois ensuite dans un silence de mort. Elle attend que je sois bien installé pour lever les mains afin de chasser ses manches longues et dévoiler ses longs doigts entourés de bagues. Le froissement de ses vêtements et le craquement des lattes sont les seuls bruits que je perçois. Nos respirations, aussi, lorsqu'elle inspire profondément avant d'enfoncer la première touche. Pour une fois, je n'entends plus de voix, dans ma tête. Ce déluge de questions, d'accusations, de culpabilité et de haine.

Elle entame la *Gymnopédie n° 1*.

Mes yeux se ferment. Elle joue.

Elle joue…

Un long, très long moment. Les vents me poussent, je dérive vers la sérénité et attends que tous mes démons cessent de se débattre. Seulement là j'ouvre les paupières et fixe ses doigts. J'ignore depuis combien de temps nous sommes ici. Je pourrais y rester toute la nuit. Celle-ci et les prochaines s'il le fallait.

Quand elle arrête, je me crispe. Le tabouret craque alors qu'elle se replace. Elle pivote et son genou osseux appuie contre ma jambe. Je relève les yeux vers elle.

— Qu'est-ce qui t'arrive, Celian ?

Sa voix si douce m'apaise. J'ai l'impression que je pourrais lui confier n'importe quoi sans qu'elle porte de jugement sur moi. Mon cœur se serre.

— La femme qui me plaît est apparemment trop malsaine pour moi. Tout le monde me le dit, même elle. Pourtant, c'est quand elle n'est pas là que je la trouve la plus toxique.

Une larme dévale ma joue. Je reprends, la gorge nouée. Les mots démêlent l'immense chaos qui me retourne le bide.

— Je crois que je l'apprécie. Je ne suis pas sûr. Peut-être que je suis seulement jaloux d'elle. Jaloux qu'elle ait une raison de vivre et pas moi. Peut-être que c'est pour cette raison que je reporte ma frustration sur elle. Je ne sais pas… J'ai le sentiment que c'est son absence qui me rend malade et non l'inverse.

— Mon chéri… l'avis de ceux qui t'entourent n'a pas d'intérêt s'il te fait du mal. Je crois que l'amour n'est jamais totalement sain. Du moment qu'il est sincère, c'est le plus important. Regarde ton père et moi… on ne peut pas dire que tout soit blanc entre nous. Pourtant, nous avons fait deux enfants magnifiques, et aujourd'hui encore, je continue de croire qu'il est mon âme sœur, quoi que tu puisses en penser.

Elle passe le pouce sous mon œil.

— Bats-toi pour elle, si elle en vaut la peine, conclut-elle.

Je ne doute pas de réussir à gagner son cœur, quitte à y laisser quelques plumes. Ce qui m'inquiète davantage, c'est de savoir si elle en vaut la peine. J'estime que oui. Mais je ne sais même pas si elle m'aime aussi, ou si ce sont seulement mes failles qui l'intéressent temporairement.

Si je lui demandais ?

Oui. Un jour. Quand j'aurai le courage de le faire… Parce que la réponse exigera de moi une force colossale, qu'elle soit positive ou pas.

36

Ilyssia

Je l'ai débloqué – il y a deux semaines précisément. Je n'ai eu aucune approche de sa part depuis. Rien du tout, pas même le moindre *misclick* sur l'une de mes photos. Peut-être que je devrais lui envoyer le premier message... Après tout, c'est moi qui l'ai repoussé à chaque fois... Cela étant, je n'y arrive pas. À chaque fois, mes mains ramollissent, mes doigts tremblent et je finis par me resservir un peu de thé pour diluer mon amertume. J'écoute des chansons Disney, les mêmes qu'il chantait dans mon atelier quand nous nous sommes rencontrés. Je mange des bonbons, comme si leur goût allait subitement l'invoquer.

Tout est bon pour que je pense à lui. À chaque fois, mes yeux piquent et je ravale ma tristesse pour ne rien montrer à personne.

Entre-temps, j'ai commencé mes premiers essais de sculptures à taille réduite. Avec de l'argile fraîche, des ustensiles plus maniables et une matière souple, ma main tient le coup. Elle ne m'a pas trahie pour le moment. J'ai reproduit les exercices de la kiné à ma sauce, augmentant les répétitions à mesure que mon muscle regagnait en force. Je crois que mes doigts n'ont même jamais été si puissants. J'ai la sensation que mes outils ne pèsent plus rien.

Cela dit, il me manque des détails cruciaux pour terminer mon boulot. Du moins... si je souhaite que tout soit parfait – et il n'a jamais été question que je ne sois pas excellente. Je vais avoir besoin de revoir ma muse obèse une dernière fois. En soi, je pourrais travailler sans, mais c'est une excuse toute trouvée pour renouer avec lui. Si j'hésite tellement à le contacter, c'est à cause de ce foutu baiser. Je préfère me concentrer sur ma statue de lui que sur le vrai spécimen qui court en liberté dans le campus où j'étudie tous les jours. La direction de l'Elite University m'a convoquée il y a peu pour prendre des nouvelles de ma santé. Je me suis souvenue de la récompense à la clé si je gagne ce concours. Je sortirais ma mère de la misère sans qu'elle ait recours à Griffins. Même si Siffrin me semble de bonne foi, je me méfie de lui comme de la peste.

Si je réussis, je retournerai partiellement le destin en ma faveur. Plus de carrelage glacé, de températures proches de zéro dans notre appartement et de deal en bas de notre immeuble. Avec un peu de chance, je lui trouverai un pavillon calme où elle pourra peindre près d'une fenêtre qu'elle ouvrira sur un quartier paisible. Elle mérite cette vie, même si elle n'a pas toujours été là pour moi. Elle a fait de son mieux avec les ressources qu'elle possédait.

Pour la huitième fois ce mois-ci – et il a commencé depuis neuf jours –, je dors dans mon atelier. Mon coin dodo s'est largement amélioré depuis le jour où Cherry a dessaoulé ici. Mon téléphone vibre. Je lève la main pour l'attraper et le déverrouiller. Quand on parle du loup...

[Cherry : Les filles, j'ai un problème.]

[Caroline : Encore ??]

[Rain : Besoin d'aide ?]

[Cherry : Leo veut m'emmener à Punta Cana la semaine prochaine !]

Son nouveau copain est un véritable cancer pour elle, mais elle n'en fait qu'à sa tête. Elle n'écoute que ceux qui la suivent dans son délire et nous n'en faisons pas partie. Je me demande pourquoi elle nous en parle alors qu'elle connaît déjà notre avis sur la question.

[Ilyssia : On a cours, la semaine prochaine.]

[Cherry : Justement… je lui ai dit, mais il ne me laisse pas le choix… je sais pas quoi faire.]

[Caroline : ???]

[Holy : Tu veux que j'appelle mon frère pour qu'on vienne te chercher ? Il n'a pas le droit de t'obliger à quitter le pays, couple ou pas ! Tu n'es pas un bagage qu'il peut balader avec lui en vacances comme il le souhaite !]

Dans la famille de cette fille, tous les frères et cousins font partie d'un gang de bikers. Je les adore, mais il vaut mieux les avoir comme amis que comme ennemis.

[Cherry : Je vais peut-être en avoir besoin, oui… Merci, Holy, je te revaudrai ça…]

[Ilyssia : Viens faire dodo à l'atelier, OK ?]

[Cherry : OK.]

Un quart d'heure plus tard, elle toque à la porte.

— Entre !

La cloison s'ouvre sur une Cherry à la mine déconfite. Je me retiens de lui hurler dessus ou de commencer un long monologue sur l'importance de choisir correctement ses fréquentations. Cela dit, elle y aura déjà droit avec Caroline, je ne ferais que répéter les mêmes arguments et j'en oublierais sûrement. Notre amie, elle, ne rate jamais rien à ce sujet. C'est la maman de notre trio. Si elle n'était pas là, j'aurais peut-être déjà omis de manger et Cherry serait sans doute perdue quelque part dans une rave au centre de New York.

Elle est vêtue d'une robe en latex, de collants résille et de hautes cuissardes noires ; je n'ai ni l'envie ni le besoin de connaître sa destination.

— Salut, soufflé-je.

Elle pose son sac à main sur la table, à côté de l'entrée. C'est une salle de classe, les surfaces planes où mettre son barda ne manquent pas, même si la plupart sont déjà recouvertes de mes affaires d'art et de statues seulement à moitié achevées. Cherry ne s'encombre pas de politesse. Elle pousse tout ce qui traîne, quitte à faire tomber mon bordel sur le carrelage, puis s'installe et me rejoint. Ses bras s'ouvrent. Sur son visage de poupée auréolé de cheveux épais, elle affiche une expression épuisée. Ses yeux humides et cernés de poches bleues fixent le vide.

Je l'attire contre moi comme si elle allait s'effondrer. Ses émotions pèsent deux tonnes sur mes épaules. L'art demande de la sensibilité. C'est aussi un point faible quand on aime quelqu'un et que l'on a l'horrible impression qu'elle va s'effriter à la manière de lambeaux de papier mouillé.

— Ma chérie...

Elle fond en larmes et ne rechigne pas à ce que je caresse son dos. Elle a mal à des endroits que je ne pourrai jamais guérir malgré tout l'amour que j'ai pour elle.

— Merci de m'abriter à chaque fois.

Ce chuchotement s'ancre dans mon esprit en lettres d'or. Je ne suis pas qu'une sangsue qui attire les gens dans les ténèbres. Pour certains, je peux aussi être un abri. Y a-t-il meilleur compliment ?

J'ignore pourquoi, mais mes pensées dérivent jusqu'à Celian. Je ne suis pas seulement quelqu'un de sombre. Je sais prendre soin des personnes qui comptent pour moi.

Oh, Celian, tu pourris mes plus tendres soirées comme les pires d'entre elles.

Cherry n'a pas le moral pour discuter.

— Je ne vais jamais réussir à enlever ma robe toute seule. Tu peux m'aider ?

— Tu te rends compte que je passe mon temps à te déshabiller ? C'est super étrange, rétorqué-je.

— C'est parce que j'ai confiance en toi... et aussi parce que le latex n'est pas souple. J'ai l'impression d'être un saucisson un peu trop bien ficelé.

— Pourquoi tu portes ça, alors ?

— Léo m'y oblige...

Je ne réponds pas. Je risquerais d'être méchante. À la place, je l'aide à se déshabiller, ce qui n'est pas une mince affaire avec cette putain de robe qui lui colle au cul. Quelle idée de porter du latex, aussi ? Depuis sa dernière arrivée fracassante, j'ai rechargé mes stocks de pyjamas de rechange. J'en ai pris des chauds, des plus légers, tous assez confortables pour passer une nuit agréable. J'ai aussi ajouté des coussins, des couvertures et tout un tas de peluches sur le gros matelas afin de le rendre plus chaleureux. Mes doigts ricochent sur la texture de sa robe. Nous parvenons tant bien que mal à la libérer de ses collants. Elle retire son string, cette espèce de soutien-gorge qui marque sa chair de larges traces rouges, puis nue comme un ver, elle se glisse dans un pyjama rose clair.

Quand elle découvre le petit nid douillet que j'ai aménagé, ses yeux se remplissent derechef de larmes.

— Viens, je vais te démaquiller.

— Merci de t'occuper de moi avec autant d'attention. T'es comme une mère pour moi, plaisante-t-elle, un sourire taquin aux lèvres.

— C'est la première fois qu'on me dit un truc pareil, je ne sais pas trop si je le prends bien ou pas...

Elle rit, mais se laisse faire. Maintenant que je lui ai débarbouillé la figure, elle sent le monoï et la noix de coco. Ses yeux se posent sur moi et elle peine à déglutir lorsque je passe mon pouce sous son œil. Une larme perle sur ma peau, que j'essuie sur mon t-shirt avant de recommencer et de chasser les autres gouttes qui dévalent ses joues. Elle pointe le lit.

— Tu l'as préparé pour moi ?

Un sourire étire mes lèvres.

— Il fallait bien. J'ai eu honte de te faire dormir par terre, la dernière fois. En plus, je savais qu'on finirait par te retrouver la tête dans les chiottes, un de ces quatre, alors...

Elle me prend dans ses bras. Encore. Cette fois, j'ai le sentiment qu'elle m'enlace comme si j'étais son phare dans la nuit. Sa seule chance de survie. Tout à coup, ce n'est plus agréable... c'est terrifiant. Parce qu'aujourd'hui, le barrage qui retenait ses mensonges cède brutalement. Le silence laisse la place à la tristesse.

— Depuis que Terry est mort... Rien ne se passe bien dans ma vie... Je fais connerie sur connerie, j'enchaîne les mauvaises décisions et j'ai l'impression que cette spirale infernale ne s'arrêtera jamais.

— Tu as des ennuis ? m'inquiété-je.

— Mes parents sont friqués, pas moi. Pour mes consos perso, j'ai dû emprunter du pognon à un mec, et c'est à cette occasion que j'ai rencontré Leo. Le mec bien sous tous rapports, celui dont je ne me serais jamais méfiée...

J'ai un mauvais pressentiment.

— Il bosse pour un gars qui trempe dans le grand banditisme. Un mec super connu en ville, que tout le monde craint. Sauf que le souci, c'est qu'il estime que je lui appartiens, maintenant. Il veut que je le suive hors du pays et me promet qu'avec son argent, je pourrai profiter sans craindre pour ma sécurité financière... mais moi, à la base, je couchais juste avec lui pour oublier Terry ! Je ne veux pas le suivre au Mexique...

Ses pleurs redoublent.

— Holy va voir avec ses frères. C'est con à dire, mais s'ils le passent à tabac, peut-être qu'il se calmera, lui murmuré-je.

— Tu verras. Ils nous diront qu'ils ne peuvent rien contre lui au risque de se faire allumer par plus forts qu'eux.

Je déteste avoir à lui dire un truc pareil, mais présentement, il s'agira sans doute de notre seule solution. Je n'imaginais pas me servir de mes contacts de la sorte, mais pour aider ma meilleure amie, j'accepte de courir le risque. Son visage baigné de larmes reflète les lueurs dorées de l'ampoule centrale. Elle observe le matelas, plonge ses yeux dans les miens, puis ses épaules s'affaissent.

— Je ne voulais pas vous en parler car j'avais peur que vous vous retrouviez dans la même galère que moi, souffle Cherry. Finalement, ce sera peut-être le cas quand même.

J'attrape son bras, l'invitant à se stabiliser et à rejoindre le lit où nous serons mieux installées.

— Je connais quelqu'un qui pourrait vraiment t'aider. Tu connais le chef de Leo ?

— Non...

— Bon, écoute. Je vais en parler à… comment dire ? À mon mécène. Il trempe dans des affaires de ce genre. Il pourra peut-être faire quelque chose, la rassuré-je.

— Tu penses ?

— Ouais. Tu sais que je ne parle jamais dans le vide. Mais si je le fais, Cherry… Putain, reprends-toi, OK ? Arrête de sortir dans des endroits pourris qui craignent plus que mon quartier et change de fréquentations !

— Oui, tu as raison, c'est juste que… j'ai tellement de mal à m'y faire, tu comprends ? pleurniche-t-elle.

Elle m'agace, cela dit je ne peux pas vraiment lui en vouloir. Quand je compare Cherry à ma mère, je trouve qu'elles sombrent toutes les deux dans une débauche similaire. L'une se sert de son travail, l'autre de son corps pour embrasser le monde de la nuit. Dans les deux cas, c'est la décadence qui les attire. Si c'est ça perdre la personne que l'on chérit, alors raison de plus pour que je chasse Celian de ma vie.

— Je comprends que tu sois malheureuse, oui, même si je ne sais pas comment te remonter le moral. Ma mère… a perdu son mari, elle aussi. Mon père. Il y a des années désormais. Sauf qu'elle est tombée bien bas… Je ne veux pas que tu finisses comme elle, Cherry.

Depuis quatre ans, je reste discrète sur ma vie. Mes amies ne savent pas où j'habite. En fait, personne ne connaît Ilyssia Margaret mieux que Celian. On en revient toujours à lui, mais c'est plus fort que moi. Le fait est que j'ai toujours gardé mes distances avec les autres, de peur qu'une crevasse de malheur s'étale sous mes pieds. Ouvrir la porte à autrui, c'est laisser une chance à quelqu'un de me blesser ou d'atteindre ces zones que moi-même je refuse d'explorer. Me confier à Cherry aujourd'hui, c'est accepter de faire un pas vers l'inconnu qui me terrifie tellement. Je suis forcée de prendre sur moi, mais je m'y dirige sans trembler, car ma meilleure amie mérite ma sincérité.

— Ta mère ? Tu n'en parles jamais…, souffle-t-elle.

– Je n'aime pas tomber dans le pathétique. En général, j'évite les sujets qui pourraient me mettre mal à l'aise.

– J'ai toujours pensé que tu étais friquée comme pas permis, sourit-elle difficilement.

– Non. Pas du tout, en fait. Sans mécène, je n'aurais jamais pu foutre les pieds à l'université. Même dans la plus pourrie du continent.

Cherry recule. Elle rampe sur le matelas et s'assoit en tailleur au milieu des oreillers. D'une main encourageante, elle tapote la place à côté de la sienne. J'ai dans l'idée de refuser.

– À chaque info que tu me donneras, je t'expliquerai un peu plus ma situation. Ça me semble équitable..., soupire ma meilleure amie.

Ai-je le choix ? Bien sûr. Je m'en tape, de sa vie, elle ne me doit rien. Je trouve étrange d'échanger des informations de cette manière. Ça n'a rien de naturel et je n'ai pas envie de me confier à qui que ce soit – du moins, c'est ce que j'aurais aimé penser. La vérité, c'est qu'en quatre ans, Caroline et Cherry se sont rapprochées de moi avec respect et affection. Même si je crains parfois qu'elles profitent de ma popularité, c'est peu cher payé à côté de tout ce qu'elles font pour moi. Plus j'en apprendrai sur sa situation, plus facilement je lui viendrai en aide, ce dont elle a besoin, de toute évidence. Je la rejoins par terre et marche à quatre pattes entre les coussins et peluches. Cherry me fixe un instant.

– Vas-y, commence, m'ordonne-t-elle.

– Ce lit est plus confortable que celui que j'ai chez moi. À toi.

– J'ai signé un contrat avec un mec, et maintenant, il estime que je lui appartiens. À toi, rétorque-t-elle.

Ses prunelles se voilent d'inquiétude, d'appréhension et de regrets.

– Mon père était un dealer. Il a été tué dans une fusillade. À toi, dis-je d'un ton laconique.

Elle marque une pause trop longue pour ne rien signifier. J'attends un instant, moi aussi, puis la désigne d'une main interrogatrice, les sourcils haussés. Mon regard lui lance un défi.

— J'ai vendu mon corps pour de la drogue et j'ai déjà essayé de me supprimer trois fois ce mois-ci. À toi, murmure-t-elle.

Les larmes lui montent aux yeux, de même qu'une vague de panique s'empare de moi. Elle grimpe sur l'échelle des traumatismes. Là, je ne pourrai pas la suivre indéfiniment.

— Je vis dans un taudis, au milieu d'un quartier pire encore, et ma mère a changé d'identité pour nous éviter des ennuis. À toi.

Elle ferme ses paupières un court instant.

— Leo veut m'emmener à Tulum pour que j'y serve de prostituée. Il dit que si je veux ma prochaine dose, je n'ai pas d'autre choix.

Elle ouvre ses bras en avant et me montre le creux de ses coudes. Je n'y vois pourtant aucune trace d'injection.

— Regarde bien, chuchote-t-elle.

— Il n'y a rien.

Elle acquiesce. Mes yeux dérivent de ses coudes au reste de son corps. Je me demande où elle a pu se piquer d'autre... les aisselles ? Le cou ? Je fixe ses cuisses et penche la tête sur le côté, circonspecte.

— Les pieds. Je me pique les veines des pieds.

— Putain, Cherry, comment t'en es arrivée là ?

Elle rit, mais sa voix blanche m'inquiète plus qu'autre chose.

— J'ai commencé en soirée. Au début, ce n'était pas grand-chose, c'était juste amusant. Je me sentais tellement bien... le sexe était incroyable, je riais tout le temps et j'avais le sentiment que j'arrivais à passer au-dessus de tout.

Je me demande ce qu'elle prend. Comment lutter contre. Ici, à New York, la drogue circule librement. La police fait de son mieux, mais face à la sournoiserie des réseaux, ils ne parviennent jamais à endiguer ce fléau. Dans mon quartier, j'ai assisté à la déchéance de nombreux jeunes. J'ai toujours été peinée de les croiser dans des squats, véritables épaves ambulantes, ou au coin de rues connues pour abriter les sales types qui leur vendent leur came. Moi, je m'y fournis en marijuana. Je n'ai jamais dépassé le seuil critique de l'addiction. J'en consomme régulièrement, mais j'ai déjà été contrainte d'arrêter un moment à cause d'un manque évident de moyens financiers. J'avais les paupières qui tremblaient, la bouche pâteuse et j'angoissais tous les soirs, mais ce n'était rien d'insurmontable à côté de mes cauchemars.

Pour qu'elle soit forcée de le suivre au Mexique, c'est que son niveau de dépendance à elle est déjà totalement ingérable.

— Puis j'ai dérivé, comme tous les junkies. J'en prenais parfois avant d'arriver en cours, parce que ça me donnait des ailes. J'étais tellement plus créative...

Elle baisse les yeux vers ses mains et les pose délicatement sur ses cuisses.

— Ensuite, j'ai commencé à me taper des gars à tour de bras. Je m'habillais vulgairement pour les attirer. Un jour, l'un d'eux m'a demandé combien je prenais pour une heure de sexe... j'ai répondu le prix d'une dose. C'était dégradant, mais d'un autre côté, j'aurais été prête à accepter sans rien en échange, alors autant en profiter.

— Et tu es tombée dans l'engrenage... Résultat, tu n'as plus réussi à t'arrêter..., murmuré-je d'une voix douce.

— Je me suis retrouvée dans un réseau. On m'a dit de coucher avec trois mecs par semaine en échange de la quantité de kétamine que je souhaitais. Je ne voulais pas que mes parents remarquent que je dilapidais tout mon fric, alors j'en avais bien besoin. Au début, je croyais encore tout contrôler, tu vois... mais j'en suis arrivée à des proportions inimaginables.

J'observe ses cheveux soyeux, son visage de poupée. Ses yeux ont terni, ses joues se sont creusées et des cernes entourent ses iris clairs. Pourtant, rien ne trahit une pareille addiction.

— Je ne sais pas quoi faire.

— Réduire les doses ? proposé-je. Entrer en cure ?

— Oh, mais mon addiction n'est pas ce qui me tuera... Même si je m'en sors, je leur dois du pognon et ils ne me laisseront pas partir tant que je n'aurai pas tout remboursé, grince-t-elle.

Ses épaules se crispent. Elle détourne le regard et attrape une peluche avec laquelle elle s'amuse distraitement.

— Alors, tu dois d'abord te débarrasser d'eux, c'est ça ?

Elle hoche la tête.

— J'ai rassemblé des preuves à leur encontre. Après tout, je suis une élève de l'Elite University. J'ai un cerveau, même s'il est foutrement atteint... Le problème, c'est que je suis en danger. Qui pourrait me protéger le temps qu'ils soient coincés en taule ? Personne. Avec ce que j'ai, ils prendraient perpète, mais...

Siffrin Griffins. Je dois absolument le contacter. Je vais lui donner une chance de se racheter. S'il sauve ma meilleure amie, je lui pardonnerai tout ce qu'il voudra. Il pèse dans le milieu : vu l'argent qui coule à flots dans ses poches, il connaît sans doute un moyen de racheter sa liberté.

— J'ai une idée. Dors, Cherry. Je vais trouver un moyen. Je ne peux rien te promettre, mais...

— Ton père est mort à cause de la drogue, c'est ça ? m'interrompt-elle.

J'acquiesce, prise d'un vertige alors que je me lève en vitesse.

— Ne finis pas comme lui, chuchote-t-elle.

— La drogue m'a arraché mon père. Elle ne m'arrachera pas ma meilleure amie.

Les larmes lui montent aux yeux et coulent pernicieusement sur ses joues. Je n'avance pas la main vers elle, même si l'envie ne manque pas. Elle a besoin d'aide, pas de réconfort. Caroline soutient Cherry mieux que je ne le ferai jamais. Notre trio fonctionne sur ce principe. Je trouve les solutions. Caroline, les mots. Cherry, elle, agit. À nous trois, nous gagnons toujours, peu importe l'ampleur de notre tâche. Parfois, le temps nous rattrape et nous frôlons la catastrophe, mais nous avons toujours fini par réussir nos coups.

Cette fois encore, je vais me pencher sur un plan d'attaque afin de la sortir de là. Quitte à faire un pacte avec le diable, même si ce dernier me rattache à mon passé et à celui de ma mère. Il y a urgence. Ma meilleure amie risque gros... et personne ne lui volera sa liberté.

Pendant quelques jours, mes propres problèmes devront attendre : j'ai plus grave à régler.

37

Ilyssia

J'ai commandé de l'argile en quantité, il y a une semaine, sans réaliser à quel point j'avais abusé. Lorsque les livreurs déposent la cargaison dans mon atelier, Cherry et Caroline observent les paquets avec la même circonspection que moi. J'avais surestimé la superficie de ma salle de classe. Tout est empilé dans le fond de la pièce, si bien que j'ai même dû placer le matelas sur les cartons afin de dégager un peu d'espace. Résultat, mon coin dodo ressemble à un vrai lit de princesse, désormais : surélevé et super large.

Je masse ma main en espérant qu'incessamment, je pourrai reprendre la sculpture sur marbre. En attendant, je suis certaine que j'en suis incapable. C'est la troisième statue à taille réelle que je commence ce mois-ci et rien ne va. Ça ne rend pas comme je le voudrais, ce qui me frustre beaucoup. En plus, mon muscle me lance tous les soirs, tellement qu'il m'empêche parfois de fermer l'œil. J'insiste malgré tout, et plus le temps passe, pire c'est. J'espère trouver une solution rapidement. La cicatrice est boursouflée.

– T'as dû vider une carrière entière à toi toute seule, pouffe Caroline.

Je fixe le bordel que les livreurs entassent dans les recoins et me retiens de rire à mon tour. C'est absurde. J'ai franchement déconné, sur ce coup.

— Ils sont arrivés avec combien de camions ? demande Cherry.

Le type qui m'a fait signer à l'entrée soupire en surprenant sa question.

— Une gigantesque benne, en fait. On a presque terminé, nous lance-t-il.

— Heureusement, précisé-je.

— Oui, comme vous dites. Vous avez intérêt à le gagner, ce concours ! note-t-il en se ruant vers le couloir quand son collègue l'interpelle.

— Tout le monde croit en toi, rit Cherry.

— Je peux construire une baraque avec tout ça !

Caroline se moque, puis un appel professionnel la force à s'éloigner. Je la gratifie d'un doigt d'honneur quand elle me lance une énième provocation sur mon mauvais sens des quantités. J'ai mal jugé, c'est un fait. Une fois dans le couloir, Cherry en profite :

— Des nouvelles de ton mécène ?

Elle parle à voix basse, le regard grave.

— Il dit que ton patron est une connaissance de son collaborateur le plus proche. Il me tient au courant.

Je n'en sais pas plus. Je n'ai aucune certitude. Griffins m'a assuré que c'était une situation très délicate – parce que, bien entendu, je ne l'aurais jamais deviné sans lui ! Ironie mise à part, il m'a expliqué que ce marché et le sien coexistaient en parallèle sans jamais se croiser. Qu'ainsi ils s'évitaient mutuellement des problèmes. De fait, il n'a pas pris la responsabilité de m'aider directement. En revanche, il connaît du monde… c'est notre seul espoir, parce que les frères bikers de Holy ont catégoriquement refusé de casser la gueule à ce fameux « Leo ». J'ai d'ailleurs appris que ce n'était pas son véritable nom. C'est juste son signe astrologique.

— Et toi ? Ton concours ? enchaîne-t-elle pour combler le silence qui s'ensuit.

Nous discutons un instant de mes problèmes de morphologie. Il faudrait que je décale le bras et que j'étudie une nouvelle façon de créer un effet vaporeux. Les livreurs achèvent leur labeur.

Caroline nous annonce qu'elle rencontre des difficultés dans l'organisation de sa prochaine expo. Elle nous abandonne pour retrouver l'un de ses collègues afin de régler une sombre affaire d'hôtels et de sandwichs. Cherry se barre ensuite en m'expliquant qu'elle a un rendez-vous avec son « mec ». Nous n'avons pas besoin de préciser de qui il s'agit. Pour le moment, elle se plie à son diktat. Ce sera bientôt terminé, du moins je l'espère.

Je reste là quelques minutes, respire difficilement face à l'angoisse de ne pas avoir le temps de finir mon travail dans les délais, puis fais tourner mon poignet afin de détendre ma main. Sous les projecteurs, ce n'est plus Celian qui prend la lumière. C'est une statue qui le représente. Du moins, pas vraiment. Elle est supposée le représenter. Mais on croirait seulement une copie ratée. J'avance vers la statue. Ce n'est que son buste, avec un bras tendu vers le ciel, l'autre vers l'arrière, retenu par des chaînes. Il porte une toge, pour l'effet tissu, un soleil dans la main pour l'effet vaporeux et j'ai pensé à bien détailler les veines de chaque muscle pour ne manquer aucun détail de sa peau.

Mes doigts courent sur l'argile froide et sèche. Si je la mouillais, je pourrais la travailler de nouveau, mais sur ce prototype-là, c'est toute l'anatomie qui pèche. Je dois recommencer. J'approche du visage que j'ai sculpté avec minutie. J'observe ses yeux, sa mâchoire carrée, les détails renforcés par le contraste, et je ne suis pas satisfaite. L'homme qui m'a embrassée ne ressemble pas à ça. Mon pouce effleure ses lèvres. Ce n'est pas la forme correcte.

Agacée, je fais encore le tour du buste, jusqu'à ce que quelqu'un toque férocement. Je sursaute – un bond de deux mètres, au moins. Le cœur lancé à vive allure, je pose une main tremblante sur ma poitrine et lève les yeux au ciel.

— Bon Dieu, doucement ! Entrez ! m'époumoné-je.

La porte s'ouvre et je découvre un visage familier sur le seuil de la porte. Si sur le moment, je crois reconnaître Celian, ce n'est pourtant pas lui. En revanche, c'est encore plus étrange que sa petite sœur daigne me rendre visite.

— Tiens. Elora Jones, persifflé-je en plissant les paupières.

Elle affiche un regard neutre et s'éclaircit la voix, comme si elle était contrite et obligée de me rendre visite.

— Maman ? Elle est là, grogne la jeune femme aux longs cheveux châtains.

Elle se décale, son ample pull blanc recouvrant son corps jusqu'à mi-cuisses. Une femme magnifique apparaît, la mine radieuse. Elle sourit largement. Un nez droit et fort comme celui de son fils, des traits anguleux à cause d'une certaine maigreur, des cheveux fins d'une couleur évoquant le tronc calleux d'un chêne... Aucun doute, c'est bien la mère de Celian. Je l'avais aperçue au restaurant, quelques mois plus tôt, mais je ne m'étais pas arrêtée sur elle, trop terrifiée d'attirer son attention ou de croiser un regard perfide qui m'aurait sans doute blessée.

— Bonjour, Ilyssia ! Quelle joie de vous rencontrer ! s'exclame la femme d'âge mûr en m'ouvrant ses bras.

Incertaine, je vacille sur mes appuis et prépare mon corps et mon esprit à ce contact physique si soudain. Je lui accorde une accolade amicale, comme si je la connaissais depuis mille ans au moins, puis recule précipitamment en m'éloignant surtout de la garce qui sert de sœur à Celian. Sur Instagram, elle et moi avions beaucoup discuté de choses et d'autres, jusqu'à ce qu'elle se montre particulièrement méchante à mon égard. Même si je le mérite sans doute – j'ai fait souffrir son frère, bien que cela ait été totalement involontaire –, je n'ai pas supporté son manque de respect.

— Vous devez être madame Jones, c'est ça ?

Elle rit et m'explique qui elle est, comme si j'avais eu le moindre doute à ce sujet. Judith Jones, la maman de Celian.

— Je vous ai aperçue il y a quelque temps, mais je voulais rencontrer en personne celle qui sculpte mon fils pour le plus grand concours de la ville ! ajoute-t-elle.

Elle fixe le prototype par-dessus mon épaule. Je ressens le vif besoin de me défendre.

— Je sais, ce n'est pas encore abouti. Je dois revoir certains détails...

— Vous rigolez ? C'est magnifique !

Elle s'approche du buste. Le soleil n'est pas encore suffisamment détaillé, ni même les voilages ou les chaînes. J'ai paré au plus urgent : le corps et la composition globale. Ensuite, j'ai commencé par le visage et les finitions du corps de ma muse… mais j'ai échoué. Ce n'est pas réaliste.

— Pour le commun des mortels, peut-être. Pas pour gagner un concours, soupiré-je. Le visage n'est pas identique. Il y a un gros problème d'équilibre, son épaule gauche est trop large et si je poursuis ainsi, on ne verra pas les détails que j'ai prévus sur le bas du buste.

Elora inspecte la pièce et s'arrête à côté de moi.

— Ce n'était pas aussi bien rangé la dernière fois que je suis venue… Pourquoi y a-t-il autant de cartons ?

— C'est de l'argile, éludé-je sans lui donner davantage de précisions.

— Dites, je sais que c'est un peu curieux comme question, mais accepteriez-vous de sculpter devant moi ? J'adorerais voir comment vous vous y prenez ! enchaîne la mère de famille.

Un souffle bruyant quitte mes lèvres.

— Je peux vous montrer comment je compte sculpter les voilages. Ça m'entraînera.

— Enfin, je vous demande cela, mais… Il est déjà dix-neuf heures ! Je ne voudrais pas vous retenir si vous devez rentrer chez vous…

Je lui offre un sourire à la fois triste et rassurant.

— Ce lit n'est pas là pour faire joli, madame… C'est chez moi, ici. Vous pouvez rester aussi longtemps que vous le souhaitez.

— On ne restera pas longtemps, corrige Elora en me lançant un regard noir auquel je ne réponds pas.

Je n'ai pas le temps de détester la petite sœur de Celian. Elle a agi puérilement, mais pour le protéger de mes flammes destructrices. Je ne lui en veux pas.

Indirectement, c'est moi que je hais. Je suis sûre que Siffrin me payerait une thérapeute, si je le voulais. Il se comporte comme un père pour moi, même si l'image que j'en ai est purement théorique.

— Fais ce que tu veux, asséné-je d'une voix qui ne souffre d'aucun commentaire.

Lentement, je me dirige vers la statue que Judith observe d'un œil admiratif.

— Je la trouve très ressemblante.

Mes doigts se lèvent et je caresse la courbure de sa mâchoire.

— Là, ce n'est pas juste. Là, aussi, précisé-je en désignant l'arcade sourcilière. C'est trop dur, trop... large. Je pourrais corriger avec de l'argile, mais le problème est plus global. C'est tout ce buste qui ne va pas. Je vais le garder comme exemple pour y jeter un œil lorsque je recommencerai. Je saurai quelle erreur ne pas reproduire.

Mes explications semblent la passionner.

— Vous avez l'air d'avoir une image très précise de son visage.

Un sourire étire mes lèvres. J'ai bien envie de fumer de l'herbe, mais je me demande comment elle accueillera cette information. Ce n'est pas comme si je lui devais quelque chose... Nous ne partageons rien, elle et moi. Sur cette pensée, je me dirige vers mon sac à main et en sors un joint parfaitement roulé que je porte à mes lèvres d'un mouvement machinal. J'allume la mèche, en profite pour ranger mes affaires et contourne la table afin de récupérer quelques ustensiles : un stylet à bille double-tête, une estèque en bois pour façonner et lisser les plis du tissu, une mirette pour creuser plus franchement dans l'argile et... un petit pistolet à eau que Cherry m'a offert pour mon premier anniversaire fêté à l'université. Il me sert à humidifier la matière pour la rendre plus malléable. Si l'on oublie qu'elle a peint l'arme en rose et qu'elle a écrit dessus « pour Missmargaretilyssiaart », on me trouverait presque crédible et professionnelle.

— T'as vandalisé un magasin pour enfants ou t'as déniché ce pistolet dans une poubelle ? demande Elora, sceptique.

Je dépose tout sur ma table et marque une pause pour fumer une longue taffe de mon joint. Elle me fixe salement.

— Elora, je ne t'ai pas élevée ainsi, tranche la mère de Celian d'une voix dure. Sois polie, je te prie. Pour qui tu te prends ?

La jeune femme, désarçonnée, me coule un regard agacé et se retient de répondre en mordant l'intérieur de ses joues.

— C'est un cadeau d'anniversaire, expliqué-je en aspirant trois fois les âcres relents de ma chère marijuana.

J'écrase ensuite le bout de papier sur la table, reforme le tube et le pose à côté de mes outils. C'en est un à part entière et j'en aurai bien besoin, ce soir.

— Je peux fumer, moi aussi ? rit Judith.

Mon sourcil se soulève et je l'observe un moment. Elle semble sérieuse, quoique très amusée par la situation. Son sourire monte jusqu'à ses yeux, surplombés de deux sourcils parfaitement dessinés.

— Maman ! C'est hors de question !

— Pourquoi ? Ne gâche pas la soirée, ma chérie… j'ai eu une vie avant d'être seulement votre mère. T'ai-je déjà raconté dans quelles circonstances j'ai rencontré ton père ?

Curieuse, je saisis ma mirette en main et me rapproche de la statue en l'aspergeant allègrement d'eau. Une de mes oreilles traîne, ce qui déplaît à Elora. Son hostilité me chatouille l'épiderme.

— Quand vous serez décidée, faites-moi signe. J'ai le briquet dans ma poche, lancé-je d'une voix chantante.

Elora s'apprête à riposter, mais sa mère lui coupe l'herbe sous le pied.

— J'ai rencontré ton père lors d'une soirée d'inauguration.

— Je sais ça, tu me l'as déjà dit, râle Elora.

— Il était ivre. J'étais totalement défoncée, rit-elle.

Comment est-ce possible de rigoler autant ? Elle a une façon de prendre la vie avec tant de dérision qu'elle me laisse perplexe.

— Quoi ?! s'écrie Elora.

— C'était l'after… On avait décidé de poursuivre cette soirée chez ton père ! Il voulait s'engager dans l'armée et il fêtait son entrée dans l'école des officiers autour d'un feu de camp. C'était un beau moment. Ce jour-là, j'ai couché avec lui... Puis je l'ai quitté parce que je ne voulais pas d'une vie décousue avec un homme absent. On s'est revus... et c'est lui qui m'a quittée. Ensuite... Il est parti à l'armée. On s'est remis ensemble. Puis je l'ai quitté, encore. Il est rentré, on s'est remis ensemble. Il est reparti en opération... Alors il m'a quittée. Et je lui ai annoncé que j'étais enceinte de Celian. Quand il est rentré d'Afrique, nous nous sommes mariés et... Tu vois, j'ai aussi été jeune, moi. Toxique comme pas permis. Pourtant, aujourd'hui, même si ton père a des défauts gros comme le monde, je suis heureuse à ses côtés.

Sa longue tirade se conclut par un silence lourd de sous-entendus. Je reste en suspens avec mon outil, puis pour rompre le silence, je fredonne une chanson et pose ma mirette sur l'argile souple. Elle reprend et j'ai l'impression qu'un manteau de glace fond tout autour d'Elora.

— Il y a de célèbres théoriciens qui se permettent de décider ce qui est bon ou non, ce qu'il faut faire ou pas, ce qu'on doit ressentir ou ce qu'on doit repousser. En réalité, dans une grande majorité des cas, nous sommes les seuls à savoir ce qu'il convient de choisir.

— Pourquoi tu nous dis ça maintenant ? Ça sort d'où ? grommelle Elora.

— Ilyssia, puis-je fumer ?

Elle sourit. Je m'approche d'elle et lui tends mon briquet.

— Le joint est à côté de mes outils. J'imagine que vous savez l'allumer.

Ses lèvres tremblent un moment. Elle se retient de parler et me double en caressant mon épaule. Je retourne à mon labeur. La douceur est nécessaire pour réaliser un tissu réaliste. Je lisse correctement l'argile tandis que le bois de l'ustensile glisse entre mes doigts. Je plisse les paupières jusqu'à ce que l'odeur d'herbe magique emplisse mes narines.

— Oh, mon Dieu ! J'avais oublié le goût que ça avait...

— C'est l'une de mes copines qui me fournit, en ce moment. Elle est pure, ne fumez pas trop.

— J'ai senti... C'est fort, rit-elle.

Je ne fais pas l'apologie de la drogue. Comme avec Cherry, je n'incite personne à en consommer, surtout en cas d'addiction. Si une mère de famille de cinquante piges me demande de partager mon joint, en revanche, je ne vois pas vraiment où se situe le problème. Ou plutôt, si. Il se situe en face de moi et s'appelle Elora.

— Tu drogues ma mère, maintenant ? Mais t'es vraiment..., grogne-t-elle.

— Je préfère être claire avec toi, ma chérie. Je ne supporte pas ton comportement, ces derniers temps, décrète Judith.

— Je protège Celian ! s'écrie-t-elle.

— Ce n'est plus un enfant ! Il t'a toujours laissée faire ce que tu voulais, non ? Tu n'as pas à décider de ses fréquentations, ma fille. Celian apprécie Ilyssia ? Très bien ! Qu'ils soient amis, où est le problème ?

Elora ricane méchamment et pose ses mains sur ses hanches, l'air théâtral.

— Que ce soit dans la vraie vie ou dans les livres, maman, Celian et Ilyssia ne sont pas faits pour être amis. Celian est beaucoup trop romantique et Ilyssia bien trop égoïste. Elle se servira de lui et il tombera amoureux. À sens unique, évidemment.

— Et ?

Je n'en reviens pas d'être témoin de cette scène. Celle où la mère de Celian fume de la Marie-Jeanne dans mon atelier et s'embrouille avec sa fille qui me hait comme si j'étais Satan. C'est drôle, quand même. Il y a peu, je me réveillais en pleine nuit avec Siffrin et Celian dans la cuisine de ma propre génitrice... et là ? Elora et madame Jones se hurlent dessus devant mon matelas aménagé et mes statues ratées. En plus, je me fais insulter par une petite connasse de vingt ans qui se prend pour la police, la justice et le bon sens, alors que je me fous totalement de son avis.

— Et il va souffrir !

— Comme tous les êtres humains, précisé-je soudain, quittant mon mutisme chéri.

Les deux femmes se tournent vers moi.

— Tu t'acharnes sur moi sans même me connaître, moi ou mon passé. Tu me juges comme si tu en avais le droit. Par défaut, tu me ranges dans une case et tu t'obstines à me faire du mal… et ensuite, tu m'accuses de le détruire dans un avenir hypothétique ? Rassure-moi, qui est méchante, là ? continué-je.

Je hausse les épaules, neutre. À l'intérieur, je brûle de douleur, comme si quelqu'un avait enfoncé un pieu dans mon palpitant. Pourtant, à l'extérieur, je ne m'exprime pas. J'attends, comme la roche que je manipule avec tant de facilité. Je reste stoïque, froide, morte.

Tout l'inverse de la lave qui coule en moi.

Plus j'y réfléchis, plus je me pose la question : ne suis-je pas davantage un volcan qu'une montagne de calcite glacée ? Ma vie a changé. En tout cas, ma perception de celle-ci.

Elora se rapproche de moi, entrouvre les lèvres et les referme. Un océan dangereux s'agite dans ses prunelles. Elle croise ensuite les bras sous sa poitrine et fronce les sourcils. Elle a encore de la répartie. Je ne peux pas lui en vouloir, je ne suis pas la seule à posséder un cerveau – même si le sien se tourne exclusivement vers un objectif précis : me faire pleurer.

Or… faire pleurer un volcan n'est pas foncièrement une bonne idée. La lave n'épargne personne.

— D'accord… Dans ce cas, dis-moi… Tu voudrais être amie avec Celian ? me demande-t-elle.

Sa mère n'intervient pas. Je mordille l'intérieur de mes joues et la dévisage de haut en bas sans répondre. Lorsque je fais bouger ma langue pâteuse dans ma bouche, j'ai l'impression que les mots me brûlent au millième degré.

— Pourquoi pas. C'est lui qui me court après, je n'y peux rien…

—À d'autres, grogne la jeune femme.

Elle me refile un mal de crâne atroce. Son téléphone sonne. Elle peste et sort le cellulaire de sa poche. Son visage exprime une brève stupéfaction, puis elle s'éloigne sans ajouter le moindre mot. Tant mieux. La sonnerie est aussi agaçante qu'elle. Ses cheveux souples suivent le mouvement de sa tête. Elle abuse le trait, comme si je n'avais pas compris qu'elle me dénigrait.

Raté, Elora, j'ai bien saisi le sous-entendu.

Une fois qu'elle est hors de notre champ de vision, la mère de Celian soupire et me lance un regard éreinté.

— Vous avez trop fumé ?

Je brise le silence car il me semble trop épais. On dirait qu'un mur nous sépare.

— Non, je suis inquiète.

— Pour elle ?

— Non ! s'exclame-t-elle. Pour Celian. Et pour vous.

— Pour moi ? ris-je tristement.

— Vous êtes tellement seule...

Je hoche la tête.

— Pas vraiment. J'ai des amies géniales... Une mère, aussi. Pas géniale, mais elle a ses propres fardeaux à porter, alors on s'en sort ensemble. Et puis, j'ai l'art. L'Art est à l'Homme ce que l'eau est à la vie.

Un sourire reste ancré sur mes lèvres. Difficile d'en dire plus. Pour moi, cette phrase est un credo. Ma raison de vivre.

— Vous êtes certaine que ces gens vous soutiennent dans vos nuits les plus sombres ?

— J'ai fini, grogne Elora.

Une silhouette émerge de l'obscurité et fait un signe de la main au-dessus de sa tête. Julian Quinn. Le *crush* ultime de Caroline – alors qu'elle est en couple, cette vilaine. Avec ses cheveux noirs et son regard ténébreux, il a l'air de sortir d'un magazine de mannequinat. Je le déteste. Déjà à l'époque où Mitchell me draguait, Julian se montrait passablement lourd et moqueur. De savoir qu'il est le meilleur ami de Celian me rappelle pourquoi je le maintiens à distance. Si j'accepte ce type dans ma vie, Elora et lui en profiteront pour m'insulter. Ils s'en sont déjà donné à cœur joie.

— Salut !

— Oh ! Mon chéri ! répond la mère de Jones en lui ouvrant ses bras.

Je lui tourne le dos et me concentre sur mon travail. Je reprends mes petites barres de métal afin de dessiner la forme globale de la silhouette, puis les assemble à côté de la première statue.

— Ilyssia ?

La voix de Quinn me sort de mes rêveries.

— Quoi ?

— Tu veux venir manger avec nous ? propose-t-il en fuyant mon regard.

Un rire quitte ma gorge pour seule réponse.

— Tu vois, je te l'avais dit, peste Elora.

Qu'ils bougent de là une bonne fois pour toutes, ces deux-là. Ça vaudra mieux pour tout le monde.

— Bon appétit, madame, lâché-je à l'intention de la mère de famille.

Elle me gratifie d'une seconde caresse sur l'épaule. Je frissonne malgré moi.

— Travaillez bien. Et n'oubliez pas de remonter à la surface, de temps en temps… l'eau est nécessaire à la vie, mais elle est froide, noire et profonde.

Elle chuchote trop bas pour que sa fille perçoive ses mots. Inutile de vérifier, je sais déjà que ce simple fait la contrarie. Si un regard pouvait tuer, je serais morte depuis longtemps.

— J'ai une super combinaison… Vous, vous êtes une guerrière. Vous portez une armure. Moi, je me contente d'un masque et d'un tuba, murmuré-je d'une voix douce.

Elle sourit.

— Débloquez Celian… Il déprime.

Sur ces quelques mots, elle fait volte-face et s'éloigne en direction de sa fille, que j'ignore tout à fait volontairement. Je récolte sa désapprobation. Elle me lance quelque chose à la tête, sans doute une insulte que je n'entends pas, puis tous les trois quittent enfin mon atelier. Je ne peux même pas les virer officiellement, car j'occupe cette salle de classe gratuitement dans un établissement qui ne m'appartient pas… Toutefois, lorsqu'ils s'en vont pour de bon, je suis soulagée.

Ce qu'elle ignore, c'est que c'est déjà fait... je l'ai débloqué il y a deux semaines. Désormais, la balle est dans son camp, si je lui manque vraiment.

S'il n'envoie rien, je ne ferai rien non plus.

Je lui ai déjà fait assez de mal sans le vouloir.

38

Celian

La lumière de son atelier est encore allumée. Ce soir, encore une fois, je la suis pour savoir où elle est et comment elle va. Je n'arrive pas à lui envoyer le premier message, comme si sa proximité me paralysait. J'ai peur d'un énième rejet.

En parallèle, j'ai longuement discuté avec ma mère. Ça ne m'a pas aidé. Julian ne s'en mêle plus. Il regrette de m'avoir blessé. Elora, vindicative, campe sur ses positions. Résultat, je me sens mal. Indécis.

Mon regard tombe sur mon téléphone. Un texto de mon père est inscrit en blanc sur un fond noir, comme une erreur de la nature.

[On ne regrette jamais ce qu'on fait par amour. Par contre, on peut tout gâcher. Réfléchis bien.]

J'imagine que ma mère n'a pas gardé sa langue dans sa poche. Ils ont toujours entretenu ce type de relation : l'un et l'autre savent tout de la vie de leur moitié, comme si aucun secret ne subsistait longtemps entre eux. Ma mère maintient le même discours. Je n'ai pas osé lui avouer qu'Ilyssia m'avait débloqué depuis un moment. Ce soir, nous avons mangé un morceau tous les quatre à la pizzeria qui fait l'angle, juste devant l'Elite University. J'ai croisé le mécène de la sculptrice sur la route. Il revenait de la fac, lui aussi, et passait des coups de fil, l'air agacé.

J'espère que tout va bien pour elle et me maudis de penser à son bien-être alors qu'elle ne m'a rien demandé. Alors qu'elle se vexerait. Alors qu'elle me repousserait si elle le savait.

Pourtant, j'ai ramené Elora et ma mère à la maison avant de foncer droit jusqu'ici. Pourquoi ? Pour vérifier qu'elle se trouvait bien là. Comme si ça m'avançait à quoi que ce soit...

Je coupe la musique et prends mon visage entre mes mains pour masser mes traits tirés. Demain, j'ai entraînement. Je compense le manque de sommeil en m'hydratant correctement et en assurant mes exercices de récupération. À défaut de bien dormir, je prends soin de mon corps. J'ai l'impression qu'en le choyant, je maintiens cette forme physique qui a fait de moi la muse de cette femme qui se fiche parfaitement de ma petite personne. Comme si, en perdant le moindre gramme de muscles, je m'éloignais de l'homme qu'elle avait gravé dans l'argile. Julian dit que son œuvre est magnifique. Est-ce que c'est ainsi qu'elle me voit, quand elle regarde sa statue ? Est-ce qu'elle aime sa statue, ou moi ?

Aime-t-elle seulement autre chose que l'art ?

Je pourrais monter pour lui poser la question.

Mais je ne fais rien.

Parce que j'ai dormi dans cet atelier. Je me suis branlé dans son dos après l'avoir prise en photo à son insu. Cette fille me transforme en monstre. J'ai honte de ce que je suis quand son aura dense et froide m'enveloppe, mais j'ai encore plus de pitié pour celui que je deviens loin d'elle.

Le cœur tiraillé entre volonté et peur, j'ouvre la portière. Ma main hésite à la refermer immédiatement, mais je glisse un pied en dehors de ma berline et mon corps suit le mouvement. Vêtu d'un pantalon cargo, de baskets noires et d'un pull col roulé de la même couleur, je me fonds dans la nuit. Dans ce monde mystérieux duquel elle est issue et où elle m'a englouti.

Le froid me prend à la gorge, bien que les températures tendent à augmenter ces derniers jours. Je l'ai rencontrée sous la neige, je la retrouve ce printemps-ci et je n'arrive pas à m'empêcher d'espérer que notre relation se réchauffera aussi. Je ne supporte pas l'idée de quitter la fac sans avoir pu tenter le coup. Même si je joue au plus têtu, je n'ai aucune chance face à elle. Si je n'y vais pas, je ne saurai jamais. Et si j'ignore ce que l'on aurait pu devenir, je le regretterai toute ma vie, je le sais.

Un jour, à quarante ans, je fixerai la femme qui dort à mes côtés en me demandant si elle aurait pu s'y trouver à sa place. Elle m'obsède et j'ai besoin de déterminer si c'est par pur ego ou par amour. Suis-je accro à ses rejets ? Y vois-je un défi ? Non, car à chaque fois, j'ai le sentiment qu'ils saignent un peu plus mes veines et qu'elle me vide de toute ma vitalité. Dans ce cas, suis-je amoureux d'elle ? Ce n'est jamais arrivé jusqu'ici. Je ne serais pas étonné que ce soit ça, d'aimer quelqu'un. D'imaginer un avenir lointain en se demandant si quelqu'un en fera encore partie et... regretter que ce soit impossible.

Lorsque je prends conscience que je me déplace, je suis déjà sur les marches du perron du bâtiment A. Trop tard pour reculer. Le monde entier pourra tenter de me retenir, je décide de ce que je fais de mon cœur. Si je le crève à aimer une femme qui ne me le rend pas, c'est ma responsabilité. Je ne regrette rien. Elle me manque trop pour ça.

J'avance de plus en plus vite dans le bâtiment. D'abord, sous les vitraux roses et violets de l'entrée, puis le long des rampes en bois et dans les couloirs vieux comme le monde. Je les traverse comme une âme pas si errante que ça, jusqu'à une destination qui me hante tous les soirs. Lorsque j'arrive devant son atelier, je suis pris de remords. Un rai de lumière passe sous sa porte et de la musique s'en échappe. Je ne sais pas combien de temps je reste là, mais je sors mon téléphone et lui envoie une photo du numéro qui est inscrit sur le bois.

[Celianjonesgoldie : A envoyé une photo.]

Missmargaretilyssia écrit, efface, écrit de nouveau et efface encore.

[Celianjonesgoldie : Si j'ouvre cette porte, il se passe quoi ?]

[Missmargaretilyssiaart : J'en sais rien. C'est pas fermé à clé, t'as qu'à essayer.]

Mon cœur s'élance dans ma poitrine, comme si ces quelques mots avaient suffi à le réveiller d'un long sommeil. La neige fond sur le dessus de mon palpitant, qui semble un instant se rappeler qu'il peut brûler autrement qu'en alimentant mes jambes pour que je marque une fois arrivé devant le panier. Mes muscles se contractent et je lève la main vers la poignée. C'est un aller sans retour. Cette fois, je ne sais pas si je saurai me contrôler. Cette façon qu'elle a de me provoquer me rend fou, dans le sens le plus négatif qui soit. Au début, ses reculs intempestifs me déprimaient. Ensuite, ils ont commencé à m'agacer. Puis j'ai franchi des limites, encore et encore, et le temps aidant, j'ai aggravé ma situation.

J'ouvre la porte. Ilyssia me tourne le dos.

Elle ne me voit pas et s'occupe de sa statue. Comme d'habitude, elle regarde tout, sauf moi. À la fois elle connaît mon corps sur le bout des doigts, et en même temps, elle a su inspecter mon âme, cachée tout au fond de cette enveloppe de chair, et que je ne connaissais pas moi-même.

Mes lèvres me brûlent. J'imagine la texture douce et chaude des siennes et n'aspire qu'à y planter mes dents pour la marquer. Pour qu'elle me sente dans le vrai monde. Qu'elle quitte cette foutue bulle où il n'y a de la place que pour un.

La statue est belle. Il y en a deux. Une qui me fige, ressemblante en tous points, et dont elle semble s'inspirer pour modifier celle qu'elle travaille. Cette dernière, plus primitive, représente globalement la même posture, avec des proportions du corps différentes. Je ne pourrais pas précisément citer les nuances, car l'art n'est pas mon fort. Je suppose que dans sa tête à elle, c'est très clair. En tout cas, les détails sont criants de réalisme. Je me fais face à moi-même et je me demande si je suis aussi beau que lui. Si c'est ainsi qu'elle me voit. C'est flatteur d'être la muse d'une artiste aussi talentueuse.

— Salut, articulé-je, la bouche sèche.

— Salut, répond-elle très naturellement.

C'est encore plus étrange ainsi.

— Ta mère et ta sœur sont passées, tout à l'heure. Julian, aussi.

— Il me l'a dit, oui.

J'ai été très contrarié par cette information, mais rien ne les empêche de rendre visite à Ilyssia Margaret dans son atelier. Ce n'est pas un sanctuaire sacré, juste une salle de classe dans une université où leur fils et frère étudie. Elles ont tout à fait le droit d'observer cette sculpture. Je sais pourtant qu'elles se sont déplacées jusque-là pour une tout autre raison : ma mère pour la rencontrer, ma sœur pour lui prouver à quel point Ilyssia incarnait le diable sur Terre. Ce n'est pas juste. J'espère seulement que ma mère ne s'est pas laissée influencer par Elora.

— Ta mère est artiste ? poursuit Ilyssia.

Elle doit avoir ses raisons, pour poser cette question. Ou du flair. Ou les deux.

— Ma mère est pianiste.

Elle hoche la tête. Elle modèle quelque chose du bout des doigts, le visage relevé. Je ne devine pas ses traits, uniquement ses bras, ses épaules musclées et le débardeur qui laisse apparaître une partie de son dos. Ilyssia est sculptrice. Elle grave la pierre et le marbre. J'imagine qu'il faut de la force pour y parvenir. Même si elle a l'air fragile, ce n'est qu'une carapace. Ses cheveux courts frôlent le bas de sa nuque. Elle les a coupés récemment. Lisses comme des baguettes, sombres comme la nuit, ils contrastent avec la pâleur maladive de sa peau. J'approche d'elle sans un bruit. Elle se crispe lorsque je respire près de son oreille.

— Pourquoi ? demandé-je sans la lâcher du regard.

Doucement, les doigts pleins d'argile, elle baisse ses mains le long de ses cuisses et se retourne dans ma direction. Le gris de ses yeux durcit encore les traits austères de son visage. Pourtant, une autre lueur danse dans ses ombres. Elle me fixe un instant, puis penche la tête sur le côté.

— C'est sûrement d'elle que tu tiens ta part... sombre, déclare-t-elle à voix basse.

— Tu trouves que ma mère est sombre ?

— Elle connaît la souffrance, la peur, la solitude et tous leurs inverses. Elle est aussi sombre qu'elle irradie. Dis-moi, Celian, tu pourrais te placer comme la statue, s'il te plaît ?

— Je ne suis pas là pour poser, aujourd'hui, maugréé-je.

Elle m'énerve à me donner des ordres.

— Tu es là pourquoi, dans ce cas ?

Sa question rhétorique m'arrache un sourire amer. Pourquoi suis-je venu jusqu'ici si ce n'est pas pour me disputer avec elle ?

— J'avais envie de te voir.

— Pourquoi ? rétorque-t-elle.

Elle me laisse à peine le temps de terminer ma phrase qu'elle est déjà sur mes talons, à me répondre sans même me permettre de refermer la bouche.

— Parce que tu me manquais.

Sa neutralité m'afflige autant qu'elle me fascine. Tout aussi lentement qu'à son habitude, elle pose une main sur mon pull et essuie ses doigts pleins d'argile sur le tissu. Je mords l'intérieur de mes joues, une pulsion de colère émergeant de mes reins à mes poings, qui se compriment par pur réflexe.

— Je te manquais ?

Elle plonge ses iris métalliques dans les nuages des miens. L'acier contre la pluie. Je déplie mes doigts, attrape son poignet plus brutalement que je ne le voudrais, puis l'oblige à se tourner autour de moi. Elle suit mon mouvement sans rechigner, docile comme si elle ne représentait aucunement le plus grand danger pour ma vie. J'avance vers elle, ce qui la force à reculer. Ce qu'elle fait jusqu'à ce que son dos cogne la porte d'entrée. Je ne supporte pas de voir cette statue dans son dos. J'aimerais qu'elle se concentre sur moi autant que sur elle. Merde, je suis vivant, moi ! Je ressens des choses par sa faute et je ne veux pas être sa muse ou son modèle, ce soir.

Je veux qu'elle me voie, moi, Celian Jones. Un homme qui pourrait être le sien, au moins le temps d'une nuit.

J'ignore pourquoi, tout à coup, je m'imagine aller si loin alors que je m'évertuais à la suivre dans l'ombre, en silence, depuis des semaines. La lumière vive de son projecteur éclaire peut-être mes plus vils démons. Peut-être que, là derrière, mon cœur bat plus vite et plus fort que je ne le croyais.

— Tu me hantes, chuchoté-je. Tu me fuis. Tu t'acharnes à me repousser.

— Je ne veux pas te blesser, murmure-t-elle en avançant son visage jusqu'à effleurer mes lèvres.

Une réaction chimique tout à fait déplorable envoie des signaux brûlants à tous les pores de ma peau. Je suffoque, prêt à lui arracher un maigre baiser afin d'assouvir une petite part de ce désir ardent que j'éprouve pour elle. Je sais toutefois que ce serait le geste de trop. Comment m'arrêter si j'y goûte, rien qu'une nouvelle fois ? Elle respire fort. Plus que moi. Savoir qu'elle perd le contrôle, juste un peu, suffit à embraser bien plus que mon âme. Je ne saurais l'expliquer. Elle m'affole jusqu'au plus profond de mon être.

— C'est rare que tu ne répliques rien qui me blesse, susurré-je d'une voix pleine de poison.

— Je préfère donner raison à mes détracteurs. C'est moins difficile pour toi d'accepter mes rejets si tout le monde te répète sans cesse que je suis monstrueuse.

— Mais toi, tu penses quoi de moi ? Tu veux quoi, précisément ? tenté-je dans un vain espoir.

— Tu as quoi à offrir ?

— Je t'ai déjà tout donné, démon. Tu possèdes déjà tout au creux de ta main. Et tu le sais.

C'est parce qu'elle le sait que je la déteste encore plus. Faire semblant, jouer à la stupide petite chose qui n'a aucune idée de son pouvoir, c'est bien l'ultime provocation qui brise mon calme apparent.

— Ne joue pas à ça.

Ma main la serre trop fort et j'en ai conscience. Elle ne se plaint pas, les lèvres si proches des miennes que c'en devient indécent. Comme l'érection entre mes cuisses ou la putain de fureur qui me ronge le ventre.

— Regarde ce que tu as fait de moi… Un chien qui rampe à tes pieds.

— Je n'ai rien fait du tout. Rien, consciemment, en tout cas… Je te le jure.

Sa voix semble sincère, mais je n'arrive plus à déterminer ce qui l'est vraiment, avec elle.

— Libère-moi.

— J'essaye, chuchote-t-elle.

L'air chaud qu'elle expire est à moi. Ses lèvres aussi. Lorsque je m'en empare, elle arrête de respirer. Mon corps relâche la pression, et je l'écrase contre la porte. Elle se tend et se détend à la fois. Difficile à décrire. Je me sens dans le même état : au bord de la rupture, mais enfin libre. Condamné à souffrir, encore et encore.

— Celian… Tu devrais rentrer chez toi, murmure-t-elle.

— Non, soufflé-je à son oreille.

— Si tu restes, je dirai oui. Si je dis oui, on couchera ensemble. Et si on couche ensemble…

Elle laisse flotter ses mots et la menace autour de nous.

— Il se passera quoi, Ilyssia ? Si jamais je couche avec toi, il se passera quoi ?

— Tu verras la lave sous toutes ces couches de roche.

Ses lèvres se posent sur les miennes. Plus calmement. Plus méthodiquement. Comme tout ce qu'elle fait, elle prend le temps, elle analyse, elle cherche le meilleur angle d'attaque. Une fois qu'elle le trouve, elle ne le laisse plus s'échapper. Elle mord, encore et encore, jusqu'à ce que sa proie cède. Malheureusement pour elle, c'est moi qui la poursuis dans la nuit. Moi qui la prends en photo quand elle détourne son beau regard de moi. Moi qui la fantasme tous les soirs, toutes les nuits, avec l'ardeur d'un feu de forêt. Elle ignore tout de ce qu'elle a réveillé dans mes entrailles. C'est terrifiant. Exaltant. Dangereux.

Létal.

— Tu crois que j'ai peur de toi ? articulé-je en reculant.

Frustrée, elle se plaque au mur et me fixe de ce regard insolent qu'elle seule me jette avec une telle impudence. Même si elle est forcée de lever la tête pour croiser mes pupilles, elle ne perd pas de sa superbe. J'aimerais lui enlever ses talons. L'obliger à me supplier de rester.

— Tu as déjà perdu, me lance-t-elle sans se départir de sa neutralité.

Prétendue neutralité. Elle respire plus vite. Sa jugulaire bat contre sa gorge comme une preuve irréfutable de sa vulnérabilité. Elle joue, mais le masque ne tient pas la route. Son corps s'arque si je recule, comme si elle refusait mon départ. Quand je m'approche, elle se rétracte, mais pas pour de bon. Elle hésite. Je pourrais trembler si je n'étais pas aussi tendu. Nos ventres se plaquent l'un à l'autre. Elle gigote juste assez pour masser la protubérance qui palpite contre sa peau. Le frottement de ses vêtements le long de mon érection m'arrache un soupir tremblant. Nos regards ne se quittent plus. C'est presque pire qu'une caresse franche. Elle me défie de céder en premier. Ce qu'elle ignore, c'est que j'ai rêvé ce moment tellement de fois que je le gère mieux, désormais.

Sa main s'extirpe de mon étreinte. Il a suffi d'une seconde d'inattention pour que ce succube trouve une faille. Lentement, ses doigts courent de mon épaule à mon nombril. Sur tout le chemin, une traînée de flammes sillonne ma chair. Des décharges lèchent mon épine dorsale à mesure qu'elle descend. Encore. Jusqu'à interposer sa main entre mon sexe et son ventre. Je lâche une insulte à en faire pâlir tous les saints.

— C'est un peu facile, ça, grogné-je.

Elle penche la tête sur le côté. Sa main caresse mon érection. Bordel, elle n'a jamais été aussi pressante et douloureuse. Mon ventre hurle pour que j'assouvisse ce désir, mais il est hors de question que je fasse ce plaisir à ma chère sculptrice. Je vais profiter de chaque putain de miette de ce qu'elle me donne. Ouais, je vais ramper jusqu'à la dévorer tout entière. Jusqu'à ce que ce soit elle qui gémisse mon nom dans le froid et le silence de ses nuits les plus solitaires. Je n'aurai de cesse que lorsqu'elle m'appartiendra.

Un soupir de stupéfaction se bloque dans sa gorge quand je la soulève et enroule ses jambes autour de mes hanches. Résister à l'envie de lui arracher ses vêtements pour la prendre contre le mur relève du miracle, mais j'y parviens jusqu'à atteindre son lit. Le projecteur éclaire dans l'autre sens, si bien qu'ici, la lumière tamisée nous offre le réconfort des ténèbres. Là où je l'ai rencontrée. Là où j'ai commencé à me perdre en elle. Là où elle m'absorbera et où je me perdrai jusqu'à la conquérir, pour de bon cette fois-ci.

– Parfait, murmure-t-elle.

Je me fige un instant en déposant ses fesses sur le bord du matelas. Nos regards s'affrontent de nouveau.

– Tu m'as demandé ce que je pensais de toi…, ajoute-t-elle en mordillant sa lèvre jusqu'au sang.

– Parfait avec tout ce que tu vois de moi ? Tu ne me trouverais pas parfait si tu savais ce que…

– Justement. Tu es parfait parce que tu n'es pas parfait.

Elle lève les mains et prend mon visage entre ses doigts froids et asséchés par le travail.

– Et toi ? Que penses-tu du dragon que je suis ? De la personne qui te fuit et te blesse à chaque fois qu'elle t'ouvre les portes de son royaume ? Tu vas regretter ce que tu t'apprêtes à faire, Celian. Moi, non. Tu en souffriras… et moi non, murmure-t-elle en caressant mes pommettes.

Je sais qu'elle ment et elle aussi.

– Tu me penses trop faible pour entrer dans l'arène ?

– Ne joue pas avec le feu, Celian. C'est un aller sans retour.

Lentement, je glisse une main entre sa cuisse et la mienne. Elle frémit lorsque mes doigts empoignent sa chair.

– Tu n'as aucune idée de ce que je compte te faire subir, à l'abri de tous les regards.

L'agonie dans l'expiration qui quitte ses lèvres m'électrise jusqu'à l'os.

– Montre-moi…

39

Ilyssia

Certaines barrières tenaient bon tant qu'il gardait ses distances. Je pensais qu'il serait trop impressionné par le mystère qui m'entoure pour m'approcher.

C'est ma seule arme : semer la confusion en usant de mes ombres pour terrifier mes adversaires. Jusqu'ici, personne n'a jamais envahi mon territoire sans ma permission. Certaines amitiés ont repoussé mes limites, mais jamais aussi loin.

Revendiquer mon corps comme il le fait me déplaît. Pourtant, s'il arrêtait, je serais capable de pleurer de frustration et de tristesse. Sa main remonte jusqu'à mon entrejambe, il ralentit au niveau de mon aine sans poursuivre son exploration. Je retiens ma frustration de toutes mes forces. S'il veut jouer, je suis prête à abattre mes cartes. Mes jambes se meuvent difficilement, mais j'entoure son bassin et glisse mes pieds le long de ses mollets. Il ferme les yeux. Je tends un bras en arrière pour me redresser et embrasser sa gorge. Ma langue trace un chemin jusqu'à son oreille, le long de sa mâchoire, pour terminer sa course au coin de ses lèvres, que j'embrasse avec une lenteur qui réussit à me frustrer toute seule.

Comme s'il souhaitait me signifier son mécontentement, Celian donne un coup de hanches brusque et soudain entre mes jambes. Mon ventre se crispe. Un nœud s'y est formé, douloureux, et ne demande qu'à se démêler pour exploser avec pertes et fracas. Quoi qu'il décide de faire, je vais y passer. Ma tête bascule en arrière. Il attaque ma gorge et je lui rends la pareille. Il mord, je mords. Il entoure ma taille de ses longs bras trop puissants pour être vrais et me soulève pour m'allonger sur le lit. Rien n'est délicat. Il me froisse quasiment une côte en me serrant autant, mais j'accuse le coup et plante mes crocs dans sa lèvre inférieure. Nos souffles se confondent. La froideur de la roche contre la puissance du feu. La lave bouillonne en moi et je la contiens frénétiquement, trop effrayée à l'idée de perdre le contrôle sur cette situation qui me dépasse.

J'ai su à l'instant même où il est entré que quelque chose allait mal se passer. Je n'imaginais pourtant pas que ce serait aussi terrible.

Délicatement, Celian soulève mon t-shirt. Je me redresse, m'en débarrasse, temps durant lequel il juge visiblement utile de retirer mon pantalon de pyjama et ma culotte noire. Je frissonne, non pas de froid, mais d'une excitation virulente. S'il voulait se venger, il partirait maintenant. Ce serait la pire punition possible, humiliante et absolument cruelle. J'en aurais été capable, mais lorsque je croise son regard, je comprends que lui, non. C'est notre malédiction. Brûler tous les deux dans le gouffre qui nous séparait jusqu'alors. Je comprends mieux pourquoi nos chemins ne s'étaient pas croisés jusque-là. Notre rencontre est un bug dans la matrice. Je refuse de croire qu'une force supérieure pourrait souhaiter nous voir cramer vifs.

Mon cri m'échappe à la seconde où son corps rejoint le mien et que sa main couvre mon sexe dans une caresse obscène. Je n'ai jamais trouvé d'intérêt à la chair. Je préfère la pierre.

Préférais.

Son index écarte mes lèvres. Je bouge mon bassin pour l'inciter à presser mon clitoris, mais il l'évite sciemment. Le connard fini qu'il est n'a pas terminé de me compliquer la vie. J'aimerais juste qu'il me libère, lui aussi. En même temps, cette torture est tellement délicieuse que j'aimerais m'y perdre et m'y noyer le plus longtemps possible. J'en viens à douter de ma propre santé mentale.

J'écarte mes jambes. Il cesse de me toucher et saisit son sexe d'une main autoritaire.

— Difficile de se retenir, Golden Man ?

S'il y avait une façon plus provocante de prononcer ces mots, il aurait pu jouir sur mes draps dans l'instant. Son regard me percute. Ses pupilles mangent ses iris si clairs, noircissant un regard d'ordinaire si doux et si... parfait.

Quelle ironie.

Il n'y a plus rien de sain ou de doré dans ce qui se pose sur moi. C'est du désir pur, une pulsion irrépressible, viscérale et un plaisir animal. Voilà ce qui me condamne ce soir, et je n'ai pas prévu de m'échapper. Pas cette fois-ci.

Sa main relâche son sexe, qui palpite méchamment contre son ventre. L'instant d'après, son majeur et son annulaire ne peinent aucunement à se frayer un chemin dans mon intimité. Je me laisse tomber en arrière, terrassée. Le cœur au bord de la crise, je m'arque violemment quand il entame un mouvement de va-et-vient en moi.

Merde...

— Tu mériterais que j'arrête.

Il retire ses phalanges. Une longue plainte quitte mes lèvres et mon dos rencontre de nouveau les draps. Heureusement qu'ils sont plus froids que ma peau, car je suis certaine de prendre feu à l'instant où le plaisir pulse contre mes côtes. Je m'ancre à la réalité un court instant. Ce moment existe. Ce n'est pas mon imagination. Bordel de...

— Mais ce serait encore pire pour toi de perdre le contrôle, hum ? chuchote-t-il.

Je me redresse. Il s'avance et insère de nouveau ses doigts solides entre mes cuisses. Je résiste à la vague contre mon gré. L'orgasme se refuse encore à moi pour le moment. J'attends qu'il bouge, mais il n'en fait rien. Son érection se presse contre ma cuisse alors qu'il me domine de toute sa hauteur. Il se frotte à ma jambe, le souffle tremblant et les yeux voilés par le plaisir.

— Vas-y, craque en premier, ricané-je d'une voix beaucoup trop aiguë pour m'appartenir.

Il se fige, grimace, puis enfouit son visage dans mon cou pour y infliger une morsure. Je la lui rends. Il plie ses doigts en moi. Une fois, deux fois. J'abandonne ce combat-là et lui accorde une victoire, extatique et au bord d'une explosion ravageuse. Puis il s'arrête. Encore.

— Vas-y… Craque en premier, répète-t-il comme une menace. Baise ma main, Ilyssia. Donne-moi cette victoire, sinon je me casse d'ici et je ne reviendrai plus jamais.

Je devrais résister. Je pourrais, potentiellement, survivre à ce putain de désir qui me meurtrit de l'intérieur. Mais comme j'échoue lamentablement, je lui obéis et imprime un mouvement de va-et-vient sur ses doigts. Je m'appuie sur mes mains et continue encore un peu jusqu'à ce que l'orgasme m'emporte. Ce dernier ne tarde pas, presque comme s'il attendait que je capitule pour me renverser. Celian accélère le mouvement, m'achevant une bonne fois pour toutes. Mes replis se resserrent et le plaisir atteint une telle intensité qu'il en devient douloureux. Mon corps se tend d'un seul coup, si fort que l'air m'échappe dans un cri. Son râle suit le mien. Au début, je ne comprends pas tout ce qui se passe, jusqu'à ce qu'un liquide chaud et épais coule le long de ma jambe. Je suffoque, épuisée.

— Égalité, murmuré-je par la seule force de ma fierté mal placée.

40

Ilyssia

Celian se rhabille, hésite à me saluer et se lève précipitamment. Moi, j'enfile un t-shirt trop large pour moi, puis retourne à ma statue. C'est comme si cette parenthèse n'avait jamais existé, comme si je n'avais pas son goût sur mes lèvres et son odeur sur ma peau. Il s'en va et je ne le retiens pas. Je n'essaye même pas.

— Je pars ? demande-t-il.

L'hésitation brise sa voix. Mon cœur se gonfle d'un sentiment étrange. J'ai le réflexe d'avancer vers lui et de me rétracter presque instinctivement.

— Tu dois te reposer, murmuré-je.

Il bat des cils, indécis.

— Je… peux me reposer ici ?

Son air maladroit contraste avec sa posture défensive. Même dans cet état fragile, il demeure un colosse de muscles et de chair brûlante. Je peux en témoigner. Sa force n'est plus à prouver, pourtant j'ai l'impression qu'il pourrait tomber si je soufflais un peu trop fort.

— Celian… Tu…

— Je m'en vais, alors ?

Il se redresse, prêt à bouger.

— Non. Enfin… comme tu veux.

Gênés, nous restons tous les deux immobiles comme des piquets. Ce serait peut-être drôle, dans un autre contexte. Une handicapée émotionnelle et un mec totalement immature en amour sur la pente glissante du désir et des sentiments contradictoires. De quoi créer un immense blocage entre nous. Franchement, j'en aurais bien rigolé si j'avais vu cette scène dans un film. J'aurais trouvé cette réaction parfaitement disproportionnée et peu réaliste. Maintenant que j'y suis, je me mange une gigantesque claque par la vie. Nous restons en silence l'un en face de l'autre, à attendre je ne sais quel signe de l'univers pour oser frémir du moindre cil.

— C'est ridicule, peste-t-il en jetant sa veste sur la table qui jouxte la sortie.

Je lorgne son haut et les taches d'argile que j'y ai laissées. C'était pour qu'il s'en aille en me hurlant dessus, à la base, mais il n'a pas réagi comme je m'y attendais. Je crois qu'il faut que j'arrête de prévoir les réactions des gens normaux. Lui et moi ne sommes pas construits dans le même matériau. Il est en or. Je suis en marbre.

— Oui, je suis d'accord. C'est assez nouveau, pour moi aussi, lui avoué-je.

Ce n'est pas comme si j'avais déjà passé plus d'une nuit avec la même personne. Ni que j'avais ressenti ça pour quelqu'un d'autre. Je ne sais pas tellement comment me comporter dans une telle situation.

— Pour moi aussi. D'habitude, je ne me retrouve pas avec quelqu'un d'aussi compliqué qu'une artiste mal lunée...

— Je ne suis pas mal lunée.

— C'est encore pire, souligne-t-il.

— Bon, viens te coucher et ferme-la !

Il retire son haut. Je détourne les yeux.

— Quoi ? Je pose plus dévêtu que ça, d'habitude.

— Tu admettras que le contexte est différent de d'habitude.

Il jette son pull avec son manteau. Je le suis du regard. Quand il caresse ma joue, je me tends. C'est comme si je m'attendais à ce qu'il décide de me gifler n'importe quand, alors que je sais qu'il n'oserait jamais me faire de mal. J'ignore pourquoi je me prépare toujours au pire... de peur d'être déçue si je m'autorise à espérer, peut-être ?

— Je dois appeler quelqu'un. Ensuite, je vais... travailler.

Il ne relève pas. La déception teinte ses traits. Ses mâchoires se contractent, et mon cœur avec elles. Pourtant, je ne mens pas. Il faut que je contacte Siffrin, ce soir. Il a quelque chose sur le connard qui vampirise ma meilleure amie. Et puis, ce n'est pas parce que je l'autorise à rester ici cette nuit que je suis contrainte de me coucher avec lui ! Il peut dormir seul, que je sache !

Las, il se dirige vers le matelas. Je me tourne dos à lui et compose le numéro de Griffins. Le froissement de ses vêtements m'indique qu'il s'est sûrement foutu à poil. Il se glisse sous les couvertures, ce qui provoque un craquement inquiétant. Ce ne sont que les cartons d'argile qui plient à cause du poids, j'ai assez dormi dessus pour m'assurer que ça ne risque rien.

Au bout de trois sonneries, l'ex-meilleur ami de mon père décroche. Nous discutons un instant de ce Leo. De qui il est, pour qui il travaille et dans quoi trempe ma meilleure amie. Rien de glorieux, sans surprise, mais rien de trop atroce non plus. Siffrin m'affirme qu'il peut faire quelque chose. Je le remercie, et le temps de ranger mes affaires, je constate que Celian est bien silencieux. Un poil parano, je le surveille par-dessus mon épaule.

Un élan de tendresse me submerge.

Il dort, roulé en boule, les bras fermement accrochés à son oreiller, comme s'il avait peur que ce dernier s'échappe Dieu seul sait où. Sur la pointe des pieds, je me dirige vers le projecteur et éteins la lumière. Puis je le rejoins, sans savoir comment m'y prendre pour monter et l'enjamber sans le réveiller. Alors, au lieu de prendre ce risque, je m'assois doucement sur le rebord et l'observe. Le temps que mes yeux s'adaptent à la luminosité, je m'efforce de deviner ses contours, comme si je ne les connaissais pas encore assez. Tout le monde s'ébahit devant ma statue, mais je n'en suis pas satisfaite. Ce n'est pas Celian que je représente, mais quelqu'un qui lui ressemble… et j'ignore pourquoi je n'arrive pas à capturer l'étincelle qui brille dans son regard.

Ma main se lève lentement pour caresser sa tempe et dégager les quelques mèches qui lui tombent devant les yeux. Il ne bouge pas d'un cil. Il ne frémit même pas. Je sais de source sûre que moi, j'aurais bondi jusqu'au plafond. J'ai le sommeil léger lorsque quelqu'un investit mon espace vital.

Un long moment s'écoule où je me contente de détailler ses traits dans un tout nouvel angle et à la lumière d'un sentiment bien différent. Je comprends désormais ce qui nuance un artiste qui glorifie sa muse d'un artiste qui ne crée que pour lui-même. Il y a quelque chose de plus palpitant à représenter ce que l'on aime. On a envie de se dépasser pour cette passion que l'on porte à l'autre. On aimerait l'immortaliser pour ne jamais oublier, ni ce moment, ni cette odeur, ni cette chaleur, ni ces petits détails qui font toute la différence entre cet être humain et tous les autres. J'aimerais qu'il ne s'efface jamais. Que cette roche le représente à travers tous les âges et les siècles à venir. J'aimerais que Celian trouve cette représentation juste. Qu'il comprenne que derrière mes mots et mes agissements souvent difficiles à cerner se cache quelque chose de fort que je peine encore à tolérer. C'est là, pourtant.

Aussi ravageur qu'un orgasme. Plus lent, plus insidieux et plus… définitif.

Avec une délicatesse que je maîtrise moyennement, j'escalade ce colosse de muscles pour rejoindre le côté du lit qui m'emprisonne entre sa carrure et le mur. J'espère qu'il ne me roulera pas dessus, sinon il m'étouffera. J'en profite pour remonter les jambes sur mon ventre et enlève mes chaussures. Je ne crois pas les avoir retirées avant de… baiser sa main, disons. Quant au plaid que je portais sur mes épaules pour me cacher dans un doux cocon de coton, il est depuis longtemps tombé par terre. Je me blottis sous les couvertures réchauffées par la présence de cet homme, à mes côtés, et me demande comment j'ai foutrement pu me retrouver dans une telle situation.

Maintenant que j'y suis, je ne crois pas que je changerais quoi que ce soit si je pouvais revenir en arrière.

Il roule sur le flanc, comme je le craignais. Il s'arrête avant de me réduire à l'état de crêpe. Son grand bras trop musclé pour être humain passe sous les draps et se pose en travers de mon ventre. Le souffle coupé, je frémis et me tourne vers son visage, qu'il enfouit sans demander son reste dans le creux de mon cou. L'odeur de ses cheveux me fait clore mes paupières, comme si j'avais besoin du néant total pour m'imprégner de lui à tout jamais.

C'est là que je suis supposée m'endormir. Avec ce gros bébé contre moi. C'est du grand n'importe quoi. Mes doigts caressent son poignet, le dos de sa main et ses phalanges endurcies par le sport intensif qu'il pratique. Ces mêmes doigts qui ont... enfin, bref. Peut-être n'est-ce pas le moment de repenser à nos ébats.

Et si je cauchemarde ? Ce n'est jamais arrivé dans ce lit, mais on ne sait jamais...

Je ne lui dois rien. Lui non plus. Pourtant, je me pose la question : me sauvera-t-il comme il le fait parfois dans mes rêves ?

41

Celian

Je n'avais pas aussi bien dormi depuis des semaines : c'était quasiment un coma, à ce niveau-là. J'ignore d'ailleurs depuis combien de temps j'ai fermé les yeux... Si je me suis réveillé en sursaut, c'est parce que j'ai senti un radiateur bouillant s'agiter entre mes bras. Je ne pensais pas qu'elle me rejoindrait. J'avais fini par admettre qu'elle ne dormait jamais. C'était improbable, mais pas particulièrement étonnant venant d'elle.

Quand j'ai émergé et que j'ai reconnu sa peau et son odeur, j'ai cru rêver. Encore. Ça n'aurait pas été la première fois.

J'observe son visage. Elle dort... mais ça n'a rien de paisible. Une expression d'effroi est collée sur ses traits. D'ailleurs, une larme dévale sa joue, s'effaçant dans sa chevelure foncée. Elle se crispe nerveusement et serre les poings autour du drap. Elle cherche à arracher le tissu, de toute évidence. Sa carotide pulse méchamment contre sa peau et je crains un instant qu'elle me claque dans les bras. Pourtant, je ne la réveille pas. Ce serait violent de l'extirper aussi brutalement d'un cauchemar qui semble la tourmenter.

Le cœur lancé à mille à l'heure dans ma poitrine, je soupèse mes maigres possibilités et décide d'opter pour la douceur. Avec un peu de chance, j'arriverai à l'apaiser. Lentement, je la retourne sur le dos, puis sur l'autre flanc, et la positionne en petite cuillère.

Elle se recroqueville contre mon ventre, ses pieds se crispent. Je passe une jambe entre les siennes et dépose mon menton sur son crâne.

Je crois que cela fait un peu effet, car elle arrête de sangloter. Mes doigts tracent des cercles sur ses hanches, puis le long de sa cuisse. Elle frissonne dans son sommeil, gesticule et râle dans un dialecte inconnu.

Au bout d'une heure, peut-être deux, elle se détend et ne se réveille pas en hurlant. Moi, j'ai eu le temps de somnoler tout en la rassurant du mieux que je le pouvais.

Pourtant je le sais. Demain, elle me rejettera. Et quand elle le fera, mon cœur se brisera. Encore. Et encore. Jamais elle ne me laissera tranquille.

Alors pour ce soir, au moins pour ce soir, je veux en profiter. Graver ce souvenir en moi pour toujours et à jamais.

Parce que je l'aime... je crois.

42

Ilyssia

Un sol couvert de sang. Mes pieds trempés qui traînent dans l'hémoglobine, traçant un chemin en ligne droite vers le buste ensanglanté de mon père. La même rengaine, la bile dans ma gorge et le cœur au bord des lèvres. Quand on y est pour la millième fois et que notre cerveau en est conscient, ce devrait être plus facile à gérer. Mais la terreur garde le même goût, que l'on change de scénario ou non. Le feu dans mon ventre me lèche la chair. Je lève la tête vers le morceau de chair agonisant qui pleure et suffoque en me fixant de ses deux yeux vides. Je me fige, en proie à la même envie de mourir qu'en temps normal. Je pose mes mains sur ma poitrine et presse l'emplacement de mon cœur pour qu'il arrête de tambouriner. Au lieu de toucher ma peau, je traverse mon corps immatériel, condamnée à errer là et à sentir mon sang qui pulse, mais sans chair, sans chaleur et sans souffle propre.

Épuisée, je m'accroupis et me concentre sur le sang qui m'entoure plutôt que sur le visage de mon père qui me supplie de l'achever et me demande, en boucle, pourquoi j'essaye tant de le ramener à la vie.

« Parce que je suis seule. Parce que ça aurait dû être ton rôle, de me protéger. Parce que toi, tu n'as jamais été là. »

Quand j'étais petite, je m'étais fait une amie du nom de Lola. Bien évidemment, y penser au beau milieu d'un rêve provoque sa matérialisation dans cette vision d'horreur. Couverte de sang, portant deux petites couettes blondes, elle me dévisage en souriant. J'aurais préféré qu'elle boude plutôt qu'elle affiche cette expression dérangée, mais peu importe. Je me souviens qu'elle avait un papa très aimant. Un homme bedonnant, les cheveux poivre et sel, qui adorait les jeux vidéo et les films Marvel. Il la câlinait constamment. Quand elle se blessait, il la soignait. Un jour, un enfant l'a agressivement poussée et je me rappellerai toujours la noirceur sur son visage quand il a dominé le jeune garçon de toute sa hauteur. Le gamin n'a plus jamais embêté sa petite fille... mais moi à sa place.

Moi qui n'avais pas de père pour le terroriser.

Dans mon cauchemar, je me revois, enfant, assise dans le sang et les entrailles qui jonchent le sol de mon cauchemar. Je regarde cette illusion qui n'existe que dans mon cerveau, pourtant je me souviens encore de ce soir-là. Je suis rentrée à la maison et j'ai sorti tous mes pots de pâte à modeler. J'ai mélangé les couleurs, puis j'ai réussi à atteindre la teinte parfaite de sa peau. C'était la première fois qu'elle n'était ni trop jaune ni trop rouge.

J'ai sculpté son visage. J'avais volé un couteau dans la cuisine, une cuillère et d'autres ustensiles qui me permettaient de lisser et creuser la pâte. C'était une version miniature de mon père, mais elle était réaliste.

C'était parfait.

Fière de moi, je me suis précipitée dans l'atelier de ma mère. J'ai ouvert la porte et l'ai trouvée allongée sur son matelas, entourée de tableaux plus colorés que la palette d'une junkie en plein trip psychédélique. Elle pleurait à chaudes larmes, le corps soulevé de soubresauts, alors que je m'avançais dans la lumière de ses guirlandes de Noël – ce n'était pas Noël, mais j'avais appris à m'en foutre. Sans faire de bruit, je me suis tenue à côté d'elle jusqu'à ce qu'elle se reprenne, puis lui ai offert ma sculpture. Elle l'a observée un long moment...

Mais au lieu de la réconforter, de la guérir, de la protéger ou que sais-je encore... elle lui a fait du mal. Cette statue a percé son cœur comme un millier d'aiguilles. Je m'en suis voulu à l'instant même où j'ai compris que j'avais fait une bêtise.

Je me rappelle encore ses mots.

Ils résonnent dans ma tête, dans cette pièce aux horreurs où le buste de mon père continue de gémir de douleur.

« Il est mort, Ilyssia. Tu ne peux pas le ramener à la vie. Tu n'auras jamais de père, c'est comme ça. C'est injuste, et ça te rendra triste toute ta vie, mais ça fait partie de toi. De ton histoire. Ton père est mort. »

Je hurle pour recouvrir les lamentations. Pas physiquement, mais silencieusement, dans cet espace confiné où l'odeur âcre du sang se répand sur ma langue comme du venin.

La sculpture monstrueuse de mon père crie en même temps que moi. Oh oui, j'imagine que lui aussi souhaiterait se libérer de cette prison mentale. J'aimerais tout autant l'en chasser, mais j'ai bien compris, les années passant, que je n'avais aucun contrôle sur cette partie de mon esprit. Je le condamne à souffrir avec moi indéfiniment, dans cet endroit où le temps s'écoule sans s'écouler. Quand j'aurai quatre-vingts ans, craindrai-je encore cette pièce avec la même violence ? Cette douleur inouïe se sera-t-elle essoufflée ou, au contraire, se renforcera-t-elle au fil des années ? J'ai peur de vieillir, si cela signifie emporter mes souffrances avec moi, sur mon dos, et remplir ma hotte aux horreurs de nouvelles images tous les ans.

Je me morfonds dans l'angoisse.

Soudain, des bras m'entourent. Je sursaute dans un océan de lumière. Les voix se taisent.

J'inspire pour la première fois depuis des mois, des années, peut-être même des siècles. Quelqu'un dépose un baiser sur le dessus de ma tête. J'aime imaginer ce que je veux, alors je me persuade que c'est Celian. Je ferme les yeux et me laisse bercer par cette peau qui est la seule à m'atteindre dans cet antre terrifiant. L'Art est à l'Homme ce que l'eau est à la vie. Ce que je ressens pour lui, c'est comme une toute petite bouée. Ça ne m'empêche pas de barboter dans la mer et d'y puiser le sel nécessaire à mon âme créative… mais elle me permet aussi de ne pas couler lorsque mon corps fatigue ou que les vagues se déchaînent.

— Casse la statue, murmuré-je.

— D'accord, entends-je dans mon oreille.

Un chuchotement, rien de plus. Puis la statue se fendille au niveau du cœur. S'effondre avec fracas. Je me baigne dans cette chaleur qui m'enveloppe pour ne pas affronter mon monde qui tombe en ruine.

— Casse la statue, répète la voix de mon père, difforme.

— Casse-la, confirmé-je.

— Je casse la statue, murmure Celian.

Il répète ces mots comme une litanie.

Le cauchemar cesse là. Écran noir. Mon corps reprend vie. J'ai mal. J'ouvre les yeux en expirant tout l'air de mes poumons. Mon atelier. Le mur en lambris. L'odeur de l'argile. Des bras chauds autour de moi.

Celian.

Mes bras se referment autour du sien. Je l'attrape fermement et le plaque entre mes seins comme un doudou. Lentement, je pose ma joue contre ses doigts inertes. Il dort paisiblement, dans mon dos, et pour la première fois de ma vie…

Je me sens protégée.

43

Celian

[Celianjonesgoldie : Je peux passer ce soir ?]
[Missmargaretilyssiaart : Oui.]

Je lui ai laissé deux semaines pour se remettre de notre dernière entrevue. Je commence à connaître la bête. Il lui faut un temps minimal pour intégrer une situation et gérer ses émotions. Je l'ai croisée sur le campus à plusieurs reprises et elle m'a royalement ignoré à chaque fois... sauf ce matin. Elle m'a souri. J'ai cru que j'allais mourir de joie et de stupéfaction. J'imagine que ça voulait dire « je suis prête ». Je l'ai pris ainsi, en tout cas, et je pense être le mieux placé pour estimer la connaître.

Lorsque je reçois sa réponse, mon cœur s'emballe. Je ne sais pas si j'aurai le droit de la toucher à nouveau un jour, ni si elle sera de bonne humeur. Difficile à prédire. L'avenir nous le dira, peut-être qu'elle l'ignore elle-même. Je ne peux m'empêcher de rêver qu'elle me laisse encore goûter sa peau. J'y ai pensé tous les soirs, au point où je crains de devenir un véritable névrosé. Ce n'est pas sa faute, mais la mienne.

— T'as l'air d'aller bien, ces derniers temps, notifie mon meilleur ami en bâillant comme s'il avait enchaîné trois nuits blanches.

— Ouais... ça va mieux.

— Tu vois encore la démone que ta sœur maudit tous les soirs de pleine lune ?

J'éclate de rire malgré moi.

— Oui.

Il acquiesce, un sourire ironique aux lèvres. Avec ses gros bras de déménageur, Julian a la carrure d'un type qui pourrait décrocher la tête d'un corps en deux temps, trois mouvements. Il plaque ses tresses en arrière. Il n'a pas pu jouer la semaine dernière à cause de lacunes en littérature anglaise. Je sais qu'il voit ma sœur de temps en temps pour... discuter. Pour le moment, je ne m'en mêle pas. Comme je lui interdis de s'occuper de ma vie, je n'ose pas. Toutefois, j'ai quelques doutes sur la nature de leur relation. Je ne suis sûr de rien, mais...

— Et toi, avec ma sœur ?

Il détourne le regard et fixe le panier de basket. Mon téléphone vibre et je ricane en baissant les yeux sur l'écran.

[Missmargaretilyssiaart : Je mettrai du Disney. Ramène des bonbons.]

J'ai l'impression d'être de retour en décembre, quelques mois plus tôt. Entre-temps, je suis devenu fou. D'elle, et plus généralement dans la vie de tous les jours. Je me défonce à l'entraînement, mais je prends aussi soin de ce corps que j'ai souvent poussé à bout sans lui accorder le respect dont il avait besoin. J'ai progressé et je sais que les recruteurs ne me lâchent pas.

Lors de notre dernier match, un type a consacré son temps à décomposer tous mes mouvements. Lorsque nous avons gagné, il a passé un coup de fil à Dieu sait qui. Il est ensuite allé saluer notre coach et ils ont discuté un bon moment. Quand il est revenu, il s'est empressé de me gratifier d'une immense claque amicale pour me féliciter.

De quoi précisément ? Mystère. J'imagine que c'est plutôt une bonne nouvelle, cela dit.

[Celianjonesgoldie : OK bb. <3]

[Missmargaretilyssiaart : VTFF]

— Je révise juste avec elle, ne te méprends pas. Je me souviens du *bro code*.

Julian me lance un clin d'œil, mais sa voix sonne faux. Je le connais depuis le berceau, il ne m'aura pas si facilement.

– Je vous donne ma bénédiction. Enfin… seulement si vous me laissez Ilyssia en échange.

Quinn ne répond pas. C'est bien plus éloquent que n'importe quel aveu.

– Par contre, si tu fais du mal à Elora, je me plierai à mon rôle de grand frère…, ajouté-je.

Un sourire étire mes lèvres. Nous attendons dans notre amphithéâtre que notre prochain professeur entre dans la salle. Il s'agit d'un cours à la fois pratique et théorique où nous apprenons à gérer une association, une entreprise ou une ville selon les semestres. Ces derniers temps, il s'agit d'un club de sport. Mes yeux se posent sur l'estrade et sur ce qui est déjà écrit sur le tableau. Notre professeure de gestion m'aime beaucoup. Depuis le début de ma scolarité à l'Elite University, elle se tue à m'expliquer que je ne suis pas fait pour la politique pure et dure. Elle me pense digne d'un leader compétent et elle prétend que ma bonne gueule aide en ce sens, mais que je serais meilleur dans un milieu moins fourbe. Je n'ose pas admettre qu'aujourd'hui, je la crois.

Le bois craque sous mes fesses lorsque je me replace sur ma chaise. Je plante un coude sur la surface de la table et pose ma joue dans le creux de ma paume. Tant de personnes étudient ici… La future élite de notre monde, comme ils disent. Moi, j'y vois surtout une tentative de maintenir un monde qui s'effondre doucement. Je soupire de dépit. Nous sommes voués à régner sur une société en danger. C'est inquiétant. Là-dedans, je réalise que j'ai un rôle à jouer… toutefois, c'est sur un terrain de basket que j'ai envie de gagner ma guerre. J'ai lutté contre mon paternel des années durant, mais la réalité, c'est que je ne suis pas assez froid et distant pour contrôler les populations à coup de mensonges dissimulés sous des sourires polis.

J'en viens à croire qu'Ilyssia serait plus douée que moi pour manipuler les foules, si elle n'était pas terrorisée à l'idée de les côtoyer.

— Je ne pense pas qu'il se passera quelque chose entre elle et moi, reprend Julian en jouant avec son stylo quatre couleurs.

Si quelque chose m'agace davantage que les bruits de déglutition, il s'agit sans doute des sons répétitifs au milieu d'une ambiance anxiogène. Peu de temps avant les partiels, tout le monde est tendu et je le ressens comme si je l'étais aussi. Pourtant, me connaissant, je vais torcher les examens sans aucune difficulté. Entre les entraînements, mes sentiments et les cours, je dois bien admettre que ma vie est plutôt chargée. Il y a quelques jours, ma mère est retournée à l'hôpital pour passer une batterie de tests. Rien de grave en soi, elle se sent très bien et j'en viens à espérer qu'elle remonte doucement la pente. Elora et moi profitons de chaque instant avec elle. Je suis convaincu que c'est en partie ce qui la maintient en forme : elle est heureuse et se repose mieux dans son foyer, auprès de ceux qu'elle aime.

Même si elle passe beaucoup de temps derrière son piano, le simple fait de sentir sa présence donne l'impression que la maison n'a jamais été vide. Cela change de toutes ces années de solitude que j'ai encaissées à l'époque. Je révise parfois en l'écoutant jouer. Il y a quelque chose d'apaisant à savoir que deux autres personnes vivent sous mon toit. Elora s'enferme dans sa chambre toute la sainte journée, mais j'entends sa musique ou ses bruits de pas quand elle se déplace. Je sais qu'elle est là. Chopin et Mozart ont envahi les couloirs, pour mon plus grand plaisir. De la cuisine émane toujours de bonnes odeurs, tantôt de plats en sauce, tantôt de café et de gâteau chaud.

— Ne promets rien que tu ne puisses pas tenir, Julian. Elora et toi, vous vous tournez autour depuis qu'elle est rentrée de Boston, ris-je.

— En tant qu'amis, précise-t-il sans trop y croire.

— Pour le moment. Peu importe, de toute façon, je ne vais pas vous tuer parce que vous vous aimez. Par contre, ne venez pas me donner le moindre conseil sur la façon dont je dois gérer ma vie.

Il baisse la tête.

— On s'inquiétait pour toi.

— Vous avez fait plus de mal que de bien, lui rappelé-je.

— J'en suis désolé... Vous vous êtes revus, depuis ?

Je soupire. On s'est revus, oui. Rien que d'y repenser, mon corps se réveille. Un éclair de désir m'électrise de la nuque à l'entrejambe. Qu'elle possède un tel contrôle sur ma personne me met hors de moi tout en me donnant l'envie d'y plonger tête baissée.

— Oui.

— Ça se passe mieux ?

— Globalement, maugréé-je.

— Tant que tu es heureux...

C'est ce que ma mère me répète, elle aussi. Je ne sais pas si je suis heureux à proprement parler, cela dit je me sens mieux. C'est toujours bon à prendre. Ce dont je suis certain, c'est que Golden Man n'est plus si doré que ça, à mes yeux. Le monde me perçoit encore comme le gendre idéal, mais je sais désormais que je représente bien plus qu'une simple pépite d'or. Je suis aussi fait de marbre et de chair. D'âme et de cœur. Autant d'éléments que j'ai choisi d'offrir à une femme qui n'en veut même pas.

Mais c'est mon problème. Je l'ai choisi, lui aussi.

— Tu sais ce que tu vas faire l'année prochaine, toi ? demandé-je à mon meilleur ami.

Notre enseignant répondant toujours aux abonnés absents, je décide de tirer les vers du nez de Julian. Il prend toujours tout à la légère et rigole de son avenir en prétendant n'avoir aucune idée de ce qu'il fera de sa vie ensuite. Cela dit, je le côtoie depuis les bacs à sable : il est terrorisé par le futur et je le sais mieux que personne. Plus jeune, il me suivait. Ça le rassurait. Notes, études, sports, soirées, groupes d'amis... il m'a toujours emboîté le pas, convaincu que je n'échouerais jamais et que lui non plus, par la même occasion. Je sais que les sciences politiques n'ont jamais été sa grande passion, ainsi pour réussir les tests d'entrée à l'Elite University, il a dû fournir de gros efforts. Ce qui prouve son intelligence et sa capacité d'adaptation.

Pourtant, Quinn l'avoue à demi-mot quand il a trop picolé : il ne sait pas où il va. C'est parce qu'il est totalement perdu qu'il craint de ne jamais trouver sa voie. Il vit au travers du regard des autres. Lui-même ne sait pas ce qu'il ferait sans jugement et validation extérieurs.

— J'ai vu avec mon tuteur de mémoire. Il pense que je ferais du bon boulot avec les enfants... J'ai le don de gérer les parents, surtout, merci aux cours de rhétorique !

Il croise les mains derrière sa tête et s'étire.

— Alors voilà. Contrairement à toi, je n'ai aucune chance de me lancer dans une carrière pro, niveau basket. Je réfléchis donc à... je ne sais pas encore... diriger un établissement scolaire ? Une école privée ou un internat, quelque chose dans le genre...

Je hausse les sourcils, perplexe. Je n'aurais jamais imaginé Julian dans ce rôle, mais bon Dieu que ça lui correspond bien !

— C'est une excellente idée ! m'exclamé-je.

Il sourit en coin, un peu gêné, comme si pour la première fois de sa vie, on le complimentait réellement. C'est sûrement le cas, en quelque sorte. Je ne me souviens pas l'avoir déjà entendu parler d'avenir sans grimacer.

— Comme l'Elite University forme exclusivement des personnes vouées à occuper des postes à responsabilité, je ne peux pas me contenter de devenir instituteur. J'aurais bien aimé apprendre aux jeunes à aborder la politique et les problèmes sociétaux dès le plus jeune âge... en vulgarisant sans les abrutir. Mais d'après mon tuteur, ce n'est pas possible. Ce que je pourrais faire, en revanche, c'est l'inclure dans les programmes des écoles où je serai directeur. Je me disais que j'aimerais bien bouger et voyager, au passage... Alors, pourquoi pas passer d'école en école pour redresser les établissements qui rencontrent des difficultés ? J'en sais rien, merde, ça m'angoisse... mais au moins, j'ai une bonne piste.

— Ça te va tellement bien... Tu récupères les trucs pétés pour les réparer, souris-je. Comme ta moto.

La femme de sa vie, comme il aime l'appeler. Julian affiche un air coupable.

— Ouais, pas faux. J'avais pas vu les choses sous cet angle.

Je le gratifie d'un coup de coude.

— Tu vois ? Tu t'imagines avec une fille et un potentiel travail dans lequel t'investir…, affirmé-je.

— Quelle fille ?

— Ma sœur, m'offusqué-je.

Quinn me fait payer ma pique d'un coup bien placé dans l'épaule, mais il frappe comme un bourrin et menace de m'exploser un os. S'ensuit une bagarre de gamins qui ne fait rire que nous. Certaines personnes nous fusillent du regard.

— Eh ! Quinn, Jones, encore un gloussement de dinde et je vous vire de mon cours.

La voix de notre professeur nous calme immédiatement, mais retenir notre crise d'hilarité s'avère compliqué. J'ai toujours été le trublion populaire de la classe que les personnes recluses ou moquées détestaient et admiraient à la fois. Ça n'a pas changé, nous sommes seulement plus vieux. Pour avoir côtoyé nombre d'adultes présumés responsables, je peux affirmer que la plupart d'entre eux ont conservé le même modèle en grandissant. Il y a toujours les loosers, les geeks, les fêtards, ceux qui trompent et divorcent à tour de bras, qui fondent des familles sérieuses et ceux qui n'ont pas de chance. Il y a encore les personnes calmes qui ne font de vagues que dans leur baignoire et ceux qui foutent la ville à feu et à sang. Certains se vengent, d'autres veulent le pouvoir, le respect, mais nos jeux n'ont pas vraiment changé de ceux d'une cour de récréation.

Ce que l'on nous apprend, à l'Elite University, c'est à observer ces phénomènes pour mieux comprendre notre société. J'ai trouvé ça stupide au début, mais cette théorie s'est confirmée.

Je me demande quel enfant était Ilyssia, dans cette fameuse cour de récréation. En fait, avec elle, c'est encore plus compliqué. Est-elle seulement allée à l'école un jour ? Physiquement, oui. Elle a appris à lire et à écrire, certes. Mais mentalement… comment se situait-elle, là-dedans ? Était-elle la victime ? Le bourreau ? La déesse ou l'abomination ? À mes yeux, elle est au-dessus des autres personnes qui peuplent cette Terre. Elle, elle vit dans son univers. Celui où elle est toute-puissante. Un peu comme dans mon cœur.

44

Ilyssia

J'ai mis du Disney. J'attends mes bonbons. Je me suis changée, j'ai pris ma douche en sortant de cours – dans les vestiaires du gymnase parce que je ne tenais pas à rentrer chez moi et risquer d'arriver en retard dans mon propre atelier. Celian revient me voir, ce soir. J'ignore pourquoi, mais j'ai un mauvais pressentiment.

[Cherry : Tu as peur du bonheur, c'est tout. Arrête de nous sortir tes pressentiments de devin à la con.]

Siffrin Griffins a réussi à la sauver. Enfin… c'est ce que j'espère. Difficile à dire avec ces deux-là, ils sont aussi secrets l'un que l'autre. De ce que j'ai compris, elle vit chez lui. Je n'ai pas demandé de détails, parce que je ne suis pas certaine de vouloir les connaître. Elle m'assure que son ancienne situation était bien pire. Est-ce que le meilleur ami de mon défunt père est devenu le Sugar Daddy de ma copine ? Oui, je crois bien. C'est tellement perturbant que je préfère penser à autre chose. Je leur laisse du temps. Quand tout cela se sera tassé, ils y verront eux-mêmes plus clair. Pour le moment, je retiens que je voulais protéger Cherry et qu'à la place, elle a seulement changé de « propriétaire ». Car c'est ainsi que ces hommes la traitent.

[Ilyssia : Pas du tout. Je te dis seulement que je le sens mal.]

Le fait que j'accepte de le revoir a réveillé en moi une peur que j'avais depuis plusieurs jours déjà. Nous n'avons pas tout à fait couché ensemble. Toutefois, je commence à connaître la bête. Celian est un mec aussi têtu que romantique. C'est un problème, à mes yeux. S'il me parle de sentiments, de couple ou de relation, je vais paniquer.

[Caroline : Tu n'aurais pas envie d'essayer ?]

[Ilyssia : Essayer quoi ? Le bonheur ?]

[Caroline : Oui ! Il est bien, ce type-là... C'est la première fois que tu te rapproches autant de quelqu'un, sors un peu de ta zone de confort, merde !]

[Ilyssia : MDR.]

Je verrouille mon téléphone lorsqu'un poing tambourine à la porte. Mon cœur se rue contre les parois de sa prison.

— Entre ! m'exclamé-je.

Celian ouvre. Il apparaît, aussi beau et souriant qu'à l'accoutumée. Avec ses mèches sombres plaquées en arrière par de la cire et ses grands yeux gris, il affiche une beauté brute qui me frappe de plein fouet. Son nez droit surplombe une bouche bavarde qu'il entrouvre pour m'expliquer qu'il a dû faire trois magasins pour trouver ses bonbons. Je ne suis pas toutes ces explications. D'une, parce que je m'en fous, de deux, parce que les mots de Caroline se sont imprimés dans ma cervelle.

« Sors un peu de ta zone de confort »

— Eh oh ! La Terre à la Lune !

Il se tient devant moi et me domine de toute sa hauteur. Ses mains se plantent sur ses hanches, repoussant son long manteau noir. Il porte un pull terre de Sienne, dévoilant un cou musclé entouré d'une chaîne en or. Une ceinture resserre un pantalon en toile autour de ses jambes forgées dans l'acier. Cette fois-ci, je suis fière de moi. Ma statue est parfaite. J'ai commencé à buriner le marbre et j'en suis totalement satisfaite.

— Désolée, je ne t'écoutais pas, lâché-je.

Il adopte un air frustré, une moue adorable sur les lèvres. Je lui souris malgré moi.

— Tu as crapahuté dans tout Manhattan pour trouver des bonbons, c'est ça ?

— Globalement, oui, s'illumine-t-il.

Elsa chante « Dans un autre monde » à pleins poumons.

— Tiens, regarde.

Je lui montre le marbre. La paroi de la pierre est lisse au niveau du visage. Je dois encore le sculpter. Pour le moment, j'ai terminé le torse et le haut de la robe que j'avais prévue sur mes premiers croquis.

— Je me disais aussi que ça ne sentait plus l'argile.

Il me reste des tonnes de réserves. Je les offrirai à l'école pour les cours de morphologie quand je quitterai l'université.

— Non, en effet. Maintenant, ça pue l'abrasif, ris-je. Je fais brûler de l'encens pour cacher l'odeur.

— Je me disais, aussi. Ça sent les fleurs cramées.

Je me tourne vers lui.

— Non, ça sent la sauge blanche, précisé-je.

— C'est la même chose.

Il soupire et se dirige vers mon œuvre. En dehors du visage, du bras levé, de la main et du soleil, elle est parfaite. Il me reste encore quelques détails à corriger, mais je m'y pencherai uniquement lorsque j'aurai grossièrement terminé la première étape. Il me faut une vue globale de tout le projet avant de pinailler sur deux trois minuscules aspérités. Jusqu'ici, c'est mon résultat le plus concluant.

Je passe à côté et caresse son épaule. Celle de la statue, bien évidemment. Mes doigts glacés touchent les dessins du muscle, passent le long d'une veine. Je n'ai pas froid, mais ma peau n'a jamais été aussi froide. Je dois être à moitié morte, gelée comme un reptile.

— C'est merveilleux, décrète Celian.

Il penche la tête sur le côté et me tend le paquet de bonbons. Ses yeux suivent ma main sans la quitter une seconde. J'observe la sienne, les bagues autour de ses doigts, la montre qui cercle son poignet. Puis je lui vole une poignée de bonbons et me retourne vers mes outils, que je range aléatoirement pour éviter de trop me concentrer sur lui.

— Et toi ? Tes projets ? demandé-je d'une voix faussement légère.

— Je suis invité aux play-off de la NBA pour discuter avec les recruteurs, m'annonce-t-il, nerveux.

Par-dessus mon épaule, j'observe son profil angoissé.

— S'ils t'invitent, Celian, c'est qu'ils croient en toi.

— Non, s'ils m'invitent, c'est grâce au nom de mon père et de ma fac, rit-il.

Qu'il ne croie pas en lui me fait doucement ricaner.

— Le monde entier t'appelle Golden Man, comment peux-tu douter de toi à ce point ?

Il hausse les épaules.

— Les gens admirent toujours les riches, les populaires et les types intelligents. Moi, je suis les trois. La plupart des personnes qui m'entourent n'hésiteraient pas à mentir pour profiter de la moindre miette.

— Oui, ça... je peux te le confirmer aussi. Cela dit... on n'écoute jamais assez les gens qui nous entourent. Ceux qui sont proches. Ceux en qui on peut avoir confiance. Alors oui, toi, dans ta tête, tu penses qu'ils te complimentent parce qu'ils t'aiment... Mais la vérité, c'est qu'ils ont souvent raison. Parce qu'ils te connaissent vraiment ! Et s'ils te disent que tu es doué, c'est sûrement parce que tu l'es.

Il bascule la tête en arrière et éclate d'un rire profond et sincère. Je me surprends à aimer le voir aussi détendu. Aussi heureux. Je le jalouse aussi, un petit peu. Rien de méchant, juste de l'envie. J'aimerais être aussi naturelle que lui.

— Ma mère pense que je peux présider le monde et battre toute une équipe pro à moi seul. Je ne vais pas me fier à elle, désolé.

Je m'approche et lui cogne le bras. Il pousse un cri volontairement peu viril et bat des cils en retournant sa lèvre inférieure comme un petit chiot.

— Ne sois pas stupide. C'est parce qu'elle connaît ton ambition et ta force. C'est sa façon de te soutenir et de te faire comprendre que tu peux réussir tout ce que tu voudras. Une maman qui n'a pas confiance... te dira que si tu échoues, elle sera là quoi qu'il arrive et que tu n'as pas à avoir peur. La tienne, elle te pousse. Elle croit en toi. Alors, tu vas aller aux play-off, que ce soit grâce à cette fac ou pas. Parce que dans tous les cas, ta place ici, tu la mérites. Donc ta place là-bas... aussi.

Je devrais devenir coach de vie, tout compte fait. Je me trompe de voie depuis le début. Ses yeux s'écarquillent.

— C'est la première fois que tu me dis un truc gentil.

— Faux. Un jour, j'ai dit que tu n'étais pas laid.

Un ange passe et le silence s'installe. Quand il commence à se foutre de ma gueule, moi aussi. Ses mots n'ont plus rien de compréhensible et je pose une main sur ma bouche en me pliant en deux. Lorsque nous nous calmons, il se laisse tomber sur sa chaise et passe une main dans ses cheveux.

— Ah purée... ça m'angoisse, cette merde. J'ai pas envie de me foirer.

— Ça compte, pour toi ? lui demandé-je.

Il prétendait que non.

— Je crois. Sinon, je ne serais pas triste à l'idée d'échouer, non ?

— Je crois, oui, lui souris-je.

— Ça ne me fait rien d'abandonner la politique. Un petit goût d'échec, mais rien de dramatique. Alors que le basket...

Ses mâchoires se serrent. Je hausse les épaules et inspire doucement.

— Pour une fois, tu vas devoir te battre. Moi, je trouve ça plutôt cool..., poursuis-je. Si tu réussis, tu ressentiras enfin ce sentiment d'accomplissement.

Je sens bien qu'il me fixe, mais je n'ai pas envie de croiser ce regard. Quand il partira, qu'il aura trouvé une équipe et qu'il construira sa vie, cette petite bulle éclatera. Si je le lis dans ses yeux et que j'affronte la réalité, de gré ou de force, mon cœur se brisera. Pourtant, j'ai aussi très peur d'ouvrir ce foutu palpitant à qui que ce soit. Il faudrait réduire la carapace en miettes et ce serait tout aussi douloureux.

— Et toi ? Il y a des gens qui croient en toi ? Ta mère aussi pense que tu seras l'artiste la plus célèbre au monde ?

Un triste sourire étire mes lèvres et je secoue la tête.

— Non. Elle est dans son monde. Par contre, à chaque fois que je lui arrache un compliment, je me dis que justement, c'est son avis qui compte plus que les autres. Et puis, j'ai mes copines, aussi ! Elles ne me le répètent pas à longueur de temps, mais elles n'ont jamais douté de ma réussite, avoué-je.

— On est vraiment opposés sur tout, constate-t-il.

— Tu trouves ?

Il me fixe un instant, tout à coup muet comme une tombe. J'attends un moment. Il fait de même.

— Moi pas, conclus-je.

— Je sais ce que tu n'as pas envie d'entendre... mais les play-off ont lieu fin avril et je pars plus tôt pour des raisons de logistique... Quand je rentrerai, ce sera l'heure des partiels, puis la fin de nos études, et j'aimerais pouvoir te parler avant que ce soit trop tard.

Ça y est. Mon mauvais pressentiment revient au galop. Je vais devoir appeler Caro et lui hurler que je suis bel et bien une devineresse et que la prochaine fois qu'elle me traitera d'illuminée, je la couperai en rondelles. Mon cœur panique et souhaite partir dans une autre direction que mon corps, qui envisage sincèrement la défenestration.

— Si tu sais que je n'ai pas envie de l'entendre, tu peux aussi ne pas le dire.

— J'ai envie de le dire.

Évidemment. Quelle tête de mule !

— Si je pars et qu'on ne se revoit plus qu'en coup de vent, je n'aurai plus jamais l'occasion de te...

— Celian ! Tu compliques tout ! le rabroué-je.

Il bascule la tête en arrière et lâche un râle de frustration.

— Une nuit, dans ce cas. Une seule. Et dès demain, je continuerai à te suivre de loin sans m'approcher.

Une telle intensité émane de sa voix basse que mon cœur se rétracte tout au fond de ma poitrine. J'ai la sensation qu'une lame cisaille doucement la frontière que j'impose à mes sentiments. J'aimerais bien céder. Je le reconnais. Mais je souffrirai, si je couche avec lui. Parce que déjà sans l'avoir fait, j'admets m'être attachée à lui.

D'un autre côté... n'aurai-je pas des regrets, moi aussi ? Si je refuse, ne songerai-je jamais à ce qui aurait pu se passer entre nous ?

— Une nuit, décrété-je en lui tendant ma main.

Ça a toujours été ainsi, dans ma vie sentimentale. Une passe. Une fois, pas deux. Pourquoi est-ce si difficile, tout à coup ?

— Une nuit, confirme-t-il en enroulant ses doigts chauds autour de ma chair gelée.

Une nuit, répété-je pour moi-même, dans cet esprit embrumé qui demande davantage qu'un seul instant.

45

Celian

Le problème, c'est que je m'attendais à ce qu'elle refuse. J'ignore pourquoi, mais l'idée qu'elle ne veuille jamais de moi me permettait d'imaginer un avenir sans elle. Je me disais que j'aurais tout essayé, que je n'aurais pas de regrets plus tard. Si je couche avec elle et que tout se déroule à merveille... Si jamais elle réalise qu'elle a des sentiments, elle aussi... tout à coup, plus rien n'est sûr. Mais surtout, j'ai de nouveau une chance de passer des moments privilégiés avec elle. Et ça, c'est un doux poison pour mon cœur. Une malédiction sournoise qui m'enchaîne un peu plus à elle.

Toute ma vie, je me demanderai si sortir avec une autre fille ne risque pas de me priver d'elle pour de bon. À chaque match que je jouerai loin d'ici, je surveillerai son compte Instagram pour m'assurer qu'aucune autre personne n'apparaisse dans ses stories. Finalement, je passerai mon temps à espérer qu'elle reste seule pour m'assurer qu'au pire des cas, je n'aurai qu'à tout faire pour la reconquérir. Sauf que ce n'est pas juste, ni pour elle ni pour moi.

Cela dit, j'ai demandé une nuit. Elle me l'a accordée. Au lieu de voir si loin, je vais commencer par savourer ce moment.

Mon corps la réclame tout de suite. Je le rabroue immédiatement. Je ne vais pas lui sauter dessus. On a dit que ça arriverait, pas que ce serait le cas ce soir. Enfin… C'était sous-entendu, mais… bref. Je m'égare. Frustré, je détourne le regard et lâche sa main. Cette main qui caresse une statue de moi toute la journée durant et qui ne se pose malheureusement pas sur mon corps. Le vrai, celui qui se cache derrière la pierre. Quand elle me sculpte, pense-t-elle au fait qu'elle touche sans cesse ma chair de roche ? Si elle lui accorde autant de douceur et de délicatesse, le fait-elle car il s'agit de son œuvre, ou parce que c'est moi qu'elle représente ? Serait-elle aussi minutieuse avec moi ?

Je ne me fais pas d'illusions. Elle aime son art. L'Art est à l'Homme ce que l'eau est à la vie. Je ne serai jamais aussi vital pour elle… On a besoin de boire pour vivre. Quand on a besoin de quelqu'un, c'est de la dépendance. Ça n'a plus rien de sain.

— Quand ? m'interroge-t-elle d'une petite voix.

Maintenant, crie mon cœur. *Tout de suite*, rétorque mon corps. *Un jour*, me conseille mon esprit.

— Quand tu veux.

J'ai à peine le temps de finir qu'elle me fond dessus. Sa poitrine s'écrase contre mon torse. Perchée sur ses hauts talons, elle arrive à s'emparer de mes lèvres et enroule ses bras autour de mon cou. J'accueille sa chaleur et son odeur comme des grâces du ciel. Ma peau frémit, aussi bouillante que de la lave en fusion. Mes neurones lâchent, comme si j'en avais déjà été doté en sa présence.

— Tu es si pressée de me dire adieu ? murmuré-je tristement contre ses lèvres.

Elle me fait taire d'un baiser. Puis elle me répond dans un souffle :

— On va se retrouver un moment tous les deux et… ça me laissera un petit peu de temps pour réfléchir à la suite.

— La suite ?

Je me gorge d'espoir.

— Tais-toi et profite.

Mes bras se referment dans son dos. Je la serre fort, plus fort, encore plus fort. Je la ceinture entre mes biceps pour la retenir à jamais. Elle halète et sa langue trouve la mienne. Bien sûr que je la laisse faire. Vu le nombre de fois où je l'ai suivie en imaginant ce moment, j'ai presque l'impression que cette scène est parfaitement normale. Sauf qu'elle ne l'est pas, parce qu'elle est réelle. Je ressens sa chaleur dans mes os, sous ma peau et entre mes côtes. Elle est partout autour de moi.

Mes doigts caressent sa chair. De la peau qui cache un cœur de roche. Nos lèvres se quittent et nos fronts se touchent un instant.

— Ilyssia Margaret, murmuré-je à voix basse.

Si basse.

Elle glisse ses mains sur ma poitrine et me pousse. Nous nous dirigeons vers le matelas – je connais cette pièce par cœur. Je recule, elle avance. Nos jambes se croisent et nos âmes s'alignent sur ces pas de danse étrangement coordonnés. La suite est plus brouillonne. Nos dents se cognent parfois à cause de la violence de nos désirs mêlés, mes doigts ratent son soutien-gorge plusieurs fois, elle met littéralement trente secondes à retirer ses putain de chaussures, et pourtant pendant tout ce temps, j'ai le sentiment que ce chaos a un sens.

Je ne veux pas la perdre.

À califourchon au-dessus de moi, elle appuie délicatement sa bouche dans mon cou. Cette douceur est une torture pire que sa passion. Elle est méticuleuse, patiente, goûte ma peau comme elle inspecte sa statue à chaque fois qu'elle pose le regard dessus. Ses mains explorent mes muscles, ses cheveux caressent ma chair frissonnante, et elle couvre mon ventre de baisers jusqu'à atteindre le renflement qui déforme mon caleçon.

Toujours aussi lente, elle baisse le dernier vêtement qui nous sépare. C'est tellement rapide que j'ai du mal à me souvenir qu'il y a quelques minutes, j'avais peur qu'elle me rejette. Je contemple, fasciné, la courbure de ses fesses alors qu'elle recule encore. Sa peau pâle, blanche comme de la craie, reflète les halos diffus de l'atelier en teintes chaudes et ambrées. Elle se plie, tourne un peu. Tout mon corps se tend, se crispe, dans l'anticipation d'une sensation qui l'emportera à coup sûr. Je mords l'intérieur de mes joues, m'appuie sur mes coudes pour l'observer. Je ne veux rien oublier.

Mes avant-bras tremblent déjà lorsque son souffle effleure mon gland gonflé par le désir. Je râle de frustration, mais ça ne l'empêche pas de continuer à me narguer. Son profil hautain est barré d'un sourire en coin. Pourtant, elle ne me regarde pas. Elle ne me regarde jamais vraiment. Je serre les dents, savoure le goût du sang qui se répand dans ma bouche. Quand elle passe le pouce sur l'extrémité de mon érection et qu'elle y pose finalement ses lèvres humides, je suis ravagé par une triste constatation. À moins d'un miracle, je ne pourrai jamais tenir aussi longtemps que je le voudrais. C'est con à dire, mais le feu qui me dévore, brut et indomptable, me semble beaucoup trop puissant pour que je lui résiste éternellement.

Sa langue s'enroule autour de mon membre. Tout à coup, tout mon corps n'est réduit qu'à cette partie de moi. Je ne sens rien d'autre qu'un cocon chaud et humide qui se referme autour. Au bout de quelques allers-retours, je respire comme un buffle en plein effort. Mes mains serrent si fort la couverture que le tissu semble fusionner avec ma peau. Je reste là, étourdi, pendant qu'elle m'offre un moment de pure extase.

Quand elle s'arrête, j'ai envie de la contraindre à continuer. Je baisse la tête vers mon bas-ventre. Elle se redresse et la vue de son visage à côté de mon érection me fait perdre la tête. Je meurs de chaud, bordel de merde.

Elle m'escalade et enfonce un genou de chaque côté de mes hanches. Toujours relevé sur mes avant-bras, je savoure la chaleur de sa poitrine qui s'écrase contre la mienne. D'un bras, elle entoure ma nuque. De l'autre, elle approche mon sexe à l'entrée du sien.

L'instant d'après, je maudis tous ceux qui ont déjà eu la chance de connaître pareil paradis.

Mais surtout... Je ne suis plus certain que d'une seule chose : elle est à moi pour l'éternité. Par pitié, qu'elle me revienne un jour...

Elle ondule sur ma queue alors que je peine à rester conscient de la chance que j'ai. Si je garde un coude planté dans le matelas, j'enroule l'autre autour de sa cuisse et caresse sa jambe, ses fesses, son dos, tout ce qui est à ma portée. Elle, elle aura toujours cette statue pour se souvenir de moi. Mais moi... moi, je n'aurai que cette nuit-là.

La vague de plaisir qui me menace me fait presque mal tant je la retiens. Mes yeux se ferment parfois. J'ai trop peur de rater l'orgasme sur son visage, alors je me force à les rouvrir. À chaque fois, je me fais la même réflexion. Je savoure. Tout. Ce. Qu'elle. Me. Donne. Comme un chien des caresses. Comme un mort de faim des miettes de pain. Elle est mon oasis dans le plus aride des déserts. Et j'ai éperdument besoin d'elle.

Je m'apprête à me laisser aller quand elle se penche à mon oreille pour murmurer :

— Je réfléchis à la possibilité... qu'on se revoie encore... une autre fois...

Elle s'écroule avant moi, ses cuisses se contractant autour de mes hanches. Un cri de libération quitte ses lèvres. Là, tout de suite, je suis convaincu que c'est le bruit le plus merveilleux que j'ai entendu de toute ma vie. Je donne encore plusieurs coups de reins pour la rejoindre là-bas. Dans le nirvana. Celui dans lequel nous ne formons qu'un et où il existe une maigre chance que je puisse y retourner avec elle.

Se souviendra-t-elle de cette promesse demain ? Ou me dit-elle ces mots-là ce soir dans le seul but de me briser un peu plus au petit matin ?

Parce que mon âme, elle, ne l'oubliera jamais. Elle lui appartient déjà. Je la lui laisse, quoi que cela puisse signifier, même si mon trépas m'attend au bout du chemin. On meurt tous de quelque chose, non ?

46

Ilyssia

Des rafales de vent mêlées de grosses gouttes de pluie s'écrasent sur les vitres au rythme de mon cœur. Lorsque Siffrin a accepté de protéger ma meilleure amie de son terrible petit ami, il m'a aussi annoncé que dans un souci de sécurité, il allait me faire surveiller par ses hommes. Ma mère a désapprouvé le projet – comme tous les autres –, mais il était trois heures du matin et je n'avais pas la tête à lui refuser quoi que ce soit.

Siffrin n'est pas mon père, mais il croit avoir le droit de se comporter comme tel. En bon paranoïaque, il m'a avoué qu'il se méfiait de Celian : et s'il était là pour une bonne raison ? Qu'il voulait profiter de moi ?

J'ai rangé cette inquiétude inutile dans une case de mon esprit et n'y ai plus repensé... du moins jusqu'à ce que je m'assoupisse sur son torse. Et là, tout à coup, une vague de suspicion a enflé dans mon ventre.

Le soir où je l'ai trouvé, attablé avec ma mère et Griffins autour d'un café... c'était louche. Sur le moment, mes sentiments m'ont fermé les yeux. Je n'ai pas voulu y songer, car c'était trop douloureux à imaginer. Mais pourquoi était-il là ? Pourquoi voulait-il me parler, garé au beau milieu de la nuit dans mon quartier pourri sans faire de bruit ? Quand j'en ai parlé à mon mécène, il a seulement déclaré qu'il avait continué de me suivre ensuite. Depuis que ses hommes veillent sur moi, ils ont rendu plusieurs rapports selon lesquels je suis toujours suivie par un seul et même regard.

Je l'ai d'abord perçu comme une flatterie, puis plus tard comme une inquiétude. Mon cher et tendre me poursuit. Dans l'ombre. Sans que je le sache. Je savais qu'il n'était pas net… Je l'avais lu dans ses prunelles. Cette lueur, au fond de ses pupilles, me l'a chuchoté le premier jour où nos yeux se sont percutés. Ensuite, c'est l'intonation colérique, bouillonnante, qui sommeillait derrière certains de ses mots. Pourtant, jamais je ne l'aurais cru atteint à ce point. Et ça, ça me donne envie de creuser, de fouiller d'autant plus profondément dans sa psyché. C'est envoûtant. Plus il y a à découvrir, plus je cherche, c'est plus fort que moi.

En attendant, il est temps de clarifier la situation avec le principal concerné. Je sais qu'il ne dort pas. Les lumières sont éteintes, mais je perçois la forme de ses cils qui papillonnent dans l'obscurité. Son souffle n'est pas aussi calme que lorsqu'il dort. J'imagine que si je parle, je vais lui foutre une frousse bleue, mais tant pis.

Je gigote imperceptiblement et me racle la gorge. Un soupir quitte ses lèvres.

— Celian, je peux te poser une question ? chuchoté-je, de peur de déranger le silence.

— Quoi donc ?

— Est-ce que tu me *stalkes* ?

Je m'attends à ce qu'il nie. Il n'en fait rien. Comme souvent avec lui, je me plante en beauté.

— Oui.

Cette fois, notre mutisme n'est plus aussi agréable qu'une seconde plus tôt. Le vent qui soufflait dehors rajoute à ma gêne, parce que j'ai l'impression qu'il s'apaise, comme si lui aussi nous observait. Il retient sa respiration, prévoyant l'orage. Des frissons courent sur ma peau. Je n'ai pas froid, pourtant. Pas ce soir, sous cette couverture, au milieu des draps qui garderont son odeur un long moment.

— Pourquoi ?

— Parce que tu me hantes depuis longtemps, Ilyssia. Désolé… ça n'a rien de sexy. C'est juste flippant, j'en ai conscience. Je m'en veux déjà.

— Pourquoi moi ? ajouté-je, presque honteusement. Je ne suis qu'une menteuse qui vit dans le luxe le jour et dans la misère tout le reste du temps. Je suis torturée, malade mentale, je fais des cauchemars toutes les nuits, je manipule tout le monde et j'ai une sainte horreur des relations humaines. Pourquoi tu t'accroches à moi ?

Il soupire. Encore.

— J'en sais rien.

Sérieusement ?

— Tu veux bien développer un peu ?

— De quoi ? Développer que j'en sais rien ? Bah, j'en sais rien, merde, je décide pas de ces choses-là… Mon cœur a décrété un truc tout seul et mon cerveau a décidé de suivre le délire. C'est tombé sur toi parce que tu es la première qui me plaît vraiment… Et visiblement, ça a suffi à me rendre complètement malade.

— C'est que tu l'étais déjà avant, ne me prends pas comme excuse, corrigé-je.

— Sûrement ! C'est peut-être pour ça que je te plais aussi, deux tarés ensemble, ça fait la paire !

Il a l'air agacé.

— Qui a dit que tu me plaisais ?

— On a dormi ensemble deux fois. On vient de coucher ensemble. Et je suis ta muse… trois points majeurs et loin d'être les seuls qui me font dire que je te plais plus que l'idiot du village, grommelle-t-il.

— Tu es peut-être l'idiot du village, noté-je juste pour l'interrompre.

— Une muse obèse et idiote ? Sérieusement ? Je vais mal le prendre.

— J'ai pas envie de te vexer, voyons, mens-je sans vergogne.

Il me chatouille. Je lui balance mon pied dans le tibia.

— Connasse, grogne-t-il.

— Tu vas partir, hein ? ponctué-je. À la fin de l'année, je veux dire... Tu vas t'en aller.

J'ai un sacré niveau pour casser l'ambiance.

— Oui.

— Tu vas te faire recruter et jouer des matchs aux quatre coins du pays...

— Oui, confirme-t-il.

— Tu n'auras pas la place pour une artiste dans ta vie.

— Je suis sûr que tu rentres dans ma valise.

Je ris et me blottis contre lui. Il y a quelques mois encore, j'aurais remballé la personne qui m'aurait décrit cette scène. Caroline avait raison. J'ai peur du bonheur, mais maintenant que j'y ai goûté... je ne suis plus certaine de vouloir le laisser partir.

— Tu as besoin de locaux pour sculpter, mais tu dessines aussi, non ? Tu dois trouver des concepts, étudier le monde, rencontrer des gens, découvrir de nouvelles choses à longueur de temps... Pourquoi tu resterais ici, dans ton passé, comme une putain de pierre tombale ? souffle-t-il.

— Tu me proposes quoi, là ?

— Viens avec moi.

— Hein ?! m'exclamé-je.

— Quoi ? Pourquoi pas ?

— On n'est même pas ensemble et tu veux que je te suive à tous tes matchs ? Tu veux qu'on voyage ensemble ? Qu'on... qu'on vive ensemble ?

Pourquoi pas ? répète mon cerveau.

Parce que j'ai peur. Parce que mon confort me fait du bien. Il me rassure au fond de mon âme. Je ne veux pas que mon foyer, la source de mon bien-être, soit une personne. Celian ou pas. J'ai vu ce que ma mère a vécu quand son chez-elle est mort. Décider de vivre avec quelqu'un, c'est prendre le risque de le perdre, de massacrer son équilibre et de s'exposer à des douleurs intangibles.

— Et si tu meurs ? Si tu fais comme mon père et que je me retrouve seule quelque part, sans argent et avec un enfant ?

Je le verbalise à haute voix et ces mots me donnent l'impression que je viens de poser un énorme rocher de doutes par terre.

— Tout le monde meurt un jour. Si ça se trouve, tu mourras avant moi... Et alors ? Je m'en branle, tu auras été avec moi. Un jour, dix, mille, toute une vie... on n'en sait rien, répond-il calmement.

— Comment tu fais pour tout prendre avec tant de détachement ?

Il hésite. Ce silence tendu me vrille le bide. Sa noirceur, sa douleur, celles que j'ai lues en lui... Elles sont là. Sous mes doigts. Dans son cœur.

— Ma mère a un cancer... et ma mère, c'est mon chez-moi. Quand la maison est vide d'elle, elle est vide de tout. Alors à chaque fois qu'elle retourne à l'hôpital, quand les mauvaises nouvelles s'enchaînent, c'est un nouveau cauchemar à chaque fois. Est-ce que je l'aime moins ? Si je regrette quoi que ce soit ? Non. Il y a des choses qu'on ne contrôle pas. La vie, la mort, les aléas... si tu veux les éviter, tu restes dans ta carapace et tu ne fais plus rien. Tu préfères vraiment vivre comme une morte ?

Vivre comme une morte. C'est une image particulièrement juste quand on connaît le monde intérieur qui me piège toutes les nuits. Ma torture, ma douce tourmente.

— Si je m'habitue à être heureuse... et qu'un jour on me l'enlève...

Il se retourne sur le côté et tapote ma joue comme si j'étais une sorte de... chien que l'on rassure. J'essaye de le chasser, mais il finit par saisir mon menton. Malgré l'obscurité, son regard me transperce.

— Tu sauras toujours vivre, même si, par malheur, on t'enlevait quelque chose de très important. On n'oublie jamais comment survivre... Mais quoi qu'il arrive, tu auras été heureuse, et ça vaut bien de prendre quelques risques. Tu l'as fait en me choisissant comme muse, et la vie t'a menée à accomplir beaucoup de choses que tu pensais impossibles...

— C'est terrifiant, le coupé-je.

— La vie est terrifiante, Ilyssia. Bienvenue sur le champ de bataille. Je ne sais pas où je vais non plus. Je t'ai rencontrée et tout à coup, je change d'avis sur ma carrière professionnelle et le rêve que j'avais depuis toujours..., râle-t-il.

— Et si je pars de ta vie ? Tu ne regretteras pas ?

— Non. Par contre, si je te laisse partir maintenant, j'aurai des regrets toute ma vie.

— Ta famille me déteste, pointé-je.

J'ai toute une liste d'arguments.

— Ma sœur seulement et c'est parce qu'elle a peur pour moi.

— Tu attends quelque chose que je ne peux pas te donner ! enchaîné-je.

— C'est-à-dire ?

— J'en sais rien, tu veux sûrement... une copine normale, pas une artiste totalement dérangée qui passera son temps dans les musées pendant que tu t'entraîneras.

Il semble consterné.

— Pourquoi pas ?

— Parce que ! Tu mérites ces filles parfaites, dans les films, avec qui le héros finit. Ces héroïnes qui ont tout pour elles ! Dont les problèmes n'atteignent jamais des profondeurs insoupçonnées ! Pas moi ! Je ne suis pas cette femme..., paniqué-je.

Ça y est. J'ai chaud, mal au ventre, et je commence à trembler.

— Des filles comme ça, j'en ai eu des tas, autour de moi. Ça ne me convient pas.

— Comment tu le sais ? Moi, au quotidien, je suis comme ma mère.

— Non, tu n'as pas abandonné, toi.

La remarque cingle l'air comme un coup de ceinture. Je fronce les sourcils et le fixe à travers mes larmes.

— Elle, elle a abandonné l'espoir. Elle reste dans sa tristesse et la perte de son mari. Ce qui est tragique, je ne minimise pas sa souffrance... mais tu n'es pas comme elle. Tu es infiniment plus douée et beaucoup plus forte. Ne sabote pas ta vie.

— Je suis sûre de la saboter si je me barre avec une muse obèse et idiote…

Mais ma blague ne nous apaise pas. L'atmosphère ne se détend pas plus. Un conflit sous-jacent nous menace.

— Je ne peux pas abandonner ma mère, déclaré-je un peu plus tard.

— Ta mère est ton parent. Ton seul parent. Elle est là pour te protéger et t'aider à démarrer dans ta vie. Pas l'inverse, me gronde-t-il.

— Mais elle serait malheureuse, si je partais. Elle se laisserait peut-être mourir.

— Ce n'est pas ta responsabilité.

La culpabilité et la colère se mélangent dangereusement dans mes veines. Je me redresse franchement, en appui sur ma main alors que je le dévisage. Même dans le noir, il ne peut pas manquer mon agacement.

— Quoi ? marmonne-t-il. J'ai tort ?

— Je ne vais pas abandonner ma mère ! Elle n'a que moi !

Contrarié, il se redresse à son tour.

— Ma mère, avec un cancer et depuis son lit d'hôpital, ne nous a jamais abandonnés, ma sœur et moi. Ta mère, elle, t'a laissée tomber. Elle t'a à peine élevée. Et surtout, elle préfère peindre qu'aller travailler pour t'offrir une vie décente. Tu trouves qu'elle mérite que tu sacrifies ta vie pour elle ?

Je le prends tellement mal que je dois faire un effort monumental pour ne pas le gifler. Ma pulsion est violente. J'ai envie de lui éclater le crâne par terre. Parfois, je pourrais devenir un monstre… Il ne connaît pas ma mère. Ni son histoire. Ni les raisons qui l'ont poussée à se retrouver dans une telle galère. Comment peut-il la juger ?

— Ma mère est une femme gentille, douce, et…

— Et ? Elle t'a laissée devenir la névrosée que tu es aujourd'hui. Tu n'as pas eu de père, c'est la vie… mais tu n'as pas eu de mère non plus, je l'ai bien vu quand je suis venu chez toi. Elle ne sait rien de toi.

— Tu n'as pas le droit de nous juger !

Ni d'avoir raison. Ni de deviner que je pleure toujours seule au fond de mes draps. Quand mes cauchemars me torturaient, elle n'était pas là. Elle ignorait, sciemment. Car parfois, je criais. Parfois, j'essayais de lui montrer. Adolescente, j'ai tracé des lignes sur mes poignets avec un cutter et sans rien tenter pour les masquer. Jamais elle ne m'a sauvée. Elle n'a rien dit, pourtant elle était là.

La colère m'embrase. Je mords ma langue pour me forcer à ravaler mes mots, mais c'est peine perdue. J'ai une boule dans la gorge, les larmes tout au bord des yeux et...

Bon Dieu, ça a quelque chose de jouissif.

Cette émotion tellement puissante, ce torrent de lave qui jaillit d'on ne sait où...

— Je ne vous juge pas ! Je constate... Tu as envie de venir avec moi, mais tu te trouves des excuses débiles pour ne pas avoir à sortir de ta chrysalide !

— Je n'abandonnerai pas ma mère ! répété-je.

— C'est une excuse !

J'essaye de le frapper, mais il a dû deviner, un peu plus tôt, que je m'apprêtais à le faire. Il retient ma main sans le moindre problème, immobilisant mon poignet comme si je n'avais aucune force. Il ne serre pas. Il m'empêche seulement de bouger et il ne semble pas déterminé à me lâcher.

— Et si elle se suicide ?!

Oh.

Il ferme la bouche, pris de court.

Moi, par contre, je réalise quelque chose. Je réalise un putain de point que j'avais ignoré toute ma vie.

Ma mère n'a plus que moi. J'ai toujours craint qu'un jour, en rentrant, je la retrouve allongée dans une mare de sang. Comme dans mes rêves. D'aussi loin que je m'en souvienne, je me suis toujours demandé ce que je deviendrais sans elle. C'est égoïste, mais c'est réel. Quelque part, si elle s'en va, je finirai encore plus seule qu'elle. Je me questionne même sur la force qui lui a permis de tenir jusque-là... Elle s'échine à vivre normalement, mais ce n'est qu'une imposture.

— Ta mère a Rivera. Elle est en couple, elle peint. Elle n'a pas gâché sa vie pour toi.

C'est douloureux.

Petite, je me souviens d'une série policière que ma mère regardait tout le temps. Dans un des nombreux épisodes d'une saison quelconque, il y avait l'histoire d'une femme, tombée dans la drogue après la mort de son partenaire de vie. Elle se suicidait, à la fin. Tout le monde pensait qu'elle avait été tuée, mais après avoir enquêté, les policiers se rendaient compte qu'elle était morte de sa propre main. À l'époque, ça a implanté cette idée dans mon crâne. Elle n'en est plus jamais sortie. Je me souviens encore de la scène exacte. De l'odeur du chou et des beignets. De l'air qui soufflait par les fenêtres alors qu'elle aérait le salon. De la douceur du canapé, sous mes doigts d'enfant. Il y avait cette petite poupée hawaïenne à côté de la télé. Elle bougeait à cause du courant d'air au moment où l'on apprenait que la femme s'était donné la mort toute seule.

C'était la première fois que l'on me brisait le cœur.

Ce jour-là, j'ai hurlé parce que mon père était mort... Parce qu'un père protège ses enfants et que j'étais persuadée que ma mère allait mourir, elle aussi. Qu'elle allait se tirer une balle si je ne réanimais pas cet homme et qu'alors je me serais retrouvée seule. J'ai eu la peur de ma vie. Je peux le dire, parce que je n'ai jamais eu plus d'effroi que ce soir-là. En fait, je ne sculptais pas mon père pour des problèmes d'enfant dans la cour de l'école...

J'attendais son retour pour empêcher ma mère de m'abandonner encore.

« Ta mère a Rivera. »

Elle a trouvé un substitut.

Je n'ai plus à avoir peur pour elle.

Mais malgré tout... malgré tout, je suis en colère.

— Tu n'as pas le droit d'insulter ma mère ! rugis-je.

Il me lâche si brusquement que je m'écrase contre le matelas.

D'un bond, il se redresse et fait les cent pas devant mon lit.

— Tu vas laisser passer une chance de bâtir quelque chose avec quelqu'un pour...

— Je l'aime ! Elle m'a élevée ! Tu n'es là que depuis quelques mois, Celian !

— Tu veux rester coincée dans ton passé, Ilyssia ? Sérieusement ?! C'est ça, ton projet de vie ?

— Mon projet de vie, c'est de sculpter ! m'écrié-je.

— OK... donc le plus important pour toi, c'est cette statue ?

Il pointe la représentation quasi parfaite que j'ai faite de lui. Si elle ne l'est pas totalement, c'est uniquement car je ne l'ai pas terminée.

— Oui, annoncé-je.

Mais le mot me brûle la gorge. Je déglutis avec peine. Il est vraiment blessé et tout à coup, je me dégoûte.

— Et si je casse la statue ?

Putain.

— Casser la...

— Ouais... Tu mériterais que je l'explose en mille morceaux...

La bouche sèche, je le regarde s'habiller.

— Tu vas me laisser partir ? grommelle-t-il. Réfléchis bien... Je suis patient, si tu me dis que tu as besoin d'un peu de temps pour faire le point, je peux le comprendre... Mais comme tu n'es pas une menteuse, Ilyssia, je veux que tu sois franche avec moi si jamais c'est définitif.

Il renfile son pantalon. Il est juste en face de moi. Ma simple voix a le pouvoir de le retenir. De le garder à mes côtés. J'en ai envie, je crois, mais ma fierté et la tristesse m'empêchent de m'exprimer, comme si j'étais terrorisée à l'idée de le perdre. Sauf qu'en réalité, c'est mon silence qui nous tuera.

— Tu me demandes de te choisir après m'avoir insultée ?

Et voilà ce qui sort de ma bouche. *Bien joué, Margaret.*

— Réponds sincèrement. Pour une fois dans ta vie, arrête de fuir.

Je serre les dents. Il me casse les couilles.

— Va te faire foutre, Celian. Va bien te faire foutre.

Il fait demi-tour pour se diriger vers la sortie. Mais la nuit est noire. Sombre comme nos mots. Il trébuche. Mon cœur se soulève.

J'ai envie de vomir quand le fracas de la pierre sur le sol de mon atelier me parvient.

Je retiens mon souffle.

Il s'arrête, hésite, puis dans un coup de vent, il claque la porte derrière lui. Il doit avoir peur que je lui plante mes couteaux dans le dos et mon burin dans le bide. J'hésite à le poursuivre pour lui arracher les couilles.

Je ne sais pas si c'est la statue ou mon cœur qui vient d'exploser par terre. J'ai l'impression que ça a fait le même bruit dans ma poitrine que sur le parquet de cette foutue pièce où lui et moi n'avons formé qu'un.

J'ai mal.

Pas parce que ma statue est pétée, non... J'ai mal parce qu'il est parti. Je ne veux pas le perdre. Je tiens trop à lui. Une douleur indicible me traverse. Un truc qui me broie les côtes... Or, ce n'est pas pour ma statue et c'est ce qui me fait réaliser que je suis la plus stupide créature de l'histoire de toute cette fichue planète : si j'aimais tant cette œuvre, ce n'était pas parce que j'avais longtemps travaillé dessus. Ce n'était pas parce qu'après m'être blessée à la main, je craignais de ne jamais réussir à sculpter de nouveau...

C'était parce que c'était lui.

Tout à coup, elle me paraît inutile. Ratée. Moche. Quoi de plus normal ? Elle vient de moi, un corps de chair avec un cœur de roche.

J'ai honte.

J'ai mal.

Quand j'allume la lampe et constate que la statue s'est fendue en deux au niveau du buste que j'avais presque achevé, ma gorge se noue. La faille traverse sa poitrine de l'épaule à la hanche. C'est son palpitant qui se retrouve séparé en deux morceaux.

Comme le sien. Le vrai.

Comme le mien. Celui qui bat dans mes tempes. Celui qui rend l'âme.

Ouais, maintenant, je le sais…

Même un cœur de roche peut se briser.

47

Celian

Nous sommes en juin, quatre mois après ma rupture avec Ilyssia... si l'on peut appeler ça une rupture. Je crois que oui, je n'en sais trop rien. Je vis dans le flou depuis cette nuit-là.

Demain, je participe aux *drafts*, à Chicago. Je sais déjà qui va me recruter, c'est l'avantage d'étudier à l'Elite University. Je connais déjà ma future équipe depuis... ce fameux jour. Enfin, plutôt cette nuit. C'était horrible de jouer l'émerveillement et l'enthousiasme devant un type de deux mètres qui me gratifiait d'une accolade amicale tandis que mon cœur pissait le sang à travers tout mon corps.

J'ai cru que j'allais mourir de culpabilité une bonne centaine de fois. Après avoir participé à quelques entraînements de façon tout à fait secrète et rencontré le staff de ma nouvelle équipe, il a été décidé que je passerai mes examens de fin d'année à distance. Avec mes notes des sept premiers semestres, ils étaient même prêts à me filer le diplôme sans que je me présente, mais j'avais révisé. En plus, les cours me semblaient encore plus simples. J'ai tellement bossé pour me noyer dans les bouquins que j'avais une large longueur d'avance sur le programme déjà élitiste. C'était débile de ma part, parce que finalement, je suis épuisé. Cela dit, c'était ma seule solution pour survivre à ce qui m'arrivait. Pour oublier.

L'avantage, c'est que j'aurai le temps de récupérer avant la reprise des matchs. Je joue la prochaine saison. J'ai encore plusieurs semaines pour me reposer et reprendre du service.

Pour l'occasion, j'ai invité Julian, Elora et ma mère à la soirée d'inauguration. Je crois que ne pas envoyer de message à Ilyssia a achevé de me broyer le cœur. J'aurais voulu qu'elle soit là et je m'en veux à en crever. Sauf que c'est trop tard. Elle ne m'a pas bloqué, pourtant. Depuis que sa participation officielle au concours a été annoncée, le teasing autour de son œuvre a débuté. Je meurs d'envie de découvrir son travail juste pour... je ne sais pas. Me rassurer. M'ôter cette horrible douleur qui me meurtrit de l'intérieur.

De mon côté, j'ai eu aussi des réseaux sociaux très actifs, ces dernières semaines. Je consulte la liste de toutes les personnes qui ont regardé mes stories – ça en fait des milliers – presque tous les jours en espérant y voir son pseudo d'inscrit... mais seul celui de Caroline le fait assidûment. Sauf qu'elle m'a toujours suivi, alors je ne sais pas si elle en profite pour tout montrer à Ilyssia ou si cette dernière ne veut tout simplement plus jamais avoir affaire à moi.

Dans tous les cas, c'est terrible.

Elle me manque à chaque seconde. Quand je joue, je m'arrache juste pour que la douleur la remplace un court instant. J'ai couché avec plusieurs filles ces derniers mois. Rien ne fonctionne. Je suis devenu un gros connard et j'ai déjà brisé au moins deux cœurs au passage. Sur le moment, je me suis trouvé bête et méchant, mais j'avais vainement l'espoir que ça suffirait à la gommer de mes pensées. Je me suis servi de femmes gentilles qui auraient mérité un meilleur traitement de ma part, et bordel, je m'en suis à peine voulu ! Elle me suit dans tous mes rêves, elle anime aussi mes cauchemars, hante mes fantasmes et déchaîne encore ma passion sans même avoir à me toucher.

Quelquefois, je l'avoue... j'hésite à reprendre l'avion pour la supplier de me pardonner. Je pensais sincèrement tout ce que j'ai dit sur sa mère, mais j'ai également pris conscience qu'il y avait l'art et la manière d'aborder un sujet aussi délicat. Je l'ai blessée et elle s'est défendue, comme elle l'a toujours fait. Ma réaction disproportionnée m'a poussé à me précipiter, j'étais bouleversé et...

La statue. Cassée. À cause de moi. La seule fois où je l'ai touchée, c'était pour la réduire en miettes.

Ensuite, je ne l'ai plus revue. Je me suis sauvé comme un voleur. C'était bête.

Elle me manque.

Je ressasse lorsque la porte de l'ascenseur s'ouvre sur une salle de réception aux teintes bordeaux, dont les luminaires rehaussent chaque dorure d'une lueur ambrée. Elora et ma mère m'attendent déjà devant le bar de l'accueil, habillées si élégamment que tous les regards se posent sur elles. Judith Jones, la femme du futur sénateur, porte un collier en diamants autour de son cou, des escarpins finement ouvragés et une robe longue qui frôle ses chevilles. À ses côtés, sa petite fille chérie. Ma sœur. Pour se moquer des codes, elle s'est engoncée dans un deux-pièces blanc et doré, ouvert sur un large décolleté.

Il faut l'admettre : je n'ai pas envie de les rejoindre. Je n'ai pas la force. À mesure que j'avance pourtant vers elles, je m'oblige à sourire et réajuste la veste de mon costard. Une fois que je passe le cœur de l'atrium, où diverses plantes justement disposées forment un véritable cœur végétal au beau milieu de l'entrée, je découvre le reste de notre groupe habituel.

Julian discute avec son père, tous deux venus spécialement pour m'encourager... et derrière eux, mon paternel. La fête d'inauguration qui précède les *drafts* est une soirée mondaine. Il est forcément présent pour rencontrer le gratin. Je ne me fais pas d'illusions, pourquoi serait-il ici, sinon ? Pour assister à mon succès ? Pour me féliciter ? Apporter son soutien ? Aucun intérêt. Ça ne lui rapporterait rien.

Un faux sourire plaqué sur les lèvres, je les rejoins. Bien plus grand que ma mère, je dépose un baiser chaleureux sur son front. À la proximité que je remarque immédiatement entre Julian et ma sœur, je devine qu'ils se sont encore rapprochés. Tant mieux, j'ai donné mon feu vert et ils m'ont laissé me briser sur les récifs tranchants d'Ilyssia en pleine tempête de grêle. Quelque part, je le mérite. C'est moi qui ai voulu jouer au plus malin alors que je suis totalement débile.

La petite fête a lieu à quelques kilomètres de là. Le chauffeur de mon père nous amène jusqu'à une salle de réception aménagée dans un bâtiment ultra-moderne, une structure triangulaire où des poutres savamment agencées lui confèrent un air futuriste. Je ne ressens ni la fraîcheur de cette nuit d'été, ni la chaleur qui nous colle encore à la peau, comme si mon corps entier était anesthésié à la vie. Les gravillons roulent sous mes pieds. Je reste digne, même si je n'ai qu'une seule envie : rentrer dans ma chambre d'hôtel pour dormir vingt heures sans interruption.

Au bout de l'allée, nous entrons dans la bâtisse et nos noms sont tapés dans une base de données afin de nous laisser passer. Nous nous avançons dans une salle richement décorée. Un tapis rouge suit la courbure du chemin jusqu'à une estrade illuminée de guirlandes aux lampions dorés. Golden Man est dans son élément, au moins. Le type parfait qui a brisé le seul cœur qui répondait au sien. J'observe les visages figés, moulés à même les bas-reliefs. Aucun n'est aussi finement détaillé que ceux d'Ilyssia. Au milieu des tables, d'autres femmes sublimes chaloupent au bras de leur partenaire. La plupart des hommes sont accompagnés. Le père de Julian et moi nous rapprochons imperceptiblement. C'est la dure loi de la jungle. Aurora, sa femme, n'est pas en état de voyager jusqu'à Boston, encore moins de festoyer. Judith, ma mère, est occupée avec son mari. Julian et Elora, ma foi… ont décidé de profiter de leur soirée.

Je me sens de trop, pourtant je suis l'un des invités les plus attendus lors de cette soirée de sélections. Une fois par an, les joueurs les plus prometteurs se déplacent à Chicago à l'occasion des *drafts*. Le fonctionnement change selon certaines règles, mais pour faire simple, chaque club choisit ses joueurs tour à tour en fonction de son classement lors du championnat précédent. C'est stratégique, médiatique et particulièrement suivi. Pour résumer, c'est *le* point d'entrée pour tous les basketteurs qui souhaitent évoluer en NBA. Malgré tout, j'ai le sentiment qu'ils nagent dans leur élément… et pas moi.

Je range les mains dans les poches de mon costard noir. Les cheveux plaqués en arrière par du gel et un serre-tête discret, je me fonds dans la masse. Mes futurs coéquipiers présents font mine de ne pas me reconnaître. Je feins la même chose. C'est demain que nous saurons officiellement où je serai affecté, pas avant. Tout a déjà été arrangé, comme souvent dans ces événements. Les résultats sont gardés secrets pour rendre la soirée plus pimentée et viser un maximum d'audience… Je me situe dans la liste restreinte des grands favoris. Il faut nourrir le mystère jusqu'au bout.

Je discute avec trois types qui font semblant de ne pas se souvenir m'avoir déjà rencontré. Je sympathise ensuite avec deux femmes coachs. Elles m'expliquent que leur poste est difficile, que les femmes ont du mal à se faire entendre dans ce métier. Je leur souris, leur apporte mon soutien, et elles rougissent parfois lorsque nos regards se croisent. Avant, j'adorais ce petit numéro de charme. C'était ma façon de m'entourer constamment pour oublier que j'étais vide, en dessous de cette carapace. Maintenant, je le suis vraiment, et il fait froid dans ma solitude.

Tout est prévu pour que nos yeux s'émerveillent. Il y a quelque chose de chaleureux et d'intimiste dans la répartition des tables autour du buffet. Des hommes élégamment vêtus se déplacent entre nous avec des plateaux garnis d'apéritifs ou de digestifs. Je quitte le halo des guirlandes pour me diriger vers l'obscurité de la terrasse.

Mes paupières se ferment un court instant lorsque je me retrouve isolé pour la première fois de la soirée. Je croise mon père et l'ignore royalement. Ma sœur déboule de nulle part, une flûte de champagne entre les mains. Purée, je veux rester seul et tout à coup, ils me fondent dessus comme s'ils étaient des oiseaux de proie affamés. J'aimerais bien que l'on me laisse un moment pour respirer. Brusquement, Elora pose le verre d'alcool contre ma poitrine jusqu'à ce que je décide de l'attraper. Les cheveux attachés en une tresse délicate, sa crinière châtain reflète les lueurs des ampoules et entoure un regard dur. Cela dit, son humeur est empreinte de compassion. Pour ne pas dire de pitié, mais je serre les dents face à cette idée et vide le crémant d'une seule gorgée.

— Sacrée descente, monsieur Jones, rit Elora.

— Ouais.

Elle grimace face à mon air renfrogné.

— Avec Julian, on a payé un abonnement pour avoir accès aux chaînes télé de n'importe où. Si tu veux... on peut regarder la finale des Art Contest sur le balcon.

Sa proposition me surprend. Négativement.

— Arrête de remuer le couteau dans la plaie. On s'est mutuellement brisé le cœur, tu devrais être contente d'avoir eu raison. Je me contenterai de regarder les résultats demain...

Ma sœur éclate de rire.

— Sûrement pas. Tu déprimes depuis des mois, et Julian et moi, on est dégoûtés de vous avoir infligé ça. Je suis désolée, Celian. Si on ne lui avait pas fait peur en attisant sa méfiance, elle serait peut-être avec toi, aujourd'hui...

— Mais elle n'est pas là, la coupé-je.

— Allez, viens.

Au loin, je constate que mon père se pointe avec un homme que je ne connais ni d'Adam ni d'Ève. Oh, mon Dieu. Tout mais pas ça. Je préfère encore assister à la déchéance de la femme que j'aime, même si c'est moi qui l'ai causée et que je culpabilise à mort. Discuter avec mon père et ses connaissances me refile de l'herpès rien qu'à y penser.

— OK, abdiqué-je.

Elora ricane, satisfaite de son petit tour de passe-passe.

— Julian nous attend de l'autre côté. On capte mieux et il n'y a personne. Suis-moi.

Nous nous mêlons à la foule, aux parfums enivrants et aux coupes de champagne bien remplies. J'attrape quelques apéritifs au passage pour mieux digérer mon amertume et détecte soudain un courant d'air qui ravit ma chair alourdie par la moiteur de la salle principale. Nous laissons les tables bien garnies derrière nous, les discussions aussi denses qu'hypocrites des badauds, puis Elora m'attire jusqu'à un renfoncement sombre où se cache Julian. Il se tient de dos, vêtu de bleu marine, et j'aurais presque pu le manquer si je n'avais pas plissé les paupières. À notre approche, il s'exclame :

— Ah ! Vous arrivez pile à temps... j'ai cru que vous alliez la rater.

Il se tourne dans notre direction et se place entre nous pour me montrer son écran. Elora essuie la surface où se reflètent les lumières de la façade. Je serre les dents lorsque le présentateur s'écrie :

— Et un tonnerre d'applaudissements pour celle qui a atteint la finale avec une majorité ab-so-lue ! Mesdames et messieurs, faites du bruit pour Dame Margaret Ilyssia !

La salle se soumet aux injonctions et la caméra passe sur les visages émerveillés du public. Le voile se lève sur sa statue. Une statue merveilleuse, brisée en deux au niveau du torse. Je retiens un hoquet de surprise. Je crois même que des larmes me montent aux yeux, mais c'est peut-être la fatigue.

— Pourquoi elle a fait une grosse fissure en plein milieu ? demande ma sœur.

Je l'ignore, mort de honte.

— Nous allons vous montrer à nouveau le magnifique court-métrage sur son œuvre et sa signification... Puis nous passerons aux votes !

Visiblement, son adversaire a déjà été présenté. Pourquoi on ne la voit pas, elle ? Je n'attends que ça, merde !

Soudain, c'est un mini-film qui se lance. On peut l'observer de dos, qui sculpte. Je déteste cette vue sur son corps. Elle m'a frustrée pendant des mois, avant que je ne lui vole une photo de face. J'ignore pourquoi elle déteste tant montrer son visage. En fond, on entend le bruit de la pierre qui craque et se fissure. Des frissons parcourent mon dos. Une voix off entame un récit, mais je la reconnais. C'est la sienne. Pendant tout le temps du court-métrage, on la voit travailler dans le même angle, avec un très léger zoom vers mon cœur. Enfin... celui de la statue. Je bois chacun de ses mots avec dévotion. Je reconnais son atelier. Ses mains, son dos, son carré brun qui lui retombe dans la nuque, juste au-dessus de la première vertèbre.

— On dit souvent que l'amour est la plus belle des inspirations. Moi, je ne crois pas. Je pense que c'est la solitude et la tristesse qui forgent le cœur des artistes.

Une musique nostalgique se lance en fond.

— Quand on commence à aimer quelqu'un, il efface en nous toutes nos imperfections et nous ignorons toutes les siennes. C'est ce que j'ai fait avec cette œuvre. Oui, j'ai représenté l'être que j'aimais de la plus belle des façons. Comme je le voyais. Comme nous voyons tous nos muses, ces êtres de chair et de sang que l'on souhaite graver à tout jamais dans l'espace et le temps.

Le plan change. D'un coup, on la voit se coucher dans son lit et se couvrir d'une couverture que je ne reconnais que trop bien.

— On en oublie que ces êtres existent. On oublie que vénérer l'art nous écarte d'eux. Ceux que l'on honore réellement à travers nos efforts et notre travail acharné finissent par subir quelque chose que l'on ne saura jamais représenter dans l'art. Quelque chose que l'on essaye de cristalliser depuis des temps immémoriaux, sans y parvenir.

La caméra change. L'angle aussi. Tout à coup, c'est son visage, de profil, et elle qui passe les doigts sur la fissure nette et peu harmonieuse qui traverse son œuvre.

— Leur cœur se brise. Aucun musicien ne peut recréer le bruit qu'il fait quand il éclate, ni la douleur qu'il subit quand il saigne.

Gros plan sur son index qui glisse sur les aspérités du marbre. Puis sur le soleil, les plis de la robe et les chaînes. Toutes ces chaînes. C'est ce qui nous relie, elle et moi.

— L'Art est à l'Homme ce que l'eau est à la vie. Pourtant, graver dans la roche le visage de la personne que l'on aime ne suffira jamais à nous maintenir en vie… alors j'aimerais changer de credo. Désormais, j'ai envie de dire que… l'Amour est à l'Homme ce que l'eau est à la vie.

Le film se coupe brutalement sur des grésillements. Les applaudissements reprennent, plus forts que jamais. Pas mon cœur. Lui, il s'est arrêté, blotti quelque part entre ses remords, ses regrets et ses blessures. C'est enfin le moment de dévoiler la statue dans son entièreté. Une merveille, si l'on oublie la fissure. Quoique… après avoir vu ce film, elle me semble être plus belle que tout le reste.

Ilyssia est là, sur la scène. Aussi éthérée qu'à son habitude, enveloppée d'un linceul de mystère qui attire et fascine. Son regard envoûtant est accentué par un maquillage d'un noir charbonneux. Ses cheveux courts ont été lissés et elle porte une longue robe gris anthracite qui souligne ses courbes harmonieuses. Elle tient un micro dans ses mains, l'air impénétrable, comme à son habitude.

— Ilyssia, votre présentation a fait l'unanimité, au premier tour ! Vous avez écrasé votre groupe et vous vous retrouvez en finale avec une majorité absolue ! Comment vivez-vous cette soirée ?

— Comme une victoire douce-amère.

— Douce-amère ?! s'exclame le présentateur.

Tout le monde chuchote dans le public. Les caméras n'en ratent rien. Comme l'événement est en direct, il s'agit de faire sensation.

— Oui. En fait, je hais cette statue.

Le couperet s'abat et un silence de plomb remplace les babillages des invités. Même le présentateur semble perturbé par l'implacable voix d'Ilyssia et l'assurance qui émane d'elle.

— Peut-on savoir pourquoi ?

Elle sourit, mais son rictus ne monte pas jusqu'à ses yeux.

— Parce que pour la terminer, j'ai dû sacrifier quelque chose de bien plus précieux.

Une larme coule sur ma joue et je n'essaye même pas de l'effacer. Elle est emplie de tellement de nuits froides que je ne peux décemment pas l'empêcher d'exister.

— Oh ! L'amour, comme vous le dites dans votre vidéo ?

— Ma muse, oui, déclare-t-elle tout à fait naturellement.

— Est-ce le joueur semi-professionnel que vous avez représenté sur votre statue, dont vous parlez ?

Et là, il y a deux possibilités. En fait, non. Dans les deux cas, tout se joue maintenant pour notre avenir, si j'ose dire.

— Qui d'autre ? soupire-t-elle avec une telle irritation que j'aurais pu en rire, dans un autre contexte.

Mon cœur repart au triple galop. Mon souffle s'arrête, lui. Mon corps n'arrive pas à se mettre d'accord avec lui-même, mais la glace qui l'étreignait paraît fondre d'un seul coup. Je suis populaire. J'ai trois cent quarante mille abonnés sur Instagram, me semble-t-il. Un tas d'hystériques vendrait père et mère pour que je leur sourie. Ilyssia a fui Mitchell parce qu'elle en avait peur.

Pourtant, elle vient d'officialiser notre rupture et ses sentiments envers moi devant des millions de téléspectateurs.

Elle est tarée.

Je le jure.

Complètement tarée.

— Quelle nouvelle ! Vous avez donc rompu ?

Évidemment, en bon entraîneur de foule, le type la questionne. Ilyssia le fixe un moment, déconcertée.

— Il y a une musique triste, dans le clip. Un cœur brisé. Et je viens de vous dire que je haïssais cette statue... Faites un effort. Celian Jones est parti de ma vie, et cette statue, c'est tout ce qui me reste de nous. C'est pire qu'une rupture, monsieur. D'ailleurs, je me fous de ce concours. On ne passera pas aux votes.

Elle se tourne vers les coulisses et fait un signe à quelqu'un.

J'attrape le téléphone. Ma sœur et Julian se penchent sur moi pour ne rien rater. Elora râle parce que son mec prend trop de place. Mon meilleur ami se tortille comme un ver, de peur de manquer quelque chose. Les yeux écarquillés, je reconnais sa mère, Siffrin Griffins et ses deux meilleures copines qui lui apportent... une putain de batte de base-ball.

— Enfin si, mais il n'y aura plus qu'une œuvre en lice.

Elle attrape le manche de la batte. Je me retiens de rire et de pleurer à la fois.

Complètement tarée, c'est ce que je disais.

D'un mouvement habile, elle fracasse ma tête. Ma jambe. Mon bras. Puis la statue tout entière. Elle grogne et elle s'en donne à cœur joie. À chaque coup, le public crie. À chaque coup, un pansement arrête un petit saignement dans les blessures qu'elle m'a infligées. À chaque coup, son acharnement exulte toute sa rage et sa haine. Les gens se bouchent les oreilles et se protègent les yeux. Le présentateur aux cheveux hirsutes recule, totalement paniqué par la scène qui se déroule devant lui.

Quand elle a terminé, Ilyssia souffle sur une mèche qui lui barre le visage et se redresse. Essoufflée, elle pose une main gracieuse sur ses hanches et jette la batte plus loin, la laissant rouler par terre comme un vulgaire détritus. Lorsqu'elle reprend son micro, sa respiration saccadée ponctue une phrase emplie de colère.

— Voilà ce que j'en fais, de cette statue pourrie.

À ma grande surprise, et alors que je m'attends à une huée générale... de faibles applaudissements surgissent de nulle part. Peu à peu, c'est toute la salle qui se lève en scandant son nom. Sa mère pose une main dans son dos et Rivera apparaît, couvert de sueur, avec une grosse marque sur le front. Totalement paniqué, il assiste, impuissant, à la plus importante glorification que j'ai entendue de toute ma vie.

Je suis tellement fier d'elle.

Presque autant que je l'aime.

Presque...

— OK... alors... s'il te plaît, ne sois pas complètement débile et reste ici jusqu'à la fin des *drafts*, OK ? s'inquiète Julian.

Oh. Alors, je suis si prévisible que ça ?

— Papa a un jet, rappelé-je en me tournant vers Elora.

— Non, Celian. Non. Elle t'en voudrait d'avoir pris de tels risques. Demain... quand tu te feras interviewer... tu parleras d'elle. De toute façon, les journalistes s'en chargeront... Dis-lui de venir. Demande-lui de te prouver ce qu'elle vient de dire, me conseille-t-elle d'une voix tendre.

— Non, je...

— Écoute-la, elle a raison et tu le sais, en rajoute mon meilleur ami.

— Il faut que je m'assoie...

Personne ne m'en empêche. Je m'écroule sur un banc en pierre et prends ma tête entre mes mains. Elle va me rendre fou. Un jour, je le jure, je vais finir par en crever...

Mais putain. Pour rien au monde j'en demanderais une autre.

48

Ilyssia

Je ne comprends pas les gens. J'ai gagné le concours à 80 contre 20. Une majorité écrasante alors que le seul truc que j'ai écrasé, c'est... Celian.

Pourtant, je suis devant ma télé pour regarder les *drafts* dès la première seconde où la cérémonie commence. J'ai dégagé tout le monde de mon atelier : copines tout émoustillées, mécène fou de joie, mère fière et tuteur-beau-père-professeur ravi. Il fallait que je sois seule, cette fois-ci, pour admirer l'homme que j'aime réussir, de son côté. Je mentirais en prétextant que je me fiche de ce qui s'est passé hier soir. Oui, j'espère qu'il a tout vu. Tout entendu. Que ce n'est pas trop tard. J'attendais le bon moment. Il fallait que je lui prouve et je sais bien qu'il m'en demandera davantage avant de me pardonner. Rien de plus normal. Je voulais frapper fort. Je voulais lui montrer que j'étais capable d'assumer mes sentiments et mes erreurs devant tout le monde. De me dévoiler, plus qu'il n'en faut, plus que je ne l'ai jamais fait, parce que je l'aime et que je veux qu'il le sache. Qu'il le comprenne.

Pour de bon, cette fois-ci.

J'attends que la caméra me dévoile son visage. Je ne prie que pour l'apercevoir dans la foule de convives. Je prie, putain, je prie pour qu'il soit seul. Parce que s'il est accompagné d'une femme, je brûle cette ville, ce monde, cette planète, et je m'éteins doucement dans mes eaux sombres.

Quand je le reconnais enfin, je sanglote malgré moi. Sa sœur est là. Julian, deux hommes que j'entrevois vaguement, et sa mère.

Les larmes noient mes yeux. La scène passe trop vite. Mon téléphone vibre constamment de notifications au sujet de mon sketch d'hier. « La plus belle prestation de cette décennie », titrent les journaux. Je m'en balance.

Tout ce que je veux, c'est que Celian me réponde.

Le commentateur est accompagné d'une femme et de plusieurs joueurs de renommée. Ils discutent de basket et je ne pige rien si ce n'est que Jones est un des grands favoris de cette saison. Chaque club s'avance pour annoncer la recrue qu'il a choisie. Lorsque c'est au tour de Celian, il passe rapidement au micro, mais...

Rien.

Rien du tout. Il les remercie vaguement et se casse.

La déception pèse sur mes épaules, qui s'affaissent. Le poids de mes regrets m'écrase. Je pleure un bon moment. Visiblement assez pour que la *draft* s'achève dans un tonnerre de babillements incessants de la part des présentateurs... Quand soudain, un joueur dit : « Celian Jones, c'est pas le type en couple avec l'artiste dont tout le monde parle sur Internet ? »

Si !

Je retrouve un brin d'espoir. Mon cœur repart. Lorsqu'enfin les stars sont interrogées une à une, les journalistes se jettent sur lui. Presque uniquement, d'ailleurs. Ah... les dramas et les médias. Ça ne fait qu'un, paraît-il.

— Monsieur Jones ! Félicitations !

Ils se battent tous pour lui arracher quelques mots. Il répond poliment aux questions qu'on lui pose. Puis soudain, sans surprise...

— Votre petite amie doit être fière, non ?

Il marque une pause et son regard devient plus noir que la nuit. Je connais cette expression. C'est encore plus flippant d'assister au passage de Golden Man au *stalker* qui me suivait le soir en deux secondes top chrono. Je ne suis pas la seule, car la plupart reculent d'un pas.

— Ma petite amie ?

Le mec ne se démonte pas.

— Margaret. Elle a publiquement déclaré sa flamme, hier, lui rappelle-t-il.

— Elle a parlé de notre rupture, note-t-il froidement.

Ça lui va très mal et très bien à la fois. Un feu se réveille en moi. Celui qui reconnaît l'homme que j'aime. L'homme avec qui j'ai passé la plus belle nuit de ma vie et qui a flingué ma statue.

— Qui a rompu ?

Il ricane méchamment.

— Elle. Mais on doit parler. Elle va me rejoindre à Boston au plus vite… Maintenant, foutez-nous la paix. Je suis ici pour ma carrière, ma vie perso ne vous concerne pas. Restez à votre place.

L'homme politique est de retour. Finalement, il aurait été bon. Il fait vraiment peur, quand il veut. Cela dit, je ne suis pas convaincue qu'il en aurait été capable, lorsque l'on s'est rencontrés. Il a changé à mon contact.

Mais peu importe.

Boston. Demain. Avion. Tout de suite.

Je me lève comme une furie, bouscule tout mon bordel au passage et me rue vers l'armoire. Je sors des affaires, les jette dans mon sac à dos de cours, puis appelle Julian sur Instagram. Il répond presque tout de suite.

— Madame ?

— Adresse, grogné-je, aimable comme une porte de prison.

— Avec plaisir… je vous l'envoie, chantonne-t-il, visiblement très au courant de l'affaire.

— OK.

Je raccroche.

Je ne sais pas comment ça va se passer. Je ne sais pas si je vais survivre. En fait, je m'en tape. Il a raison, je ne contrôle pas tout, j'ai fini par le comprendre, et je veux vivre. Je vais tenter. Peu importe où ça nous mène.

Peu importe où...

J'irai. Avec lui.

49

Ilyssia

Je suis perdue au beau milieu de Boston.

Il y a d'autres manières de bien commencer une journée, comme se tromper d'avion. J'ai dû le prendre une dizaine de fois dans ma vie. Jamais seule. À chaque fois, mon tuteur m'emmenait aux expositions avec un groupe d'élèves et je me contentais de suivre le troupeau comme une gentille brebis. Tous ces gosses de riches connaissent les aéroports mieux que personne, alors je n'avais qu'à faire semblant de leur ressembler. En réalité, j'avais du mal à me repérer. Cette fois-ci, ils n'étaient pas là pour me guider. J'ai avancé au pif et ce qui devait arriver arriva : je me suis plantée.

Les explications sont en fait très simples : l'Elite University nous fournit une carte d'embarcation qui nous permet de voyager gratuitement trois fois dans le mois. Jusque-là, c'est génial, n'est-ce pas ? Sauf qu'avec un billet pour un avion précis, l'hôtesse prévient si c'est la mauvaise porte... Quand elle n'a aucune idée de là où l'on souhaite se rendre et que l'on possède un pass pour n'importe quel vol...

On peut totalement se foirer d'avion.

Puisque je suis à côté de mes pompes, nerveuse, et en cruel manque de sommeil, je me suis retrouvée ailleurs. Ailleurs, c'était en Virginie du Sud... en l'occurrence, pas du tout la bonne destination. J'ai pesté comme un charretier et repris le chemin des terminaux. Ma mère s'est foutue de moi au téléphone et m'a assuré que personne d'autre n'aurait pu se tromper de vol de nos jours. J'étais dégoûtée, même si elle n'a pas tort : je me suis crue dans un film à l'eau de rose. Je me voyais sauter dans le premier avion – qui serait le bon, comme par magie –, à une heure bien trop matinale – à mes yeux, du moins –, et arriver devant son hôtel fraîche, maquillée, enveloppée d'un parfum floral.

C'était du grand n'importe quoi !

Cela dit, je n'ai fait la bêtise qu'une seule fois. La deuxième, j'ai pris la peine de vérifier mille fois la destination. J'ai même harponné une dizaine de membres du personnel pour recouper les informations et m'assurer que j'étais au bon endroit – en plus des panneaux… des écrans… et des notifications sur mon téléphone que j'avais ignorées en premier lieu.

Résultat : je suis arrivée à Boston. Une femme a mangé des pâtes à la bolognaise pendant le vol et j'ai failli lui vomir dessus. Le siège m'a laissé une énorme trace de transpiration sur les fesses. J'ai eu les oreilles bouchées pendant la moitié du trajet et un bébé m'a roté dessus. J'ignore comment je me suis retrouvée là, mais c'était de la torture.

Le monde entier pourrait croire qu'après cette mésaventure, j'aurais eu droit à un peu de chance pour compenser… Que nenni ! Je suis arrivée à l'aéroport et il faisait mille degrés à l'ombre – j'abuse à peine. Je n'avais que mon sac en cabine et je l'ai oublié dans l'avion. J'ai paniqué et on me l'a rendu *in extremis*, ce qui a provoqué des palpitations dangereuses à mon petit cœur.

Et maintenant, pour en rajouter une couche, je suis encore plus égarée qu'avant. J'ai voulu suivre le GPS pour rejoindre l'hôtel où séjourne Celian en attendant qu'on lui attribue un appartement personnel. Il y était écrit qu'il se trouvait à douze kilomètres. J'ai réalisé que c'était beaucoup trop, à pied, alors j'ai chopé un bus. Pas le bon, *a priori*. Ou j'ai raté l'arrêt, ce qui est possible aussi. Je tombe de fatigue, après tout, j'ai pas mal de difficultés à me concentrer. En tout cas, pour conclure, je ne suis pas du tout arrivée là où j'aurais dû...

En désespoir de cause, je m'apprête à sacrifier ce qui me reste de dignité pour contacter Julian. J'ai vu dans sa story qu'il était encore en ville. Épuisée, je déambule dans les rues en guettant les rares zones d'ombre projetées par les devantures et les arbres tannés par le soleil. L'air empeste, mais moins qu'à New York. La circulation est fluide à cette heure, et hormis quelques coups de klaxon qui étirent une grimace sur mes lèvres, le monde semble un peu moins me haïr.

Je m'arrête devant la devanture d'un café qui m'inspire plus que les autres. C'est un pub qui propose de la bière maison. J'ignore la carte, pousse la porte lourde comme de l'acier trempé, et entre dans une vaste salle. Une table haute traverse entièrement la pièce jusqu'au bar. Des tabourets l'encerclent et plusieurs groupes de personnes s'y sont installés pour bavarder. Le passage est étroit pour se glisser jusqu'aux toilettes. Les clients chahutent, rient et discutent à pleins poumons. J'ai besoin de m'isoler, car tout ce qui m'entoure me semble trop bruyant. Trop vivant, trop stressant.

M'enfermer dans les toilettes pour me rafraîchir et me changer me donne le sentiment d'avoir trouvé un bouton pause pour le monde entier. L'instant d'après, j'ouvre une cabine et m'assois sur la cuvette rouge foncé. La porte claque, j'enfonce mes coudes sur le dessus de mes cuisses, nerveuse. J'ai changé de vêtements et opté pour un t-shirt bien plus fluide d'un blanc opalin, une culotte propre et un short en tissu qui permet à l'air de rafraîchir mes jambes en cette journée brûlante. Le pouce flottant au-dessus du pseudo de Quinn, je réfléchis à la meilleure option que j'ai en dehors de lui. Un taxi ? Pas les moyens pour le moment... Un bus ? Plutôt crever que de réessayer. Si je n'étais pas paniquée et totalement perdue, je me serais débrouillée pour ne plus jamais avoir à lui adresser la parole. Mais là, j'en ai ras le cul. J'ai quitté New York il y a quatorze heures. Je n'ai pas dormi, à peine mangé, et je n'ai plus la force de ressortir toute seule, ni assez d'argent pour payer un chauffeur personnel.

Je laisse le silence me rassurer. Deux filles ont le temps d'uriner dans la cabine à côté. Une autre essaye d'arracher la poignée de ma porte et je lui signifie que c'est occupé d'une voix acide. J'appellerai Julian dès qu'elle se sera tirée.

Une fois le calme revenu, je compose le numéro. Deux sonneries plus tard, Quinn décroche. Les toilettes de ce café ne sont peut-être pas luxueuses : les murs décrépis sont à moitié tachés d'humidité, les portes abîmées par le passage du temps et le carrelage souillé, même fendu sur certaines cases colorées... mais il y règne une bonne aura. C'est simple et authentique. L'endroit parfait pour attendre un miracle.

— Madame ?

— Pourquoi tu m'appelles comme ça ?

Il ricane.

— C'est pour te témoigner mon respect.

Il y a cette note moqueuse, dans le fond de sa voix.

— Je suis perdue à Boston. J'ai trois pour cent de batterie. Je me suis trompée deux fois d'avion, j'ai loupé l'arrêt de bus et... putain, tu veux bien venir me chercher ? Mon GPS dit que je suis à trente-trois kilomètres de l'hôtel, mais là je vais finir par me laisser mourir sur le trottoir.

— T'es à Boston ?!

— Je viens de te le dire ! m'écrié-je.

— Déjà ?

— Bah quoi ? Je t'ai pas demandé l'adresse pour lui envoyer des fleurs, triple buse !

Les sportifs ont tous un pois chiche à la place du cerveau ou quoi ?

— Merde... Heu... J'arrive. Envoie-moi ta position.

Je raccroche et lui communique ladite localisation, puis je soupire et bascule en arrière. Le dos en appui sur la cuve des toilettes et le crâne collé au mur, je fixe le plafond un moment. J'aimerais bien me reposer quelques minutes, mais si je ferme les paupières, elles resteront closes pour les six prochaines heures.

Finalement, je me décide à sortir des toilettes et me dirige vers un bar en bois chaleureux où travaille une barmaid. Elle affiche un large sourire et me demande ce que je veux. Aucune idée, à vrai dire. Elle me sert un café au lait et un bagel au fromage après m'avoir listé trente-six plats qui ne passeront jamais dans mon état. J'engloutis le tout, affamée. Le gras me redonne des forces, mais je me sens écrasée par le poids de l'épuisement. Julian ne s'attendait pas à ce que j'arrive aussi vite, ni à ce que je me déplace en personne, de toute évidence. Ce qui signifie que… Celian non plus. Donc l'effet de surprise est garanti, sauf si cette triple andouille l'a prévenu entre-temps. J'espère que non.

La jeune femme qui travaille derrière le comptoir porte les cheveux longs, d'un blond doré qui rappelle celui du blé. Elle frotte des verres sans me lâcher du regard. Au fond de la pièce, des types jouent au billard en exultant par intermittence. De l'autre côté, des vieux papotent autour d'une table chargée de conneries. Ils ont mangé pour vingt. Comme je suis la seule au bar, la barmaid n'a que ça à faire que de m'adresser la parole. Je m'en serais bien passée.

— Vous avez l'air épuisée, mademoiselle. Si vous voulez, la maison fait aussi hôtel.

Elle me montre des escaliers qui mènent à un comptoir et, plus haut, à un couloir qui s'enfonce dans l'obscurité. J'en rêve, mais Julian va arriver et ce n'est pas seule que je dormirai ce soir.

Du moins, ça, c'est ce que j'espère.

Quelque part, je m'en veux de penser comme je le fais en ce moment même. Je prends Celian pour acquis. C'est un humain, il pourrait me rejeter. D'autant que je me suis toujours foirée en prévoyant ses prochaines actions… Mais je ne peux pas mentir. J'espère de tout mon cœur que je le hante vraiment comme il l'a prétendu avant que l'on ne se sépare. J'espère que j'ai encore une chance. Il me l'a laissée, pendant son interview. Et moi, j'avais la certitude que ma déclaration allait fonctionner.

C'était de la manipulation, en quelque sorte. Encore. Sauf que cette fois, j'ai de bonnes intentions. Je le fais pour lui prouver mon amour. Pour qu'il m'accorde une occasion de me racheter. Bien sûr, je n'oublie pas qu'il a insulté ma mère, mais... c'est de ma faute.

— Mademoiselle ? répète doucement la barmaid.

Son visage rond et chaleureux exprime une sincère inquiétude. Je m'apprête à lui répondre lorsque les doubles portes s'ouvrent sur... Julian Quinn.

— C'est pas trop tôt ! Je me suis perdu aussi ! Comment t'as fait pour te paumer aussi loin, Margaret ?

Un soupir agacé quitte mes lèvres.

— Ne vous inquiétez pas pour moi... j'ai des amis dans le coin, la rassuré-je.

— Allez, viens. Au revoir ! salue-t-il la barmaid qui lui sourit en retour.

Je dépose une liasse de billets sur le comptoir. Il y a le compte, et même un peu plus. C'est tout ce qui me reste. Enfin, je file comme un spectre aux trousses de Quinn, qui a déjà atteint sa voiture. Il s'est garé comme un trou du cul sur le trottoir et les gens lui râlent dessus lorsqu'il s'installe au volant. Il klaxonne en guise de réponse et je m'assois en vitesse à côté de lui. J'aurais pu avoir peur d'un type qui m'ordonne de monter dans sa caisse, mais c'est Julian. Le type ressemble plus à un gros nounours qu'à un mec dangereux.

— Putain, regarde ! Encore des feux ! Merde, t'aurais pu choisir un coin facile d'accès, quand même...

Le siège est confortable. Je m'enfonce dans le cuir en fermant les yeux pour retenir mes piques salées.

— C'est la première fois que je voyage seule et je suis partie sur un coup de tête. Ça n'aide pas quand tu n'as rien planifié.

Il se tourne vers moi lorsque la file qui mène au carrefour le force à s'arrêter.

— Les *drafts* ont eu lieu y a quoi... vingt heures ?

— Et ça fait quatorze heures que je suis partie de New York, oui, ajouté-je.

— Alors, tu l'aimes vraiment ?

Sa voix s'est radoucie. Pas moi.

— Je n'aurais pas pété ma statue devant le pays tout entier et sauté dans un avion le lendemain si je n'aimais pas ton pote, précisé-je, acerbe.

Il acquiesce.

— Il s'attendait à te voir dans plusieurs semaines. Il disait que tu aurais besoin de réfléchir.

— Tu lui as dit que je venais ?

Mon ventre se contracte.

— Nan.

— Cool, soufflé-je, rassurée.

— T'es quand même bizarre, comme fille.

Sans blague. Ce commentaire est revenu tellement de fois au cours de ma vie qu'il n'a plus rien de surprenant.

— Je sais.

Une bonne partie du trajet se poursuit dans un silence gêné. Je ne tente rien pour le briser. L'absence de bruit ne m'a jamais particulièrement dérangée.

— T'as pris quoi, comme décision ? reprend Julian au feu rouge suivant.

— Je n'en ai pas encore pris. Tout dépendra de la sienne.

— C'est déjà acté, alors. Impossible qu'il te rejette et tu le sais aussi bien que moi... J'espère que tu ne vas pas continuer d'hésiter longtemps, parce que ça le met dans des états pas possibles à chaque fois, Ilyssia. Il t'aime vraiment, ce con.

Voilà, il me considère exactement comme ce que je craignais. Une fille qui sait pertinemment qu'un type lui donnerait le monde et qui en profite pour le faire tourner en bourrique. Je me déteste de lui avoir causé tant de peine. Mon comportement, même involontaire, l'a blessé à de nombreuses reprises. En même temps, s'il n'était pas tombé amoureux de moi, je n'aurais pas chuté non plus... parce que d'après Quinn, il m'aime et pas moi. Mais c'est faux, de ça j'en suis certaine. Je l'ai compris à l'instant même où j'ai pleuré son départ plutôt que ma statue. Jusqu'alors, rien dans ma vie n'était jamais arrivé à la cheville de mon art... et après son départ, blocage. J'ai eu un mal fou à finir mon travail. Tout semblait fade, sans goût aucun. J'avais mal, par ma propre faute.

— C'est aussi nouveau, pour moi... Ces sentiments, je ne les connais pas plus que lui. J'aimerais réussir à poser des mots dessus pour expliquer ce qui s'est passé dans ma tête, mais c'est impossible. J'ai merdé, je le sais. Elora et toi aviez raison, c'est ce que je me suis tuée à lui prouver... Sauf qu'il est resté, Julian. Pour ça, je ne suis pas la seule responsable. Par contre, s'il y a une chose que tu n'as pas le droit de remettre en cause, c'est ce que je ressens pour lui.

— Ce n'est pas moi qui me donne le droit de remettre tes sentiments en cause... C'est toi qui souffles le chaud et le froid. Une fois tu l'aimes, le lendemain tu veux qu'il parte...

— J'ai eu peur, Quinn ! J'ai eu peur de ce que ça signifiait ! Je n'ai jamais quitté mon quartier pourri ni ma mère, et d'un coup, il m'a demandé de l'accompagner à tous ses matchs aux quatre coins du pays... ça te semble facile à prendre, comme décision ? Je veux dire... ça revenait à nous mettre ensemble, à quasiment nous installer ensemble et à... merde, t'imagines un peu ?

Le meilleur ami de Celian cligne plusieurs fois des yeux, hébété et sans voix.

— Quoi ?! l'agressé-je pour le forcer à réagir.

— Il t'a proposé ça ?!

Merde.

— Je... oui. Et moi, je...

— C'est pour ça que tu as refusé et qu'il m'a dit qu'il avait merdé... Parce que ce con a voulu que tu te mettes avec lui et que tu traverses le monde à ses côtés comme si vous étiez mariés depuis dix ans...

Présenté comme ça, c'est bizarre.

— J'ai refusé parce qu'il a insulté ma mère. Sinon, j'aurais sûrement accepté.

Cette fois, sa mâchoire se décroche.

— Tu es une manipulatrice, Margaret. Je refuse de croire qu'il ait pu faire un truc pareil.

Mon sang me brûle. Je me retourne sur mon siège et plonge mon regard dans le sien pour bien lui faire face.

— Il m'a raconté que sa mère, malgré ses nombreuses récidives de cancer, n'avait jamais abandonné sa famille. Que, malgré la souffrance et la maladie, elle avait continué de veiller sur eux comme une louve. Mais que la mienne... il a dit que...

Ma gorge se serre.

— Il a décrété qu'elle m'avait abandonnée. Et aussi que si je partais et qu'elle se suicidait, ce ne serait pas ma faute.

Dans le fond, il a raison. Je l'ai percuté trop tard. Toutefois, la façon dont il l'a affirmé était cruelle et méchante.

— Tu sais, Julian, en fait, il n'a pas vraiment tort. Et s'il n'avait pas abordé ce sujet, j'aurais fini par le déduire moi-même. J'aurais remarqué qu'elle ne s'en sortirait pas mieux... ni pire. Que je sois là ou non. Peut-être que la semaine d'après, j'aurais dit oui... je l'aurais suivi partout comme si nous étions mariés depuis dix ans parce que je l'aimais et que je l'aime encore. Crois-moi ou pas. Pense ce que tu veux. C'était une dispute, on a tous les deux agi sur le coup de l'impulsion et on le sait tous les deux.

Je constate que nous sommes garés dans un parking souterrain au moment où Quinn coupe le moteur. Il prend son visage entre ses mains et se masse le front.

— Vous êtes tous les deux aussi débiles l'un que l'autre, ma parole... Tu l'aurais suivi ?! Mais c'est complètement fou, vous vous connaissez depuis à peine huit mois avec d'immenses pauses où vous ne vous êtes même pas adressé la parole ! s'exclame-t-il.

— Je t'emmerde ! Va chier ! rétorqué-je seulement.

— Pourquoi t'es si vulgaire ?

Je le fusille du regard.

— Parce que ma mère m'a abandonnée et que je me suis élevée toute seule, ça te va ?! Je parle franchement, je dis les choses, et oui, parfois, ça m'arrive d'être vulgaire. Tout le monde n'est pas la gentille petite fille timide aux longs cheveux blonds et à l'enfance dorée… Moi, je suis une artiste solitaire, tourmentée, le cliché ambulant de celle qui aurait pu devenir une gothique attirée par la mort. Au lieu de ça, je suis moi. Vulgaire, irascible, et introvertie, qui déteste particulièrement qu'on lui fasse des reproches. Ça te va ? répété-je agressivement.

Bien sûr, je n'attends aucune réponse à cette question. La rhétorique semble monter jusqu'à son cerveau, car il abdique et reste enfoncé dans son siège comme si quelqu'un l'avait mis en pause. Je serre les dents et assène :

— Maintenant, on y va.

Il obéit sans rechigner et nous sortons de l'habitacle sans prononcer un mot. Pas plus dans l'ascenseur. Ni après, en fait. Dans le couloir vitré qui permet de quitter le parking jusqu'à une place où trône une fontaine impressionnante, je montre le haut bâtiment en verre et en pierres apparentes qui nous fait face.

— C'est son hôtel ?

Cinq étoiles affichées sur la façade, du tape-à-l'œil moderne, à la pointe de la technologie, en plein centre-ville… je ne sais même pas pourquoi je pose la question. C'est évident que Celian n'aurait pas été logé ailleurs que dans un tel bâtiment. Hors de prix, luxueux au-delà du nécessaire et, surtout, appartenant sans doute à l'un des mécènes de l'Elite University. L'année scolaire finit dans quelques jours. Pour le moment, nous sommes toujours sous leur coupe. Cela dit, je n'ai aucun doute pour Jones… Il est désormais membre des Celtics de Boston. À la NBA, bordel ! De toute façon, il gardera toujours des contacts avec notre université, c'est évident. Elle a aussi pour but de nous former à en rejoindre les rangs, mais de l'autre côté de la barrière, afin de trouver nos remplaçants pour le futur.

J'ai toujours eu hâte de rencontrer celle à qui je passerai le flambeau…

Même si, pour le moment, j'ai un empire à construire pour moi-même.

— Oui. Tu ne pourras entrer que si je suis là, vu qu'il n'est pas au courant de ta venue, m'informe Julian.

— Oh, j'aurais été capable de hurler sur la réceptionniste jusqu'à ce qu'il descende, lui assuré-je.

Je range les mains dans les poches de mon short et enchaîne les pas de plus en plus rapides vers les doubles portes automatiques du bâtiment. Les pavés, sous mes pieds, me semblent brûlants. J'ai envie de courir comme une dératée, mais je ne sais pas dans quel sens. Loin d'ici, pour me sauver. Cela étant, je n'ai pas fait tout ce trajet pour rien. Hors de question que je rentre bredouille. J'ai traversé la moitié du pays pour le retrouver. En plus, c'est lui qui m'a invitée, même si d'après Julian, il ne s'attend pas à ce que je débarque si vite. Si je plie bagage maintenant, j'aurai des regrets. En plus, je n'ai rien à faire pour le moment... Des musées veulent m'exposer. J'ai trente mille contacts, mais pas un projet à leur présenter.

Présentement, je suis libre comme l'air.

Rien ne justifierait que je cours jusqu'à l'aéroport maintenant.

— Je te vois mal taper une crise sur des inconnus, lance-t-il.

— Sauf que tu ne me connais pas, rétorqué-je.

J'ai déjà fait pire. C'était à l'hôpital, il n'y a pas si longtemps que ça. Pour une sombre histoire de café et de soupe aux haricots.

Par réflexe, je masse ma cicatrice. Elle ne me fait plus mal, depuis quelques semaines. Pourtant, je me souviens que le jour où j'ai transpercé ma main, j'ai eu peur de ne plus jamais pouvoir reprendre ce que j'aimais plus que tout au monde : la sculpture. Jusqu'alors, je croyais que c'était la seule raison valable pour que je me mette dans tous mes états. À ce moment-là, je ne ressentais encore rien pour Celian. Mais c'est juste après que j'ai réalisé qu'il y avait bien pire que de perdre son outil de travail. Parce que ce métier, s'il compte tellement pour moi, c'est grâce à mon cœur. Si lui meurt, mon monde fane. Comme une rose qui perd doucement pétale après pétale. Finalement, il ne reste plus que les épines, une tige sans tête et des feuilles pour leurrer autrui et faire croire qu'elle est toujours vivante.

Nous rejoignons l'entrée. Les portes s'ouvrent sur la réception et mon cœur commence à bouger. Jusque-là, j'avais la tête dans le guidon. Je bougeais parce qu'il fallait bien que je me déplace d'un point A à un point B. J'avais trop de choses à penser pour m'inquiéter de mon cœur. Déjà qu'à la base, il ne bat pas normalement, alors dans une telle situation de stress, c'est encore pire. Mais maintenant que l'on y est, je réalise deux choses : premièrement, je n'ai plus vu Celian en chair et en os depuis des mois. Deuxièmement, je n'ai aucune chance de pouvoir prévoir quoi que ce soit dans nos retrouvailles. Troisièmement, j'ai publiquement reconnu que j'étais amoureuse de lui sans avoir la moindre idée de la façon dont je suis supposée me comporter ensuite.

J'aurais bien voulu discuter un peu avec lui avant de débarquer comme un boulet de canon, mais c'est trop tard. Nos pieds foulent le parquet, les tapis, puis nous nous arrêtons en face d'une surface marbrée au-dessus de laquelle des secrétaires passent des coups de fil et travaillent sur leurs écrans. Julian demande à une femme magnifique d'appeler la chambre numéro 436. Elle s'active à répondre à sa requête tandis que mon regard inspecte les plateaux-repas qui sont apportés aux personnes installées dans les fauteuils de l'entrée. Ici, tout semble meilleur que le bagel que j'ai mangé avant l'arrivée de Quinn. Je me demande ce que ça fait, d'avoir assez d'argent pour pouvoir acquérir tout ce qui nous passe sous le nez. Je suis convaincue que c'est moins agréable qu'il n'y paraît. Ou alors, je suis juste dans le déni parce que je n'en ai pas… Ce qui est sans doute vrai aussi.

Malgré tout, les grosses fortunes contribuent à créer des types comme Celian. Névrosés. En quête de sens et d'authenticité. Moi, j'ai mangé un bagel au fromage… et honnêtement ? C'était délicieux. Il m'a bien rempli le ventre et il m'a coûté cent fois moins cher.

— Allez, viens, m'invite Quinn.

— Elle lui a dit que j'étais là ?

Il serait temps que je me concentre un peu sur ce qui se passe. Mes doigts traînent un peu partout. Je caresse les feuilles d'un grand arbre, sans réussir à déterminer si c'est lui qui m'a effleurée ou non.

Comment c'est possible de faire pousser une mini forêt au milieu d'un hall d'entrée, d'abord ?! Tout me semble improbable. Hier soir, j'étais dans mon atelier, en pyjama, et je me balade désormais dans l'entrée d'un vaste hôtel avec un bagel au fromage dans le ventre. Non sans oublier que je me suis trompée d'avion et que mon escapade à Boston n'était pas au programme, elle non plus.

— Elle a dit qu'on était deux. Elle n'a pas décrit nos visages, se contente-t-il de m'assurer. Et puis, je te rassure. Il s'attend à tout sauf à ça. Ce serait plus logique qu'un gars de notre classe fasse le voyage que toi.

Outch. « Je te rassure » ? Pas vraiment. Il enchaîne, et cette fois, je me prépare à le remballer.

— D'ailleurs, je te préviens. Je te lâche devant sa piaule et je me casse. J'ai tout sauf envie de voir ça.

— Tu peux même me laisser là, j'ai entendu le numéro de sa chambre.

Il hésite.

— Nan. Tu pourrais faire demi-tour.

— Je suis une froussarde, OK, mais je ne vais pas faire demi-tour maintenant ! J'aurais pu quand j'étais perdue à Boston, ou quand j'ai testé tous les avions des États-Unis, mais pas...

— Tu en serais capable, insiste-t-il en me coupant la parole.

— Non.

Il ricane.

— Parce que tu l'aimes, c'est ça ?

Je hoche la tête.

— Je l'ai même dit à la télé.

Il en profite pendant que les portes de l'ascenseur s'ouvrent.

— D'ailleurs... tu devrais te mettre au base-ball, meuf. Tu l'as éclatée, cette pauvre statue. Moi, à la place de Celian, j'aurais pas trop su comment l'interpréter.

Un sourire étire mes lèvres et j'ai l'impression qu'elles en avaient été dépourvues depuis des jours.

— C'est cette statue qui nous a séparés. Je pense qu'il l'a très bien interprété.

— Il avait l'air.
Sa voix s'est radoucie.
— Il avait vraiment l'air heureux, pour une fois, ajoute-t-il.
— Je ne suis pas qu'un monstre, m'offusqué-je.
Il me désigne le fond du couloir.
— Là, au bout, à droite.
— Merci.
— Eh, Ilyssia ?
Je m'arrête et me retourne vers lui, dépitée au possible.
— Quoi encore ?
— Sans rancune ? tente-t-il sur un ton maladroit.
— J'irais pas jusque-là... Mais disons qu'on fait la paix.

Son sourire étincelant répond pour lui. Les portes se referment quand il enfonce le bouton du rez-de-chaussée. Maintenant qu'il disparaît, je réalise qu'il avait raison. Je suis à deux doigts de m'éclipser en une nuée de chauves-souris pour retrouver mon cercueil et mes ténèbres. Celian prétend que c'est ça, la vie. Précisément ce que je vis en ce moment. Embrasser l'inconnu.

C'est terrifiant, bordel.

50

Celian

Il en met, du temps ! Qu'est-ce qu'il fout, bon sang ? Il arrive avec un invité, d'après la réception. Sauf qu'il devait arriver il y a vingt minutes et que je suis certain que monter ici en ascenseur et avancer de dix mètres dans un couloir qui va quasiment tout droit, ça ne prend pas autant de temps ! Frustré, je coupe la télé, saute de mon lit et jette mon téléphone sur la couette. L'instant d'après, j'enfonce mes pieds dans des chaussons confortables et me dirige vers la porte.

Je vais les chercher.

J'ouvre la porte, menace de l'arracher au passage, agacé par je ne sais quoi, et déboule dans le couloir. Je regarde d'abord à gauche. Rien. À droite. R...

Oh.

C'était une invitée.

Une invitée que je ne pensais retrouver que dans trois semaines.

Elle m'a habitué à de longs jours de réflexion sans son ni image. J'aurais dû me douter qu'elle allait encore me surprendre. Plantée comme un piquet au beau milieu du corridor, elle papillonne des cils lorsque ses yeux croisent les miens. Un instant de flottement plus tard, elle sursaute et s'apprête à tourner les talons. Si elle est arrivée jusque-là, pourquoi partirait-elle maintenant ? Figé, je la regarde entamer un pas loin de moi. Mon corps, enfin, finit par réagir.

Putain, mais c'est pas possible ! Elle se barre !

Je saute en avant et la rattrape en deux enjambées. Elle ne porte pas ses talons, mais une vieille paire de baskets. Ses cheveux sont attachés en deux petits chignons et elle a l'air épuisée, les épaules basses. Je saisis son débardeur et la tire en arrière. Sans résister, elle se retourne dans ma direction et entrouvre les lèvres.

Les miennes restent résolument scellées. Mon cœur bat comme un forcené, mais personne dans mon corps ne sait comment réagir. Mon cerveau a grillé, mon palpitant essaye de survivre – ce qui semble compromis – et même mes poumons rencontrent quelques problèmes avec le simple concept de respiration.

— Salut, murmure-t-elle.

Si j'ai attrapé son t-shirt, c'était pour m'assurer de ne pas toucher sa peau. Parce que si je touche au Graal, cette fois, je ne le laisserai plus m'échapper. Or, je ne sais pas pourquoi elle est ici. Même si la réponse paraît évidente, je suis en présence de la personne la plus aléatoire que je connaisse.

— Je t'ai ramené un cadeau, déclare-t-elle en balançant son sac à dos sur le côté.

Je suis obligé de reculer pour ne pas le prendre en pleine poire. Ses mains tremblent, parcourues de veines, petites comme elle. Lorsque je baisse le regard vers le reste, je ne devine que vulnérabilité et doutes. La même chose me traverse, mais je joue au basket depuis toujours. Le stress d'avant-match, je le connais mieux que personne. Je le gère, surtout. Sinon, j'aurais sûrement pleuré. De bonheur, de tristesse, ou que sais-je encore. Difficile à dire.

Soudain, elle tire un paquet de son barda et me le tend avec douceur. J'essaye de ne pas la faire fuir et tente d'avancer lentement vers elle, comme si elle allait disparaître au moindre mouvement brusque. Ma main recueille finalement son cadeau.

Elle le dépose dans ma paume sans me toucher, ce qui me frustre encore davantage que son comportement bizarre. Facile à ouvrir, le coffret cache… un morceau de roche. Une roche grise, parsemée de marbrures plus foncées et de…

— C'est un morceau de toi que j'ai cassé. Je voulais te le rendre.

Elle me lance cette information comme si c'était évident. Dans n'importe quel autre contexte, offrir un caillou brisé à quelqu'un n'aurait aucun sens. Sauf peut-être si elle était une gamine de quatre ans qui avait trouvé cette pierre jolie. Pourtant, entre elle et moi, ce tesson de marbre signifie plus que mille mots.

— Tu es venue à Boston pour me rendre un morceau de la statue que tu as massacrée devant toute l'Amérique ?

Miracle, j'ai réussi à parler.

— Oui.

— C'est gentil.

Je me retiens de rire parce que cette scène n'a aucun sens.

— Enfin, je suis surtout venue car tu as dit que j'allais arriver à Boston pour qu'on discute…

— J'ai dit que ma petite amie devait venir, précisé-je, en espérant qu'elle comprenne le sous-entendu.

— Si ce n'est pas moi, dis-moi qui c'est, déclare-t-elle sans aucune animosité.

— Une fille qui a choisi un caillou à ma place.

Elle sourit. Cette vision me ferait presque fondre si je n'étais pas si angoissé à l'idée qu'elle s'en aille de nouveau.

— Tu sais bien qu'elle est bizarre, cette fille-là. Je l'ai laissée dans l'atelier, elle avait encore des choses à faire. Moi, par contre, je suis là. Alors, maintenant… ou tu acceptes d'aimer un cœur de roche, ou je m'en irai pour toujours, je te le pro…

Elle ne peut plus parler. Ses lèvres contre les miennes, j'inspire. Son odeur me rassure et les larmes me montent aux yeux. Elle pose ses mains sur mon torse et me repousse. Je me détache, un sourire timide plaqué aux lèvres.

— Eh ! J'avais préparé un discours, espèce de muse obèse et idiote !

– Je suis l'idiot du village, je m'en branle de ton discours. T'es là, c'est suffisant pour moi.

Honnête, je lui lance un regard qui, je l'espère, lui fera comprendre que je n'attends rien d'autre d'elle. Sincèrement. Tant qu'elle m'aime, ça me va. Même si je sais que c'est d'une naïveté affligeante, elle a réussi à obtenir de moi que je me transforme en petit chien bien obéissant. Elle revient et je cède instinctivement. Dès qu'elle s'éloigne, mon cœur saigne. Elle a entretenu ce jeu malsain à force de changer d'avis, de me faire tourner en bourrique et je n'arrive plus à la repousser. C'est désolant, mais elle a obtenu de moi que je lui sois dévoué corps et âme. Quand je la regarde, je ne sais plus dire non. Même avec tous les efforts du monde, j'en suis foncièrement incapable.

– Sauf que moi, j'avais prévu d'éclaircir certains points. Et c'était important de jouer sur l'effet dramatique, peste-t-elle.

Cette femme ne sourit donc jamais ? Il faut systématiquement lui arracher la moindre mimique aimable. Elle râle en permanence, à l'inverse de moi, vit dans le noir et les ténèbres de son art, et elle n'a jamais émis l'intention de changer. Je l'accepte telle qu'elle est, même si son caractère signe ma fin. Je suis le rayon de soleil, elle est la lune noire dans toute sa splendeur. Je resplendis, elle s'efface dans la nuit, même quand elle en est la reine.

Quoi qu'il en soit, je suis fou amoureux d'elle. Envers et contre tout.

Si elle veut me lâcher un discours, qu'elle le fasse. Je suis presque sûr de pouvoir tout accepter pour elle.

– Bon, alors, vas-y... Achève-moi.

51

Ilyssia

Celian chuchote la fin de sa phrase comme s'il avait peur que je sorte un katana de ma poche pour lui trancher la tête. Je reconnais que mon comportement n'a pas toujours été clair sur mes intentions le concernant. Aujourd'hui, j'en ai assez de le manipuler – même si je vais continuer à le faire toute ma vie parce que je ne sais pas procéder autrement. Ça, c'est un autre sujet. S'il n'est pas d'accord, il peut toujours me prévenir dès maintenant qu'il n'est pas prêt à me supporter. Les gens aussi sombres que moi finissent souvent seuls : on ne peut pas imposer notre caractère à des gens normaux. Ils pètent systématiquement une durite, à force.

— Ne refais pas la même erreur que la première fois, Celian. Je veux que ce soit clair entre nous.

— OK, déclare-t-il d'une voix décidée.

Il pose ses grandes mains sur mes épaules. Je me sens ridiculement petite face à ce géant. Franchement, ce serait un motif de rupture. Les naines comme moi devraient choisir des mecs à leur taille, basta. Je trouve que ce fantasme du mec grand est stupide. Ça n'engage que moi, cela dit... Cherry a flashé sur mon mécène de cinquante piges parce qu'il était immense et qu'il lui semblait fort et protecteur. Je peux comprendre le concept. Moi, ça me donne juste l'impression que j'ai huit ans, ou que je mesure un mètre dix. Même si je voulais l'embrasser en me hissant sur la pointe de mes pieds, ce ne serait pas suffisant.

— Bouge de là. Pourquoi tu me tiens les épaules ? T'as peur que je tombe ?

— Non, je vais gentiment te diriger vers ma chambre, parce que je préfère que tes mots doux n'atteignent que mes oreilles, élude-t-il très sérieusement.

— Des mots doux ?

Il rit. Jones pivote vers la porte de sa chambre. Je recule en y mettant toute la mauvaise volonté du monde. Il sort alors une carte de sa poche de jogging et la colle au mur pour déverrouiller l'entrée. Me retrouver dans son intimité change tous les codes de notre relation. Nous nous sommes toujours vus chez moi, dehors, ou dans mon atelier – un joyeux mélange des deux premiers. Jamais chez lui. Nerveuse, je détourne les yeux et cherche instinctivement une porte de secours, comme s'il représentait le moindre danger pour moi.

Je découvre sa suite d'un regard circulaire aussi méfiant que s'il était connu pour être un délinquant notoire. Elle est sans doute aussi grande que l'appartement de ma mère. Une fois que nous avons passé un petit couloir, il me lâche et me double pour s'enfoncer dans un salon qui m'évoque une sorte de salle de réception. Plusieurs fauteuils entourent une table basse en verre, cerclée de présentoirs sur lesquels trônent des œuvres d'art en tout genre. Une lampe à pied illumine le tapis persan qui s'étale jusque dans les moindres recoins de la pièce. Des rideaux encadrent les vitres. Elles donnent sur un centre-ville bondé en cette fin d'après-midi. Je me tords le cou, perturbée par l'odeur de savon qui en émane. La salle de bains semble immense, de là où je me trouve. De l'autre côté, une porte ouvre sur la chambre.

C'est par là qu'il se dirige. Je le suis, un peu gênée de demeurer plantée là comme un piquet et beaucoup trop perdue pour trouver mes marques au milieu de tout ce luxe qui m'est tellement étranger. Un lit en bordel trône au milieu de la pièce que je pénètre alors. Il s'installe sur son matelas, tire la couverture pour me faire une place, puis tapote à côté de lui avec un grand sourire aux lèvres.

— Viens ! Tu ne vas pas rester debout comme une voleuse...

— Je ne vais pas venir dans ton lit tout de suite, Celian.

J'enlève quand même mes baskets. Ce qui, je l'admets, porte à confusion.

— Si tu veux, on peut faire une pile de coussins entre nous.

Il bat des cils comme un abruti fini. Je lève les yeux au ciel et croise les bras sous ma poitrine.

— Je vais te parler d'ici, c'est plus sûr, décrété-je.

Mon cœur s'emballe alors qu'il me dévisage comme s'il n'attendait qu'une occasion pour me plaquer sous sa carcasse de colosse.

— J'accepte de t'accompagner je ne sais où pendant tes saisons... Par contre, si j'ai besoin de rentrer à New York pour sculpter, je peux partir quand je veux. Mon atelier se trouvera chez Griffins à partir de la rentrée. C'est non négociable, décrété-je.

Il sourit. Arrête de sourire. Fait mine de réfléchir. Sourit de nouveau.

— OK.

— OK ?! m'agacé-je.

— Quoi ? Je suis d'accord, je vais pas te faire un roman pour te répondre !

Je lève les yeux au ciel.

— Ensuite, je refuse que tu me colles comme de la super glue. Pas de câlins intempestifs, pas d'insistance si je t'envoie chier et... Si je travaille, n'ose même pas me déranger. Je n'ai pas le temps pour ce genre de conneries, ça me débecte...

Les mots sont durs, mais je ne suis pas un petit chat qui réclame des caresses toute la journée. Je refuse de servir de peluche ou de passer mes soirées sur un canapé, à regarder des séries. Ce serait tout juste bon à me donner des envies de meurtre.

— OK, rétorque-t-il. Ça, je m'en serais douté sans que tu me l'expliques...

— Je préfère être claire !

— Tu l'es. Autre chose ?

— Plus d'insultes au sujet de ma mère.

— Je suis désolé pour ça, je cherchais juste à te blesser, ce qui n'est pas une meilleure excuse, déclare-t-il seulement.

Mon cœur se serre.

— Je veux aussi que tu demandes à ta sœur qu'elle accepte de discuter avec moi. On a des choses à se dire.

— Mauvaise idée, refuse-t-il.

Je pose les poings sur mes hanches et remplis mes poumons d'air pour apaiser le feu qui les dévore.

— Je veux discuter avec elle, Celian. Tu n'as pas envie qu'une mauvaise entente s'installe entre nous... comment tu feras, aux repas de famille ? Comment veux-tu que je me sente légitime dans ta vie si l'une des personnes les plus importantes à tes yeux me déteste ?

— Elle s'est calmée, à ton sujet. Quand elle t'a vue décapiter ta statue, elle a semblé s'apaiser, m'assure-t-il, inquiet.

— Je veux lui parler !

Ses mâchoires se serrent.

— Bon... D'accord, d'accord. Je vais l'appeler.

Visiblement, il a peur qu'Elora me mange toute crue. Peu importe, je réglerai mes comptes avec elle, quoi qu'il advienne.

— Dans ce cas, si toutes les conditions te vont... Je suis prête à te suivre aux quatre coins du pays.

Je tends la main devant moi pour qu'il scelle ce pacte, lui aussi. Il se tortille pour avancer jusqu'à moi en marmonnant une insulte. Quand il m'attire dans sa direction, sa chaleur et son odeur de gel douche m'envahissent et j'hésite à lui céder. Mais...

— Il reste une condition ! Je dois parler avec Elora !

— Tu dois parler à ta belle-sœur avant de coucher avec ton mec ?

— Futur mec. D'abord, je dois parler à mon hypothétique belle-sœur, oui.

— Ce n'est pas mon père, tu n'as pas à demander sa bénédiction ! se moque-t-il avec une fausse exaspération.

— Tu peux attendre encore quelques heures ou tu vas brûler vif à la seconde où je vais m'éloigner de toi ?

— Je me sens déjà mal, soupire-t-il d'un air théâtral.

Il ne lâche pas ma main pour autant. Je tire. Il résiste. Je suis trop près pour reculer, trop loin pour qu'il me piège.

— Elle dort dans le même hôtel que moi. Si tu veux, vous pouvez vous retrouver en bas ? Je lui passe un coup de fil tout de suite.

Un sourire étire mes lèvres.

— Plus vite tu le feras, plus vite je monterai sur ce lit avec toi, lancé-je innocemment.

Il marque une pause, à la recherche de la moindre ironie sur mon visage. Comme je suis tout à fait sérieuse, il se jette sur son téléphone. La minute d'après, sa sœur accepte de me rencontrer, même si son enthousiasme ne crève pas le plafond. Au moins, Celian est totalement motivé à me faire entrer dans sa vie – ou sous ses draps, au choix.

— Elle descend, cheffe.

— Bien, soldat.

Sur ces paroles qui lui arrachent un sourire faussement aimable, il regarde l'heure.

— J'ai rendez-vous avec le médecin, puis avec un kiné vers dix-sept heures... Le soir, j'ai entraînement. Mais on aura toute une partie de l'après-midi pour...

Il marque une pause.

— Sceller notre pacte, conclut-il.

Je lève les yeux au ciel.

— C'est moi, le diable, pas toi, lui assuré-je.

Même si dans le fond, je suis aussi accro à lui qu'il l'est de moi.

52

Ilyssia

Il y a deux choses que je m'impose, dans la vie. La solitude et la fuite devant les ennuis. En général, l'une amène à l'autre, ou inversement. Quand on ne veut pas s'immiscer dans les dramas et que l'on ne côtoie personne, logiquement, on y est très peu exposé… Mais quand on se retrouve face à Elora Jones, on comprend tout à coup comment la plus gentille des personnes peut se retrouver clouée sur la croix en bon martyr.

— Salut, commencé-je.

C'est moi qui ai provoqué cette rencontre, je me dois d'en faire quelque chose… Elora s'est teinté les cheveux. La couleur noisette de sa crinière encadre des yeux perçants, qu'elle darde sur moi aussi durement que son trait d'eye-liner est net. Je croise son regard sans me détourner ni afficher la moindre émotion. C'est un bras de fer qui se joue aujourd'hui. Vêtue d'un débardeur bleu marine, d'un short de plage et de tongs, elle trimballe un sac de piscine sur son épaule. Brusquement, elle le dépose à ses pieds et m'invite à parler d'un geste de la main.

— Tu pourrais être polie, noté-je.

— Bonjour, Ilyssia. Tu reviens foutre le bordel dans la vie de mon frère ? m'attaque-t-elle immédiatement.

Cette discussion ressemble à la danse d'un serpent qui affronterait une panthère sauvage. Le froid et le chaud qui se rencontrent à une intersection qu'ils n'auraient jamais dû emprunter.

— Non. Je voulais juste qu'on retrouve un terrain neutre. Pour lui. Pour éviter que sa sœur et sa copine ne s'insultent comme des poissonnières dès qu'elles se croisent, soufflé-je sans m'emballer.

— Si je t'apprécie, que ma mère aussi et que Celian t'aime... qui tiendra bon quand tu lui briseras le cœur ?

— Pourquoi tu me détestes à ce point ? Quand on discutait, tout au début, on avait même des points communs ! Il s'est passé quoi, entre-temps ? m'agacé-je malgré moi.

— Entre-temps ? Tu es un *red flag* ambulant ! Tu le manipules parce que tu as bien compris qu'il était raide dingue de toi... et je l'ai vu. Alors, je sais que j'ai réagi beaucoup trop violemment, d'accord ? Mais ce n'était pas juste pour lui, alors...

— On est partis du mauvais pied... Je ne dis pas que c'est sa faute ou la mienne, seulement qu'on ne s'était pas compris. Moi, je ne voulais pas de ses sentiments. Lui, il en attendait trop de moi. Maintenant, les choses sont claires... J'ai pleuré son départ, mais je n'aurais pas pleuré si j'avais perdu ce foutu concours. J'ai compris qu'il était important pour moi et je fais tout pour le prouver, désormais.

— Mais pour combien de temps ? m'interrompt-elle.

— J'aimerais te dire pour toujours... Mais ce serait recommencer la même connerie. Sache juste que je compte tout faire, cette fois-ci, pour ne plus profiter de son amour.

Sa lèvre inférieure frémit un moment. Ses grands cils maquillés de noir battent plusieurs fois sur des yeux qui s'humidifient à mesure que les secondes filent.

— Il mérite que quelqu'un prenne soin de lui, chuchote-t-elle.

— Je ferai de mon mieux, je te le promets.

— Tu as cassé la statue que tu chérissais plus que lui ! Comment je pourrais te croire ?! s'énerve-t-elle.

— La fissure, dans son torse, c'est lui qui l'a causée en la renversant ! Je ne l'ai plus revu après, mais j'ai gardé cette statue-là parce qu'elle avait une signification ! La briser, c'est rompre le souvenir de ce soir où... je l'ai regardé partir sans oser le retenir. Je lui avais fait du mal, et ce putain de buste, aussi beau était-il, me le rappelait constamment...

— C'est lui qui l'a fait tomber ? s'étonne-t-elle.

— Il voulait que je l'accompagne au bout du monde. Il me demandait de tout quitter pour le suivre. En soi, je n'avais rien contre l'idée, mais... J'étais terrorisée, OK ? Et puis on s'est disputés et il est parti. Tu sais quoi ? J'aurais préféré qu'il la piétine, ce soir-là. J'aurais préféré qu'il détruise cette foutue statue, mais qu'il reste.

Ma voix se brise, mais je continue :

— Je n'ai aucune raison de te raconter tout ça, parce que tu es sa petite sœur, que ça ne te regarde pas, et que je déteste parler de moi, mais... Je suis pauvre. J'ai vécu sans parents. Tout ce que j'ai, c'est l'art. L'amour, ça me semblait utopique, c'était... inaccessible. Je n'ai jamais dépendu de personne, tu comprends ? Ça me mettait dans une position inconfortable. J'avais peur de profiter de lui, ou inversement. C'était trop nouveau pour moi. Bien sûr, ça, tu t'en fiches pas mal... Je l'ai soi-disant maltraité et c'était ma faute. Mais à aucun moment, je n'ai calculé ce que j'ai fait. À aucun moment, je n'ai cherché à le blesser. Si je l'ai fait, et je sais que je l'ai fait de trop nombreuses fois, c'était par maladresse. Ça n'excuse rien, mais tu n'as pas le droit de m'insulter, Elora. Tout le monde n'a pas ta chance, dans la vie. Tu m'as presque harcelée, c'était juste méchant de ta part !

Elle me fixe un long moment, les yeux écarquillés.

— Tu n'as pas ta mère ? demande-t-elle d'une voix blanche.

— J'ai passé des nuits entières à me réveiller en hurlant après de terribles cauchemars, mais elle n'a jamais été là pour moi. Elle préférait l'art. Mon père est mort depuis des années et le jour de ma naissance, il n'était déjà plus de ce monde. J'aime comme on m'a aimée... mal. Pourtant, je fais de mon mieux et je sais que je finirai par le rendre heureux. Je n'ai pas besoin que tu me donnes ta bénédiction, Elora... Je te demande simplement de rester neutre. Ne t'attache pas à moi si c'est plus facile pour toi… Fais juste l'effort de me tolérer.

— Tu as des frères et sœurs ? reprend-elle.

— Non.

À mon plus grand malheur. J'aurais adoré avoir quelqu'un du même sang que moi sur qui j'aurais pu compter toute ma vie. Mais je n'ai pas eu cette chance. J'ai commencé à me faire des amis vers mes quinze ans. Avant ça, j'étais la plante verte de la classe, quelque part dans un coin à jouer avec sa pâte à modeler. Ou alors je tyrannisais tout le monde à la récréation pour me constituer une cour royale qui me servait de sujets. Je n'entrevoyais pas que l'on puisse réellement entretenir des liens avec les gens. Je n'en avais pas avec ma propre mère, comment aurais-je pu le comprendre toute seule ? En regardant les autres enfants ? Ils me paraissaient tous stupides, insipides et naïfs. Quand ils ne se chamaillaient pas, ils se bagarraient sur les règles d'un énième jeu que je ne comprenais pas, ou bien ils passaient des heures à tergiverser sur des détails futiles.

Je me sentais supérieure et c'est un sentiment qui ne m'a jamais vraiment quittée lorsque j'ai grandi. Forcément, j'étais l'élève mystérieuse et solitaire qui n'avait peur de rien et gardait un masque froid face à toutes les provocations. Très vite, des tas de gens m'ont suivie avec crainte et respect. Mais personne ne m'aimait et je n'aimais personne en retour.

C'est en rencontrant Cherry et Caroline que j'ai trouvé mes premières véritables amies.

Et c'est Celian qui m'apporte pour la première fois quelque chose qui dépasse tout ce que je connaissais jusque-là. J'ai eu peur, c'est tout. Le déni m'apportait du réconfort, mais je l'ai quitté depuis bien longtemps.

— Mais alors… Sans parents et sans famille, tu…

Elle arrête de parler et fronce les sourcils. L'émotion se lit sur ses traits. Elle contracte les poings, faisant remonter légèrement ses épaules. Les joues rouges, elle paraît sur le point de fondre en larmes.

— J'ai eu l'art. Mes démons. Quelques fantômes. C'est eux qui m'ont tout appris.

— Tu as été tellement seule, souffle-t-elle.

Ce n'est pas de la pitié qui brille dans son regard. On croirait plutôt qu'elle me comprend. Qu'elle compatit.

— Quand ma mère est tombée malade, j'étais trop petite pour le réaliser. Mon père était toujours en déplacement. Ils étaient tous les deux vivants, mais pas vraiment là... Toi... Tu ne pouvais même pas espérer qu'ils te prennent dans leurs bras.

— Non. Je ne sais même pas ce que ça fait, un parent qui te prend sincèrement dans ses bras, lâché-je avec tristesse.

— Ça n'excuse pas ton comportement, mais... Ça l'explique. Un peu.

— Si tu le dis, soupiré-je. Bon, tu es prête à me laisser une nouvelle chance de vous prouver que je peux le rendre heureux ?

— Putain, Ilyssia... J'ai envie de dire non, mais ce serait laisser parler ma peur et faire la même erreur que toi...

— Fais-moi confiance. Juste pour ça. Je l'aime, sinon je ne serais pas là !

Elle acquiesce.

— Je suis prête à faire un effort pour apprendre à te connaître, mais je te garde à l'œil.

Sa voix n'a plus rien d'agressif. Je suis déçue qu'elle ait changé de comportement uniquement parce qu'elle ressent de la peine à mon égard. Ça a presque quelque chose d'insultant. D'un autre côté, je n'ai pas forcément le droit de parler de dignité ou de fierté maintenant. Je me suis servie de ma dernière carte pour obtenir gain de cause. J'ai abattu tous mes atouts, je n'ai plus le choix. Elle fait face à la vraie Ilyssia Margaret. La paumée des bas quartiers. La pierre tombale brisée.

— Merci. Je te laisse, je ne veux pas... gâcher ton temps. Tu as mieux à faire.

La culpabilité marque ses traits. Je l'ai fait exprès, je l'admets. Les vieilles habitudes ont la peau dure. Je manipulerai toujours un peu, c'est dans mes cordes, mais je m'emploierai à faire le bien avec ce don. Si je peux pousser les gamines pourries gâtées à se montrer plus compatissantes en les tourmentant un peu, je n'en dormirai pas plus mal ce soir.

— Tu veux venir avec moi à la piscine ? propose-t-elle.

L'image qu'elle a de moi, désormais, c'est celle d'une gamine de huit ans livrée à elle-même.

— Non. Je vais retourner dans la chambre de Celian. Je dois lui parler.

Elle fait mine de se détourner de moi avec dédain, mais son aura me heurte moins.

— D'accord. Une autre fois.

Jamais elle ne m'aurait dit un truc pareil il y a encore une heure. Avec un peu de chance, j'ai obtenu gain de cause. C'est la bénédiction que j'espérais. Un jour, je pourrai aller à la piscine avec elle. J'en suis digne. C'est une forme de validation à laquelle je ne m'attendais pas. Elle me satisfait, même si je n'en avais pas besoin pour survivre. C'est surtout pour m'assurer une certaine sérénité et éviter que Celian doute de son choix. Parce que s'il me laisse tomber maintenant, je serai totalement perdue. Or, Elora avait ce projet en tête et j'espère que cette petite discussion fera son chemin sans accroc. Accroc du genre Julian. Parce que ces deux-là, ensemble, même s'ils connaissent tous les deux mon histoire – et je l'ai fait exprès – sont tout à fait capables de se retourner le crâne.

Je bois ma tasse de thé. J'en ai commandé une au bar avant qu'elle n'arrive et je ne compte pas remonter tout de suite. Mon cœur bat la chamade, trop douloureusement pour que je puisse me permettre de confronter Celian maintenant. Je vais devoir trouver des parades. Je ne changerai jamais : je suis méchante dès que je m'ouvre. Alors plutôt que de précipiter les choses, je vais gentiment attendre que mon corps se détende. Quand mes cervicales arrêteront de crier au secours, peut-être que le moment sera venu pour moi de remonter. Pas avant.

C'est comme ça que l'on devient adulte, non ? En prenant ses responsabilités.

Et moi, maintenant, j'en ai une. Une qui me tient tout particulièrement à cœur.

Je dois m'occuper de Celian et veiller à ce qu'il soit toujours le plus heureux possible. Quitte à manipuler le monde entier pour y parvenir.

Comme on dit… la fin justifie les moyens.

53

Celian

La tête basculée en arrière, je savoure le glissement des gouttes sur mon visage, mon torse et le long de mes jambes. La peau rougie par la chaleur, je pousse un soupir de satisfaction. Je ne sais pas pour combien de temps les filles en ont, mais je dois intégrer l'information avant qu'Ilyssia ne remonte : elle est là. Elle accepte de m'appartenir. Plus besoin de la poursuivre toutes les nuits depuis l'ombre de ma bagnole. Plus besoin de me cacher pour la désirer.

Les yeux fermés, j'inspire l'odeur du savon. Je me sens bien, mais mon cœur me poignarde. Il bat comme un forcené.

Depuis le moment où elle a explosé ma statue, je me demande si elle serait capable de faire pareil avec la version vivante de sa muse. Elle a déjà piétiné mon âme sans le vouloir, en la réduisant en bouillie sous ses talons hauts, et j'ai peur de ce qu'elle pourrait faire si elle essayait réellement de me blesser.

Je crains qu'elle me lamine. Cela dit, j'ai de quoi la combattre, désormais. C'est ainsi que fonctionnera notre couple, je le sais d'avance. À celui qui aura le plus d'armes à sa disposition pour massacrer l'autre. Une guerre froide constante, avec des trêves plus brûlantes que l'enfer et des phases où elle s'enfuira comme elle l'a toujours fait. Je ne rêve pas. Nous n'aurons pas cette relation tellement inspirante que l'on peut regarder dans les réels d'Instagram. Nous deux, ce sera le langage de la violence et l'amour vache. Celui où l'on se dit « je t'aime » en s'étranglant.

Mais ça me va.

Parce que c'est elle.

Je baisse la tête en avant pour que l'eau chaude me brûle le dos. Puis j'entends du bruit, mais je n'ai pas le réflexe de me retourner. Des bras m'enserrent. Ma peau se couvre de frissons.

— Comment tu es rentrée ? murmuré-je.

— J'ai piqué ta carte, pourquoi ?

— Quand ? ricané-je.

— Je sais plus. Tu me fais trop confiance, je peux tout te voler sans que tu le remarques.

— En effet... Comme mon cœur, balancé-je avec une voix charmeuse qui la fait rire.

Sa poitrine chaude se colle dans mon dos. Elle balade ses mains sur mon ventre, remonte sur mes pectoraux et me brûle partout où elle passe. Ses lèvres embrassent mon dos, mon épaule.

Waouh ! Merde, elle est arrivée quand ?

Je rêve peut-être au milieu de ma sieste... C'est compliqué de respirer. Difficile de déglutir. Pourtant, j'essaye. J'essaye de ne pas me noyer dans les eaux de son océan. Parce que si l'Art est à l'Homme ce que l'eau est à la vie, elle est la moindre goutte de vie de mon existence.

À chaque fois qu'elle est là, je me sens comme au bord d'un précipice trop difficile à franchir. En même temps, j'ai l'impression qu'elle est le sol sous mes pieds.

Ses mains descendent de mon nombril à l'érection qui s'est dressée d'elle-même à l'instant où sa peau m'a effleuré. Je soupire, plus de soulagement que de frustration, cette fois-ci. Quelque chose me dit qu'elle ne s'enfuira plus et c'est suffisant pour me rassurer. Je peux profiter de chaque geste, chaque seconde, et mon corps n'en perd pas une miette. Mes cuisses se contractent. Elle enroule ses doigts autour de mon sexe bandé et entame un lent mouvement de va-et-vient. L'eau chaude me semble glacée face au déluge qui me ravage. Je crispe les mains et rejette mes bras en arrière. Mes doigts attrapent ses hanches, que je rapproche de mes fesses pour la sentir plus proche de moi.

Mon bas-ventre se contracte à mesure que le plaisir augmente entre mes jambes. La tension glisse dans mes veines, jusqu'à mes épaules et je mords l'intérieur de mes joues pour ne pas gémir comme un puceau. Elle continue encore un peu et j'en profite, parce que ma propre main l'a suffisamment fait et que sa présence indique la fin de mes souffrances.

En même temps, à mesure qu'elle fait monter une vague dangereuse dans mon corps, je réalise que je ne supporte pas d'être seul à prendre mon pied. Pourquoi ? Parce que ce serait comme la laisser gagner. Ce qui me fait encore plus de bien que sa main autour de ma queue, c'est son visage quand il affiche un plaisir sauvage et brutal.

Je me redresse, la lâche et fais volte-face. Au passage, je l'attire sous l'eau et la plaque sur la vitre qui se trouve de l'autre côté de la douche. Le froid qui se colle à son dos la fait inspirer brusquement, gonflant sa poitrine tendue vers moi. J'attrape un téton entre mes lèvres et joue avec. Son souffle se raccourcit. Elle lève une jambe et la sensation de son pied qui glisse derrière mon mollet clôt mes paupières de la plus délicieuse des façons. Son intimité humide se colle à mon érection. Là, tout de suite, je pourrais tout aussi bien la prendre violemment jusqu'à atteindre un orgasme qui risquerait de m'emporter dans l'autre monde.

Mais plutôt que de céder, j'enfouis mon majeur entre ses lèvres moites et brûlantes de désir. Son souffle est davantage perturbé et se mêle au mien. Nos regards s'accrochent. Elle passe les mains derrière mon cou et ses ongles griffent mon crâne. Les frissons courent dans mon dos. J'enfonce deux doigts dans son intimité, qui m'accueille en se resserrant tout autour. Extatique, elle me lâche presque et raffermit ensuite sa prise autour de ma nuque. Je plie les doigts, accélère en malmenant sa chair. Un cri lui échappe et elle colle sa tête à la vitre. J'interpose ma main libre pour éviter qu'elle se fracasse la boîte crânienne, puis joins mes lèvres aux siennes. Elles ont le goût de café et d'argile.

C'est elle. C'est Ilyssia Margaret.

C'est ma petite amie.

Sa respiration panique, elle ferme les yeux. J'arrête, ce qui provoque en elle un sursaut de frustration qui me satisfait grandement. Elle mord mon sourire, comme si elle souhaitait l'effacer. Quand je reprends, elle se fige et un cri meurt au bout de sa langue. Ses replis se referment autour de mes doigts. C'est au tour de ma queue de les remplacer.

Je ne peux plus me retenir, c'est trop pour moi, trop fort pour y résister.

Elle se cambre lorsque j'investis son plaisir. Je frémis de partout, coincé dans un cocon de chaleur et d'humidité qui se contracte autour de moi. Nous ne formons qu'un, l'espace d'un instant, et cela me suffirait presque si mon désir n'était pas aussi impérieux. J'accélère, son bassin cogne contre la vitre et nos souffles se mêlent entre râles et gémissements. Honnêtement, je ne sais pas ce qui me retient de fondre en elle. La frustration d'en avoir été privé si longtemps, peut-être ?

— Aime-moi, chuchote-t-elle à mon oreille.

Elle enfonce ses dents dans mon épaule.

— Aime-moi, répète-t-elle ensuite.

Je retire la main qui protège sa tête et la pose sur sa joue. Je n'arrive pas à être délicat. Elle loge son visage dans ma paume et ondule contre mon ventre. Je tremble. Mes mâchoires se serrent et je ne sais pas si c'est parce que je suis ému ou si c'est parce que je ne vais pas tarder à vivre l'un des orgasmes les plus ravageurs de mon existence.

— Je t'aime depuis longtemps, moi, l'accusé-je en murmurant près de son oreille.

— Moi aussi, halète-t-elle à son tour. J'avais…

Elle soupire, tremble contre moi, puis plonge son regard voilé par le plaisir dans le mien.

— J'avais juste pas remarqué.

Elle crie la fin de sa phrase. J'aimerais être elle et pouvoir enchaîner les orgasmes à l'infini. Mais quand le mien se déclenche, la lave ravage toutes mes rives. Je me sens débordé par une explosion de sentiments. Parce qu'avec elle, ça n'a jamais été aussi froid que de la roche. Non, ça a toujours été le cœur du problème, le magma sous les couches de terre.

Je ne sais pas si c'est elle qui se mélange avec moi ou si ce sont mes atomes qui fusionnent avec les siens. Quoi qu'il en soit, c'est de l'alchimie. De la magie, même. Quelque chose naît de nous deux.

Le plaisir intense qui me traverse me tend de haut en bas, l'eau coule dans mon dos et nettoie les résidus de transpiration que la vague a emportés avec elle... Elle est là, dans mes bras. Je ne veux pas la lâcher. Elle passe ses doigts dans mes cheveux. Je pose mon menton contre son front, le souffle court. Pourquoi lutter ? Pourquoi je ne regrette rien ? Ni le temps perdu, ni les blessures, ni la haine et la rage qu'elle a provoquées en moi... J'ai l'impression que tout était orchestré pour que ce jour existe.

— Je ne pars pas, murmure-t-elle.

Je me retire d'elle, de ce paradis où j'aurais pu rester mille ans encore.

— Tu seras là quand je rentrerai ? chuchoté-je.

— À chaque fois.

Les larmes me montent aux yeux, mais je les ravale.

Eh, j'ai quand même un peu d'amour propre !

— Et on verra où ça nous mène..., ajouté-je.

— Le plus loin possible, promet-elle.

J'ai envie d'y croire. Même si elle me ment, je décide de foncer dans le mur. Sciemment. À toute vitesse. J'arrête de freiner et je lâche les rênes. Tant pis pour mon cœur et le salut de mon âme. Si c'est pour elle, je les sacrifie volontiers.

ÉPILOGUE

Des années plus tard...

« L'amour rend vraiment aveugle. »

— Cette fois-ci, la sculptrice nous dévoile sa vision de l'amour par une absence totale du sens de la vue dans toutes ses œuvres... Pourtant, la sculpture n'est-elle pas un art visuel ? Elle assure que le toucher est plus important que les yeux, dans cette série qu'elle a mis tant d'années à concevoir. Peut-être cela explique-t-il son succès ? Les enfants adorent toucher la pierre. Les parents, eux, essayent de comprendre le sens qu'elle donne à ses créations... Mais comme Ilyssia Margaret le dit si bien... le sens n'est pas si évident. Il nécessite plus que la vue pour être saisi. Mais passons à la suivante.

« Parfois, tenir fait plus de mal que lâcher. »

— Deux mains s'entrelacent autour d'une lame. L'artiste arrive à nous donner l'impression que les gouttes de sang qui coulent sur la peau sont réelles. Si la pierre ne leur volait pas leur couleur, je vous assure que j'y aurais cru... Si l'on y touche... Comme ceci... c'est lisse, froid, mais j'ai presque envie de vérifier que mon doigt n'est pas humide ! N'est-ce pas une belle image de l'amour ? Non. C'est l'amour sous sa forme la plus sombre. Une histoire que Margaret essaye de nous conter. Dans la souffrance et dans le sang. L'amour provoque les pires blessures...

« Souvent, on cherche quelqu'un en fermant les yeux. »

— Cette statue est immense ! Regardez, le modèle masculin mesure au moins un mètre quatre-vingt-dix ! Il est inspiré de la muse de l'artiste. Celian Jones, pour les petits nouveaux qui nous rejoignent sur cette chaîne. L'artiste lui a dédicacé cette série de sculptures tout entière. Admirez les détails de chaque statue... de cet homme qui avance dans le noir et de ces mains qui le retiennent en arrière et vers le bas. Il tend les siennes en avant, mais vers quoi ? Vers qui ?

« Il y a des chances pour que cette personne avance sans savoir où elle va. »

— Voilà la dernière étape de leur voyage. L'autre statue avance sans savoir où elle va. Elle marche vers lui, mais sans en avoir conscience... Des mains la poussent. Elle est rejetée. Impossible de reconnaître Ilyssia Margaret, mais d'aucuns pensent qu'il s'agit forcément d'elle. Elle ne l'a jamais confirmé... mais si cette femme finit dans les bras de Jones, alors il y a fort à parier que ce soit elle ! Moi, ce que j'y vois, c'est que les choses sont bien faites ! Et qu'avancer, même sans savoir où l'on va, c'est toujours avancer...

Le présentateur recule avec la caméra, se positionnant sur une estrade qui donne une vue imprenable sur les statues, plus en contrebas. Il les désigne d'un mouvement de la main.

— Pour voir ces statues dans leur version originale, venez donc au Tate Modern à l'occasion de la deuxième édition de cette exposition d'une grande qualité !

Et ainsi s'achève ce court reportage... ou cette publicité, je ne sais pas vraiment de quoi il s'agit. C'était très bizarre. Déjà, le présentateur en lui-même, adepte d'art, affiche des attributs physiques pour le moins particuliers. En plus, il présente les œuvres de ma mère comme s'il étudiait un texte de Victor Hugo – j'en sais quelque chose, c'est exactement ce que l'on travaille en cours de français, ces derniers temps. Il interprète tout sans même être sûr de ce qu'il avance.

Bref.

Mon père est rentré du boulot avec une tonne de coups de fil à passer. Il reste dans le salon avec moi. Il est soit devant la télé ou au téléphone, mais toujours présent quelque part dans la maison. Quelquefois, je le surprends à se promener dans les couloirs en négociant des subventions pour le club de basket qu'il dirige et je suis presque certain qu'il obtient toujours gain de cause. Pourtant, quand il a su que le reportage sur maman allait passer à la télévision, il a tout arrêté et nous a apporté du popcorn. Elle doit apparaître à l'écran maintenant, pour une interview sur cette chaîne qui la harcèle depuis des semaines pour qu'elle accepte de répondre à leurs questions.

Moi, je suis fier de la voir à la télé. Papa aussi, de toute évidence. Mais elle... Quand elle entre aux côtés du présentateur avec sa tête des mauvais jours – et je la connais bien –, je suis obligé de me retenir de rire. Papa n'a pas la même décence.

— Arrête de te moquer, elle est sûrement stressée, la défends-je.

— C'est bien, fiston, tu protèges ta mère.

Je me tourne vers lui. Il sourit et me fixe sans ajouter le moindre mot.

— Tu te moques, là, souligné-je.

— Quelle subtilité ! On dirait ta mère !

Je lui jette ce que j'ai entre les mains. Mon crayon. Il lève son coussin pour le contrer.

— Elle n'a jamais aimé passer à la télé. À l'époque, quand je jouais, ils la filmaient souvent lorsqu'elle me hurlait dessus pour que je marque. Ça la rendait dingue... et la dernière fois qu'elle a été filmée en direct pour présenter ses œuvres, elle a massacré sa statue. C'était y a quoi... Dix ans ?

Le présentateur se racle la gorge.

— Bonjour, madame Jones. Vous préférez votre nom civil ou votre nom d'artiste ?

Il est intimidé – je le comprends.

— Bonjour. Nom d'artiste.

Cette fois, c'est moi qui glousse et mon père qui me tapote la tête.

— Hé ! râlé-je.

— Rassurez-moi... Vous n'avez pas ramené de batte de baseball, cette fois ? pouffe nerveusement le journaliste.

La caméra zoome en gros plan sur la tête de ma mère. Elle fusille l'objectif du regard.

— Si j'en ai ramené une, elle n'est pas destinée à mes statues, gronde-t-elle comme le dragon qu'elle a toujours été à la maison.

— Tu crois qu'elle va tous les manger ? ris-je.

— J'en sais rien, Garrett. Normalement, non...

Je me lève et rejoins mon père sur le canapé. J'ai neuf ans, je ne suis plus un bébé, mais j'aime toujours autant ces moments passés ensemble. Je suis un génie. J'ai sauté plein de classes. Pourtant, quelquefois, j'aime que l'on me traite comme un bébé. C'est la honte et personne ne le sait, mais pour rien au monde je ne voudrais perdre mon père. Doucement, je m'allonge sur le coussin en velours et pose ma tête sur ses cuisses. Il caresse mes tempes un moment.

— Maman me manque, papa. Elle se sent mieux à la maison, avec toi.

— En fait, c'est avec toi qu'elle se sent le mieux. Vous êtes tous les deux pareils, affirme mon père. Des artistes.

— Comme mes mamies, aussi.

Il sourit.

— Oui, chéri. Comme tes mamies.

Sa voix faiblit. Il est ému et me serre dans ses bras.

— Même celle qui n'est plus là...

REMERCIEMENTS

Fin décembre 2023, au moment où j'écris ces dernières lignes, je pense d'abord à mon petit frère. Je suis loin des yeux, mais près du cœur. Ce monde est injuste, mais la vie est bien faite, ne l'oublie jamais… Je suis fière de toi. Et je t'aime.

Merci à tous ceux qui m'ont tendu la main, ceux qui m'ont fait rire quand je me noyais dans le silence. Les dernières années ont été rudes, mais vous avez été autant de bouées dans une mer déchaînée. Merci d'exister, vous rendez le monde meilleur.

Si quelqu'un lit jusqu'ici, alors dites-vous bien une chose… tout finit par passer. Les pires douleurs, les tempêtes qui semblent durer une éternité. Tout passe. Vivez, ne regrettez rien. Et si vous regrettez, tant pis. Vivez quand même. C'est ça aussi, d'exister. Ne pas être parfait.

Ce n'est pas trop tard.

Ce n'est jamais trop tard.

Vous avez le droit.

Le temps ne va que dans un sens…

Je finirai avec une dernière prière : s'il vous plaît, soyez gentils avec les autres. Vous ne savez pas ce qu'ils traversent. Même si vous avez mal, n'oubliez pas que vous n'êtes pas les seuls. On est tous dans le même bateau.

À mes amis. À ma famille. À mes proches, encore présents. À ceux qui ne le sont plus.

Merci. <3

Profitez d'offres exclusives et d'infos en avant-première
en vous inscrivant à notre newsletter :
www.plumesduweb.com/newsletter

Retrouvez toute l'actualité de Plumes du Web
sur notre site et sur les réseaux sociaux :
www.plumesduweb.com

www.facebook.com/PlumesduWeb
www.instagram.com/plumesduweb
twitter.com/PlumesduWeb
www.tiktok.com/@plumesduweb

ET

Découvrez dès maintenant de nouveaux horizons
avec deux autres histoires de notre

COLLECTION
RUBIS

LES OISEAUX DE LA LIBERTÉ

OCÉANE GHANEM

Dark romance (3 tomes)

L'enfer de la prison, Wolfgang Müller connaît. Il y a passé les six dernières années de sa vie pour complicité lors d'un braquage à main armée qui a extrêmement mal tourné.

Et maintenant ? Deux choix s'offrent à lui : reprendre ses anciennes activités en croisant les doigts pour passer entre les mailles du filet de la justice, ou se bâtir une nouvelle vie grâce à un boulot honnête, tout en veillant à rester loin des problèmes.

Malheureusement, le crime a toujours collé à la peau tatouée de Wolfgang. Comment pourrait-il se défaire de lui-même ? D'autant plus que les erreurs de son passé risquent de l'amener à recroiser la route de sa plus grande folie, de son plus bel échec...

Et ce n'est pas son ex-petite amie, Tempérance Kingsley Clark – ou King, pour les intimes – qui pourrait affirmer le contraire !

À cause de Wolf, et même après tant d'années de séparation, la voilà obligée de replonger dans les eaux sombres et tumultueuses d'Albuquerque.

Si certains secrets valent de l'or... d'autres sont prêts à faire couler le sang.

EMILY KIND

FURYO LOVE

Romantic suspense

Elle voulait vivre son rêve. Il lui a offert le chaos.

Depuis qu'elle est enfant, Juno ne rêve que d'une chose, ou plutôt d'un pays : le Japon.

À 20 ans, ses espoirs sont récompensés lorsqu'elle intègre le programme d'échange étudiant de la prestigieuse université Keiō. Toutefois, elle va vite s'apercevoir que la réalité n'a rien à voir avec la fiction.

Si Masaki, le fils de la famille qui l'accueille durant son séjour, se révèle d'un véritable soutien, d'autres, en revanche, vont mettre à mal la vision idéalisée qu'elle s'était forgée de ce pays. Et se rapprocher de Ryōma Sawa, un jeune homme des plus énigmatiques, ne risque pas d'améliorer sa situation…

Entre les gangs de rues dignes d'un manga, sa fâcheuse tendance à se perdre, les cadavres d'adolescents retrouvés sur le territoire des T-KO et un amour naissant dans l'interdit, la vie de Juno va être complètement bouleversée.

Il se pourrait même que l'étudiante se retrouve confrontée à des choix auxquels elle n'aurait jamais cru devoir faire face.

Imprimé en France par
CPI Firmin-Didot
en août 2025
N° d'impression : 185017
Dépôt légal : août 2025